GUILLAUME MUSSO

Né en 1974, Guillaume Musso, passionné de littérature depuis l'enfance, commence à écrire alors qu'il est étudiant. Paru en 2004, son roman *Et après...* est vendu à près de deux millions d'exemplaires. Cette incroyable rencontre avec les lecteurs, confirmée par l'immense succès de tous ses romans ultérieurs, *Sauve-moi*, *Seras-tu là ?*, *Parce que je t'aime*, *Je reviens te chercher* et *Que serais-je sans toi ?*, fait de lui un des auteurs français favoris du grand public, traduit dans le monde entier, et plusieurs fois adapté au cinéma.

Son dernier roman, *La fille de papier*, est paru chez XO Éditions en 2010.

Retrouvez toute l'actualité de l'auteur sur :
www.guillaumemusso.com

LA FILLE DE PAPIER

DU MÊME AUTEUR
CHEZ POCKET

GUILLAUME MUSSO

LA FILLE DE PAPIER

XO ÉDITIONS

Le papier de cet ouvrage est composé de fibres naturelles, renouvelables, recyclables et fabriquées à partir de bois provenant de forêts plantées et cultivées durablement pour la fabrication du papier.

© XO Éditions, 2010
ISBN : 978-2-266-21482-7

À ma mère

À quoi servent les livres s'ils ne ramènent pas vers la vie, s'ils ne parviennent pas à nous y faire boire avec plus d'avidité ?

Henry MILLER

Prologue

*S'intéresser à la vie de l'écrivain parce qu'on
aime son livre, c'est comme s'intéresser à la vie
du canard parce qu'on aime le foie gras.*

Margaret ATWOOD

(USA Today – 6 février 2008)

LA « TRILOGIE DES ANGES » FASCINE L'AMÉRIQUE

**Cette histoire d'amour impossible entre
une jeune femme et son ange gardien
est le succès littéraire de l'année.
Décryptage d'un phénomène.**

Chez l'éditeur Doubleday, personne n'y croyait
vraiment. Tiré à seulement 10 000 exemplaires,
le premier roman d'un inconnu de trente-trois
ans, Tom Boyd, est pourtant devenu en
quelques mois l'un des plus gros best-sellers de
l'année. La Compagnie des Anges, premier
tome d'une saga qui devrait en compter trois,

est resté vingt-huit semaines en tête des meilleures ventes. Écoulé à plus de trois millions d'exemplaires aux États-Unis, il s'apprête à être traduit dans plus de quarante pays.

Dans un Los Angeles à la fois romantique et fantastique, le roman décrit l'histoire d'amour impossible entre Dalilah, une jeune étudiante en médecine, et Raphael, l'ange gardien qui veille sur elle depuis son enfance. Mais cette trame surnaturelle n'est qu'un prétexte pour aborder des sujets aussi sensibles que l'inceste, le viol, le don d'organes ou la folie.

À l'image de *Harry Potter* ou de Twilight, La Compagnie des Anges a rapidement fédéré un public autour d'une mythologie très riche. Les lecteurs les plus passionnés constituent une véritable communauté avec ses propres codes et ses multiples théories. Sur Internet, des centaines de sites sont déjà consacrés aux personnages créés par Tom Boyd. Très discret, l'auteur est un jeune professeur originaire du quartier populaire de MacArthur Park à Los Angeles. Avant de connaître le succès, Boyd enseignait la littérature à des adolescents en difficulté dans le lycée où il avait lui-même été élève quinze ans plus tôt.

Suite au succès de son premier roman, il a quitté l'enseignement après la signature d'un contrat avec Doubleday pour deux livres supplémentaires et... deux millions de dollars.

★

(Gramophone – 1er juin 2008)

LA PIANISTE FRANÇAISE AURORE VALANCOURT LAURÉATE DU PRESTIGIEUX AVERY FISHER PRIZE

Âgée de trente et un ans, la célèbre pianiste Aurore Valancourt a remporté samedi le prestigieux Avery Fisher Prize. Doté de 75 000 dollars, ce prix très convoité récompense chaque année un musicien pour sa contribution exceptionnelle à la musique classique.

Née à Paris le 7 juillet 1977, Aurore Valancourt est considérée comme une des plus talentueuses musiciennes de sa génération.

Une superstar des claviers

Formée au Curtis Institute de Philadelphie, elle est repérée dès 1997 par le chef d'orchestre André Grévin qui l'invite à faire une tournée sous sa direction. Une reconnaissance qui lui ouvre la porte d'une carrière internationale. Elle enchaîne alors les récitals avec les plus grandes formations, mais désabusée par l'élitisme du système musical classique, elle se retire brutalement de la scène pianistique en janvier 2003. Elle entreprend un tour du monde à moto qui durera deux ans et se terminera au milieu des lacs et des falaises du parc naturel de Sawai Madhopur en Inde, où elle passera plusieurs mois.

En 2005, elle s'installe à Manhattan et retrouve le chemin de la scène et des studios tout en s'engageant activement dans la protection de l'environnement. Cet investissement lui apporte un éclairage médiatique nouveau et sa notoriété dépasse alors la sphère des seuls mélomanes.

Profitant de son physique avantageux, elle pose pour plusieurs magazines de mode (des clichés glamour pour *Vanity Fair*, d'autres plus dénudés pour *Sports Illustrated*...) et devient l'égérie d'une grande marque de lingerie. Des contrats publicitaires qui feront d'elle la musicienne la mieux rémunérée de la planète.

Une musicienne atypique et controversée

Malgré son jeune âge, Valancourt est un exemple de maîtrise du clavier, mais on lui reproche souvent une certaine sécheresse, notamment dans l'interprétation du répertoire romantique.

Revendiquant haut et fort sa liberté et son indépendance, elle est devenue un « cauchemar » des organisateurs de concerts : on ne compte plus ses désistements à la dernière minute ou ses caprices de diva.

Son caractère entier se manifeste jusque dans sa vie privée. Cette éternelle célibataire proclame ne rien attendre de l'attachement amoureux et adopte un *carpe diem* qui lui fait multiplier les conquêtes. Ses liaisons tapageuses avec des célébrités du show-biz font d'elle la seule musicienne classique habituée des magazines people, ce que n'apprécient pas forcément les puristes du piano...

(Los Angeles Times – 26 juin 2008)

L'AUTEUR DE LA « TRILOGIE DES ANGES » FAIT UN DON DE 500 000 $ À UNE ÉCOLE DE LOS ANGELES

Alors que son deuxième roman, *De Mémoire d'Ange*, s'impose déjà en tête des ventes, l'écrivain Tom Boyd vient de faire un don d'un demi-million de dollars à la Harvest High School de Los Angeles, a annoncé le directeur de l'établissement. Située dans le quartier défavorisé de MacArthur Park, cette école avait été celle de Boyd durant son adolescence. Devenu professeur, il y avait enseigné la littérature avant de se retirer suite au succès de son livre.

Contacté par notre journal, l'écrivain n'a pas souhaité confirmer cette information. Peu prolixe avec la presse, l'énigmatique romancier serait déjà en train de rédiger le troisième tome de sa saga.

(Stars News – 24 août 2008)

LA BELLE AURORE DE NOUVEAU CÉLIBATAIRE !

Le malheur des uns fera le bonheur des autres. À trente et un ans, la pianiste et top model vient tout juste de rompre avec son petit ami, le joueur de tennis espagnol Javier Santos, avec qui elle vivait une romance depuis quelques mois.

Du coup, c'est avec ses amis de Barcelone que le sportif va passer quelques jours de vacances bien mérités à Ibiza, après sa belle performance à Roland-Garros et à Wimbledon. Son ex-Dame de cœur, quant à elle, ne devrait pas rester longtemps célibataire...

(Variety – 4 septembre 2008)

LA « TRILOGIE DES ANGES » BIENTÔT AU CINÉMA

Columbia Pictures a acheté les droits d'adaptation cinématographique de la « Trilogie des Anges », la saga fantastique et romantique de Tom Boyd.

La Compagnie des Anges, *De Mémoire d'Ange...* Deux titres familiers pour les millions de lecteurs qui ont déjà été tenus en haleine de la première à la dernière page par les deux premiers volumes de cette trilogie.

Le tournage de l'adaptation du premier tome devrait débuter très prochainement.

★

De : patricia.moore@speedacces.com
Objet : Guérir
Date : 12 septembre 2008
À : thomas.boyd2@gmail.com

Bonjour M. Boyd. Je tenais à vous écrire depuis longtemps. Je m'appelle Patricia, j'ai 31 ans et j'élève seule mes deux enfants. J'ai accompagné jusqu'à son dernier souffle l'homme que j'aimais et avec qui je venais de fonder une famille. Il souffrait d'une maladie neurologique qui lui a ôté petit à petit toutes ses forces. De cette phase de ma vie, je suis ressortie bien plus meurtrie que je ne veux bien me l'avouer. Notre histoire a été si courte... C'est pendant la période qui a suivi notre drame que j'ai découvert vos livres.

Je me suis évadée dans vos histoires et en suis ressortie en harmonie avec moi-même. Dans vos romans, les personnages ont souvent la chance de pouvoir modifier leur destin, leur passé, et de corriger leurs erreurs. Moi, j'espère seulement avoir la chance d'aimer à nouveau et d'être encore aimée.

Merci de m'avoir aidée à me réconcilier avec la vie.

★

(Paris Matin – 12 octobre 2008)

AURORE VALANCOURT : RÉEL TALENT OU IMPOSTURE MÉDIATIQUE ?

La foule des grands soirs se bousculait hier au Théâtre des Champs-Élysées.

Précédée de son image médiatique, la jeune et brillante musicienne continue d'exciter la curiosité.

Au programme, le concerto *L'Empereur* de Beethoven, suivi en deuxième partie des *Impromptus* de Schubert. Un menu alléchant qui n'a pas tenu ses promesses.

Malgré une technique sans reproche, le concerto fut exécuté sans âme et sans lyrisme. N'hésitons pas à le dire : Aurore Valancourt est plus un produit de marketing que la pianiste surdouée et géniale présentée dans les reportages télé. Sans sa plastique et son visage d'ange, elle ne serait qu'une musicienne ordinaire, car le « phénomène Valancourt » ne repose sur rien d'autre qu'une machine bien huilée qui a réussi habilement à transformer une honnête interprète en une star adulée.

Le plus triste dans tout ça ? Que son immaturité musicale n'ait pas empêché un public, tout acquis à son image, de l'applaudir à tout rompre.

★

De : myra14.washington@hotmail.com
Objet : Des livres pas comme les autres…
Date : 22 octobre 2008
À : thomas.boyd2@gmail.com

Bonjour M. Boyd. Je m'appelle Myra, j'ai 14 ans. Je suis une « jeune de banlieue », comme ils disent dans les journaux. Je vais à l'école à MacArthur Park et j'ai assisté à votre conférence la fois où vous êtes venu dans notre classe. Jamais je n'aurais imaginé être un jour intéressée par des romans. Et pourtant les vôtres m'ont passionnée. J'ai économisé pour acheter votre deuxième livre, mais comme je n'avais pas assez d'argent, je suis restée de longues heures dans les rayons de Barnes & Nobles pour le lire en plusieurs fois…

Simplement merci.

*

(TMZ.com – 13 décembre 2008)

AURORE ET TOM EN AMOUREUX AU CONCERT DES KINGS OF LEON ?

Les Kings of Leon ont livré samedi une performance tout en puissance au Forum de Los Angeles. Parmi la foule venue applaudir le groupe rock de Nashville, la pianiste Aurore

Valancourt et l'écrivain Tom Boyd avaient l'air d'être très proches. Regards complices, mots doux glissés à l'oreille, mains autour de la taille. Bref, ces deux-là sont bien plus que des amis. Les photos suivantes parlent d'ailleurs d'elles-mêmes. Nous vous en faisons juge…

*

(TMZ.com – 3 janvier 2009)

AURORE VALANCOURT ET TOM BOYD : JOGGING EN AMOUREUX

Désir de garder la ligne ou escapade en amoureux ? Aurore Valancourt et Tom Boyd se sont en tout cas octroyé une longue séance de jogging hier dans les allées de Central Park encore blanchies par la neige. [...]

*

(TMZ.com – 18 mars 2009)

AURORE VALANCOURT ET TOM BOYD CHERCHENT UN APPARTEMENT À MANHATTAN

*

(USA Today – 10 avril 2009)

LE NOUVEAU LIVRE DE TOM BOYD SORTIRA AVANT LA FIN DE L'ANNÉE

L'éditeur Doubleday l'a annoncé hier : le chapitre final de la saga de Tom Boyd sortira à l'automne prochain. Des heures de lecture en perspective pour les fans du romancier.

Intitulé *Mix-Up in Heaven*, le dernier tome de la Trilogie des Anges, devrait être l'un des gros succès de l'année.

★

(Entertainment Today – 6 mai 2009)

TOM CHERCHE LA BAGUE PARFAITE POUR AURORE

L'écrivain a passé trois heures chez Tiffany à New York, à la recherche de la bague parfaite pour la femme qu'il fréquente depuis quelques mois.

Une vendeuse raconte : « Il semblait très amoureux et très soucieux de choisir le bijou qui comblerait son amie. »

★

De : svetlana.shaparova@hotmail.com
Objet : Le souvenir d'un amour
Date : 9 mai 2009
À : thomas.boyd2@gmail.com

Cher M. Boyd,

Tout d'abord, veuillez m'excuser pour quelques fautes d'orthographe. Je suis russe et je parle mal anglais. Votre livre m'a été offert par un homme que j'aimais et que j'avais rencontré à Paris. En me donnant votre livre, il a simplement dit : « Lis et tu comprendras. » Cet homme (Il s'appelait Martin) et moi ne sommes plus ensemble aujourd'hui, mais votre histoire me rappelle le lien qui nous unissait et qui me rendait si vivante. Lorsque je vous lis, je suis dans ma bulle. Je vous dis merci, si vous lisez ce message, et vous souhaite beaucoup de succès dans votre vie privée.

Svetlana

*

(Onl !ne – 30 mai 2009)

AURORE VALANCOURT ET TOM BOYD SE DISPUTENT DANS UN RESTAURANT

*

(Onl !ne – 16 juin 2009)

AURORE VALANCOURT « INFIDÈLE » À TOM BOYD ?

22

(TMZ.com – 2 juillet 2009)

AURORE VALANCOURT ET TOM BOYD : LA FIN D'UNE HISTOIRE

La célèbre pianiste, qui vivait depuis plusieurs mois une belle histoire d'amour avec l'écrivain Tom Boyd, a été aperçue la semaine dernière en compagnie de James Bugliari, le batteur du groupe de rock The Sphinx.

*

Vous avez certainement déjà vu cette vidéo… Elle a traîné un long moment parmi les plus consultées sur *YouTube* et *Dailymotion*, s'attirant une ribambelle de commentaires, certains moqueurs – les plus nombreux –, d'autres plus compatissants.

Le lieu ? La salle du Royal Albert Hall à Londres. L'événement ? Les *Proms*, l'un des festivals de musique classique les plus célèbres du monde, retransmis en direct par la BBC.

Au début de la vidéo, on aperçoit Aurore Valancourt entrant en scène sous les applaudissements nourris de milliers de mélomanes, debout en rangs serrés, au pied de la somptueuse coupole victorienne. Vêtue d'une robe noire stricte et parée d'un discret collier de perles, elle salue l'orchestre, s'installe au piano et plaque puissamment sur le clavier les premiers accords du *Concerto* de Schumann.

Pendant les cinq premières minutes, l'auditoire est concentré, porté par la musique. D'abord fougueux, le phrasé d'Aurore se fait plus libre, doux comme un rêve, jusqu'à ce que…

… déjouant les services de sécurité, un homme parvienne à grimper sur la scène pour se diriger vers la soliste.

— Aurore !

La jeune femme sursaute et pousse un cri bref.

Alors que l'orchestre s'arrête à l'unisson, deux gardes du corps surgissent pour ceinturer l'importun et le plaquer au sol.

— Aurore ! répète-t-il.

Remise de son affolement, la pianiste se lève et, d'un geste de la main, demande aux deux bodyguards de libérer le perturbateur. Après un moment de stupeur, la salle est à présent plongée dans un drôle de silence.

L'homme se relève, remet sa chemise dans son pantalon pour retrouver un semblant de contenance. Il a les pupilles brillantes, rougies par l'alcool et le manque de sommeil.

Ce n'est ni un terroriste ni un illuminé.

Juste un homme amoureux.

Juste un homme malheureux.

Tom s'approche d'Aurore et lui fait une déclaration maladroite avec l'espoir un peu fou qu'elle suffira à faire renaître une flamme dans le regard de celle qu'il aime encore.

Mais, incapable de cacher sa gêne ou de soutenir davantage son regard, la jeune femme l'interrompt :

— C'est fini, Tom.

Misérable, il écarte les bras en signe d'incompréhension.

— C'est fini, répète-t-elle dans un murmure tout en baissant les yeux.

★

(Los Angeles Daily News
– 10 septembre 2009)

LE CRÉATEUR DE LA TRILOGIE DES ANGES ARRÊTÉ EN ÉTAT D'IVRESSE

Vendredi soir, l'auteur de best-sellers s'est fait arrêter en état d'ivresse au volant. Il roulait à 150 km/h sur une route limitée à 70.

Au lieu de faire profil bas, Tom Boyd s'est montré insolent avec les officiers de police, menaçant de briser leur carrière. Menotté et placé dans une cellule de dégrisement, il avait, selon les autorités, plus de 1,6 gramme d'alcool dans le sang, contre les 0,8 gramme autorisés en Californie.

Relâché quelques heures plus tard, il a présenté ses excuses à travers un communiqué diffusé par son agent, Milo Lombardo : « Je me suis conduit comme le dernier des imbéciles en adoptant un comportement irresponsable qui aurait pu mettre en danger d'autres vies que la mienne. »

★

25

(Publisher Weekly – 20 octobre 2009)

LA SORTIE DU DERNIER TOME
DE LA TRILOGIE DES ANGES RETARDÉE

L'éditeur Doubleday vient d'annoncer que la sortie du roman de Tom Boyd serait repoussée à l'été prochain. Les lecteurs devront donc patienter encore huit mois pour connaître le dénouement de la saga à succès.

Ce retard aurait pour cause les récents déboires de son auteur après une rupture sentimentale mal digérée qui l'aurait plongé dans une profonde déprime.

Une version réfutée par son agent, Milo Lombardo : « Tom ne souffre en aucun cas du syndrome de la page blanche ! Il travaille tous les jours pour offrir à ses lecteurs le meilleur roman possible. Tout le monde peut comprendre cela. »

Il n'empêche que ses fans ne l'entendent pas de cette oreille ! En l'espace d'une semaine, les bureaux de l'éditeur ont été submergés de courriers de protestation. Sur internet, une pétition a même été mise en ligne pour réclamer à Tom Boyd de respecter ses engagements !

★

De : yunjinbuym@yahoo.com
Objet : Un message de Corée du Sud
Date : 21 décembre 2009
À : thomas.boyd2@gmail.com

Cher M. Boyd. Je ne vais pas vous raconter ma vie. Simplement vous avouer que j'ai récemment effectué un séjour dans une clinique psy-chiatrique pour une profonde dépression. J'ai même plusieurs fois tenté de mettre fin à mes jours. Durant ce séjour, une infir-mière m'a convaincue d'ouvrir un de vos livres. Je vous connaissais déjà : difficile de ne pas avoir aperçu les couvertures de vos romans dans le métro, dans les bus ou à la terrasse des cafés. Je pen-sais que vos histoires n'étaient pas faites pour moi. Je me trom-pais. Bien sûr, la vie n'est pas comme dans un livre, mais j'ai trouvé dans vos intrigues et vos personnages cette petite étincelle sans laquelle je n'étais plus rien. Recevez toute ma gratitude.
Yunjin Buym

*

(Onl !ne – 23 décembre 2009)

L'ÉCRIVAIN TOM BOYD ARRÊTÉ À PARIS

L'auteur de best-sellers a été arrêté en France à l'aéroport Charles-de-Gaulle, lundi dernier, après s'être battu avec le serveur d'un café qui refusait de le servir en raison de son état d'ébriété avancé. Boyd a été placé en garde à vue. À la suite de l'enquête, le procureur de la République a fixé son jugement devant le tribunal correctionnel de Bobigny fin janvier. Boyd y sera jugé pour violences volontaires, outrages et coups.

★

De : mirka.bregovic@gmail.com
Objet : Votre plus fidèle lectrice de Serbie !
Date : 25 décembre 2009
À : thomas.boyd2@gmail.com
Cher M. Boyd. Pour la première fois, je m'adresse à quelqu'un que je ne connais qu'à travers ses écrits ! Je suis professeur de lettres dans un petit village au sud de la Serbie où il n'y a ni bibliothèque ni librairie. En ce 25 décembre, permettez-moi de vous souhaiter un joyeux Noël. La nuit tombe sur la campagne enneigée. J'espère qu'un jour vous viendrez visiter notre pays et pourquoi pas mon village de Rickanovica ! Merci pour tous ces rêves. Amicalement, Mirka.
PS : Je tenais également à vous dire que je ne crois pas un seul mot de ce que l'on raconte dans les

journaux et sur Internet à propos
de votre vie privée.

★

(New York Post – 2 mars 2010)

TOM BOYD EN PERDITION ?

Il était 23 heures avant-hier soir lorsque, pour
une raison encore inconnue, l'auteur à succès
a pris à partie un client du Freeze, un bar
huppé de Beverly Hills. La discussion entre
les deux hommes a dégénéré en bagarre.
Arrivée rapidement sur les lieux, la police a
arrêté le jeune écrivain après avoir trouvé sur
lui 10 grammes de crystal meth.
Poursuivi pour possession de drogue, il a été
placé en liberté conditionnelle, mais devrait
être convoqué prochainement devant la Cour
supérieure de Los Angeles.
Gageons que, cette fois, il lui faudra un bon
avocat pour éviter la prison...

★

De : eddy93@free.fr
Objet : Quelqu'un de bien
Date : 3 mars 2010
À : thomas.boyd2@gmail.com
Je me présente : je m'appelle Eddy,
j'ai 19 ans et je prépare un CAP
de pâtissier à Stains, dans la ban-
lieue parisienne. J'ai complètement

foiré mes années collège et lycée
à cause de mes fréquentations et
d'un goût prononcé pour le chichon.
Mais depuis un an, une fille super
a débarqué dans ma vie et pour ne
pas la perdre j'ai décidé d'arrêter
de faire le con. Je me suis remis
à étudier et avec elle non seulement j'apprends, mais je comprends.
Parmi les livres qu'elle me fait
lire, les vôtres sont mes préférés : ils font ressortir ce qu'il
y a de mieux en moi.
À présent, je guette avec impatience votre prochaine histoire.
Mais je n'aime pas ce que les médias
racontent sur vous. Dans vos
romans, mes personnages préférés
sont justement ceux qui savent
rester fidèles à leurs valeurs.
Alors, s'il y a une part de vrai
dans tout ça, faites attention à
vous M. Boyd. Ne vous perdez pas
dans l'alcool ou dans cette merde
qu'est la dope.
Et ne devenez pas, à votre tour,
un sale con…
Avec tout mon respect, Eddy.

1

La maison sur l'océan

Il arrive qu'une femme rencontre une épave et qu'elle décide d'en faire un homme sain. Elle y réussit parfois. Il arrive qu'une femme rencontre un homme sain et décide d'en faire une épave. Elle y réussit toujours.

Cesare PAVESE

— Tom, ouvre-moi !

Le cri se perdit dans le vent et resta sans réponse.

— Tom ! C'est moi, Milo. Je sais que tu es là. Sors de ta tanière, bon sang !

Malibu
Comté de Los Angeles, Californie
Une maison sur la plage

Depuis plus de cinq minutes, Milo Lombardo martelait sans relâche les persiennes en bois qui donnaient sur la terrasse de la maison de son meilleur ami.

31

— Tom ! Ouvre ou je défonce la porte ! Tu sais que j'en suis capable !

Chemise cintrée, costume bien coupé et lunettes de soleil sur le nez, Milo avait le visage des mauvais jours.

Il avait d'abord cru que le temps guérirait les blessures de Tom, mais loin de se dissiper, la crise qu'il traversait n'avait fait qu'empirer. Ces six derniers mois, l'écrivain n'était plus guère sorti de chez lui, préférant se barricader dans sa prison dorée et ne répondant ni à la sonnerie de son portable ni à celle de son interphone.

— Je te le demande une nouvelle fois, Tom : laisse-moi entrer !

Chaque soir, Milo venait tambouriner à la porte de la résidence de luxe, mais n'obtenait comme réaction que les invectives des voisins et l'intervention inéluctable de la patrouille de sécurité qui veillait sur la tranquillité des richissimes habitants de l'enclave de Malibu Colony.

Cette fois pourtant, l'heure n'était plus aux atermoiements : il fallait agir avant qu'il ne soit trop tard.

— Très bien, c'est toi qui l'auras voulu ! menaça-t-il en tombant la veste puis en s'emparant du pied-de-biche en titane que lui avait procuré Carole, leur amie d'enfance qui travaillait aujourd'hui comme détective au LAPD.

Milo jeta un coup d'œil derrière lui. La plage de sable fin somnolait sous le soleil doré de ce début d'automne. Serrées comme des sardines, les villas de luxe s'étalaient le long du front de mer, unies dans la même volonté d'interdire l'accès du rivage aux importuns. Beaucoup d'hommes d'affaires et de vedettes des médias et de l'*entertainment* y avaient élu domicile. Sans parler des stars de cinéma : Tom Hanks, Sean Penn, DiCaprio, Jennifer Aniston avaient tous une maison dans le coin.

Ébloui par la luminosité, Milo plissa les yeux. À une cinquantaine de mètres, posté devant une cahute plantée sur pilotis, jumelles vissées sur les yeux, l'adonis en maillot de bain faisant office de maître nageur semblait hypnotisé par la silhouette des surfeuses qui profitaient des vagues puissantes du Pacifique.

Jugeant qu'il avait le champ libre, Milo se mit à l'ouvrage.

Il inséra l'extrémité recourbée du levier métallique dans l'une des fentes du châssis et poussa de toutes ses forces pour faire voler en éclats les lattes en bois des persiennes.

A-t-on vraiment le droit de protéger ses amis contre eux-mêmes ? se demanda-t-il en pénétrant dans la maison.

Mais ce cas de conscience ne dura même pas une seconde : à part Carole, Milo n'avait jamais eu qu'un seul ami en ce monde et il était résolu à tout tenter pour lui faire oublier son chagrin et lui redonner le goût de vivre.

★

— Tom ?

Plongé dans la pénombre, le rez-de-chaussée baignait dans une torpeur suspecte où l'odeur de moisi le disputait à celle du renfermé. Des tonnes de vaisselle encombraient l'évier de la cuisine et le salon était dévasté comme après un cambriolage : mobilier renversé, vêtements jonchant le sol, assiettes et verres brisés. Milo enjamba les cartons à pizza, les emballages de nourriture chinoise, les cadavres de bouteilles de bière, et ouvrit toutes les fenêtres afin de chasser l'obscurité et d'aérer les pièces.

Construite en forme de L, la maison comportait deux niveaux avec une piscine souterraine. Malgré son désordre, elle dégageait une atmosphère paisible grâce aux meubles en érable, au parquet blond et à l'abondante lumière naturelle. À la fois vintage et design, la décoration alternait meubles modernes et traditionnels typiques de l'époque où Malibu n'était qu'une simple plage pour surfeurs et pas encore un repaire doré pour milliardaires.

Replié en position fœtale sur son canapé, Tom faisait peur à voir : hirsute, blafard, le visage mangé par une barbe à la Robinson Crusoé, il ne ressemblait pas aux photos sophistiquées qui illustraient l'arrière des couvertures de ses romans.

— Debout là-dedans ! claironna Milo.

Il s'approcha du sofa. Plusieurs ordonnances froissées ou pliées encombraient la table basse. Des prescriptions rédigées par le Dr Sophia Schnabel, la « psychiatre des stars » dont le cabinet de Beverly Hills fournissait une bonne partie de la jet-set locale en psychotropes plus ou moins légaux.

— Tom, réveille-toi ! cria Milo en se portant au chevet de son ami.

Méfiant, il inspecta les étiquettes des tubes de médicaments éparpillés sur le sol et sur la table : Vicodin, Valium, Xanax, Zoloft, Stilnox. Le mélange infernal d'analgésiques, d'anxiolytiques, d'antidépresseurs et de somnifères. Le cocktail fatal de ce XXIe siècle.

— Bon sang !

Pris de panique, craignant une intoxication médicamenteuse, il attrapa Tom par les épaules pour le sortir de son sommeil artificiel.

Secoué comme un prunier, l'écrivain finit par ouvrir les yeux :

— Qu'est-ce que tu fous chez moi ? marmonna-t-il.

2

Deux amis

Je récitais les sempiternelles litanies que l'on répète quand on essaie d'aider un cœur brisé, mais les mots n'y font rien. (...) Rien de ce qu'on peut dire ne rendra jamais heureux le type qui se sent dans une merde noire parce qu'il a perdu celle qu'il aime.

Richard BRAUTIGAN

— Qu'est-ce que tu fous chez moi ? marmonnai-je.

— Mais je m'inquiète, Tom ! Ça fait des mois que tu restes enfermé ici en t'abrutissant à coups de calmants.

— C'est mon problème ! décrétai-je en me redressant.

— Non, Tom : tes problèmes sont mes problèmes. Je croyais que c'était ça l'amitié, non ?

Assis sur le canapé, le visage dans les mains, j'eus un haussement d'épaules, mi-honteux, mi-désespéré.

— En tout cas, reprit Milo, ne compte pas sur moi pour laisser une femme te mettre dans cet état !

— Tu n'es pas mon père ! répondis-je en me levant difficilement.

Pris de vertiges, j'eus du mal à rester debout et dus m'appuyer contre le dossier du canapé.

— C'est vrai, mais si Carole et moi ne sommes pas là pour t'aider, qui va le faire ?

Je lui tournai le dos sans chercher de réponse. Encore en caleçon, je traversai la pièce jusqu'à la cuisine pour me servir un verre d'eau. Dans mon sillage, Milo dénicha un grand sac-poubelle et ouvrit mon frigo pour y commencer un tri sélectif.

— À moins que tu n'aies l'intention de te suicider au yaourt périmé, je te conseillerais de te débarrasser de ces laitages, dit-il en reniflant un pot de fromage blanc à l'odeur douteuse.

— Je ne t'oblige pas à le manger.

— Et ce raisin, tu es sûr qu'Obama était déjà président lorsque tu l'as acheté ?

Il entreprit ensuite de mettre un peu d'ordre dans le living, ramassant les détritus les plus volumineux, les emballages et les bouteilles vides.

— Pourquoi gardes-tu ce truc ? demanda-t-il d'un ton de reproche en désignant un cadre numérique diffusant un diaporama de photos d'Aurore.

— Parce que je suis CHEZ MOI et que CHEZ MOI, je n'ai pas de comptes à te rendre.

— Peut-être, mais cette fille t'a brisé en mille morceaux. Tu ne crois pas qu'il est temps de la faire descendre de son piédestal ?

— Écoute, Milo, tu n'as jamais aimé Aurore…

— C'est vrai, je ne l'appréciais guère. Et pour tout te dire, j'ai toujours su qu'elle finirait par te quitter.

— Ah bon ? Je peux savoir pourquoi ?

Les mots qu'il avait sur le cœur depuis longtemps sortirent de sa bouche avec virulence :

— Parce que Aurore n'est pas comme nous ! Parce qu'elle nous méprise ! Parce qu'elle est née avec une cuillère d'argent dans la bouche. Parce que pour elle la vie a toujours été un jeu alors que pour nous, elle a toujours été un combat...

— Comme si c'était aussi simple... Tu ne la connais pas !

— Arrête de la vénérer ! Regarde ce qu'elle t'a fait !

— C'est sûr que ce n'est pas à toi que ça arriverait ! À part tes bimbos, l'amour n'a jamais eu de place dans ta vie !

Sans que nous le voulions vraiment, le ton était monté et à présent chaque repartie claquait comme une gifle.

— Mais ce que tu éprouves n'a rien à voir avec l'amour ! s'emporta Milo. C'est autre chose : un condensé de souffrance et de passion destructrice.

— Moi, au moins, je prends des risques. Tandis que toi...

— Je ne prends pas de risques, moi ? J'ai sauté en parachute depuis le sommet de l'Empire State Building. La vidéo a fait le tour du net...

— Et qu'est-ce que ça t'a apporté à part une grosse amende ?

Comme s'il n'avait rien entendu, Milo énuméra :

— J'ai dévalé en ski la cordillère Blanche au Pérou. Je me suis élancé en parapente depuis le sommet de l'Everest, je fais partie des quelques personnes au monde à avoir escaladé le K2...

— Pour jouer au kamikaze, c'est vrai que tu es très fort. Mais moi, je te parle du risque d'aimer. Et ce risque-là, tu ne l'as jamais pris, même pas avec...

— ARRÊTE ! assena-t-il violemment en m'empoignant par le col de mon tee-shirt pour m'empêcher de continuer ma phrase.

Il resta ainsi quelques secondes, les mains crispées et l'œil mauvais, jusqu'à ce qu'il prenne conscience de la situation : il était venu pour m'aider et voilà qu'il était à deux doigts de me balancer son poing à la figure...

— Je suis désolé, dit-il en relâchant son étreinte.

Je haussai les épaules et sortis sur la large terrasse qui donnait sur l'océan. À l'abri des regards, la maison disposait d'un accès direct à la plage par un escalier privatif sur les marches duquel des cache-pots en terre cuite débordaient de plantes mourantes que je n'avais pas eu la force d'arroser depuis des mois.

Je chaussai une vieille paire de Ray-Ban Wayfarer oubliée sur la table en teck javanais pour me protéger de la luminosité, puis me laissai tomber dans mon rocking-chair.

Après un détour dans la cuisine, Milo me rejoignit avec deux tasses de café et m'en tendit une.

— Bon, on arrête nos enfantillages et on parle sérieusement ! proposa-t-il, une fesse posée sur la table.

Le regard perdu dans le vague, je n'opposai aucune résistance. À cet instant, je n'avais qu'un souhait : qu'il me raconte au plus vite ce qu'il était venu me dire et qu'il s'en aille pour que je puisse aller dégueuler mon chagrin la tête dans la cuvette avant de reprendre une poignée de pilules qui me catapulteraient loin de la réalité.

— On se connaît depuis combien de temps, Tom ? Vingt-cinq ans ?

— À peu près, dis-je en prenant une gorgée de café.

— Depuis notre adolescence, tu as toujours été la voix de la raison, commença Milo. Tu m'as empêché de faire pas mal de conneries. Sans toi, il y a belle lurette que je serais en prison ou même peut-être déjà mort. Sans toi, Carole ne serait jamais devenue flic. Sans toi, je n'aurais pas pu acheter de maison à ma mère. Bref, je sais que je te dois tout.

Gêné, je balayai ces arguments d'un revers de la main :

— Si tu es venu pour me sortir ce genre de baratin…

— Ce n'est pas du baratin ! On a résisté à tout, Tom : à la drogue, à la violence des gangs, à une enfance pourrie…

Cette fois, l'argument fit mouche et réussit à me provoquer un frisson. Malgré la réussite et l'ascension sociale, une part de moi-même avait toujours quinze ans et n'avait jamais quitté le quartier de MacArthur Park, ni ses dealers, ni ses marginaux, ni ses cages d'escalier traversées de cris. Et ni la peur qui était partout.

Je tournai la tête et mon regard se perdit vers l'océan. L'eau était limpide et brillait de mille nuances allant du turquoise au bleu outremer. Seules quelques vagues, harmonieuses et régulières, agitaient le Pacifique. Une quiétude qui contrastait avec le fracas de nos adolescences.

— On est clean, reprit Milo. On a gagné notre fric de manière honnête. On ne porte pas de flingues sous nos blousons. Il n'y a pas de gouttes de sang sur nos chemises, pas de trace de cocaïne sur nos billets de banque…

— Je ne vois pas très bien le rapport avec…

— On a tout pour être heureux, Tom ! La santé, la jeunesse, un job qui nous passionne. Tu ne peux pas tout bousiller pour une femme. C'est trop con. Elle ne le mérite pas. Garde ta peine pour les jours où le véritable malheur frappera à notre porte.

— Aurore était la femme de ma vie ! Tu ne peux pas comprendre ça ? Tu ne peux pas respecter ma douleur ?

Milo soupira :

— Tu veux que je te dise : si c'était *vraiment* la femme de ta vie, c'est elle qui serait là aujourd'hui, avec toi, pour t'empêcher de t'enfoncer dans ce délire dévastateur.

Il avala d'un trait son espresso puis constata :

— Tu as tout fait pour la récupérer. Tu l'as suppliée, tu as essayé de la rendre jalouse, puis tu t'es humilié devant la Terre entière. C'est fini : elle ne reviendra pas. Elle a tourné la page et tu ferais bien d'en faire autant.

— Je n'y arrive pas, avouai-je.

Il sembla réfléchir un instant et une expression à la fois soucieuse et mystérieuse se dessina sur son visage.

— En fait, je crois que tu n'as tout simplement plus le choix.

— Comment ça ?

— Prends une douche et habille-toi.

— Pour aller où ?

— Manger une côte de bœuf chez Spago.

— Je n'ai pas très faim.

— Ce n'est pas pour la nourriture que je t'emmène là-bas.

— C'est pour quoi alors ?

— Pour le remontant dont tu vas avoir besoin lorsque je t'aurai avoué ce que j'ai à te dire.

3

L'homme dévoré

Non, Jef, t'es pas tout seul
Mais arrête de pleurer
Comme ça devant tout le monde
Parce qu'une demi-vieille
Parce qu'une fausse blonde
T'a relaissé tomber (...)
Je sais que tu as le cœur gros
Mais il faut le soulever, Jef

Jacques BREL

— Pourquoi y a-t-il un tank garé devant chez moi ?
demandai-je en désignant l'imposant véhicule de sport
dont les roues monstrueuses écrasaient le trottoir de
Colony Road.

— Ce n'est pas un tank, répondit Milo, vexé, c'est
une Bugatti Veyron, modèle *Sang Noir*, l'un des
bolides les plus puissants au monde.

Malibu
Soleil de début d'après-midi
Bruissement du vent dans les arbres

— Tu as *encore* acheté une nouvelle voiture ! Tu les collectionnes ou quoi ?

— Je ne te parle pas d'une voiture, mon vieux. Je te parle d'une œuvre d'art !

— Moi j'appelle ça un piège à pétasses. Il y a vraiment des filles avec qui ça marche, le coup de la bagnole ?

— Si tu crois que j'ai besoin de ça pour draguer !

J'esquissai une moue dubitative. Jamais je n'avais compris l'engouement de mes congénères masculins pour les coupés, roadsters et autres décapotables…

— Allez, viens voir la bête ! proposa Milo, les yeux brillants.

Pour ne pas décevoir mon ami, je me contraignis à faire le tour du propriétaire. Ramassée sur elle-même, de forme ovale et elliptique, la Bugatti ressemblait à un cocon dont quelques excroissances scintillaient au soleil et tranchaient avec la carrosserie nuit noire : calandre chromée, rétroviseurs métallisés, jantes brillantes d'où s'échappait le bleu flamme des freins à disques.

— Tu veux jeter un coup d'œil au moteur ?

— Sans façon, soupirai-je.

— Tu savais qu'elle n'avait été produite qu'à quinze exemplaires dans le monde ?

— Non, mais je suis ravi de l'apprendre.

— Avec ça, on atteint les 100 km/h en un peu plus de deux secondes. Et en vitesse de pointe, tu peux frôler les 400 km/h.

— Très utile à l'heure du pétrole cher, des radars tous les cent mètres et du tout écologique !

Cette fois, Milo ne cacha pas sa déception :

— Tu n'es qu'un rabat-joie, Tom, tout à fait incapable d'apprécier la légèreté et les plaisirs de la vie.

— Il en fallait bien un pour équilibrer notre duo, admis-je. Et comme tu avais déjà choisi l'autre rôle, j'ai pris celui qui restait.

— Allez, monte.

— Je peux conduire ?

— Non.

— Pourquoi ?

— Parce que tu sais très bien que ton permis a été suspendu...

*

Le bolide quitta les allées ombragées de Malibu Colony pour s'engager sur la Pacific Coast Highway qui longeait l'océan. La voiture collait bien à la route. Son habitacle, tendu de cuir patiné aux reflets orangés, avait quelque chose de chaleureux. Je me sentais protégé dans cet écrin douillet et je fermai les yeux, bercé par le vieux titre soul d'Otis Redding qui tournait à la radio.

Je savais bien que cette quiétude, apparente et fragile, n'était due qu'aux barrettes d'anxiolytiques que j'avais laissées fondre sous ma langue après ma douche, mais les moments de répit étaient si rares que j'avais appris à les apprécier.

Depuis qu'Aurore m'avait quitté, une sorte de cancer avait gangrené mon cœur, s'y incrustant durablement comme un rat dans un garde-manger. Cannibale et carnassier, le chagrin m'avait dévoré jusqu'à me laisser vide de toute émotion et de toute volonté. Les premières semaines, la peur de la dépression m'avait tenu en éveil, m'obligeant à lutter pied à pied contre l'abattement et l'amertume. Mais la peur aussi m'avait abandonné, et avec elle la dignité et même la simple volonté de sauver les apparences. Cette lèpre intérieure m'avait rongé sans répit, délavant les couleurs de la vie, suçant toute sève, éteignant toute étincelle. À la moindre velléité de reprendre le contrôle de mon existence, le chancre se transformait en vipère, m'inoculant à chaque morsure une dose de venin qui s'infiltrait pernicieusement dans mon cerveau sous la forme de souvenirs douloureux : le frémissement de la peau d'Aurore, son odeur de roche, le battement de ses cils, les écailles dorées qui miroitaient dans ses yeux...

Puis les souvenirs eux-mêmes s'étaient faits moins aigus. À force de m'abrutir de médicaments, tout était devenu flou. Je m'étais laissé dériver, passant mes journées allongé sur mon canapé, enfermé dans le noir, emmuré dans une cuirasse chimique, assommé d'un « xanaxommeil » lourd qui se terminait dans les mauvais jours en cauchemars peuplés de rongeurs à museau pointu et à queue râpeuse d'où j'émergeais en nage, raide et grelottant, saisi d'une seule envie, celle de fuir de nouveau la réalité par une nouvelle prise d'antidépresseurs, encore plus abrutissante que la précédente.

Dans cette brume comateuse, les jours et les mois avaient filé sans que je m'en rende compte, vides de sens et de substance. Et la réalité était là : ma peine était toujours aussi lourde et je n'avais plus écrit une ligne depuis un an. Mon cerveau était figé. Les mots m'avaient fui, l'envie m'avait déserté, mon imagination s'était tarie.

★

Au niveau de la plage de Santa Monica, Milo prit l'Interstate 10, en direction de Sacramento.

— Tu as vu les résultats du base-ball ? demanda-t-il d'un ton enjoué en me tendant son iPhone connecté sur un site sportif. Les *Angels* ont battu les *Yankees* !

Je jetai un coup d'œil distrait à l'écran.

— Milo ?

— Oui ?

— C'est la route qu'il faut regarder, pas moi.

Je savais que mes tourments désarçonnaient mon ami, le renvoyant à quelque chose qu'il avait du mal à comprendre : mon dérapage mental et cette part de déséquilibre que nous portons tous en nous et dont il m'avait cru, à tort, préservé.

On tourna à droite pour remonter vers Westwood. On entrait dans le Triangle d'or de Los Angeles. Comme certains l'avaient remarqué, il n'y avait dans ce quartier ni hôpital ni cimetière. Juste des rues immaculées aux boutiques hors de prix où il fallait prendre rendez-vous comme chez le médecin. D'un point de vue démographique, personne ne naissait ni ne mourait jamais à Beverly Hills…

— J'espère que tu as faim, fit Milo en déboulant sur Canon Drive.

Un freinage assez franc immobilisa la Bugatti devant un restaurant chic.

45

Après avoir tendu les clés au voiturier, Milo me précéda d'un pas assuré dans l'établissement où il avait ses habitudes.

L'ancien mauvais garçon de MacArthur Park vivait comme une revanche sociale la possibilité de pouvoir aller déjeuner chez Spago sans réservation, alors que le commun des mortels devait s'y prendre trois semaines à l'avance.

Le maître d'hôtel nous conduisit dans un patio sophistiqué où les meilleures tables accueillaient les célébrités du monde des affaires ou du show-biz. Milo me fit un signe discret en s'installant : à quelques mètres de nous, Jack Nicholson et Michael Douglas terminaient leur digestif, tandis qu'à une autre table, l'actrice d'une sitcom qui avait alimenté nos fantasmes d'adolescents mâchouillait une feuille de salade.

Je m'assis, indifférent à cet entourage « prestigieux ». Depuis deux ans, mon accession au rêve hollywoodien m'avait permis d'approcher certaines de mes anciennes idoles. Au détour de fêtes privées dans des clubs ou dans des villas grandes comme des palais, j'avais pu discuter avec des acteurs, des chanteurs et des écrivains qui m'avaient fait rêver lorsque j'étais plus jeune. Mais ces rencontres s'étaient heurtées au mur de la désillusion et du désenchantement. Mieux valait ne pas connaître toutes les coulisses de l'usine à rêves. Dans la « vraie vie », les héros de mon adolescence n'étaient souvent que des dépravés, lancés dans une chasse méthodique au cours de laquelle ils attrapaient des filles-proies qu'ils consommaient et jetaient presque aussitôt, une fois repus, avant de fondre vers de la viande plus fraîche. Tout aussi triste : certaines actrices qui à l'écran étaient pleines de charme et de repartie et qui louvoyaient dans la réalité entre rails de coke, anorexie, Botox et liposuccion.

Mais quel droit avais-je de les juger ? N'étais-je pas, moi aussi, devenu l'un de ces types que je détestais ? Victime du même isolement, de la même addiction aux médocs et du même égocentrisme versatile qui dans les moments de lucidité menaient au dégoût de soi.

— Régale-toi ! s'enthousiasma Milo en désignant les canapés qu'on venait de nous apporter avec nos apéritifs.

Je goûtai du bout des lèvres la tranche de pain recouverte d'une fine tranche de viande marbrée et moelleuse.

— C'est du bœuf de Kobé, expliqua-t-il. Tu sais qu'au Japon, on les masse avec du saké pour faire pénétrer le gras dans les muscles ?

Je fronçai les sourcils. Il continua :

— Pour les cajoler, on mélange leur nourriture avec de la bière et pour les détendre on leur diffuse à plein volume de la musique classique. Si ça se trouve, le steak que tu as dans ton assiette a écouté les concertos d'Aurore. Et peut-être même qu'il en est tombé amoureux. Tu vois, vous avez des choses en commun !

Je savais bien qu'il faisait ce qu'il pouvait pour essayer de me dérider, mais même l'humour m'avait abandonné.

— Milo, je commence à fatiguer, là. Tu m'expliques ce que tu avais de si important à me dire ?

Il engloutit un dernier canapé, sans même laisser à la viande le temps de caresser son palais, puis sortit de sa sacoche un minuscule ordinateur portable qu'il ouvrit sur la table.

— Bon, à présent, considère que ce n'est plus ton ami, mais ton agent qui te parle.

C'était sa formule rituelle pour ouvrir chaque réunion où nous étions censés « parler business ». Milo était la cheville ouvrière de notre petite entreprise. Le portable collé à l'oreille, il vivait à cent à l'heure, connecté en permanence avec les éditeurs, les agents étrangers et les journalistes, toujours à l'affût d'une bonne idée pour promouvoir les livres de son unique client : moi. Je ne savais pas comment il avait décidé Doubleday à publier mon premier roman. Dans le monde féroce de l'édition, il avait appris son métier sur le tas, sans études et sans formation particulière, pour devenir l'un des meilleurs simplement parce qu'il croyait davantage en moi que je n'y croyais moi-même.

Il s'était toujours imaginé qu'il me devait tout, mais je savais qu'au contraire c'était *lui* qui m'avait transformé en star en me faisant, dès mon premier livre, entrer dans le cercle magique des auteurs de best-sellers. Après ce premier succès, j'avais reçu des propositions des agents littéraires les plus renommés, mais je les avais toutes déclinées.

Car en plus d'être mon ami, Milo avait une qualité rare que je plaçais au-dessus des autres : la loyauté.

C'est du moins ce que je pensais avant d'entendre ses révélations ce jour-là.

4

Le monde du dedans

Si vide d'espoir est le monde du dehors que
deux fois plus précieux m'est le monde du
dedans.

Emily BRONTË

— Commençons par les bonnes nouvelles : les ventes des deux premiers tomes sont toujours aussi excellentes.

Milo tourna l'écran de l'ordinateur dans ma direction : des courbes rouges et vertes s'envolaient vers le plafond du graphique.

— L'international a pris le relais du marché américain et la Trilogie des Anges est en train de devenir un véritable phénomène planétaire. Rien qu'en six mois, tu as reçu plus de cinquante mille courriels de lecteurs ! Tu te rends compte ?

Je tournai la tête et levai les yeux. Je ne me rendais compte de rien. Des nuages vaporeux s'étiolaient dans l'air pollué de Los Angeles. Aurore me manquait. À quoi me servait ce succès si je n'avais personne avec qui le partager ?

— Autre bonne nouvelle : le tournage du film commence le mois prochain. Keira Knightley et Adrien Brody ont confirmé leur accord et les pontes de Columbia sont enthousiastes. Ils viennent d'engager le chef décorateur des *Harry Potter* et tablent pour une sortie en juillet prochain sur trois mille écrans. Je suis allé assister à quelques castings : c'était formidable. Tu aurais dû venir…

Tandis qu'une serveuse apportait les plats que nous avions commandés – des tagliatelles au crabe pour lui et une omelette aux chanterelles pour moi –, le téléphone de Milo vibra sur la table.

Il jeta un coup d'œil au numéro qui s'affichait, fronça les sourcils et hésita une seconde avant de prendre l'appel, puis il se leva de table pour s'isoler sous la petite verrière tout en longueur qui reliait le patio au reste du restaurant.

La conversation ne s'éternisa pas. Elle me parvenait par bribes, hachée par le bourdonnement de la salle. Je la devinais animée, émaillée de reproches mutuels et de références à des problèmes qui m'échappaient.

— C'était Doubleday, m'expliqua Milo en revenant s'asseoir. Il appelait à propos d'une des choses dont je voulais te parler. Rien de bien grave : juste un problème d'impression dans la version *deluxe* de ton dernier roman.

Je tenais à cette édition que j'avais voulue soignée : couverture gothique en simili-cuir, dessins à l'aquarelle des principaux personnages, préface et postface inédites.

— Quel genre de problème ?

— Pour faire face à la demande, ils ont lancé le tirage dans la précipitation. Ils ont mis leur imprimeur sous pression et quelque chose a merdé. Résultat : ils ont cent mille exemplaires défectueux sur les bras. Ils vont les pilonner, mais l'ennuyeux, c'est que certains ouvrages ont déjà été livrés aux libraires. Ils vont rédiger un courrier pour les rapatrier.

Il tira un exemplaire de sa sacoche et me le tendit. Même en le feuilletant distraitement, la malfaçon sautait aux yeux puisque, sur les cinq cents pages que comptait le roman, seule la moitié était imprimée. L'histoire s'arrêtait brutalement au milieu de la page 266 sur une phrase elle-même inachevée :

Billie essuya ses yeux noircis par des coulées de mascara.

— S'il te plaît, Jack, ne t'en va pas comme ça.

Mais l'homme avait déjà enfilé son manteau.

Il ouvrit la porte, sans un regard vers sa maîtresse.

— Je t'en supplie ! hurla-t-elle en tombant

Et c'était tout. Pas même un point. Le livre s'achevait sur « en tombant », suivi de plus de deux cents pages blanches.

Connaissant mes romans comme des récitations, je n'eus aucun mal à me souvenir de l'intégralité de la phrase : « Je t'en supplie ! hurla-t-elle en tombant à ses genoux. »

— Bon, on s'en fiche de ça, trancha Milo en empoignant sa fourchette. À eux de se démerder pour régler cette affaire. Le plus important, Tom, c'est...

Je savais ce qu'il allait dire avant même qu'il ne termine sa phrase :

— Le plus important, Tom, c'est… ton prochain roman. *Mon prochain roman…*

Il prit une grande bouchée de pâtes puis recommença à frapper sur le clavier de son ordinateur.

— L'attente est énorme. Regarde un peu ça !

L'appareil était connecté sur le site de vente en ligne, amazon.com. Rien qu'avec les précommandes, mon « futur roman » était déjà classé en première position, juste devant le quatrième épisode de *Millénium*.

— Qu'est-ce que tu penses de ça ?

Je bottai en touche :

— Je croyais que Stieg Larsson était mort et que le tome 4 ne serait jamais publié.

— Je te parle de *ton* roman, Tom.

De nouveau, je regardai l'écran, hypnotisé par la mise en vente de quelque chose qui n'existait pas encore et qui n'existerait probablement jamais. La sortie de mon livre était annoncée pour le 10 décembre prochain, dans un peu plus de trois mois. Un livre dont je n'avais pas écrit la moindre ligne et dont je n'avais en tête qu'un vague projet de synopsis.

— Écoute, Milo…

Mais mon ami n'était pas décidé à me laisser parler :

— Cette fois, je te promets un lancement digne de Dan Brown : il faudra vraiment vivre ailleurs que sur terre pour ne pas être au courant de la sortie de ton roman.

Emporté par son enthousiasme, Milo était difficile à arrêter :

— J'ai commencé à faire monter la sauce et le buzz bat déjà son plein sur Facebook, Twitter et les forums de discussion où tes aficionados rivalisent avec tes détracteurs.

— Milo…

— Rien qu'aux États-Unis et en Angleterre, Doubleday s'est engagé sur un premier tirage de quatre millions d'exemplaires. Les grandes enseignes anticipent une semaine fantastique. Comme pour les *Harry Potter*, on fera ouvrir les librairies à minuit !

— Milo...

— Et toi, il faudra que tu te mettes plus en avant : je peux te négocier un entretien exclusif sur NBC...

— Milo !

— Il y a un vrai engouement, Tom ! Aucun autre écrivain ne veut sortir son livre la même semaine que toi, y compris Stephen King qui a reporté sa version poche en janvier pour éviter que tu lui piques ses lecteurs !

Pour le faire taire, j'abattis mon poing sur la table.

— ARRÊTE AVEC TES DÉLIRES !

Les verres tremblèrent et les clients sursautèrent, jetant des regards réprobateurs dans notre direction.

— Il n'y aura pas de prochain livre, Milo. En tout cas pas avant des années. Je n'y arrive plus, tu le sais très bien. Je suis vide, incapable d'écrire la moindre ligne et surtout, je n'en ai plus envie.

— Mais essaie, au moins ! Le travail, c'est le meilleur des médicaments. Et puis, écrire, c'est ta vie. C'est LA solution pour te sortir de cette torpeur !

— Ne crois pas que je n'aie pas essayé. Je me suis remis vingt fois devant mon écran, mais la simple vue de mon ordinateur me révulse.

— Tu pourrais peut-être acheter un autre ordinateur ou écrire à la main sur des cahiers d'écolier, comme tu le faisais autrefois.

— Je pourrais essayer d'écrire sur des parchemins ou des tablettes de cire que ça ne changerait pas grand-chose.

Milo sembla perdre patience :

— Avant, tu pouvais travailler partout ! Je t'ai vu écrire à la terrasse des Starbucks, sur les sièges inconfortables des avions, assis contre les grillages des terrains de basket, entouré de types qui beuglaient. Je t'ai même vu taper des chapitres entiers sur ton téléphone portable en attendant le bus sous la pluie.

— Eh bien, tout ça, c'est fini.

— Il y a des millions de gens qui attendent la suite de ton histoire. C'est quelque chose que tu dois à tes lecteurs !

— Ce n'est qu'un livre, Milo, pas le vaccin contre le sida !

Il ouvrit la bouche pour riposter, mais son expression se figea comme s'il prenait conscience subitement qu'il n'avait aucun moyen de me faire revenir sur ma décision.

À part peut-être m'avouer la vérité...

— Tom, on a un *vrai* problème, commença-t-il.

— Tu penses à quoi ?

— Aux contrats.

— Quels contrats ?

— Ceux que l'on a signés avec Doubleday et avec tes éditeurs étrangers. Ils nous ont versé de grosses avances à condition que tu t'engages sur des délais.

— Je ne me suis jamais engagé sur rien.

— Moi, je me suis engagé pour toi et ces contrats, tu ne les as peut-être pas lus, mais tu les as signés...

Je me servis un verre d'eau. Je n'aimais pas le tour que prenait cette conversation. Depuis des années, nous nous étions distribué les rôles : je lui laissais gérer la partie business et moi, je gérais les délires de mon imagination. Jusque-là, ce deal m'avait toujours convenu.

— On a déjà repoussé la date de sortie plusieurs fois. Si tu n'as pas terminé ton livre en décembre, nous aurons des pénalités financières importantes.

— Tu n'as qu'à leur rendre leurs avances.

— Ce n'est pas si simple.

— Pourquoi ?

— Parce qu'on les a déjà dépensées, Tom.

— Comment ça ?

Il secoua la tête avec agacement :

— Tu veux que je te rappelle le prix de ta maison ? Ou celui de la bague de diamants que tu as offerte à Aurore et qu'elle ne t'a même pas rendue ?

Quel culot !

— Attends, qu'est-ce que tu racontes ? Je sais très bien ce que j'ai gagné et ce que je peux me permettre de dépenser !

Milo baissa la tête. Des gouttes de sueur perlèrent sur son front. Ses lèvres se crispèrent et son visage, quelques minutes plus tôt animé par l'enthousiasme, était à présent sombre et décomposé.

— J'ai… j'ai tout perdu, Tom.

— Tu as perdu quoi ?

— Ton argent et le mien.

— Qu'est-ce que tu racontes ?

— J'avais presque tout placé dans un fonds de gestion qui s'est pris les pieds dans l'affaire Madoff.

— Tu plaisantes, j'espère.

Mais non, il ne plaisantait pas :

— Tout le monde s'est fait piéger, dit-il d'un ton désolé. Des grandes banques, des avocats, des politiques, des artistes, Spielberg, Malkovich et même Élie Wiesel !

— Et il me reste combien au juste, à part ma maison ?

— Ta maison est hypothéquée depuis trois mois, Tom. Et pour être honnête, il ne te reste même plus de quoi payer ta taxe foncière.

— Mais… et ta voiture ? Elle doit coûter plus de un million de dollars…

— Tu peux même dire deux. Mais depuis un mois, je suis obligé de la garer chez ma voisine pour éviter qu'on me la saisisse !

Je restai un long moment silencieux et hébété, jusqu'à ce qu'un éclair me traverse l'esprit :

— Je ne te crois pas ! Tu es en train d'inventer toute cette histoire pour m'obliger à me remettre au travail, c'est ça ?

— Malheureusement non.

À mon tour je pris mon portable pour appeler le cabinet de conseil financier qui s'occupait du versement de mes impôts et avait ainsi accès à mes différents comptes. Mon interlocuteur habituel me confirma que mes avoirs bancaires étaient à sec, ce dont il n'avait, paraît-il, cessé de me prévenir depuis des semaines à travers différents courriers recommandés et messages restés sans réponse sur mon répondeur.

Mais depuis quand n'avais-je plus relevé mon courrier ou répondu au téléphone ?

Lorsque je retrouvai mes esprits, je n'étais ni paniqué ni même démangé par l'envie de me jeter sur Milo pour lui casser la figure. J'éprouvais juste une très grande lassitude.

— Écoute, Tom : on s'est déjà sortis de situations plus difficiles, osa-t-il me lancer.

— Tu te rends compte de ce que tu as fait ?

— Mais tu peux tout réparer, assura-t-il. Si tu parviens à terminer ton roman dans les temps, on peut remonter la pente rapidement.

— Comment veux-tu que j'écrive cinq cents pages en moins de trois mois ?

— Tu as déjà quelques chapitres sous le coude, je le sais.

Je me pris la tête dans les mains. Décidément, il ne comprenait rien à mon sentiment d'impuissance.

— Je viens de passer une heure à t'expliquer que j'étais vide, que mon esprit était verrouillé, sec comme un caillou. Les problèmes d'argent n'y changent rien. C'est fini !

Il insista :

— Tu m'as toujours dit que l'écriture était nécessaire à ton équilibre et à ta santé mentale.

— Eh bien tu vois, j'avais tort : ce qui m'a rendu fou, ce n'est pas d'avoir arrêté d'écrire, c'est d'avoir perdu l'amour.

— Tu te rends compte tout de même que tu es en train de te détruire pour quelque chose qui n'existe pas ?

— L'amour, ça n'existe pas ?

— L'amour, ça existe sûrement. Mais toi, tu adhères à cette théorie débile de l'âme sœur. Comme s'il existait une sorte d'emboîtement parfait entre deux individus prédestinés à se rencontrer…

— Ah bon, c'est débile de croire qu'il existe peut-être quelqu'un capable de nous rendre heureux, quelqu'un avec qui on aurait envie de vieillir ?

— Bien sûr que non, mais toi, tu crois à autre chose : à cette idée qu'il n'y aurait sur cette Terre qu'une seule personne faite pour nous. Comme une sorte de part manquante originelle dont on aurait gardé la marque dans notre chair et dans notre âme.

— Je te signale que c'est exactement ce que dit Aristophane dans le *Banquet* de Platon !

— Peut-être, mais ton Aristo machin-chose et son Plancton, ils n'écrivent nulle part qu'Aurore est ta part manquante. Crois-moi : laisse tomber cette illusion. La mythologie, c'est peut-être crédible dans tes romans, mais ce n'est pas comme ça que ça marche dans la réalité.

— Non, effectivement, dans la réalité, mon meilleur ami ne se contente pas de me ruiner. En plus, il se permet de me donner des leçons ! éructai-je en quittant la table.

Milo se leva à son tour, l'air désespéré. À cet instant, je le sentais prêt à faire n'importe quoi pour m'injecter une dose de créativité dans les veines.

— Donc tu n'as aucune intention de te remettre à écrire ?

— Non. Et tu ne peux rien contre ça. Écrire un livre, ce n'est pas comme fabriquer une voiture ou des barils de lessive, lui criai-je sur le seuil de la porte.

Lorsque je sortis du restaurant, le voiturier me tendit les clés de la Bugatti. Je m'installai au volant du bolide, allumai le moteur et enclenchai la première. Les sièges en cuir avaient une odeur entêtante de mandarine et la console en bois laqué, décorée de touches d'aluminium poli, me fit penser à un vaisseau spatial.

L'accélération foudroyante me cloua dans le siège. Tandis que les pneus abandonnaient quelques traces de gomme sur l'asphalte, j'aperçus dans le rétroviseur Milo qui me courait après en m'adressant une bordée de jurons.

5

Les lambeaux de paradis

L'enfer existe, et je sais maintenant que son horreur repose en ceci qu'il n'est fait que de lambeaux de paradis.

Alec COVIN

— Je te rends ton *outil*, tu pourras le restituer à son propriétaire, annonça Milo en tendant à Carole le pied-de-biche en acier qu'elle lui avait prêté.

— Son propriétaire, c'est l'État de Californie, répondit la jeune officière de police en rangeant le levier métallique dans le coffre de sa voiture.

Santa Monica
7 heures du soir
— Merci d'être venue me chercher.

— Où est passée ta voiture ?

— C'est Tom qui me l'a empruntée.

— Tom n'a plus de permis !

— Disons qu'il s'est emporté contre moi, reconnut Milo, la tête basse.

— Tu lui as avoué la vérité ? demanda-t-elle, soucieuse.

— Oui, mais ça ne l'a pas incité à se remettre au travail.

— Je te l'avais bien dit.

Elle ferma son véhicule et ils descendirent côte à côte le long du pont suspendu qui menait à la plage.

— Mais enfin, s'énerva Milo, tu ne trouves pas ça insensé, toi : se laisser détruire par une histoire d'amour ?

Elle le regarda avec un air triste :

— C'est peut-être insensé, mais ça se produit tous les jours. Moi, je trouve ça émouvant et terriblement humain.

Il haussa les épaules et lui laissa prendre un peu d'avance.

Avec sa grande taille, sa peau mate, ses cheveux aile-de-corbeau et ses yeux clairs comme de l'eau, Carole Alvarez avait des allures de princesse maya.

Originaire d'El Salvador, elle était arrivée aux États-Unis à l'âge de neuf ans. Milo et Tom la connaissaient depuis l'enfance. Leurs familles – ou ce qu'il en restait – habitaient le même immeuble délabré de MacArthur Park, le Spanish Harlem de Los Angeles, lieu de prédilection des accros à l'héro et des règlements de comptes à coups d'armes automatiques.

Ils avaient tous les trois partagé la même détresse, le même décor de bâtiments insalubres, de trottoirs jonchés de détritus et de magasins aux rideaux de fer défoncés et tagués.

— On s'assoit un moment ? proposa-t-elle en dépliant une serviette.

Milo la rejoignit sur le sable blanc. Les vaguelettes léchaient le rivage, projetant une écume argentée qui mordait les pieds nus des promeneurs.

Bondée en période estivale, la plage était beaucoup plus calme en ce début de soirée d'automne. Inamovible, la fameuse jetée de bois de Santa Monica accueillait depuis plus d'un siècle les Angelenos qui, après leur journée de travail, venaient trouver ici une échappatoire à leur stress et à l'agitation de Los Angeles.

Carole retroussa les manches de son chemisier, enleva ses chaussures, ferma les yeux et offrit son visage au vent et au soleil de l'été indien. Milo la regarda avec une tendresse douloureuse.

Comme lui, Carole n'avait pas été épargnée par la vie. Elle avait à peine quinze ans lorsque son beau-père s'était fait tuer d'une balle dans la tête lors du braquage de son épicerie pendant les funestes émeutes qui avaient enflammé les quartiers pauvres de la ville en 1992. Après le drame, elle avait joué à cache-cache avec les services sociaux pour éviter d'être placée dans une famille d'accueil, préférant squatter chez Black Mamma, une ancienne prostituée, sosie de Tina Turner, qui avait dépucelé la moitié des mâles de MacArthur Park. Tant bien que mal, elle avait continué ses études tout en travaillant à côté : serveuse chez Pizza Hut, vendeuse dans des bijouteries *cheap*, hôtesse d'accueil dans des congrès de seconde zone. Elle avait surtout réussi du premier coup son concours d'entrée à l'école de police, intégrant le LAPD le jour de ses vingt-deux ans et gravissant les premiers échelons à une vitesse stupéfiante : d'abord *officer*, puis *detective* jusqu'à étrenner depuis quelques jours le grade de *sergeant*.

— Tu as eu Tom au bout du fil récemment ?

— Je lui envoie deux messages par jour, répondit Carole en ouvrant les yeux, mais je n'obtiens au mieux que des réponses laconiques.

Elle regarda Milo durement :

— À présent, qu'est-ce qu'on peut faire pour lui ?

— D'abord, l'empêcher de se foutre en l'air, répondit-il en sortant de ses poches les tubes de somnifères et d'anxiolytiques qu'il avait subtilisés.

— Tu as conscience que tout ce qui se passe est en partie ta faute ?

— C'est ma faute si Aurore l'a quitté ? se défendit-il.

— Tu sais très bien à quoi je fais allusion.

— C'est ma faute s'il y a eu une crise financière mondiale ? C'est ma faute si Madoff a escroqué 50 milliards de dollars ? Et puis, réponds-moi honnêtement : cette fille, tu en pensais quoi ?

Carole haussa les épaules dans un geste d'impuissance.

— J'en sais rien, mais ce dont je suis sûre c'est qu'elle n'était pas faite pour lui.

Au loin, sur la jetée, la fête foraine battait son plein. Les cris des enfants se mélangeaient aux odeurs de barbe à papa et de pomme d'amour. Avec sa grande roue et ses montagnes russes, le parc d'attractions était directement bâti sur l'eau, face à la petite île de Santa Catalina que l'on apercevait à travers la brume légère.

Milo soupira :

— Je crains que personne ne connaisse jamais la fin de la Trilogie des Anges.

— Moi, je la connais, répondit tranquillement Carole.

— Tu connais la fin de l'histoire ?

— Tom me l'a racontée.

— Vraiment ? Quand ?

Son regard se troubla.

— Il y a longtemps, répondit-elle vaguement.

Milo fronça les sourcils. À la surprise se mêla une certaine déception. Il pensait tout savoir de la vie de Carole : ils se voyaient presque tous les jours, elle était sa meilleure amie, sa seule vraie famille et – bien qu'il refusât de l'admettre – la seule femme pour qui il éprouvait des sentiments.

L'esprit ailleurs, Milo regarda vers la plage. Comme dans les séries télé, quelques âmes courageuses affrontaient les vagues sur leurs planches de surf tandis que des maîtres nageuses au corps de rêve surveillaient la mer depuis leur cahute en bois. Mais Milo les regardait sans les voir, car il n'avait d'yeux que pour Carole.

Ils étaient unis par un attachement très fort, ancré dans l'enfance, mâtiné de pudeur et de respect. Même s'il n'avait jamais osé exprimer ses sentiments, il tenait à Carole comme à la prunelle de ses yeux et s'inquiétait pour elle à cause des risques liés à son métier. Elle l'ignorait, mais certains soirs, il était arrivé à Milo de prendre sa voiture pour aller passer la nuit sur le parking de son immeuble, juste parce que cela le rassurait d'être près d'elle. La vérité, c'est que, plus que tout au monde, il avait peur de la perdre, même s'il ne savait pas très bien lui-même quelle réalité recouvrait ce dernier verbe : crainte qu'elle ne passe sous un train ? Qu'elle ne se prenne une balle perdue en arrêtant un junkie ? Ou, plus vraisemblablement, de se résigner à la voir s'épanouir dans les bras d'un autre homme.

*

Carole chaussa ses lunettes de soleil et dégrafa un bouton supplémentaire de son corsage. Malgré la chaleur, Milo résista à l'envie de relever les manches de sa chemise. Le haut de ses bras était tatoué de signes cabalistiques, témoins indélébiles de son ancienne appartenance au fameux MS-13, appelé aussi *Mara Salvatrucha*, un gang extrêmement violent régnant sur les blocs de MacArthur Park, qu'il avait intégré par désœuvrement à l'âge de douze ans. Né d'une mère irlandaise et d'un père mexicain, Milo était considéré comme un « chicano » par les membres de ce clan créé par de jeunes immigrants salvadoriens qui l'avaient soumis à l'épreuve initiatique du *corton :* un bizutage consistant en un viol collectif pour les filles et un tabassage en règle d'une durée de treize minutes pour les garçons. Un acte absurde censé témoigner de votre courage, de votre résistance et de votre loyauté, mais qui se terminait parfois dans le sang.

Malgré son jeune âge, Milo y avait pourtant « survécu » et, pendant plus de deux ans, il avait volé des voitures, dealé du crack, racketté des commerçants et revendu des armes à feu pour le compte de la *Mara*. À quinze ans, il était devenu une sorte de bête féroce dont la vie n'était plus régulée que par la violence et la peur. Piégé dans cette spirale, n'envisageant son avenir que par la mort ou la prison, il n'avait dû son salut qu'à l'intelligence de Tom et à l'affection de Carole qui avaient réussi à le sortir de cet enfer, faisant mentir le principe qui voulait que l'on ne quittât pas la *Mara*, sous peine de mort.

Le soleil couchant dardait ses dernières flèches. Milo cligna des yeux plusieurs fois, tout autant pour se protéger de la réverbération que pour chasser les souvenirs et les douleurs du passé.

— Je t'invite à manger des fruits de mer ? proposa-t-il en se levant d'un bond.

— Je crois qu'avec ce qu'il te reste sur ton compte en banque, c'est plutôt moi qui vais devoir t'inviter, remarqua Carole.

— Ce sera un moyen de fêter ta promotion, dit-il en lui tendant la main pour l'aider à se mettre debout.

Ils quittèrent la plage sans entrain et firent quelques mètres à pied le long de la piste cyclable qui reliait Venice Beach à Santa Monica.

Puis ils s'engagèrent dans Third Street Promenade, une large rue pavée bordée de palmiers qui abritait plusieurs galeries d'art et des restaurants à la mode.

Ils s'installèrent à la terrasse de la brasserie *Anisette*, dont la carte, écrite en français, contenait des plats aux noms aussi exotiques que *frisée aux lardons, entrecôte aux échalotes* ou *pommes dauphinoises*.

Milo insista pour goûter un apéritif appelé *pastis* qu'on lui servit à la mode californienne dans un grand verre rempli de glaçons.

Malgré les jongleurs, les musiciens et les cracheurs de feu qui animaient la rue, le dîner fut morne. Carole était triste, Milo torturé et accablé par la culpabilité. La conversation tourna autour de Tom et d'Aurore.

— Est-ce que tu sais *pourquoi* il écrit ? demanda soudain Milo au milieu du repas en se rendant compte qu'il ignorait un point essentiel de la psychologie de son ami.

— Comment ça ?

— Je sais que Tom a toujours aimé lire, mais écrire, c'est autre chose. Et à l'adolescence, tu le connaissais mieux que moi. Qu'est-ce qui l'a poussé, à cette époque, à inventer sa première histoire ?

— Je l'ignore, s'empressa de répondre Carole.

Mais sur ce dernier point, elle mentait.

★

Malibu
8 heures du soir

Après avoir erré dans la ville, je garai la Bugatti menacée de saisie devant une maison dont je venais d'apprendre qu'elle ne m'appartenait plus. Quelques heures plus tôt, j'étais au fond du trou, mais à la tête d'une fortune de 10 millions de dollars. À présent, j'étais juste au fond du trou...

Brisé, essoufflé sans même avoir couru, je me laissai tomber au fond du canapé, les yeux perdus dans l'enchevêtrement des poutres qui soutenaient la pente douce du plafond.

J'avais mal à la tête, le dos en compote, les mains moites et l'estomac noué. Des palpitations m'oppressaient et soulevaient ma poitrine ; à l'intérieur, j'étais vide, consumé par une brûlure qui avait fini par avoir ma peau.

Pendant des années, j'avais passé mes nuits à écrire, y mettant toutes mes émotions et mon énergie. Puis j'avais enchaîné les conférences et les séances de dédicace aux quatre coins du monde. J'avais créé un organisme de charité pour permettre aux enfants de mon ancien quartier de faire des études artistiques. Et lors de quelques concerts, j'avais même joué de la batterie avec mes « idoles » : les Rock Bottom Remainders[1].

Mais aujourd'hui, j'avais perdu le goût de tout : des gens, des livres, de la musique et même des rayons du soleil qui se couchait sur l'océan.

Je me fis violence pour me lever et sortis m'accouder quelques instants à la rambarde de la terrasse. Plus bas sur la plage, vestige de la période Beach Boys, une vieille Chrysler jaune avec boiseries vernies arborait fièrement sur sa vitre arrière la devise de la ville : *Malibu, where the mountain meets the sea*[2].

Je fixai jusqu'à l'aveuglement le liseré flamboyant qui effleurait la ligne d'horizon et illuminait le ciel avant d'être emporté par les vagues. Ce spectacle qui m'avait jadis tant fasciné n'évoquait plus en moi aucun émerveillement. Je ne ressentais plus rien, comme si mon stock d'émotions était épuisé.

Une seule chose aurait pu me sauver : retrouver Aurore, son corps de liane, sa peau de marbre, ses yeux d'argent et son odeur de sable. Mais je savais que ça n'arriverait pas. Je savais que j'avais perdu le combat et qu'à l'issue de cette bataille il ne me restait plus que l'envie de me brûler les neurones à coups de crystal

---

1. Groupe de rock composé d'écrivains reconnus – Stephen King, Scott Turow, Matt Groening, Mitch Albom... – dont les concerts rassemblent des fonds destinés à financer des projets d'alphabétisation.
2. Malibu, là où la montagne rejoint la mer.

meth ou de n'importe quelle autre saloperie sur laquelle je pourrais mettre la main.

Il fallait que je dorme. De retour dans le salon, je cherchai mes médicaments avec nervosité, mais je devinai que Milo les avait fait disparaître. Je courus dans la cuisine, fouillai dans les sacs-poubelle. Rien. Pris de panique, je me précipitai à l'étage, ouvris tous les placards pour finir par mettre la main sur mon sac de voyage. Coincés dans une petite poche, une boîte entamée de somnifères et quelques cachets d'anxiolytiques attendaient là depuis mon dernier voyage promotionnel à Dubaï pour une séance de dédicace dans une grande librairie du *Mail of the Emirates*.

Presque malgré moi, je fis tomber toutes les gélules dans ma main et je restai un moment à regarder la dizaine de comprimés blancs et bleus qui semblaient me narguer :

Même pas cap !

Je n'avais jamais été aussi proche du vide. Dans ma tête, des images terrifiantes s'entrechoquaient : mon corps au bout d'une corde, le robinet de gaz dans ma bouche, le canon d'un revolver contre ma tempe. Tôt ou tard, ma vie finirait sans doute comme ça. Au fond de moi, ne l'avais-je pas toujours su ?

Même pas cap !

J'avalai la poignée de pilules comme une échappatoire. J'eus du mal à déglutir, mais une gorgée d'eau minérale fit passer le tout.

Je me traînai alors jusqu'à ma chambre et m'écroulai sur le lit.

L'espace était vide et froid, bordé par un immense mur de panneaux de verre luminescent couleur turquoise, suffisamment transparent pour laisser passer la lumière du jour.

Je me recroquevillai sur mon matelas, terrassé par mes pensées morbides.

Accrochés au mur blanc, les amants de Marc Chagall me regardaient avec compassion, comme s'ils regrettaient de ne pouvoir alléger mes souffrances. Avant même l'acquisition de ma maison (qui n'était plus ma maison) ou celle de la bague d'Aurore (qui n'était plus mon Aurore), l'achat du tableau du peintre russe avait été ma première folie. Sobrement intitulée *Lovers in Blue*, la toile de Chagall datait de 1914. J'avais eu le coup de foudre pour cette peinture qui représentait un couple enlacé, uni dans un amour mystérieux, sincère et apaisé. Elle symbolisait pour moi la guérison de deux êtres meurtris, cousus l'un à l'autre pour ne plus partager qu'une seule cicatrice.

Alors que je tombais doucement dans un état profond de somnolence, j'eus l'impression de me débrancher progressivement des douleurs du monde. Mon corps disparaissait, ma conscience m'abandonnait, la vie me quittait…

6

Quand je t'ai rencontrée

Il faut avoir un chaos en soi pour accoucher d'une étoile qui danse.

Friedrich NIETZSCHE

DÉFLAGRATION
  CRI DE FEMME
    APPEL AU SECOURS !

Un bruit de verre brisé me tira de mon cauchemar. J'ouvris les yeux dans un sursaut. La chambre était plongée dans l'obscurité et la pluie frappait contre les vitres.

Je me redressai péniblement, la gorge sèche. J'étais fiévreux et trempé de sueur. Je respirais difficilement, mais j'étais toujours vivant.

Je jetai un coup d'œil au radio-réveil :

03 : 16

Il y avait de l'agitation au rez-de-chaussée et j'entendais distinctement les persiennes claquer contre le mur.

J'essayai d'allumer la lampe de chevet, mais comme souvent, l'orage avait fait sauter le courant sur Malibu Colony.

Je me levai avec difficulté. J'avais des nausées et la tête lourde. Mon cœur cognait dans ma poitrine comme si je venais de courir le marathon.

Pris de vertiges, je dus m'appuyer contre le mur pour ne pas chuter. Les somnifères ne m'avaient peut-être pas tué, mais ils m'avaient expédié dans des limbes d'où je n'arrivais pas à m'extirper. Mes yeux surtout m'inquiétaient : c'était comme si on les avait rayés et ils me brûlaient tellement que j'avais du mal à les garder ouverts.

Torturé par la migraine, je me fis violence pour descendre les quelques marches en me tenant à la rampe. À chaque pas, j'avais l'impression que mon estomac se retournait et que j'allais vomir au milieu des escaliers.

Dehors, la tempête faisait rage. Sous le feu des éclairs, la maison ressemblait à un phare au milieu d'une tempête.

Arrivé en bas des marches, je constatai les dégâts : le vent s'était engouffré par la baie vitrée restée grande ouverte, renversant au passage un vase en cristal qui s'était brisé sur le sol, et la pluie torrentielle commençait à inonder mon salon.

Et merde !

Je me hâtai de refermer la vitre et me traînai dans la cuisine pour dénicher une boîte d'allumettes. C'est en revenant dans le séjour que je sentis soudain une présence suivie d'une respiration.

Je fis volte-face et...

*

72

Une silhouette féminine, svelte et gracile, se détachait en ombre chinoise dans la lumière bleu nuit du dehors.

Je sursautai puis écarquillai les yeux : pour le peu que j'en voyais, la jeune femme était nue, une main posée sur son bas-ventre, l'autre cachant sa poitrine.

Manquait plus que ça !

— Qui êtes-vous ? demandai-je en m'approchant et en la détaillant de haut en bas.

— Hé, vous gênez pas ! cria-t-elle en attrapant le plaid en laine d'Écosse posé sur le canapé pour se l'enrouler autour de la taille.

— Comment ça, « vous gênez pas ! » ? C'est le monde à l'envers ! Je vous signale que vous êtes chez moi !

— Peut-être, mais ce n'est pas une raison pour…

— Qui êtes-vous ? demandai-je de nouveau.

— Je pensais que vous me reconnaîtriez.

Je la distinguais mal, mais sa voix, en tout cas, ne me disait rien et je n'avais nulle envie de jouer aux devinettes. Je grattai une allumette pour enflammer la mèche d'une vieille lampe tempête chinée sur le marché aux puces de Pasadena.

Une lumière douce colora la pièce et me révéla le physique de mon intruse. Une jeune femme d'environ vingt-cinq ans au regard clair mi-effarouché, mi-mutin et à la chevelure couleur de miel qui ruisselait de pluie.

— Je ne vois pas comment j'aurais pu vous reconnaître : on ne s'est jamais rencontrés.

Elle laissa échapper un petit rire moqueur, mais je refusai d'entrer dans son jeu.

— Bon ça suffit, mademoiselle ! Qu'est-ce que vous faites là ?

— C'est moi : Billie ! dit-elle comme une évidence en remontant le plaid sur ses épaules.

Je remarquai qu'elle frissonnait et que sa bouche tremblait. Pas étonnant : elle était trempée et la salle était glaciale.

— Je ne connais pas de Billie, répondis-je en me dirigeant vers le grand placard en noyer qui me servait de fourre-tout.

Je fis coulisser la porte et, en fouillant dans un sac de sport, je mis la main sur un drap de plage aux motifs hawaiiens.

— Tenez ! criai-je en lui jetant la serviette depuis l'autre bout du séjour.

Elle l'attrapa au vol, s'essuya les cheveux et le visage en me défiant du regard.

— Billie Donelly, précisa-t-elle en guettant ma réaction.

Je restai plusieurs secondes immobile, sans vraiment comprendre le sens de ses paroles. Billie Donelly était un personnage secondaire de mes romans. Une fille plutôt attachante mais un peu paumée, qui travaillait comme infirmière dans un hôpital public de Boston. Je savais que beaucoup de lectrices s'étaient reconnues dans son personnage de *girl next door* qui enchaînait les histoires d'amour foireuses.

Interloqué, je fis quelques pas dans sa direction et braquai la lampe sur elle. De Billie, elle avait l'allure élancée, dynamique et sensuelle, la frimousse lumineuse, le visage un peu anguleux, piqué de discrètes taches de rousseur.

Mais qui était cette fille ? Une fan obsessionnelle ? Une lectrice qui s'identifiait à mon personnage ? Une admiratrice en mal de reconnaissance ?

— Vous ne me croyez pas, c'est ça ? demanda-t-elle en s'installant sur un tabouret derrière le bar de la cuisine et en attrapant dans la corbeille de fruits une pomme qu'elle mordit à pleines dents.

Je posai ma lampe sur le comptoir de bois. Malgré la douleur aiguë qui me cisaillait le cerveau, j'étais bien décidé à garder mon calme. Les comportements intrusifs auprès de célébrités étaient monnaie courante à Los Angeles : je savais qu'un matin, Stephen King avait trouvé un homme armé d'un couteau dans sa salle de bains, qu'un scénariste en herbe s'était introduit chez Spielberg juste pour lui faire lire un script et qu'un fan déséquilibré de Madonna avait menacé de lui trancher la gorge si elle refusait de l'épouser…

Pendant longtemps, j'avais été épargné par ce phénomène. Je fuyais les plateaux télé, refusais la plupart des demandes d'interviews et, malgré l'insistance de Milo, ne me mettais pas en scène pour la promotion de mes livres. Je prenais comme une fierté le fait que mes lecteurs apprécient mes histoires et mes personnages plus que ma modeste personne, mais la médiatisation de mon histoire avec Aurore m'avait fait basculer malgré moi de la catégorie des écrivains à celle moins prestigieuse des *people*.

— Hé ! Ho ! Y a quelqu'un au bout du fil ? m'interpella « Billie » en agitant les bras. On dirait que vous avez deux de tension avec vos yeux en couilles d'hirondelle !

Même vocabulaire « imagé »…

— Bon, ça suffit à présent, vous allez passer quelque chose sur le dos et rentrer chez vous sagement.

— Je crois que j'aurais du mal à rentrer chez moi…

— Pourquoi ?

— Parce que chez moi, c'est dans vos livres. Pour un petit génie des lettres, je vous trouve un peu long à la détente.

Je soupirai sans céder à l'exaspération. J'essayai de la raisonner :

— Mademoiselle : Billie Donelly est un personnage de fiction…

— Jusque-là, je suis d'accord.

C'est toujours ça de pris.

— Or, cette nuit, dans cette maison, nous sommes dans la réalité.

— Ça me paraît clair.

Bon, on avance.

— Donc, si vous étiez un personnage de roman, vous ne pourriez pas être là.

— Si !

C'était trop beau.

— Expliquez-moi comment, mais expliquez-le vite car j'ai vraiment sommeil.

— Parce que je suis tombée.

— Tombée d'où ?

— Tombée d'un livre. Tombée de votre histoire, quoi !

Je la regardai, incrédule, sans comprendre un traître mot de ses divagations.

— Je suis tombée d'une ligne, au milieu d'une phrase inachevée, ajouta-t-elle en désignant sur la table, pour me convaincre, le livre que m'avait donné Milo au déjeuner.

Elle se leva et m'apporta l'exemplaire qu'elle ouvrit page 266. Pour la deuxième fois de la journée, je parcourus le passage où l'histoire s'arrêtait brutalement :

Billie essuya ses yeux noircis par des coulées de mascara.

— S'il te plaît, Jack, ne t'en va pas comme ça.

Mais l'homme avait déjà enfilé son manteau.

Il ouvrit la porte, sans un regard vers sa maîtresse.

— Je t'en supplie ! hurla-t-elle en tombant

— Vous voyez, c'est écrit : « hurla-t-elle en tombant ». Et c'est chez vous que je suis tombée.

J'étais de plus en plus hébété. Pourquoi ce genre de choses tombait-il (c'était le cas de le dire) toujours sur moi ? Qu'est-ce que j'avais fait pour mériter ça ? J'étais sans doute un peu stone, mais pas assez pour dérailler à ce point. J'avais juste pris quelques somnifères, pas du LSD ! Quoi qu'il en soit, cette fille n'existait peut-être que dans ma tête. Elle n'était probablement que la manifestation fâcheuse d'une surdose médicamenteuse qui me faisait délirer.

J'essayais de m'accrocher à cette idée, tentant de me convaincre que tout cela n'était qu'une hallucination vertigineuse qui traversait mon cerveau, mais je ne pus pour autant m'empêcher de remarquer :

— Vous êtes complètement frapadingue, et c'est un euphémisme. On a déjà dû vous le dire, n'est-ce pas ?

— Et vous, vous feriez mieux d'aller vous recoucher, parce que vous avez la tête dans le cul. Et ça, ce n'est pas un euphémisme.

— Oui, je vais aller me coucher parce que je n'ai pas de temps à perdre avec une fille qui yoyote de la cafetière !

— J'en ai assez de vos insultes !

— Et moi, j'en ai assez de me coltiner une détraquée tombée de la lune qui débarque chez moi, à poil, à 3 heures du matin !

J'essuyai les gouttes de transpiration sur mon front. De nouveau, j'avais du mal à respirer et des spasmes d'anxiété contractaient les muscles de mon cou.

Mon téléphone cellulaire était resté dans ma poche. Je le sortis pour composer le numéro du poste de sécurité chargé de veiller sur la résidence.

— C'est ça, foutez-moi dehors ! cria-t-elle. C'est tellement plus simple que de m'aider !

Il ne fallait pas que j'entre dans son jeu. Bien sûr, quelque chose me touchait chez elle : sa bouille de manga, sa fraîcheur rieuse, son petit côté garçon manqué qu'atténuaient ses yeux de lagon et ses jambes interminables. Mais ses propos étaient trop incohérents pour que je puisse faire quelque chose pour elle.

Je composai le numéro et attendis.

Première sonnerie.

J'avais le visage en feu et la tête de plus en plus lourde. Puis ma vision se troubla jusqu'à ce que les objets se dédoublent.

Deuxième sonnerie.

Il fallait que je me passe un peu d'eau sur le visage, il fallait que…

Mais autour de moi, le décor perdit de sa réalité et tout vacilla. J'entendis la troisième sonnerie qui résonnait, très loin, puis je perdis connaissance et m'écroulai sur le sol.

7

Billie au clair de lune

Les muses sont des fantômes, et il leur arrive d'entrer en scène sans y être invitées.

Stephen KING

La pluie s'abattait toujours sans relâche, laissant de larges balafres sur les vitres qui tremblaient sous les tourbillons du vent. Le courant était revenu dans la pièce, même si les lampes grésillaient encore par intermittence.

Malibu Colony
4 heures du matin

Emmitouflé dans une couverture, Tom était profondément endormi sur le canapé.

« Billie » avait allumé les radiateurs et enfilé un peignoir trop grand pour elle. Une serviette nouée sur la tête, une tasse de thé à la main, elle déambulait dans la maison, ouvrant les placards et les tiroirs, se livrant à une inspection minutieuse depuis le contenu des armoires jusqu'à celui du réfrigérateur.

Malgré le bordel qui régnait dans le salon et la cuisine, elle aimait l'esprit bohème et rock and roll de la décoration : la planche de surf en bois laqué suspendue au plafond, la lampe de corail, la longue-vue en laiton nickelé, le juke-box d'époque...

Elle passa une demi-heure à fureter dans les rayons de la bibliothèque, butinant çà et là au gré de son inspiration. Sur le bureau se trouvait l'ordinateur portable de Tom. Elle l'alluma sans manifester la moindre gêne, mais se retrouva bloquée par un mot de passe. Elle essaya quelques codes tirés de l'univers de l'auteur, mais aucune de ses tentatives ne lui permit de pénétrer les arcanes de la machine.

Dans les tiroirs, elle mit la main sur des dizaines de lettres de lecteurs envoyées à Tom des quatre coins du monde. Certaines enveloppes contenaient des dessins, d'autres des photos, des fleurs séchées, des gris-gris, des médailles porte-bonheur... Pendant plus d'une heure, elle lut avec attention chacun de ces courriers pour constater avec surprise qu'un nombre important parlaient d'elle.

Sur le plan de travail, d'autres missives s'entassaient que Tom n'avait pas même pris la peine d'ouvrir : factures, relevés bancaires, invitations à des premières, copies d'articles de journaux envoyées par le service de presse de Doubleday. Sans hésiter longtemps, elle décacheta la plupart des enveloppes, éplucha la liste des dépenses de l'écrivain, se plongeant dans le compte rendu qu'avaient fait les journaux de sa rupture avec Aurore.

Tout en lisant, elle jetait de fréquents regards vers le canapé, s'assurant que Tom était toujours endormi. À deux reprises, elle quitta son siège et remonta sa couverture comme elle l'eût fait pour veiller un enfant malade.

Elle regarda aussi longuement le diaporama des photos d'Aurore présenté dans le cadre numérique posé sur le manteau de la cheminée. La pianiste dégageait une légèreté et une grâce hors norme. Quelque chose d'intense et de pur. Devant ces clichés, « Billie » ne put s'empêcher de se demander naïvement pourquoi certaines femmes recevaient autant à la naissance – beauté, éducation, richesse, dons – et d'autres si peu.

Puis elle se planta dans l'embrasure d'une fenêtre et observa la pluie qui tapait contre les carreaux. Elle voyait son reflet dans la vitre et elle n'aimait pas l'image qu'elle lui renvoyait. Sur son physique, elle avait toujours été partagée : elle trouvait son visage anguleux et son front trop large. Son corps dégingandé la faisait ressembler à une sauterelle. Non, elle ne se trouvait pas très jolie avec sa poitrine discrète, ses hanches étroites, son allure gauche de grande gigue et ses taches de rousseur qu'elle détestait. Alors bien sûr, il y avait ses jambes, longues à l'infini… Son « arme fatale au jeu de la séduction » pour reprendre une expression utilisée dans les romans de Tom. Des jambes qui affolaient beaucoup d'hommes, mais pas toujours les plus gentlemen d'entre eux. Elle chassa ces pensées de son esprit et, fuyant « l'ennemi dans la glace », quitta son poste d'observation pour visiter l'étage.

Dans le dressing de la chambre d'amis, elle découvrit une penderie impeccablement rangée. Sans doute des vêtements oubliés par Aurore et qui témoignaient de la soudaineté de sa rupture avec Tom. Elle inspecta cette caverne d'Ali Baba avec des yeux brillants de petite fille. Elle contenait certains incontournables de la mode : une veste Balmain, un trench Burberry beige, un sac Birkin – un vrai ! –, un jean Notify…

Dans le tiroir à chaussures coulissant, elle trouva carrément le Saint Graal : une paire d'escarpins signée Christian Louboutin. Miracle : ils étaient à sa taille. Devant le miroir, elle ne put s'empêcher de les essayer, s'offrant un quart d'heure Cendrillon, avec un jean clair et un top en satin.

Elle termina sa visite de la maison en pénétrant dans la chambre de Tom. Elle fut surprise de voir que la pièce baignait dans une lumière bleue alors qu'aucune lampe n'était allumée. Elle se tourna vers la toile accrochée au mur et regarda, fascinée, la douce étreinte des amants.

Perçant la pénombre, le tableau de Chagall avait quelque chose d'irréel et semblait phosphorer dans la nuit.

8

La voleuse de vie

Le monde ne te fera pas de cadeau, crois-moi. Si tu veux avoir une vie, vole-la.

Lou ANDREAS-SALOMÉ

Une onde de chaleur parcourut mon corps et balaya mon visage. Je me sentais bien, au chaud, protégé. Je résistai un moment à l'envie d'ouvrir les yeux pour prolonger ce sommeil amniotique dans mon cocon ouaté. Puis il me sembla entendre une chanson au loin : le refrain d'un tube reggae dont les notes se mêlaient à une odeur venue de l'enfance : celle des pancakes à la banane et des pommes caramélisées.

Un soleil insolent déversait sa lumière dans toute la pièce. Ma migraine s'était évaporée. La main devant les yeux pour ne pas être ébloui, je tournai la tête vers la terrasse. La musique provenait de mon petit poste de radio posé sur une desserte en teck poli.

Il y avait du mouvement autour de la table : les pans vaporeux d'une robe, fendue jusqu'en haut d'une cuisse, flottaient en contre-jour. Je me redressai pour m'asseoir contre le dossier du canapé. Je connaissais cette robe, rose chair, avec ses fines bretelles ! Je connaissais ce corps que le jeu des transparences laissait deviner !

— Aurore… murmurai-je.

Mais la silhouette diaphane et vaporeuse s'avança jusqu'à cacher le soleil et…

Non, ce n'était pas Aurore, c'était l'autre cinglée de cette nuit qui se prenait pour un personnage de roman !

Je sortis d'un bond de la couette avant d'y revenir illico presto en me rendant compte que j'étais nu comme un ver.

Cette barge m'a déshabillé !

Je cherchai des yeux mes vêtements ou même un simple caleçon, mais rien n'était à portée de main.

Ça ne va pas se passer comme ça !

J'empoignai le couvre-lit pour l'enrouler autour de ma taille avant de me précipiter sur la terrasse.

Le vent avait chassé les nuages. Le ciel était dégagé et brillait d'un bleu magnétique. Dans sa robe d'été, le « clone » de Billie s'activait autour de la table comme une abeille voletterait entre les rayons du soleil.

— Qu'est-ce que vous foutez encore ici ? fulminai-je.

— C'est une drôle de façon de me remercier d'avoir préparé le petit déjeuner !

En plus des petites crêpes, elle avait disposé deux verres de jus de pamplemousse et fait du café.

— Et puis, de quel droit m'avez-vous déshabillé ?

— Ben, chacun son tour ! Vous ne vous êtes pas gêné hier soir pour me détailler des pieds à la tête…

— Mais vous êtes CHEZ MOI !

— Allez ! Vous n'allez pas faire toute une histoire parce que j'ai aperçu Popol !

— Popol ?

— Ben oui, votre petit Jésus, votre petite bébête…

Mon petit *Jésus ! Ma* petite *bébête !* pensai-je en resserrant la couette autour de ma taille.

— Notez bien le côté affectueux de l'adjectif *petit*, car de ce côté-là, vous êtes plutôt bien…

— Bon, assez plaisanté ! la coupai-je. Et puis, si vous croyez m'avoir par la flatterie…

Elle me tendit une tasse de café :

— Ça vous arrive de parler sans hurler ?

— Et de quel droit avez-vous enfilé cette robe ?

— Vous ne trouvez pas qu'elle me va bien ? Elle appartenait à votre ancienne petite amie, n'est-ce pas ? Je ne vous imagine pas en train de vous travestir…

Je me laissai tomber sur une chaise et me frottai les yeux pour reprendre mes esprits. Cette nuit, j'avais naïvement espéré que cette fille aurait pu n'être qu'une hallucination, mais ce n'était malheureusement pas le cas : c'était une femme, une vraie, doublée d'une emmerdeuse de première classe.

— Buvez votre café avant qu'il ne refroidisse.

— Je n'en veux pas, merci.

— Vous avez une mine de déterré et vous ne voulez pas de café ?

— Je ne veux pas de *votre* café, c'est différent.

— Pourquoi ?

— Parce que je ne sais pas ce que vous avez foutu dans ma tasse.

— Vous ne croyez tout de même pas que je cherche à vous empoisonner ?

— Je connais les givrées dans votre genre…

— Les givrées dans mon genre !

— Ouais : les nymphos ayant la conviction délirante d'être aimées par l'acteur ou l'écrivain qu'elles admirent.

— Moi, une nymphomane ! Là, mon vieux, vous prenez vraiment vos désirs pour la réalité. Et si vous croyez que je vous admire, vous vous mettez complètement le doigt dans l'œil !

Je me massai les tempes en regardant le soleil triompher derrière la ligne d'horizon. Mes cervicales étaient douloureuses et mon mal de crâne était revenu d'un seul coup, choisissant cette fois de torturer l'arrière de ma tête.

— Bon, on va arrêter cette plaisanterie. Vous allez rentrer chez vous sans me forcer à appeler la police, d'accord ?

— Écoutez, je comprends que vous refusiez d'admettre la vérité, mais…

— Mais ?

— … je suis *vraiment* Billie Donelly. Je suis *vraiment* un personnage de roman et croyez bien que cela me terrifie autant que vous.

Atterré, je finis par prendre une gorgée de café puis, après une dernière hésitation, je terminai la tasse. Le breuvage était peut-être empoisonné, mais apparemment le poison n'était pas à effet immédiat.

Toutefois, je ne baissai pas ma garde. Enfant, je me souvenais d'avoir vu une émission de télévision où l'assassin de John Lennon motivait son acte par la volonté d'acquérir un peu de la célébrité de sa victime. Certes, je n'étais pas l'ex-Beatle et cette femme était plus mignonne que Mark David Chapman, mais je savais que beaucoup de *stalkers*[1] étaient psychotiques et que leur passage à l'acte pouvait être impulsif et violent. Je pris donc ma voix la plus rassurante pour essayer de la raisonner de nouveau :

— Écoutez, je pense que vous êtes légèrement... perturbée. Ça arrive. On traverse tous une mauvaise passe un jour ou l'autre. Peut-être que vous avez perdu récemment votre emploi ou bien un proche ? Peut-être que votre petit ami vous a quittée ? Ou alors vous vous sentez rejetée et pleine de ressentiment ? Si tel est le cas, je connais une psychologue qui pourrait vous...

Elle interrompit mon laïus en agitant devant mes yeux l'une des ordonnances rédigées par le Dr Sophia Schnabel :

— D'après ce que j'ai cru comprendre, c'est vous qui avez besoin d'un psy, non ?

— Vous avez fouillé dans mes affaires !

— Affirmatif, répondit-elle en me resservant du café.

Son comportement me décontenançait. Qu'étais-je censé faire en pareille situation ? Appeler les flics ou un médecin ? Au vu de ses paroles, j'étais prêt à parier qu'elle avait des antécédents judiciaires ou psychiatriques. Le plus simple aurait été de la mettre dehors *manu militari*, mais si je la touchais, cette peste était capable de prétendre que j'avais voulu abuser d'elle et je ne voulais pas courir ce risque.

— Vous n'avez pas passé la nuit chez vous, constatai-je dans un ultime essai. Sans doute doit-on se

1. Individus psychologiquement instables qui harcèlent, persécutent et parfois agressent les célébrités.

faire du souci dans votre famille ou parmi vos amis. Si vous désirez prévenir quelqu'un, vous pouvez utiliser mon téléphone.

— Ça, je ne crois pas ! D'abord, personne ne s'inquiète pour moi, ce qui est triste, je veux bien l'admettre. Quant à votre téléphone, on vient juste de vous le couper, répondit-elle du tac au tac en retournant dans le salon.

Je la vis se diriger vers la grande table de travail qui me servait de bureau. De loin, tout sourire, elle exhiba un paquet de factures.

— Pas étonnant, remarqua-t-elle. Vous n'avez plus payé votre abonnement depuis des mois !

Ce fut la repartie de trop. Impulsivement, je me précipitai sur elle et la fis basculer pour la faire tomber dans mes bras. Tant pis si j'étais accusé d'agression. Je préférais cela plutôt que de l'entendre une minute de plus. Je la tenais fermement, une main sous ses genoux, l'autre en bas de ses reins. Elle se débattait de toutes ses forces, mais je ne cédai pas et la ramenai sur la terrasse où je la « déposai » sans ménagement le plus loin possible avant de retourner précipitamment dans le séjour et de refermer la baie vitrée derrière moi.

Et voilà !

Les bonnes vieilles méthodes, il n'y a que ça de vrai.

Pourquoi m'étais-je infligé cette compagnie importune pendant si longtemps ? Ça n'avait pas été très compliqué de s'en débarrasser finalement ! J'avais beau écrire le contraire dans mes romans, parfois, il n'était pas mauvais que la force triomphe des mots…

Je regardai la jeune femme, « enfermée dehors », avec un sourire satisfait. Elle répondit à ma bonne humeur par un majeur pointé dans ma direction.

Enfin seul !

J'avais besoin de ma sérénité. À défaut d'anxiolytiques, je mis la main sur mon iPod et, à la manière d'un druide préparant une potion calmante, je me concoctai une *playlist* hétéroclite à base de Miles Davis, de John Coltrane et de Philip Glass. J'enclenchai le baladeur dans ses enceintes et la pièce se remplit des premières notes de *Kind of Blue*, la plus belle œuvre de jazz au monde, le disque qu'appréciaient même ceux qui n'aimaient pas le jazz.

Dans la cuisine, je me fis un nouveau café puis je retournai dans le salon en espérant que mon étrange visiteuse aurait disparu de ma terrasse.

Ce n'était pas le cas.

Visiblement de mauvaise humeur – encore un euphémisme – elle était en train de saccager le service du petit déjeuner. Cafetière, assiettes, tasses, plateau en verre : tout ce qui pouvait se briser fut projeté sur les dalles en terre cuite. Puis elle tambourina avec rage contre les panneaux coulissants avant d'y catapulter, de toutes ses forces, une chaise de jardin qui ne fit que rebondir sur le verre sécurisé.

« JE SUIS BILLIE ! » hurla-t-elle à plusieurs reprises, mais ses paroles étaient filtrées par le triple vitrage et je les devinais plus que je ne les entendais. Ce raffut n'allait pas tarder à alerter les voisins et, par ricochet, l'équipe de gardiennage de Malibu Colony qui me débarrasserait de la gêneuse.

À présent, elle s'était affaissée le long de l'embrasure de la fenêtre. Assise la tête dans les mains, elle semblait abattue et prostrée. Touché par sa détresse, je la regardai fixement tout en me rendant compte que ses propos avaient exercé sur moi, sinon une étrange fascination, du moins une réelle interrogation.

Elle leva la tête et, entre ses mèches de cheveux dorés, j'aperçus son regard myosotis passé, en quelques minutes, de la plus douce à la plus chaotique des expressions.

Je me rapprochai lentement et m'assis à mon tour contre la paroi vitrée, mes yeux plantés dans les siens, à la recherche d'une part de vérité sinon d'une explication. C'est alors que je vis ses paupières tressaillir comme sous l'effet d'une douleur. Je me reculai pour découvrir que sa robe couleur chair était toute maculée de sang ! Puis j'aperçus la lame du couteau à pain entre ses mains et je compris qu'elle s'était automutilée. Je me levai pour lui porter secours, mais cette fois, c'est elle qui avait bloqué la porte en coinçant la poignée extérieure avec la table.

Pourquoi ? lui demandai-je du regard.

Je devinai une pointe de défi dans ses yeux et, pour toute réponse, elle frappa plusieurs fois la vitre avec la paume de sa main gauche qui pissait le sang. Enfin, elle immobilisa sa main lacérée et, par transparence, je lus les trois chiffres entaillés dans sa chair :

9

Épaule tatoo

Inscrits en lettres de sang, les chiffres dansaient devant mes yeux :

144

En temps normal, mon premier réflexe aurait été de composer le 911 pour prévenir les secours, mais quelque chose me retenait de le faire dans la précipitation. La blessure saignait abondamment, mais elle ne semblait pas fatale. Qu'y avait-il à comprendre derrière ce geste ? Pourquoi cette femme s'était-elle infligé une telle coupure ?

Parce qu'elle est folle...

Soit, mais encore ?

Parce que je ne l'ai pas crue.

Quel lien avait le nombre 144 avec ce qu'elle m'avait raconté ?

De nouveau, elle frappa violemment la vitre avec sa paume et je vis que son doigt désignait le livre posé sur la table.

Mon roman, l'histoire, les personnages, la fiction...

L'évidence s'imposa à moi :

Page 144.

J'attrapai mon livre et le feuilletai avec empressement jusqu'à atteindre la fameuse page. C'était un début de chapitre qui commençait comme ça :

Le lendemain de la première fois où elle avait fait l'amour avec Jack, Billie se rendit dans une boutique de tatouage de Boston.

L'aiguille courait sur son épaule, injectant l'encre sous sa peau, gravant par petites touches une inscription en arabesque. Un signe utilisé par les membres d'une ancienne tribu indienne pour qualifier l'essence du sentiment amoureux : *un peu de toi est entré en moi pour toujours et m'a contaminée comme un poison.* Une épigraphe corporelle qu'elle entendait désormais porter comme un viatique pour affronter les douleurs de la vie.

Je levai la tête vers ma « visiteuse ». Elle s'était recroquevillée sur elle-même. Le menton posé sur ses jambes repliées, elle me fixait maintenant d'un œil éteint. Faisais-je fausse route ? Y avait-il vraiment quelque chose à comprendre derrière cette mise en scène ? Incertain, je me rapprochai de la baie vitrée. Derrière la fenêtre, le regard de la jeune femme s'enflamma soudain. Elle se passa la main dans le cou pour faire glisser la bretelle de sa robe le long de son épaule.

Au niveau de son omoplate, j'aperçus un motif tribal que je connaissais bien. Un signe indien utilisé par les Yanomami pour décrire la substance du sentiment amoureux : *un peu de toi est entré en moi pour toujours et m'a contaminée comme un poison...*

10

The paper girl

L'esprit des romanciers est habité, voire pos-
sédé par leurs personnages, tout comme l'esprit
d'une paysanne superstitieuse par Jésus-Marie-
Joseph, ou celui d'un fou par le diable.

Nancy HUSTON

Dans la maison, le calme avait succédé à la tempête.
Après avoir accepté de revenir dans le salon, la jeune
femme avait fait un détour par la salle de bains pendant
que je préparais du thé et que je dressais l'inventaire de
mon armoire à pharmacie.

Malibu Colony
9 heures du matin
Elle me rejoignit à la table de la cuisine. Elle avait
pris une douche, enfilé mon peignoir et arrêté l'hémorragie en comprimant ses plaies avec une serviette.

— J'ai une trousse de premiers secours, dis-je, mais
elle n'est pas très fournie.

Dans la pochette, elle trouva tout de même un désinfectant et nettoya sa blessure avec soin.

— Pourquoi avez-vous fait ça ?

— Parce que vous ne vouliez pas m'écouter, pardi !

Je la regardai écarter les lèvres des coupures pour en vérifier la profondeur.

— Je vais vous conduire à l'hôpital. Il vous faut quelques points de suture.

— Je vais me les faire moi-même, je suis infirmière, n'oubliez pas. J'aurais juste besoin de fil chirurgical et d'une aiguille stérile.

— Zut ! J'ai oublié de les mettre sur ma liste la dernière fois que j'ai fait mes courses.

— Vous n'avez pas non plus de bandelettes adhésives ?

— Écoutez, c'est une maison de plage ici, pas un dispensaire.

— Ou alors du fil de soie ou du crin de cheval ? Ça peut faire l'affaire. Non, vous avez mieux ! Je suis certaine que j'ai vu le produit miracle, là-bas, dans le…

Elle quitta le tabouret au milieu de sa phrase et, comme si elle était chez elle, s'en alla farfouiller dans les tiroirs de mon bureau.

— Voilà, je l'ai ! lança-t-elle en revenant s'asseoir triomphalement, un tube de Super Glue dans sa main valide.

Elle dévissa le bouchon du petit étui – qui portait la mention : « spécial céramique et porcelaine » – et appliqua un trait de colle sur sa blessure.

— Attendez, vous êtes certaine de ce que vous faites ? On n'est pas dans un film, là !

— Non, mais moi, je suis une héroïne de roman, répondit-elle avec malice. Ne vous en faites pas, c'est pour ça qu'on l'a inventée.

Elle rapprocha les bords de sa plaie et les maintint fermés quelques secondes pour laisser à la colle le temps de faire son effet.

— Et voilà ! s'exclama-t-elle fièrement en exhibant sa main artisanalement suturée.

Elle croqua dans la tartine que je lui avais beurrée puis prit une gorgée de thé. Derrière sa tasse, je voyais ses grands yeux qui tentaient de lire dans mes pensées.

— Vous êtes devenu beaucoup plus gentil, mais vous ne me croyez toujours pas, n'est-ce pas ? devina-t-elle en s'essuyant la bouche avec sa manche.

— Un tatouage, ce n'est pas *vraiment* une preuve, fis-je remarquer prudemment.

— La mutilation en est une, non ?

— Une preuve que vous êtes violente et impulsive, ça oui !

— Posez-moi des questions, alors !

J'éludai en secouant la tête :

— Je suis écrivain, pas flic ni journaliste.

— Elle est un peu facile celle-là, non ?

Je jetai le contenu de ma tasse dans l'évier. Pourquoi m'escrimais-je à boire du thé alors que je détestais ça ?

— Écoutez, je vous propose un marché…

Je laissai ma phrase en suspens, réfléchissant à la façon dont j'allais présenter les choses.

— Oui ?

— Je veux bien vous mettre à l'épreuve en vous posant une série de questions sur la vie de Billie, mais, si vous séchez, ne serait-ce qu'une fois, vous partez sans faire d'histoires.

— Promis.

— On est bien d'accord : à la première erreur, vous foutez le camp de cette maison, sinon j'appelle les flics dans la seconde. Et cette fois, vous aurez beau vous trucider de part en part avec un couteau de boucher, je vous laisserai pisser le sang sur la terrasse !

— Vous êtes toujours aussi charmant ou vous vous forcez ?

— On s'est bien compris ?

— OK, balancez vos questions.

— Nom, date et lieu de naissance ?

— Billie Donelly, née le 11 août 1984 à Milwaukee, près du lac Michigan.

— Le nom de votre mère ?

— Valeria Stanwick.

— La profession de votre père ?

— Il travaillait comme ouvrier chez Miller, le deuxième plus gros brasseur de bière du pays.

Elle répondait du tac au tac, sans aucune hésitation.

— Votre meilleure amie ?

— À mon grand regret, je n'ai pas de véritable amie. Juste des copines.

— Premier rapport sexuel ?

Elle prit le temps de réfléchir, me regardant d'un œil sombre pour bien me faire comprendre que son malaise venait uniquement de la nature de ma question.

— À seize ans, en France, lors d'un voyage linguistique sur la Côte d'Azur. Il s'appelait Théo.

Au fil des réponses, le trouble me gagnait et, à voir son sourire satisfait, je compris qu'elle était consciente de marquer des points. En tout cas, une chose était certaine : elle connaissait mes romans par cœur.

— Votre boisson préférée ?

— Le Coca. Le vrai : pas le light ni le zero.

— Film favori ?

— *Eternal Sunshine of the Spotless Mind.* Un film bouleversant sur la douleur d'aimer. Tellement poétique et mélancolique. Vous l'avez vu ?

Elle délia son physique longiligne pour aller s'asseoir sur le canapé. De nouveau, je fus frappé par sa ressemblance avec Billie : même blondeur lumineuse, même beauté naturelle sans affectation, mêmes intonations gouailleuses, même timbre de voix que je me souvenais d'avoir décrit dans mes livres comme « provocant et moqueur, tour à tour affirmé et juvénile ».

— La qualité que vous recherchez chez un homme ?

— C'est le questionnaire de Proust, votre truc ?

— Ça y ressemble.

— En fait, j'aime qu'*un homme soit un homme*. Je n'apprécie pas tellement ces mecs qui veulent à tout prix faire ressortir leur part féminine. Vous comprenez ?

Je hochai la tête d'un air dubitatif. Je m'apprêtais à continuer lorsqu'elle prit la parole :

— Et vous, la qualité que vous préférez chez une femme ?

— La fantaisie, je crois. L'humour, c'est la quintessence de l'intelligence, non ?

Elle désigna le cadre numérique où défilaient les photos d'Aurore.

— Pourtant, votre pianiste, elle n'a pas l'air d'une rigolote.

— Si nous revenions à nos moutons, proposai-je en la rejoignant sur le canapé.

— Ça vous excite de poser les questions, n'est-ce pas ? Vous y prenez goût, à votre petit pouvoir ! s'amusa-t-elle.

Mais je refusai de me laisser distraire et continuai mon interrogatoire :

— Si vous deviez changer une chose dans votre apparence physique ?

— J'aimerais avoir plus de formes et de chair.

Et moi j'étais sur le cul. Tout était juste. Soit cette femme était folle et s'était identifiée au personnage de Billie avec un mimétisme étonnant, soit elle était *vraiment* Billie et alors c'est moi qui étais fou.

— Alors ? me nargua-t-elle.

— Vos réponses prouvent seulement que vous avez bien étudié mes romans, dis-je en essayant tant bien que mal de masquer ma surprise.

— Dans ce cas, posez-moi d'autres questions.

C'était justement ce que je comptais faire. Par provocation, je balançai mon livre dans la poubelle chromée de la cuisine puis j'ouvris mon petit ordinateur portable, léger comme l'air, et tapai le mot de passe pour accéder à ma session. À vrai dire, je connaissais beaucoup plus d'informations sur mes personnages que je n'en mettais dans mes romans. Pour être en totale empathie avec mes « héros », j'avais pris l'habitude d'écrire pour chacun d'eux une biographie détaillée d'une vingtaine de pages. J'y consignais le maximum de renseignements, depuis leur date de naissance jusqu'à leur chanson préférée en passant par le nom de leur institutrice de maternelle. Les trois quarts de ces indications ne se retrouvaient pas dans la mouture finale du livre, mais cet exercice faisait partie du travail invisible qui permettait que se produise l'alchimie mystérieuse de l'écriture. Avec l'expérience, j'avais fini par me convaincre que cet exercice donnait une certaine crédibilité à mes personnages ou du moins une part d'humanité qui expliquait peut-être pourquoi les lecteurs se reconnaissaient à travers eux.

— Vous tenez vraiment à continuer ? demandai-je en ouvrant le fichier consacré à Billie.

La jeune femme extirpa d'un des tiroirs de la table basse un petit briquet argenté ainsi qu'un vieux paquet entamé de Dunhill – dont j'ignorais moi-même l'existence – qui avait dû être oublié par une des femmes que j'avais fréquentées avant Aurore. Elle s'alluma une cigarette avec un certain style :

— Je n'attends que ça.

Je consultai l'écran et piochai une référence au hasard.

— Groupe de rock préféré ?

— Hum… Nirvana, commença-t-elle avant de se reprendre : Non, les Red Hot !

— Pas très original tout ça.

— Mais c'est la bonne réponse, n'est-ce pas ?

Ça l'était. Un coup de chance sans doute. Aujourd'hui, tout le monde aimait les Red Hot Chili Peppers.

— Plat préféré ?

— Si c'est une copine de boulot qui me pose la question, je vais répondre la salade Caesar, pour ne pas passer pour une morfale, mais mon vrai régal, c'est une portion bien grasse de fish & chips !

Cette fois, ça ne pouvait pas être le hasard. Je sentis les gouttes de sueur qui perlaient sur mon front. Personne, pas même Milo, n'avait jamais lu les biographies « secrètes » de mes personnages. Elles se trouvaient uniquement sur mon ordinateur, mais l'accès en était bien protégé. Refusant d'admettre l'évidence, j'enchaînai sur une autre question :

— Votre position sexuelle préférée ?

— Allez vous faire foutre.

Elle quitta le sofa et éteignit sa cigarette en la passant sous le robinet.

Cette absence de réponse me redonna confiance :

— Nombre de partenaires dans votre vie ? Et cette fois, répondez ! Vous n'aviez même pas droit à un joker et vous venez pourtant d'en épuiser un.

Elle me lança un regard qui était tout sauf bienveillant.

— Au fond, vous êtes comme les autres, hein ? Il n'y a que ça qui vous intéresse…

— Je n'ai jamais prétendu être différent. Alors, combien ?

— Vous le savez déjà, de toute façon : une dizaine…

— Combien exactement ?

— Je ne vais pas me mettre à compter devant vous !

— Ça prendrait trop de temps ?

— Qu'est-ce que vous sous-entendez ? Que je suis une salope ?

— Je n'ai jamais dit ça.

— Non, mais vous l'avez pensé très fort.

Insensible à sa pudeur, je persistai à lui infliger ce qui s'apparentait de plus en plus à un supplice :

— Bon, combien ?

— Seize, je crois.

— Et parmi ces « seize, je crois », combien en avez-vous aimé ?

Elle soupira :

— Deux. Le premier et le dernier : Théo et Jack.

— Un puceau et un queutard. Vous faites dans les extrêmes.

Elle me regarda avec mépris :

— Waouh, la classe ! Vous êtes vraiment un gentleman.

Sous mes airs provocateurs, je devais bien m'avouer qu'elle tombait juste chaque fois.

Dring !

Quelqu'un venait de sonner à la porte, mais je n'avais aucune intention d'aller ouvrir.

— Vous en avez terminé avec vos questions cul ? demanda-t-elle d'un ton de défi.

Je tentai une question piège :

— Votre livre de chevet ?

Gênée, elle haussa les épaules.

— Je ne sais pas. Je ne lis pas beaucoup, je n'ai pas trop le temps.

— La bonne excuse !

— Si vous me trouvez trop conne, vous ne pouvez vous en prendre qu'à vous-même ! Je vous rappelle que je sors tout droit de votre imagination. C'est vous qui m'avez façonnée !

Dring ! Dring !

Derrière la porte, mon visiteur s'excitait avec la sonnette, mais il se lasserait bien avant moi.

Dépassé par la situation et désarçonné par chacune de ses bonnes réponses, je me laissais emporter sans prendre conscience que mon interrogatoire tournait au harcèlement :

— Votre plus grand regret ?

— Ne pas avoir encore d'enfant.

— À quel moment de votre vie avez-vous été le plus heureuse ?

— La dernière fois que je me suis réveillée dans les bras de Jack.

— La dernière fois que vous avez pleuré ?

— J'ai oublié.

— J'insiste.

— Je ne sais pas, je pleure pour un rien.

— La dernière fois que c'était important.

— Il y a six mois, lorsque j'ai dû faire piquer mon chien. Il s'appelait Argos. Ce n'est pas marqué sur votre petite fiche ?

Dring ! Dring ! Dring !

J'aurais dû me contenter de ces réponses. J'avais plus de preuves qu'il ne m'en fallait, mais tout ça me déroutait tellement. Ce petit jeu m'avait fait chavirer dans une autre dimension, une autre réalité que mon esprit refusait d'admettre. Dans l'affolement, je retournai ma colère contre « Billie » :

— Votre plus grande peur ?

— Le futur.

— Vous souvenez-vous du pire jour de votre existence ?

— Ne me demandez pas ça, s'il vous plaît.

— Ce sera ma dernière question.

— S'il vous plaît…

Je lui saisis le bras avec fermeté :

— Répondez !

— LÂCHEZ-MOI, vous me faites mal ! hurla-t-elle en se débattant.

—TOM !

cria une voix derrière la porte.

Billie s'était libérée de mon emprise. Son visage était devenu livide et son regard brûlait d'un feu douloureux.

— TOM ! TU VAS M'OUVRIR BON SANG ! NE ME FORCE PAS À VENIR TE RENDRE VISITE AVEC UN BULLDOZER !

— *Milo, bien sûr...*

Billie s'était réfugiée sur la terrasse. J'avais très envie d'aller la consoler du mal que je venais de lui infliger, car je me rendais bien compte qu'elle ne simulait pas sa colère et sa tristesse, mais j'étais si déstabilisé par ce que je venais de vivre que je voyais comme un réconfort la perspective de le partager avec quelqu'un.

11

La petite fille de
MacArthur Park

*Les amis sont les anges qui nous soulèvent
lorsque nos ailes n'arrivent plus à se rappeler
comment voler.*

Anonyme

— Tu as échappé de peu au bulldozer ! assura Milo en débarquant dans le salon. Hou là ! Ça ne va pas mieux, toi. Tu as la tête du type qui vient de sniffer du bicarbonate.

— Qu'est-ce que tu veux ?

— Je suis venu récupérer ma voiture, si ça ne te gêne pas trop ! Que je puisse faire un dernier tour avant de la laisser aux huissiers…

Malibu Colony
10 heures du matin

— Bonjour, Tom, dit Carole en entrant à son tour dans le salon.

Elle portait son uniforme de service. Je jetai un coup d'œil dans la rue et remarquai qu'une voiture de police était garée devant chez moi.

— Tu viens pour m'arrêter ? plaisantai-je en la serrant dans mes bras.

— Mais tu saignes ! s'exclama-t-elle.

Je fronçai les sourcils puis j'aperçus les taches de sang qui maculaient ma chemise : un souvenir laissé par la main entaillée de Billie.

— N'aie pas peur, ce n'est pas mon sang.

— Si tu crois que ça me rassure ! Et en plus, il est encore frais, remarqua-t-elle d'un ton suspicieux.

— Attendez. Vous ne devinerez jamais ce qui m'arrive ! Hier soir...

— À qui appartient cette robe ? me coupa Milo en soulevant la tunique de soie tachée d'hémoglobine.

— À Aurore, mais...

— À Aurore ? Ne me dis pas que tu as...

— Non ! Ce n'est pas elle qui la portait. C'était une autre femme.

— Ah, tu fréquentes une autre femme ! s'exclamat-il. C'est bon signe, ça ! On la connaît ?

— Dans un sens, oui.

Carole et Milo échangèrent un regard médusé avant de demander en chœur :

— C'est qui ?

— Jetez un œil sur la terrasse. Vous allez être surpris.

D'un même pas précipité, ils traversèrent le salon et passèrent une tête curieuse derrière la porte-fenêtre. Puis il y eut une dizaine de secondes de silence, jusqu'à ce que Milo finisse par constater :

— Il n'y a personne dehors, mon grand.

Étonné, je le rejoignis sur la terrasse où soufflait une brise revigorante.

La table et les chaises étaient renversées, les dalles jonchées de centaines de petits bouts de verre. Du café, de la compote de banane et du sirop d'érable tartinaient le sol. Mais aucune trace de Billie.

— L'armée a fait des essais nucléaires chez toi ? se renseigna Carole.

— C'est vrai que c'est pire que Kaboul, ici, enchaîna Milo.

Pour éviter la réverbération, je mis une main au-dessus de mon front et scrutai l'horizon. La tempête de la veille avait redonné à la plage un côté sauvage. Les rouleaux d'écume qui déferlaient encore sur le sable avaient rejeté sur la grève quelques troncs d'arbres, des algues brunes, une vieille planche de surf et même une carcasse de vélo. Mais il fallait bien me rendre à l'évidence : Billie avait disparu.

Par réflexe professionnel, Carole s'était accroupie près de la vitre, examinant avec inquiétude les traces de sang qui commençaient à sécher sur le verre.

— Qu'est-ce qu'il s'est passé, Tom ? Tu t'es battu avec quelqu'un ?

— Non ! C'est juste que…

— Là, je crois vraiment que tu nous dois des explications ! me coupa à nouveau mon ami.

— Mais bougre de grande bourrique ! Tu les aurais déjà eues, tes explications, si tu me laissais finir mes phrases !

— Eh bien, termine-les, alors ! Qui a dévasté ta terrasse ? Et à qui appartient le sang sur cette robe ? Au pape ? Au Mahatma Gandhi ? À Marilyn Monroe ?

— À Billie Donelly.

— Billie Donelly ? Mais c'est un personnage de tes romans !

— Voilà.

— Ça t'amuse de te foutre de moi ? explosa Milo. Je me fais un sang d'encre pour toi. S'il le fallait, je t'aiderais à enterrer un cadavre au milieu de la nuit et toi, tout ce que tu trouves à faire, c'est de me prendre pour un...

Carole s'était relevée et, du ton d'une mère qui gronde ses enfants, elle s'interposa entre nous, mimant les gestes d'un arbitre de boxe.

— *Time's up*, les gars ! Bon, on arrête les blagues à deux sous, on s'assoit autour d'une table et on prend le temps de s'expliquer au calme, d'accord ?

★

Ainsi fut fait.

Pendant plus d'un quart d'heure, sans omettre aucun détail, je leur racontai mon incroyable histoire, depuis cette étrange rencontre avec Billie, au beau milieu de la nuit, jusqu'à mon interrogatoire de ce matin qui avait fini par me convaincre de la réalité de son identité.

— Donc, si je comprends bien, résuma Milo, l'une des héroïnes de ton roman est tombée d'une phrase mal imprimée, directement dans ta maison. Comme elle était nue, elle a enfilé une robe appartenant à ton ex-copine puis elle t'a préparé des pancakes à la banane pour ton petit déj'. Pour la remercier, tu l'as enfermée sur ta terrasse et, pendant que tu écoutais du Miles Davis, elle s'est entaillé les veines, mettant du sang un peu partout, avant de les recoller avec de la Super Glue « spécial céramique et porcelaine ». Puis vous avez fumé le calumet de la paix en jouant au jeu de la vérité où elle t'a traité d'obsédé sexuel et toi de salope avant qu'elle ne prononce une formule magique pour disparaître au moment précis où nous sonnions à la porte. C'est bien ça ?

— Laisse tomber, dis-je. J'étais certain que tu retournerais ça contre moi.

— Juste une dernière question : vous l'avez bourré avec quel « tabac », votre calumet de la paix ?

— N'en rajoute pas ! lui demanda Carole.

Milo me dévisagea avec inquiétude :

— Il faut que tu retournes voir ta psy.

— C'est hors de question, je me sens très bien.

— Écoute, je sais que je suis responsable de notre débâcle financière. Je sais que je n'aurais pas dû te mettre la pression pour écrire ton prochain livre dans les délais, mais là, tu me fais peur, Tom. Tu es en train de perdre la raison.

— Tu fais sans doute un *burn out*, tempéra Carole. Une crise de surmenage professionnel. Pendant trois ans, tu n'as pas arrêté : les nuits d'écriture, les rencontres avec les lecteurs, les conférences, les voyages pour les repérages et la promo. Personne n'aurait tenu le coup, Tom. Ta séparation d'avec Aurore a été la goutte d'eau qui a fait déborder le vase. Tu as encore besoin de repos, c'est tout.

— Arrêtez de me parler comme à un gosse.

— Il faut que tu retournes voir ta psy, répéta Milo. Elle nous a parlé d'une cure de sommeil qui…

— Comment ça, « elle nous a parlé » ? Vous avez appelé le Dr Schnabel sans me prévenir ?

— On est avec toi, Tom, pas contre toi, dit Milo pour me calmer.

— Mais tu ne peux pas me lâcher les baskets trois minutes ? Tu ne peux pas parfois t'occuper de *ta* vie et pas toujours de la mienne ?

Touché par cette repartie, Milo secoua la tête, ouvrit la bouche, hésita à ajouter quelque chose, mais son visage se ferma et il y renonça. À la place, il prit une Dunhill dans le paquet resté ouvert puis sortit sur la plage pour la fumer en solitaire.

★

Je restai seul avec Carole. À son tour, elle alluma une cigarette, en tira une bouffée puis me passa la clope, comme lorsque nous avions dix ans et que nous nous cachions pour fumer derrière les palmiers faméliques de MacArthur Park. Considérant qu'elle n'était plus en service, elle défit son chignon, laissant ses cheveux d'ébène se déployer sur le bleu marine de son uniforme. La clarté de son regard tranchait sur ses mèches charbonneuses, et par certaines de ses expressions son visage de femme rappelait l'adolescente qu'elle avait été. Le lien qui nous unissait allait au-delà de la sympathie ou de la tendresse. Ce n'était pas non plus une amitié ordinaire. C'était l'un de ces attachements inaltérables qui ne peuvent se forger que pendant l'enfance et qui vous engagent une vie durant, plus souvent pour le pire que pour le meilleur.

Comme chaque fois que nous étions seuls tous les deux, le chaos de notre adolescence me revint dans la gueule avec la force d'un boomerang : ces terrains vagues qui étaient notre seul horizon, l'asphyxie de ce bourbier infect dont nous étions prisonniers, le souvenir déchirant de nos conversations d'après l'école sur le terrain de basket grillagé…

Cette fois encore, j'eus l'impression très forte que nous avions toujours douze ans. Que les millions de livres que je vendais, les criminels qu'elle arrêtait faisaient partie d'un rôle que nous jouions tous les deux, mais qu'au fond nous n'étions jamais réellement partis de *là-bas*.

Après tout, ce n'était pas un hasard si aucun d'entre nous n'avait d'enfant. Nous étions trop occupés à combattre nos propres névroses pour avoir l'élan de transmettre la vie. De la Carole actuelle, je savais peu de chose. Ces derniers temps, nous nous étions moins vus, elle et moi, et quand nous le faisions, nous évitions soigneusement de parler de l'essentiel. Peut-être parce que nous espérions naïvement que de ne pas évoquer le passé permettrait de le faire disparaître. Mais les choses n'étaient pas si simples. Pour oublier son enfance, Milo faisait le clown vingt-quatre heures sur vingt-quatre. Moi, je noircissais des centaines de pages, je prenais des cocktails de médicaments et j'inhalais du crystal meth.

— Je n'aime pas les grandes déclarations, Tom… commença-t-elle en triturant nerveusement une petite cuillère.

À présent que Milo n'était plus dans la pièce, son visage était triste et soucieux, débarrassé de la nécessité de « faire semblant ».

— … entre toi et moi, c'est à la vie à la mort, poursuivit-elle. Je donnerais un rein pour toi, voire les deux s'il le fallait.

— Je ne t'en demande pas tant.

— D'aussi loin que je me souvienne, c'est toujours toi qui trouvais les solutions. Aujourd'hui, ce serait à moi de le faire, mais je suis incapable de t'aider.

— Ne te tracasse pas avec ça. Je vais bien.

— Non, tu ne vas pas bien. Mais je voudrais juste que tu saches une chose : c'est grâce à toi que Milo et moi avons pu parcourir tout ce chemin.

Je haussai les épaules. Je n'étais même plus certain que nous avions vraiment *parcouru un chemin*. Certes, nous habitions des endroits plus agréables et la peur ne nous tiraillait plus le ventre comme autrefois, mais à vol d'oiseau, MacArthur Park n'était qu'à quelques kilomètres des lieux où nous vivions.

— En tout cas, tous les matins, ma première pensée est toujours pour toi, Tom. Et si tu coules, on coulera avec toi. Si tu lâches prise, je crois que ma vie n'aura plus aucun sens.

J'ouvris la bouche pour lui dire d'arrêter de raconter des bêtises, mais d'autres paroles s'en échappèrent :

— Es-tu heureuse, Carole ?

Elle me regarda comme si j'avais prononcé une incongruité, tant il était entendu pour elle que la question de la survie avait définitivement remplacé la question du bonheur.

— Cette histoire de personnage de roman, reprit-elle, ça ne tient pas debout, tu es d'accord ?

— Ça paraît tiré par les cheveux, admis-je.

— Écoute, je ne sais pas quoi faire concrètement pour te soutenir, à part te renouveler mon amitié et mon affection. Alors, cette idée de cure de sommeil, c'est peut-être quelque chose à tenter, non ?

Je la contemplai avec tendresse, à la fois touché par son attention et déterminé à éviter tout traitement.

— De toute façon, je n'ai même plus de quoi la payer !

Elle balaya cet argument :

— Tu te souviens du jour où tu as reçu tes premiers droits d'auteur ? La somme était tellement énorme que tu as tenu à la partager avec moi. J'ai refusé, bien sûr, mais tu as quand même trouvé le moyen de me piquer mes coordonnées bancaires pour endosser le chèque à mon nom. Tu te rappelles ma tête lorsque j'ai reçu le relevé de ma banque avec un excédent de plus de 300 000 dollars !

À l'évocation de cet épisode, Carole retrouva un peu de gaieté et quelques étoiles scintillèrent dans ses yeux embués.

Je ris moi aussi en me remémorant cette période heureuse où j'avais cru candidement que l'argent résoudrait tous nos problèmes. Pendant quelques secondes, la réalité se fit plus légère, mais cela ne dura pas et il ne restait dans son regard que des larmes de détresse lorsqu'elle me demanda :

— Accepte, s'il te plaît. Cette cure, c'est moi qui te la paie.

Son visage était redevenu celui de la petite fille torturée que j'avais connue dans mon enfance, et c'est pour l'apaiser que je lui promis de suivre ce traitement.

12

Rehab

La mort viendra et elle aura tes yeux...

Titre d'un poème retrouvé sur la table
de chevet de Cesare Pavese
après son suicide.

Au volant de la Bugatti, Milo conduisait lentement, ce qui ne lui ressemblait guère. Un silence chargé de nervosité régnait dans le véhicule.

— C'est bon, ne fais pas cette tête. Je ne t'amène pas à la clinique Betty Ford[1] non plus !

— Hum...

Chez moi, pendant une heure, nous nous étions de nouveau affrontés en cherchant sans succès les clés de sa voiture. Pour la première fois de notre vie, nous avions failli en venir aux mains. Finalement, après nous être envoyé au visage quelques vérités réci-

---

1. Célèbre centre de désintoxication de Californie.

proques, nous avions fait venir un coursier pour récupérer le jeu de rechange que Milo conservait à son bureau.

Il alluma la radio pour alléger l'ambiance, mais le morceau d'Amy Winehouse ne fit qu'accroître la tension :

♪ ♪ ♪ ♪ They tried to make me go to Rehab
said NO, NO, NO[1] ♪ ♪ ♪ ♪

Fataliste, je baissai la vitre et regardai défiler les palmiers le long du bord de mer. Peut-être que Milo avait raison. Peut-être que je glissais dans la folie et que j'étais victime d'hallucinations. J'en avais bien conscience : pendant mes périodes d'écriture, je marchais souvent sur un fil. Écrire me plongeait dans un état étrange : la réalité laissait peu à peu la place à la fiction et mes héros devenaient parfois si réels qu'ils m'accompagnaient partout. Leurs souffrances, leurs doutes, leurs bonheurs devenaient les miens et continuaient à me hanter bien après le point final du roman. Mes personnages m'escortaient dans mes rêves et je les retrouvais le matin à la table du petit déjeuner. Ils étaient avec moi lorsque j'allais faire mes courses, lorsque je dînais au restaurant, lorsque j'allais pisser et même lorsque je faisais l'amour. C'était à la fois grisant et pathétique, enivrant et perturbant, mais jusqu'à présent j'avais su contenir ce doux délire dans les bornes de la raison. Tout compte fait, si mes égarements m'avaient souvent mis en danger, ils ne

1. Ils ont essayé de me faire entrer en cure de désintox' mais j'ai dit : non, non, non.

m'avaient jamais encore conduit aux frontières de la folie. Pourquoi l'auraient-ils fait aujourd'hui, alors que je n'avais plus écrit une seule ligne depuis des mois ?

— Ah ! Je t'ai rapporté ça, me dit Milo en me lançant une petite boîte en plastique orangé.

Je l'attrapai à la volée.

Mes anxiolytiques...

Je dévissai le bouchon et observai les barrettes blanches qui semblaient me narguer au fond du tube.

Pourquoi me les rendre après avoir fait tous ces efforts pour m'en désintoxiquer ?

— Le sevrage brutal, ce n'était pas une bonne idée, expliqua-t-il pour justifier son geste.

Mon cœur s'emballa et mon angoisse monta d'un cran. Je me sentais seul et j'avais mal partout, comme un drogué en manque. Comment pouvait-on autant souffrir sans avoir de blessures physiques ?

Dans ma tête résonnaient les accords d'une vieille chanson de Lou Reed : *I'm waiting for my man.* J'attends mon homme, j'attends mon dealer. Étrange tout de même que ce dealer soit mon meilleur ami.

— Cette cure de sommeil va te régénérer complètement, me réconforta-t-il. Tu vas dormir comme un bébé pendant dix jours !

Il avait mis dans sa voix tout l'entrain dont il était capable, mais je voyais bien qu'il n'y croyait pas lui-même.

Je serrai le tube dans ma main, tellement fort que le plastique sembla sur le point d'éclater. Je savais que je n'avais qu'à laisser fondre sous ma langue l'une des petites barrettes pour me sentir mieux presque instantanément. Je pouvais même en prendre trois ou quatre si je voulais m'assommer. Sur moi, ça marchait bien.

« Vous avez de la chance, m'avait assuré le Dr Schnabel, certaines personnes souffrent d'effets secondaires très pénibles. »

Par bravade, je mis le tube dans ma poche sans prendre aucun cachet.

— Si cette cure de sommeil ne marche pas, on essayera autre chose, m'assura Milo. On m'a parlé d'un type à New York : Connor McCoy. Il paraît qu'il fait des miracles avec l'hypnose.

L'hypnose, le sommeil artificiel, les tubes de médicaments... Je commençais à être fatigué de fuir la réalité, même si celle-ci n'était que souffrance. Je ne voulais pas d'une béatitude de dix jours sous neuroleptiques. Je ne voulais pas de l'irresponsabilité qu'elle impliquait. À nouveau, j'avais envie de me colleter avec la réalité, même si je devais y laisser ma peau.

Depuis longtemps, j'étais fasciné par les liens ténus entre création et maladie mentale. Camille Claudel, Maupassant, Nerval, Artaud avaient peu à peu sombré dans la folie. Virginia Woolf était allée se noyer dans une rivière ; Cesare Pavese s'était fini aux barbituriques dans une chambre d'hôtel ; Nicolas de Staël s'était défenestré ; John Kennedy Toole avait relié le pot d'échappement à l'habitacle de sa voiture... Sans parler du père Hemingway qui s'était fait sauter la tronche d'un coup de carabine. *Idem* pour Kurt Cobain : une balle dans le crâne, un petit matin blême près de Seattle, avec, en guise d'adieu, un mot griffonné à destination de son ami d'enfance imaginaire : « Mieux vaut brûler franchement que s'éteindre à petit feu. »

Une solution comme une autre après tout...

Chacun de ces créateurs avait choisi sa méthode, mais le résultat était le même : la capitulation. Si l'art existe parce que la réalité ne suffit pas, peut-être arrive-t-il un moment où l'art non plus ne suffit pas et passe le relais à la folie et à la mort. Et même si je n'avais le talent d'aucun de ces artistes, je partageais malheureusement une part de leurs névroses.

★

Milo gara la voiture sur le parking complanté d'arbres d'un bâtiment moderne alliant le marbre rose et le verre : la clinique du Dr Sophia Schnabel.

— Nous sommes tes alliés, pas tes ennemis, m'assura une nouvelle fois Carole en nous rejoignant sur les marches du parvis.

Nous entrâmes tous les trois dans l'immeuble. À l'accueil, je constatai avec surprise qu'un rendez-vous avait été pris à mon nom et que mon hospitalisation était planifiée depuis la veille.

Résigné, je suivis mes amis dans l'ascenseur sans poser de questions. La capsule translucide nous conduisit jusqu'au dernier étage, où une secrétaire nous introduisit dans un immense bureau en nous signalant que le docteur n'allait pas tarder.

La pièce était claire et spacieuse, organisée autour d'une grande table de travail et d'un canapé d'angle en cuir blanc.

— Pas mal le fauteuil ! siffla Milo en s'asseyant dans un siège en forme de paume de la main.

Des sculptures bouddhiques meublaient l'espace, créant un climat serein, sans doute propice à débloquer la parole de certains patients : buste de Siddhartha en bronze, Roue de la Loi en grès, duo de gazelles et fontaine en marbre…

121

J'observai Milo qui s'efforçait de trouver une parole amusante ou une plaisanterie dont il était coutumier. Entre les statues et la déco, il y avait matière à nourrir des dizaines de vannes, mais rien ne sortit et c'est là que je compris qu'il me cachait quelque chose de grave.

Je cherchai un soutien du côté de Carole, mais elle fuit mon regard en faisant mine de s'intéresser aux diplômes universitaires que Sophia Schnabel avait accrochés aux murs.

Depuis l'assassinat d'Ethan Whitaker, Schnabel était devenue l'incontournable « psy des stars ». Elle recevait en consultation certains des plus grands noms d'Hollywood : acteurs, chanteurs, producteurs, vedettes des médias, hommes politiques, « fils de » et « fils de fils de ».

Elle animait aussi une émission de télévision où M. et Mme Tout-le-monde pouvaient exhiber une part de leur intimité et s'offrir pour quelques minutes une *consultation de star* (tel était le titre du programme) en racontant en direct leur enfance malheureuse, leurs addictions, leurs adultères, leurs *sex tapes* et leurs fantasmes de triolisme.

Une partie de l'industrie de l'*entertainment* adulait Sophia Schnabel. L'autre partie la craignait. Après vingt ans de pratique, il se murmurait qu'elle possédait des archives dignes de celles d'Edgar Hoover[1] : des

1. Figure controversée de l'histoire américaine, Hoover fut le directeur du FBI de 1924 à 1972. Il fut soupçonné de faire chanter des hommes politiques et des personnalités publiques grâce à des dossiers sur leurs liaisons extraconjugales et leurs préférences sexuelles.

milliers d'heures d'enregistrement de séances de psychanalyse où étaient évoqués les secrets les plus noirs et les moins avouables du Tout-Hollywood. Des fichiers confidentiels, normalement verrouillés par le secret médical, mais qui pourraient, s'ils étaient rendus publics, dynamiter l'establishment du divertissement et faire tomber des têtes dans le monde politique et judiciaire.

Une récente affaire venait encore d'asseoir le pouvoir de Sophia. Quelques mois plus tôt, une de ses patientes, Stephanie Harrison – la veuve du milliardaire Richard Harrison, fondateur de la chaîne de supermarchés *Green Cross* – était décédée à l'âge de trente-deux ans d'une surdose médicamenteuse. Au cours de l'autopsie, on avait trouvé dans son organisme des traces d'antidépresseurs, de sédatifs et de pilules amaigrissantes. Rien que du très banal. Sauf que les doses étaient *vraiment* très lourdes. À la télévision, le frère de la défunte avait accusé Schnabel d'avoir mené sa sœur à la morgue. Il avait engagé des bataillons d'avocats et de détectives privés qui, en fouillant l'appartement de Stephanie, avaient mis la main sur plus de cinquante ordonnances. Des prescriptions médicales adressées à cinq pseudonymes différents, toutes rédigées de la main de… Sophia Schnabel. Pour la psychiatre, l'affaire tombait très mal. Encore sous le coup de la mort de Michael Jackson, l'opinion publique prenait connaissance de l'existence d'un vaste réseau de médecins prêts à fournir des ordonnances de complaisance à leurs patients les plus fortunés. Soucieux de limiter ces pratiques, l'État de Californie avait porté plainte contre la psychiatre pour prescriptions frauduleuses avant de se rétracter subitement. Un comportement d'autant plus inexplicable que le procureur avait à sa disposition tous les éléments pour l'inculper. Ce revirement, que beaucoup attribuaient à un manque de courage politique du magistrat, avait élevé Sophia Schnabel au rang d'intouchable.

Pour entrer dans le cercle privilégié des patients de la psychiatre, il fallait être parrainé par un ancien client. Elle faisait partie de ces « bons tuyaux » que les élites se refilaient entre elles au même titre que : *Où se procurer la meilleure coke ? Quel trader contacter pour avoir les placements boursiers les plus rentables ? Comment obtenir des places dans les loges pour voir jouer les Lakers ? Quel numéro appeler pour sortir avec une call-girl-qui-ne-ressemble-pas-à-une-call-girl ?* (pour les hommes) ou encore *Quel chirurgien esthétique pour faire-refaire-mes-seins-sans-que-l'on-se-doute-que-j'ai-fait-refaire-mes-seins ?* (pour les femmes).

Je devais ma cooptation à une actrice canadienne d'un feuilleton à succès que Milo avait essayé de draguer sans parvenir à ses fins et que Schnabel avait guérie d'une forme sévère d'agoraphobie. Une fille que j'avais crue superficielle, mais qui s'était révélée subtile et cultivée, m'initiant aux charmes des films de John Cassavetes et aux toiles de Robert Ryman.

Entre Sophia Schnabel et moi, le courant n'était jamais vraiment passé. Rapidement, nos rendez-vous s'étaient résumés à la simple délivrance de médicaments, ce qui, en fin de compte, nous satisfaisait tous les deux : elle, car ma consultation plein tarif ne dépassait pas les cinq minutes, et moi, parce qu'elle ne rechignait jamais à me prescrire toutes les saloperies que je ne manquais pas de lui réclamer.

— Mademoiselle, messieurs.

Le Dr Schnabel entra dans son bureau et nous salua. Elle affichait en permanence le même sourire engageant qu'elle avait à l'antenne et portait comme souvent une veste en cuir brillant, coupée trop près du corps, qu'elle laissait ouverte sur une chemise dépoitraillée. Certains appelaient ça le début d'un style…

Comme chaque fois, il me fallut quelques instants pour m'habituer à son impressionnante masse capillaire qu'elle croyait dompter grâce à une permanente incongrue donnant l'impression qu'elle s'était fait greffer sur la tête le cadavre encore tiède d'un bichon à poil frisé.

À la façon dont elle s'adressait à eux, j'eus la confirmation qu'elle avait déjà rencontré Milo et Carole. J'étais exclu de la conversation comme s'ils étaient mes parents et qu'ils avaient déjà pris pour moi une décision sur laquelle je n'avais pas mon mot à dire.

Ce qui m'inquiétait le plus, c'était de voir Carole aussi froide et lointaine après l'échange chargé d'émotion que nous avions partagé une heure plus tôt. Elle était embarrassée et hésitante, visiblement contrainte à se prêter à une opération qu'elle n'approuvait pas. En apparence, Milo était plus résolu, mais je sentais que son assurance n'était qu'une façade.

C'est en écoutant le discours ambigu de Sophia Schnabel que l'évidence s'imposa à moi : il n'avait jamais été question de cure de sommeil. Ce qui se cachait derrière la batterie d'examens qu'elle entendait me faire passer, c'était un internement ! Milo essayait de me faire mettre sous tutelle pour échapper à ses responsabilités financières ! Je connaissais suffisamment la loi pour savoir qu'en Californie, un médecin pouvait demander un internement d'office pendant soixante-douze heures s'il jugeait son patient suffisamment instable pour présenter un danger pour la société, et je devinais qu'il ne serait pas très difficile de me classer dans cette catégorie.

Depuis un an, j'avais eu plus d'une fois affaire aux forces de l'ordre et mes ennuis judiciaires étaient loin d'être terminés. J'étais en liberté conditionnelle, sous le coup d'une procédure d'inculpation pour détention de stupéfiants. Ma rencontre avec Billie – que Milo était en train de raconter avec force détails à la psychiatre – achèverait de me faire passer pour un malade atteint de psychose et victime d'hallucinations.

Je croyais être au bout de mes surprises lorsque j'entendis Carole évoquer les taches de sang sur ma chemise et sur les vitres de la terrasse.

— Est-ce votre sang, monsieur Boyd ? me demanda la psychiatre.

Je renonçai à lui expliquer : elle ne m'aurait pas cru. De toute façon, son opinion était déjà arrêtée et il me semblait l'entendre dicter son rapport d'expert à sa secrétaire :

Le sujet s'est infligé lui-même
ou a tenté d'infliger à autrui des
lésions corporelles graves. Son
jugement, manifestement altéré,
le rend incapable de comprendre

son besoin de traitement, ce qui
justifie une mesure d'internement...

— Si vous le voulez bien, nous allons procéder à quelques examens.

Non, je ne voulais pas d'examens, je ne voulais pas de sommeil artificiel, je ne voulais plus de médicaments ! Je me levai de mon siège pour échapper à cette conversation.

Je fis quelques pas le long de la cloison en verre dépoli où était exposée une sculpture représentant une Roue de la Loi ornée de petites flammes et de motifs floraux. Haut de près de un mètre, l'emblème bouddhique déployait ses huit rayons censés indiquer le chemin pour se libérer de la souffrance. Ainsi tournait la roue du Dharma : suivre la voie vers « ce qui doit être », explorer le sentier jusqu'à trouver « l'action juste ».

Saisi d'une sorte d'évidence, je soulevai la sculpture et la projetai de toutes mes forces contre la baie vitrée qui explosa en une multitude d'éclats de verre.

★

Je me souviens du cri qu'a poussé Carole.

Je me souviens des rideaux satinés qui flottaient dans le vent.

Je me souviens de cette brèche béante dans laquelle s'est engouffrée une bourrasque qui a fait voltiger quelques papiers et renversé un vase.

Je me souviens de l'appel du ciel.

Je me souviens de m'être laissé tomber dans le vide sans prendre d'élan.

Je me souviens de mon corps à l'abandon.

Je me souviens de la tristesse de la petite fille de MacArthur Park.

13

Les évadés

Beaucoup de gens me demandent à quel moment je ferai, enfin, un film avec des personnes réelles. Mais qu'est-ce que la réalité ?

Tim BURTON

— Vous en avez mis du temps ! se plaignit une voix.

Mais ce n'était pas celle d'un ange et encore moins celle de saint Pierre.

C'était celle de Billie Donelly !

Parking de la clinique
Midi

Après une chute de deux étages, je me retrouvai enveloppé d'un rideau sur le toit d'une vieille Dodge cabossée, garée exactement sous la fenêtre du bureau de Sophia Schnabel. J'avais une côte enfoncée, mal au genou, aux cervicales et à la cheville, mais je n'étais pas mort.

— Je ne voudrais pas vous presser, reprit Billie, mais si nous ne décampons pas d'ici en vitesse, je crains que cette fois, ils ne vous passent la camisole de force.

De nouveau, elle s'était servie dans le placard d'Aurore et portait un débardeur blanc, un jean délavé et une veste cintrée brodée de dentelle argentée.

— Bon, vous n'allez quand même pas passer Noël sur ce toit ! insista-t-elle en agitant un jeu de clés retenues par un anneau siglé « Bugatti ».

— C'est vous qui aviez piqué les clés de Milo ! constatai-je en descendant de la Dodge.

— On dit merci qui ?

Aussi incroyable que ça puisse paraître, je ne souffrais que de quelques légères blessures, mais lorsque je posai un pied par terre, je ne pus m'empêcher de pousser un cri de douleur. J'avais une entorse à la cheville et n'arrivais pas à mettre un pied devant l'autre.

— **IL EST LÀ !** cria Milo en débarquant sur le parking et en envoyant à mes trousses trois infirmiers baraqués comme des rugbymen.

Billie s'installa au volant de la Bugatti et je m'engouffrai à sa suite sur la banquette passager.

Elle mit les gaz vers la sortie du parking au moment où le portail automatique s'abaissait. Très sûre d'elle-même, elle fit un dérapage contrôlé sur le sol gravelé.

— On va filer par-derrière.

— **REVIENS, TOM !** me supplia Carole tandis que nous passions en trombe devant elle.

Les trois colosses tentèrent de nous barrer la route, mais avec un plaisir évident Billie passa une nouvelle vitesse et accéléra brusquement.

— Avouez tout de même que vous êtes content de me revoir ! me lança-t-elle d'un air de triomphe tandis que la voiture fracassait la barrière et nous emportait vers la liberté.

14

Who's that girl ?

Lutte ! Rallume cette lumière qui s'est éteinte.
Dylan THOMAS

— Et maintenant, où va-t-on ? demandai-je, les deux mains agrippées à ma ceinture de sécurité.

Après avoir tourné sur Pico Boulevard, la Bugatti s'engagea à toute allure sur la Pacific Coast Highway.

Installée sur le siège conducteur et se prenant pour Ayrton Senna, Billie avait adopté une conduite agressive : freinages soudains, accélérations éclairs, virages abordés à plein régime.

— Cette voiture, c'est une fusée ! se contenta-t-elle de répondre.

La tête collée contre le dossier, j'avais l'impression d'être dans un avion au moment du décollage. Je la regardais enchaîner les passages de vitesse avec une dextérité peu commune. Visiblement, elle s'en donnait à cœur joie.

— Elle est un peu bruyante, non ?

— *Bruyante !* Vous plaisantez ou quoi ? La musique de ce moteur, c'est du Mozart !

Ma remarque n'ayant eu aucun effet sur Billie, je répétai, agacé :

— Bon, où va-t-on ?

— Au Mexique.

— Hein ?

— Je vous ai préparé un sac de voyage et une trousse de toilette.

— Mais ça va pas ! Moi, je ne vais nulle part !

Contrarié par le tour que prenait cette affaire, je lui demandai de me déposer chez un médecin pour faire soigner ma cheville, mais elle ignora ma requête.

— Garez-vous, ordonnai-je en lui attrapant le bras.

— Vous me faites mal !

— Arrêtez tout de suite cette bagnole !

Elle freina brutalement tout en mordant sur le bord de la chaussée. La Bugatti fit un léger dérapage avant de stopper dans un nuage de poussière.

★

— C'est quoi, cette histoire de Mexique ?

Nous étions tous les deux sortis du véhicule et nous nous disputions sur le talus gazonné qui bordait la route.

— Je vous emmène là où vous n'avez pas le courage d'aller !

— Ah bon ? Et je peux savoir à quoi vous faites allusion ?

Pour couvrir les bruits de la circulation, j'étais obligé de crier, ce qui rendait ma douleur intercostale encore plus vive.

— Retrouver Aurore ! gueula-t-elle au moment où un poids lourd frôlait la Bugatti dans un bruit de klaxon assourdissant.

Je la regardai, complètement hébété.

— Je ne vois pas ce qu'Aurore vient faire dans cette discussion.

L'air était huileux et pollué. Derrière le grillage, on distinguait au loin les pistes et les tours de contrôle de l'aéroport international de Los Angeles.

Billie ouvrit le coffre et me tendit un exemplaire de *People Magazine*. En couverture, plusieurs sujets se partageaient la vedette : menace de rupture chez les Brangelina, frasques de Pete Doherty, photos de vacances au Mexique du champion de Formule 1, Rafael Barros, avec sa nouvelle fiancée... Aurore Valancourt.

Comme pour me faire mal, j'ouvris l'hebdomadaire aux pages indiquées et découvris des photos glamour prises dans un endroit paradisiaque. Entre rochers escarpés, sable blanc et eau turquoise, Aurore rayonnait de beauté et de sérénité dans les bras de son hidalgo.

Ma vue se troubla. Tétanisé, j'essayai de lire l'article, mais je n'y arrivai pas. Seules les phrases mises en exergue s'imprimaient douloureusement dans mon esprit.

Aurore : « Notre histoire est récente, mais je sais que Rafael est l'homme que j'attendais. »
Rafael : « Notre bonheur sera complet lorsque Aurore me donnera un enfant. »

D'un mouvement de répulsion, j'envoyai valser ce torchon, puis, malgré la suspension de mon permis, je m'installai au volant, fermai la portière et fis un demi-tour pour repartir en ville.

— Hé ! Vous n'allez pas m'abandonner sur le bord de la route ! cria Billie en agitant les bras et en se postant devant le capot.

Je la laissai monter pour constater qu'elle n'était pas disposée à m'accorder le moindre instant de répit.

— Je comprends votre douleur... commença-t-elle.

— Inutile de vous apitoyer, vous ne comprenez rien du tout.

Je roulais en essayant de remettre mes idées en place. Il fallait que je réfléchisse à tout ce qui s'était passé depuis le matin. Il fallait que je...

— Et où comptez-vous aller comme ça ?

— Chez moi.

— Mais vous n'avez plus de chez-vous ! Et d'ailleurs, moi non plus, je n'ai plus de chez-moi.

— Je vais trouver un avocat, marmonnai-je. Je vais trouver un moyen pour récupérer ma maison et tout l'argent que Milo m'a fait perdre.

— Ça ne marchera pas, trancha-t-elle en secouant la tête.

— Bouclez-la ! Et mêlez-vous de vos affaires.

— Mais ce sont aussi mes affaires ! Je vous signale que je suis coincée ici par votre faute à cause de ce foutu livre mal imprimé !

Au feu rouge, je fouillai dans ma poche et trouvai avec soulagement mon tube d'anxiolytiques. J'avais une côte cassée, la cheville en feu et le cœur brisé. C'est donc sans aucune culpabilité que je laissai fondre trois barrettes sous ma langue.

— C'est tellement plus facile… me lança Billie d'une voix teintée de reproche et de déception.

À cet instant précis, j'eus envie de l'étriper, mais je pris une grande respiration pour garder mon calme.

— Ce n'est pas en restant les bras croisés et en vous gavant de médicaments que vous allez la récupérer, votre copine !

— Vous ne connaissez rien de ma relation avec Aurore. Et pour votre information, sachez que j'ai déjà tout tenté pour la reconquérir.

— Peut-être que vous avez été maladroit ou que ce n'était pas le bon moment. Peut-être que vous croyez connaître les femmes, mais qu'en fait vous n'y comprenez pas grand-chose. Moi, je crois que je pourrais vous aider…

— Si vous désirez vraiment m'aider, accordez-moi une minute de silence. Une seule !

— Vous voulez vous débarrasser de moi ? Eh bien, remettez-vous au travail. Plus vite vous aurez terminé votre roman, plus vite je retournerai dans le monde de la fiction !

Satisfaite de sa repartie, elle croisa les bras et attendit une réaction qui ne vint pas.

— Écoutez, reprit-elle avec entrain, je vous propose un marché : on part au Mexique, je vous aide à récupérer Aurore et, en échange, vous écrivez le troisième tome de votre trilogie parce que c'est le seul moyen de me renvoyer d'où je viens.

Je me massai les paupières, atterré par cette proposition fantaisiste.

— J'ai apporté votre ordinateur : il est dans le coffre, précisa-t-elle comme si ce détail pouvait changer quelque chose à ma décision.

— Ça ne marche pas comme ça, expliquai-je. L'écriture d'un roman, ça ne se décrète pas. C'est une sorte d'alchimie. Et puis il me faudrait au moins six mois de boulot acharné pour terminer ce livre. C'est un travail de bénédictin dont je n'ai ni la force ni l'envie.

Elle se moqua de moi en m'imitant :

— L'écriture d'un roman, ça ne se décrète pas. C'est une sorte d'alchimie…

Elle laissa passer quelques secondes puis explosa :

— Bon sang, vous allez arrêter de vous complaire dans votre douleur ! Si vous n'y mettez pas un terme, vous finirez par y laisser votre peau. C'est plus facile de se détruire à petit feu que d'avoir le courage de se remettre en cause, n'est-ce pas ?

Touché.

Je ne répondis pas, mais j'entendis son argument. Elle n'avait pas tout à fait tort. D'ailleurs, tout à l'heure, chez la psychiatre, quelque chose s'était débloqué en moi lorsque j'avais projeté la statue pour briser la vitre : une révolte, une envie de reprendre ma vie en main. Mais force était de constater que cette velléité était retombée aussi vite qu'elle était venue.

À présent, je sentais que Billie était remontée, prête à me balancer mes quatre vérités à la figure :

— Si vous ne livrez pas un vrai combat contre vous-même, vous savez ce qui va se passer ?

— Non, mais je compte sur vous pour me le dire.

— Vous prendrez toujours plus de médicaments et toujours plus de drogues. Chaque fois, vous franchirez un palier supplémentaire dans la déchéance et le dégoût de vous-même. Et comme vous n'avez plus un rond, vous finirez dans la rue où on vous retrouvera un beau matin raide mort, une seringue encore enfoncée dans le bras.

— Charmant…

— Vous devez aussi savoir que, si vous ne réagissez pas maintenant, plus jamais vous ne trouverez l'énergie d'écrire la moindre ligne.

Les deux mains sur le volant, je fixai la route d'un air absent. Bien sûr qu'elle avait raison, mais il était probablement déjà trop tard pour réagir. Sans doute m'étais-je résigné à sombrer définitivement en laissant la bride à tout ce qu'il y avait de plus destructeur en moi.

Elle me jeta un regard dur :

— Et toutes ces belles valeurs que vous prônez dans vos livres : la résistance au malheur, la deuxième chance, les ressources qu'il faut mobiliser pour arriver à rebondir après un coup dur, c'est aussi plus facile à écrire qu'à appliquer, n'est-ce pas ?

De façon inattendue, sa voix se brisa d'un coup, comme vaincue par un trop-plein d'émotion, de fatigue et de peur.

— Et moi ? Vous vous en foutez, de moi ! J'ai tout perdu dans cette histoire : je n'ai plus de famille, plus de boulot, plus de toit, et je me retrouve dans une réalité où la seule personne qui pourrait m'aider préfère s'apitoyer sur elle-même.

Surpris par sa détresse, je tournai la tête et la regardai, un peu gêné, sans trop savoir quoi lui répondre. Son visage était nimbé de lumière et de la poudre de diamant brillait dans ses yeux.

Alors, je jetai un coup d'œil dans le rétro et plaçai une accélération fulgurante qui me permit de doubler une longue file de véhicules avant de faire de nouveau demi-tour et de mettre le cap vers le sud.

— Où va-t-on ? demanda-t-elle en essuyant une larme vagabonde.

— Au Mexique, dis-je, pour récupérer ma vie et pour changer la vôtre.

15

Le pacte

Pas de tour de prestidigitation, pas d'effets spéciaux. Des mots jetés sur le papier l'ont créé, et des mots sur le papier sont la seule chose qui nous débarrassera de lui.

Stephen KING

On s'arrêta à une station-service juste après Torrance Beach. Je ne sais pas si la Bugatti avait un moteur de fusée, en tout cas, elle consommait autant de carburant !

Pacific Coast Highway
South Bay, L.A.
2 heures de l'après-midi
Il y avait beaucoup de monde devant les postes d'essence. Pour éviter de trop patienter, je décidai de faire le plein à l'un des distributeurs automatiques. En descendant de la voiture, je faillis pousser un cri : ma cheville me faisait de plus en plus mal et elle avait commencé à enfler. J'introduisis ma carte, composai le

numéro correspondant à ma localité de résidence suivi de mon…

VOTRE CARTE NE PERMET PAS LA DÉLIVRANCE DE CARBURANT

Le message s'étalait en lettres digitales sur l'écran. Je récupérai ma Platinium, la frottai contre la manche de ma chemise et recommençai l'opération sans plus de réussite.

Et merde…

Je fouillai dans mon portefeuille, mais n'y trouvai qu'un malheureux billet de 20 dollars. Irrité, je me penchai vers la fenêtre côté passager :

— Ma carte ne fonctionne pas !

— Ben c'est logique, non ? Vous n'avez plus un radis. C'est pas une carte magique !

— Vous n'auriez pas un peu d'argent, par hasard ?

— Et je l'aurais caché où ? répondit-elle tranquillement. J'étais nue comme un ver lorsque j'ai atterri sur votre terrasse !

— Merci pour votre soutien ! maugréai-je en me rendant aux caisses en claudiquant.

L'intérieur du magasin grouillait de monde. En fond sonore, on entendait le fameux *Girl from Ipanema* dans la version magique de Stan Getz et João Gilberto. Un chef-d'œuvre malheureusement abîmé à force d'être diffusé sans relâche depuis quarante ans dans les ascenseurs, les supermarchés ou des endroits comme celui-ci.

— Belle bagnole ! siffla quelqu'un dans la file.

À travers les fenêtres, plusieurs clients et employés regardaient la Bugatti avec curiosité et, très vite, un attroupement se forma autour de moi. J'expliquai mon problème de carte de crédit au type derrière la caisse qui

142

m'écouta patiemment. Il faut dire que j'avais une bonne tête et accessoirement une voiture à 2 millions de dollars – même si je n'avais pas de quoi mettre dix litres d'essence dans son réservoir. Puis des questions fusèrent dans l'assistance, auxquelles je n'avais pas la moindre réponse : fallait-il vraiment verser un acompte de 300 000 dollars lors de la commande ? Devait-on actionner une clé secrète pour atteindre les 400 km/h ? La boîte de vitesses coûtait-elle réellement 150 000 dollars à elle toute seule ?

Alors qu'il venait de régler sa facture, l'un des clients – la cinquantaine élégante, cheveux poivre et sel et chemise blanche à col Mao – proposa, sur le ton de la plaisanterie, de me racheter ma montre pour me permettre de faire le plein. Il m'en proposa 50 dollars. Puis les enchères montèrent de façon plus sérieuse : un employé m'en offrit 100 dollars puis 150, tandis que le responsable du magasin monta jusqu'à 200…

C'était un cadeau de Milo dont j'aimais la simplicité : boîtier métallique sobre, cadran blanc-gris, bracelet en alligator noir, mais je m'y connaissais aussi peu en horlogerie qu'en bagnoles. Cette montre me donnait l'heure et c'était tout ce que je lui demandais.

Dans la file, chacun s'était pris au jeu et la dernière offre venait d'atteindre les 350 dollars. C'est ce moment que choisit l'homme au col Mao pour sortir de son portefeuille une épaisse liasse de billets. Il compta dix coupures de 100 dollars et les posa sur le comptoir :

— Mille dollars pour vous si l'affaire se conclut à l'instant, me lança-t-il avec une certaine solennité.

J'hésitai. Ces trois dernières minutes, j'avais davantage contemplé ma montre que durant les deux ans qui avaient précédé. Son nom imprononçable – IWC Schaffhausen – ne me disait rien, mais je n'étais pas une référence en la matière : si je pouvais réciter des pages entières de Dorothy Parker, j'aurais eu du mal à nommer plus de deux marques de montres.

— Marché conclu, dis-je finalement en détachant mon bracelet.

J'empochai les 1 000 dollars et en donnai 200 au pompiste pour régler à l'avance mon plein de carburant. Je m'apprêtais à partir lorsque, me ravisant, je lui demandai s'il n'aurait pas également un bandage pour ma cheville.

Assez satisfait de ma transaction, je regagnai la Bugatti et insérai le pistolet de remplissage dans le réservoir. De loin, je vis mon acheteur me faire un petit signe de la main avant de quitter les lieux au volant de son coupé Mercedes.

— Comment vous êtes-vous débrouillé ? demanda Billie en abaissant la vitre.

— Pas grâce à vous, en tout cas.

— Allez, dites un peu pour voir.

— Système D, répondis-je fièrement tout en regardant les chiffres défiler sur l'automate.

J'avais suffisamment éveillé sa curiosité pour qu'elle insiste :

— Mais encore ?

— J'ai vendu ma montre.

— Votre Portugaise ?

— Quelle Portugaise ?

— Votre montre : c'est un modèle « Portugaise » d'IWC.

— Ravi de l'apprendre.

— À combien l'avez-vous laissée ?

— Mille dollars. Ça nous paiera l'essence jusqu'au Mexique. Et je peux même vous offrir à déjeuner avant de reprendre la route.

Elle haussa les épaules :

— Allez, dites-moi la vérité.

— Mais c'est la vérité. Mille dollars, répétai-je en raccrochant le pistolet.

Billie se prit la tête entre les mains :

— Elle en vaut au moins 40 000 !

Sur le coup, je crus qu'elle plaisantait – une montre ne pouvait pas valoir si cher, n'est-ce pas ? – mais à voir son air décomposé, je fus bien obligé de reconnaître que je m'étais fait pigeonner dans les grandes largeurs…

Une demi-heure plus tard
Un fast-food au bord de la route
après Huntington Beach

Je m'essuyai le visage avec une serviette humide et, après avoir bandé ma cheville, quittai les toilettes pour rejoindre Billie à notre table.

Perchée sur un tabouret, elle terminait un énorme banana split qu'elle avait commandé après deux cheeseburgers et une grosse portion de frites. Comment pouvait-elle garder la ligne en mangeant autant ?

— Mmm, ché délichieux, wou woulez goûter ? proposat-elle, la bouche pleine.

Je déclinai son offre, me contentant d'essuyer avec une serviette la crème fouettée qu'elle avait au bout de son nez.

Elle me sourit avant de déplier devant elle une grande carte routière pour mettre au point les détails de notre expédition.

— Bon, c'est très simple : d'après le magazine, Aurore et son copain sont encore en vacances jusqu'à la fin de la semaine dans un hôtel de luxe de Cabo San Lucas.

Elle se pencha sur la carte et, à l'aide d'un marqueur, dessina une petite croix au bout de la péninsule mexicaine de la Basse-Californie du Sud.

J'avais déjà entendu parler de cet endroit qui passait pour être un haut lieu du surf grâce à ses vagues très puissantes.

— C'est pas la porte à côté ! constatai-je en me resservant une tasse de café. Vous ne préférez pas qu'on prenne l'avion ?

Elle me lança un regard noir :

— Pour prendre l'avion, il faut de l'argent et pour avoir de l'argent, il ne faut pas brader sa seule ressource !

— On pourrait vendre la voiture ?

— Arrêtez avec vos bêtises et concentrez-vous un peu ! De toute façon, vous savez très bien que je n'ai pas de passeport.

Avec son doigt, elle suivit sur la carte un itinéraire imaginaire :

— D'ici, nous devons être à un peu plus de deux cents kilomètres de San Diego. Je vous propose d'éviter les autoroutes et les sections à péage pour ne pas dépenser trop d'argent, mais si vous me laissez conduire, on pourrait être à la frontière mexicaine en moins de quatre heures.

— Pourquoi devrais-je vous laisser conduire ?

— Ben, je suis plus à l'aise, non ? Les bagnoles, c'est pas votre tasse de thé apparemment. Vous paraissez plus doué pour les trucs intellos que pour la mécanique. Et puis, avec votre cheville…

— Hum…

— Vous avez l'air froissé. Ça ne vous vexe pas d'être conduit par une femme, au moins ? Vous avez dépassé le stade macho primaire, j'espère !

— Bon, n'en rajoutez pas trop ! D'accord pour vous laisser le volant jusqu'à San Diego, mais ensuite on alternera parce que la route est longue.

Elle sembla se contenter de cette répartition des tâches et continua d'exposer son plan :

— Si tout va bien, on passera la frontière à Tijuana dans la soirée et on pourra poursuivre sur notre lancée jusqu'à nous trouver un petit motel sympa au Mexique.

Un petit motel sympa... Comme si on partait en vacances !

— Et demain, on se lève tôt et on taille la route dès le matin. Cabo San Lucas est à 1 200 kilomètres de Tijuana. On peut les faire dans la journée et arriver le soir à l'hôtel où réside votre dulcinée.

Dit comme ça, ça paraissait simple.

Mon téléphone vibra dans ma poche – je pouvais toujours recevoir des appels, même s'il m'était impossible d'en passer. C'était le numéro de Milo. Depuis une heure, il me laissait un message toutes les dix minutes, mais je les effaçais au fur et à mesure sans prendre la peine de les écouter.

— Donc, nous sommes bien d'accord : je vous aide à vous rabibocher avec votre nana et en échange, vous écrivez ce foutu troisième tome ! récapitula-t-elle.

— Qu'est-ce qui vous fait croire que j'ai encore une chance avec Aurore ? Elle vit le grand amour avec son pilote de Formule 1.

— Ça, c'est mon affaire. La vôtre, c'est d'écrire. Mais pas de blague, hein ? Un vrai roman ! En respectant le cahier des charges me concernant.

— Ben, voilà autre chose : un cahier des charges !

Elle mordilla son feutre, comme une enfant cherchant l'inspiration avant de commencer un devoir.

— Premièrement, commença-t-elle en écrivant un grand $1)$ sur la nappe en papier, je veux que vous arrêtiez de faire de moi le bouc émissaire de vos bouquins ! Ça vous amuse de faire défiler dans mon lit tous les toquards de la terre ? Ça vous excite de me faire rencontrer des mecs mariés dont la femme a perdu tout mystère et qui ne voient en moi que le coup d'un soir pour pimenter leur libido ? Peut-être que ma malchance rassure vos lectrices, mais moi, elle m'épuise et me fait du mal.

Cette brusque interpellation me laissa sans voix. Certes, je n'avais pas ménagé Billie dans mes histoires, mais pour moi, cela ne prêtait pas à conséquence : c'était un personnage de fiction, une pure abstraction qui n'avait d'autre existence que dans mon imaginaire et celui des lecteurs. Une héroïne dont l'existence matérielle ne tenait qu'à quelques lignes imprimées sur des feuilles de papier. Et voilà qu'à présent, la créature commençait à se révolter contre son créateur !

— Ensuite, reprit Billie en calligraphiant un $2)$ sur la nappe en papier, j'en ai assez de tirer le diable par la queue. J'aime mon boulot, mais je bosse en cancérologie et je suis saturée de voir des gens souffrir et mourir chaque jour. Je suis une véritable éponge : j'absorbe toute la détresse des patients. De plus, je me suis endettée pour payer mes études ! Je ne sais pas si vous connaissez la rémunération d'une infirmière, mais c'est pas Byzance !

— Et que puis-je faire pour vous être agréable ?

— Je veux obtenir ma mutation en pédiatrie : voir la vie plus souvent que la mort… Ça fait deux ans que je la demande, mais cette mégère de Cornelia Skinner me la refuse systématiquement, prétextant chaque fois que le service est en sous-effectif. Et puis…

— Et puis quoi ?

— … pour mettre un peu de beurre dans les épinards, je trouverais ça bien de toucher un petit héritage…

— Ben voyons !

— Qu'est-ce que ça peut vous faire ? C'est facile pour vous ! Il vous suffit d'écrire une ligne ! Vous voulez que je la rédige ? La voici : « Billie toucha 500 000 dollars d'un oncle dont elle était l'unique héritière. »

— Mouais. Si je comprends bien, vous êtes prête à ce que je fasse mourir votre oncle !

— Non ! Pas mon vrai oncle ! Un arrière-grand-oncle que je n'aurais jamais vu, enfin, comme dans les films, quoi !

Satisfaite, elle nota sa phrase avec application.

— Bon, c'est fini, votre liste au père Noël ? Auquel cas, on peut reprendre la route.

— Encore une chose, me tempéra-t-elle. La plus importante. Elle inscrivit un *3)* en bout de nappe, suivi du prénom :

Jack

— Voilà, expliqua-t-elle gravement : je souhaite que Jack quitte définitivement sa femme pour venir vivre avec moi.

Jack était son amant. Un homme marié, beau gosse égoïste, père de deux petits garçons, avec qui elle entretenait une relation destructrice et passionnelle depuis deux ans. Un pervers narcissique, jaloux et possessif, qui la maintenait sous son emprise en alternant les faux serments d'amour fou et les humiliations qui la rabaissaient au rang de maîtresse qu'on baise et qu'on jette selon son plaisir.

Je secouai la tête d'un air dépité :

— Jack a une bite à la place du cerveau.

Je n'eus même pas le temps de voir sa main partir. À toute volée, elle m'allongea une gifle magistrale qui manqua de me faire tomber du tabouret.

Tout ce que le restaurant comptait de clients se tourna vers notre table en guettant ma réaction.

Comment peut-elle défendre ce connard ? demanda dans ma tête la voix de la colère. *Parce qu'elle est amoureuse de lui, pardi !* répondit la voix du bon sens.

— Je ne vous permets pas de juger ma vie sentimentale, pas plus que je ne juge la vôtre, répondit-elle en me défiant du regard. Je vous aide à récupérer Aurore et vous m'écrivez une vie dans laquelle je puisse me réveiller chaque matin aux côtés de Jack, marché conclu ?

Elle signa le contrat de fortune qu'elle avait rédigé sur la nappe puis découpa soigneusement le carré de papier avant de me tendre son stylo.

— Marché conclu, dis-je en me frottant la joue.

Je paraphai à mon tour le document et laissai quelques dollars sur la table avant de quitter le fast-food.

— Cette gifle, vous me la paierez cher, promis-je en la fusillant du regard.

— C'est ce qu'on verra, répondit-elle crânement en s'installant au volant.

16

Limitation de vitesse

C'est à une demi-heure d'ici. J'y suis dans dix minutes.

Réplique du film *Pulp Fiction*
de Quentin TARANTINO

— Vous conduisez trop vite !

Nous roulions déjà depuis trois heures.

Pendant cent kilomètres, nous avions longé le bord de mer : Newport Beach, Laguna Beach, San Clemente, mais la route qui suivait la côte était tellement embouteillée que nous avions pris la California 78 après Oceanside pour couper par Escondido.

— Vous conduisez trop vite ! répétai-je devant son manque de réaction.

— Vous plaisantez ! protesta Billie. On est à peine à 120.

— C'est limité à 90 !

— Et alors ? Il marche bien ce truc, non ? fit-elle en désignant l'antiradar qu'avait installé Milo.

J'ouvris la bouche pour protester lorsqu'un voyant rouge s'alluma sur le tableau de bord. Un cliquetis inquiétant résonna dans le moteur, bientôt suivi d'une défaillance qui contraignit le bolide à stopper sa course quelques mètres plus loin et me donna l'occasion de déverser la colère qui bouillait en moi :

— Décidément, cette idée de retrouver Aurore, je savais que c'était n'importe quoi ! On n'arrivera jamais au Mexique : on n'a pas d'argent, pas de stratégie, et à présent, on n'a même plus de voiture !

— Ça va, ne vous excitez pas, on va peut-être réussir à réparer, dit-elle en ouvrant la portière.

— À réparer ? Mais c'est une Bugatti, pas un vélo…

Sans se démonter, Billie souleva le capot et commença à traficoter à l'intérieur. À mon tour, je la suivis sur la chaussée tout en continuant ma litanie de reproches :

— … c'est bardé de systèmes électroniques, ces bagnoles. Il faut douze ingénieurs pour diagnostiquer la moindre avarie. Moi j'en ai plein le dos : je rentre en stop jusqu'à Malibu.

— En tout cas, si vous vouliez me faire le coup de la panne, c'est raté, lança-t-elle en refermant le capot.

— Pourquoi dites-vous ça ?

— Parce que c'est réparé.

— Vous vous foutez de moi ?

Elle tourna la clé de contact et le moteur ronronna, prêt à repartir.

— C'était trois fois rien : l'un des radiateurs du système de refroidissement s'était débranché, ce qui a coupé automatiquement le quatrième turbocompresseur et allumé le voyant de sécurité du système hydraulique central.

— Effectivement, dis-je, ébahi, c'était trois fois rien.

Alors que nous reprenions la route, je ne résistai pas à lui demander :

— Où avez-vous appris ça ?

— Ben, vous devriez le savoir.

Il me fallut quelques instants de réflexion pour passer en revue les pedigrees de mes personnages et trouver la réponse :

— Vos deux frères !

— Eh oui, répondit-elle en donnant un coup d'accélérateur. Vous en avez fait des mécanos et ils m'ont transmis un peu de leur passion !

★

— Vous conduisez trop vite !

— Ah non, vous n'allez pas recommencer avec ça !

Vingt minutes plus tard

— Et votre clignotant ! On met son clignotant avant de déboîter comme une furie !

Elle me tira la langue avec espièglerie.

Nous venions de dépasser Rancho Santa Fe et cherchions à rejoindre la Nationale 15. L'air était chaud et une belle lumière de fin d'après-midi colorait les arbres et renforçait l'ocre des collines. La frontière mexicaine n'était plus très loin.

— Et tant qu'on y est, fis-je en désignant l'autoradio, vous ne voulez pas éteindre cette musique de chiotte que vous m'infligez depuis des heures ?

— Vous avez un langage très châtié. On sent l'homme de lettres en vous…

— Sérieusement, pourquoi écoutez-vous tous ces trucs : remix de remix, paroles de rap débiles, chanteuses de R'n'B clonées…

— Pitié, j'ai l'impression d'entendre mon père.

— Et cette daube, c'est quoi ?

Elle leva les yeux au ciel :

— Les Black Eyed Peas, de la daube !

— Ça vous arrive d'écouter de la vraie musique ?

— C'est quoi pour vous, de la « vraie musique » ?

— Jean-Sébastien Bach, les Rolling Stones, Miles Davis, Bob Dylan…

— Vous me ferez une K7, papy, d'accord ? rétorqua-t-elle en coupant la radio.

Pendant trois minutes, elle ne prononça pas le moindre mot – un exploit digne du *Guiness Book* pour elle – avant de se renseigner :

— Vous avez quel âge ?

— Trente-six ans, dis-je en fronçant les sourcils.

— Dix ans de plus que moi, constata-t-elle.

— Oui, et alors ?

— Alors rien, fit-elle en sifflotant.

— Si vous comptez me servir le couplet sur le fossé des générations, je vous arrête tout de suite, ma petite !

— Mon grand-père m'appelle « ma petite » …

Je rallumai la radio à la recherche d'une station de jazz.

— C'est quand même étrange de n'écouter que de la musique composée avant même votre naissance, non ?

— Et votre amant, là, votre Jack, rappelez-moi son âge ?

— Quarante-deux ans, admit-elle, mais il est un peu plus *fashion* que vous.

— Tu parles ! Chaque matin, dans la salle de bains, il se prend pour Sinatra en fredonnant *My Way* devant sa glace, son sèche-cheveux en guise de micro.

Elle me regarda avec des yeux ronds.

— Eh oui, dis-je, c'est le privilège de l'écrivain : je connais tous vos secrets, même les moins avouables. Plaisanterie mise à part, qu'est-ce que vous lui trouvez à ce gars ?

Elle haussa les épaules :

— Je l'ai dans la peau. Ça ne s'explique pas...

— Faites un effort !

Elle répondit avec sincérité :

— Dès le premier regard, il s'est passé quelque chose entre nous : une évidence, une sorte d'attraction animale. On s'est reconnus. Comme si nous étions déjà ensemble avant même d'être ensemble.

N'importe quoi... Un tissu de banalités dont j'étais malheureusement responsable.

— Mais ce mec s'est foutu de vous : lors de votre première rencontre, il a volontairement enlevé son alliance et il a attendu six mois pour vous avouer qu'il était marié !

Son visage blêmit à l'évocation de ce mauvais souvenir.

— Et puis, entre vous et moi, Jack n'a jamais eu l'intention de quitter sa femme...

— Justement ! Je compte sur vous pour changer ça.

— Il vous fait subir humiliation sur humiliation et vous, au lieu de lui dire merde, vous le vénérez comme un dieu !

Elle ne chercha pas à me répondre et se concentra sur sa conduite, ce qui aboutit à une nouvelle accélération.

— Vous vous souvenez, l'hiver dernier ? Il vous avait promis, juré : cette fois, vous passeriez le réveillon tous les deux. Je sais que c'était important pour vous de commencer l'année avec lui. Vous aimiez ce symbole. Alors, pour lui faire plaisir, vous vous êtes occupée de tout. Vous avez réservé un joli petit bungalow à Hawaii et vous avez pris à votre charge tous les frais du voyage. Seulement, voilà : la veille du départ, il vous annonce qu'il n'a pas pu se libérer. Toujours les mêmes excuses : sa femme, ses enfants… Et vous vous souvenez de ce qui s'est passé ensuite ?

Alors que j'attendais une réponse qui ne vint pas, je regardai le compteur de vitesse qui affichait 170 km/h.

— Vous roulez vraiment trop vite…

Elle lâcha le volant d'une main et, en signe d'hostilité, tendit son majeur dans ma direction au moment précis où le *FLASH* d'un radar réalisait sa prise la plus éloquente de la journée.

Elle écrasa la pédale de frein, mais le mal était fait.

Le coup classique : un contrôle à l'entrée d'un bled, au moins 800 mètres avant la moindre habitation…

Coup de sirène et gyrophare.

Dissimulée derrière un bosquet, la Ford Crown du shérif local venait de sortir de sa planque. Je me retournai pour apercevoir, à travers la vitre, les signaux lumineux bleu et rouge de la voiture qui nous prenait en chasse.

— Je vous ai répété au moins DIX FOIS que vous rouliez trop vite !

— Si vous arrêtiez d'être méchant, aussi…

— Faire porter la responsabilité de vos fautes sur les autres, c'est trop facile.

— Vous voulez que je le sème ?

— Arrêtez vos conneries et rangez-vous sur le bas-côté.

Billie mit son clignotant et s'exécuta de mauvaise grâce tandis que je continuais de l'accabler :

— On est dans une merde noire : vous n'avez pas de permis, vous conduisez une voiture volée et vous venez à coup sûr de commettre le plus gros excès de vitesse de l'histoire du comté de San Diego !

— Oui, bon ça va ! Y en a marre de vos cours de morale ! Pas étonnant que votre nana se soit tirée !

Je la dévisageai avec agressivité :

— Mais… il n'y a pas de terme pour vous qualifier ! Vous êtes… les dix plaies d'Égypte à vous toute seule !

Je n'écoutai même pas sa réponse, trop occupé à envisager les conséquences de notre interpellation. L'employé du shérif allait ordonner l'immobilisation de la Bugatti, il appellerait des renforts, nous conduirait au poste et préviendrait Milo que sa voiture avait été retrouvée. Puis la situation risquait de se corser lorsqu'il s'apercevrait que Billie n'avait ni carte d'identité ni permis de conduire. Sans parler de mon statut de célébrité en liberté conditionnelle qui n'arrangerait pas nos affaires.

La voiture de patrouille se gara quelques mètres derrière nous. Billie avait éteint le moteur et gigotait sur son siège comme une gosse.

— Ne faites pas la mariole. Restez assise et mettez les mains sur le volant.

Ingénue, elle défit un bouton supplémentaire de son chemisier pour dévoiler davantage sa poitrine, ce qui eut le don de me mettre hors de moi :

— Si vous croyez que ça va l'émoustiller ! Vous ne vous rendez pas compte de vos actes ! Vous venez de commettre un excès de vitesse phénoménal : 170 km/h dans une zone limitée à 90. Ce qui vous attend, c'est une comparution immédiate au tribunal et plusieurs semaines en prison !

Elle blêmit à vue d'œil et se retourna pour guetter avec anxiété la suite des opérations.

En plus des gyrophares toujours allumés, et malgré la lumière du jour, l'officier de police avait braqué dans notre direction un puissant spot lumineux.

— À quoi il joue ? demanda-t-elle, inquiète.

— Il a entré le numéro d'immatriculation dans sa base de données et il attend le résultat de sa recherche.

— On n'est pas près d'arriver au Mexique, n'est-ce pas ?

— Ça, vous pouvez le dire.

Je laissai passer quelques secondes avant d'enfoncer le clou :

— Et vous, vous n'êtes pas près de le retrouver, votre Jack.

S'ensuivit un silence de mort qui dura encore une bonne minute avant que le flic daigne sortir de sa berline.

Dans le rétroviseur, je le voyais avancer vers nous comme un prédateur tranquille, chassant une proie qu'il savait assurée, et je sentis déferler en moi une vague de spleen.

Voilà, fin de l'aventure...

J'avais un creux dans le ventre. Un vide soudain et dévorant, comme un manque. Normal après tout : ne venais-je pas de vivre la journée la plus étrange et la plus folle de ma vie ? En moins de vingt-quatre heures, j'avais perdu toute ma fortune, la plus peste de mes héroïnes avait débarqué toute nue dans mon salon, j'étais passé à travers une vitre pour éviter d'être interné, avais fait une chute de deux étages sur le toit d'une Dodge, vendu, fier de moi, 1 000 dollars une montre qui en valait 40 000 et signé un contrat farfelu sur une nappe de restaurant, juste après avoir reçu une baffe qui m'avait dévissé la tête.

Mais j'allais mieux. Je me sentais à nouveau vivant et ragaillardi.

Je regardai Billie comme si nous allions nous quitter, sans jamais plus pouvoir nous parler seul à seul. Comme si le charme allait se rompre. Et, pour la première fois, je vis des regrets et de la détresse dans ses yeux.

— Je suis désolée pour la gifle, s'excusa-t-elle. J'y suis allée un peu fort.

— Hum…

— Et pour la montre, c'est vrai que vous ne pouviez pas savoir.

— OK, excuses acceptées.

— Et pour Aurore, c'est vrai que je n'aurais pas dû dire…

— Bon ça va ! N'exagérez pas non plus !

Le policier tourna lentement autour du véhicule comme s'il voulait l'acheter, puis il vérifia le numéro d'immatriculation avec soin, visiblement satisfait de faire durer le plaisir.

— On n'a quand même pas fait tout ça pour rien ! dis-je en pensant tout haut.

Je commençais à pressentir que les personnages de roman n'étaient pas prévus pour évoluer dans la vie réelle. Je connaissais Billie, ses failles, ses angoisses, sa candeur et sa vulnérabilité. En quelque sorte, je me sentais responsable de ce qui lui arrivait et je ne voulais pas que la prison l'abîme davantage. Elle chercha mon regard et je vis qu'elle retrouvait espoir. À nouveau, nous étions dans le même bateau. À nouveau, nous étions ensemble.

L'officier frappa contre la vitre pour nous demander de la baisser.

Billie s'exécuta avec docilité.

C'était le genre « cow-boy » : le gars viril à la Jeff Bridges, visage hâlé, lunettes Aviator, torse à bouclettes où se perdait une lourde chaîne dorée.

Ravi d'avoir attrapé une jeune et jolie femme dans ses filets, il m'ignora superbement :

— Mam'zelle.

— M'sieur l'officier.

— Savez à combien vous rouliez ?

— J'en ai une petite idée : un bon 170, n'est-ce pas ?

— Z'aviez-vous une raison particulière pour rouler à cette vitesse ?

— J'étais très pressée.

— Belle bête que vous avez là.

— Oui, pas comme votre tas de merde, dit-elle en désignant le véhicule de police. Il ne doit pas monter à plus de 120 ou 130.

Le visage du flic se crispa et il comprit qu'il avait tout intérêt à suivre la procédure à la lettre.

— Permis de conduire et papiers du véhicule.

— Je te souhaite bien du plaisir… commença-t-elle tranquillement en rallumant son moteur.

Il porta la main à sa ceinture :

— Veuillez éteindre immédiatement ce…

— … parce que avec ta caisse pourrie, tu n'es pas près de nous rattraper.

17

Billie & Clyde

Un de ces quatre, nous tomberons ensemble
Moi j'm'en fous, c'est pour Bonnie que je
tremble
Quelle importance qu'ils me fassent la peau
Moi Bonnie, je tremble pour Clyde Barrow

Serge GAINSBOURG

— Il faut qu'on abandonne la voiture !

La Bugatti filait à toute allure sur une petite route étroite bordée d'eucalyptus. À première vue, le shérif avait renoncé à nous prendre en chasse, mais on pouvait être certain qu'il avait donné l'alerte. Et, manque de pot, la présence d'un camp de *marines* à quelques kilomètres faisait de l'endroit une zone ultraprotégée. Bref, on était mal barrés.

Soudain, un bruit sourd venu du ciel fit monter d'un cran nos inquiétudes.

— C'est pour nous, ça ? s'inquiéta Billie.

Je baissai la vitre et, en penchant la tête, j'aperçus un hélicoptère de la police qui tournoyait au-dessus de la forêt.

— J'en ai bien peur.

Excès de vitesse historique, insulte aux forces de l'ordre, délit de fuite : si le bureau du shérif avait décidé de sortir le grand jeu, nous risquions gros.

Billie s'engouffra dans le premier chemin forestier et enfonça la Bugatti aussi loin que possible pour la camoufler.

— La frontière n'est qu'à une quarantaine de kilomètres, dis-je. On essaiera de trouver une autre voiture à San Diego.

Elle ouvrit le coffre qui débordait de bagages.

— Ça, c'est à vous, j'y ai mis quelques affaires ! dit-elle en me balançant une vieille Samsonite à coque rigide qui faillit m'envoyer au sol.

Quant à elle, obligée de faire un choix, je la vis hésiter devant la montagne de valises remplies de vêtements et de chaussures qu'elle avait subtilisés dans l'armoire d'Aurore.

— Bon, on ne va pas aller au bal tous les soirs, dis-je pour la presser.

Elle empoigna un grand sac en toile monogrammé ainsi qu'un *beauty case* argenté. Alors que je m'éloignais, elle me retint par le bras :

— Attendez, il y a un cadeau pour vous sur le siège arrière.

Je levai un sourcil, redoutant une nouvelle entourloupe, mais jetai néanmoins un rapide coup d'œil pour découvrir sous une serviette de plage... la toile de Chagall !

— Je me suis dit que vous deviez y tenir.

Je regardai Billie avec gratitude. Pour un peu, je l'aurais embrassée.

Pelotonnés sur la banquette, les *Amants bleus* donnaient l'impression de s'enlacer avec ferveur, tels deux étudiants lors d'un premier rendez-vous dans un drive-in.

Comme toujours, la vue du tableau eut un effet bénéfique sur moi, me procurant un peu de sérénité et un serrement au cœur. Les amants étaient là, éternels, ancrés l'un à l'autre, et la force de leur lien agissait comme un baume réparateur.

— C'est la première fois que je vous vois sourire, me fit-elle remarquer.

Je pris le tableau sous mon bras et nous détalâmes à travers les arbres.

★

Chargés comme des mulets, transpirants et essoufflés – enfin, surtout moi – nous dévalions talus sur talus dans l'espoir d'échapper à la ronde de l'hélico. Visiblement, celui-ci ne nous avait pas repérés, mais à intervalles réguliers nous entendions son bourdonnement planer sur nous comme une menace.

— J'en peux plus, dis-je en tirant la langue. Qu'est-ce que vous avez mis dans cette valise ? J'ai l'impression de transporter un coffre-fort !

— Le sport, c'est pas trop votre truc non plus, constata-t-elle en se tournant vers moi.

— Ces derniers temps, j'ai peut-être eu tendance à m'encroûter, concédai-je, mais si vous aviez sauté d'un deuxième étage comme moi, vous feriez moins la maligne.

Pieds nus, ses escarpins à la main, Billie se faufilait avec grâce entre les troncs d'arbres et les fourrés.

Nous descendîmes un dernier raidillon qui nous mena jusqu'à une route goudronnée. Ce n'était pas une nationale, mais elle était tout de même assez large pour permettre la circulation dans les deux sens.

— Quelle direction à votre avis ? demanda-t-elle.

Je lâchai ma valise avec soulagement et posai les deux mains sur mes genoux pour reprendre mon souffle :

— J'en sais rien. Y a pas marqué *google.maps* sur mon front.

— On pourrait essayer de faire du stop, proposa-t-elle en ignorant ma remarque.

— Chargés comme on est, personne ne nous prendra.

— Personne ne *vous* prendra, corrigea-t-elle. Mais moi…

Elle s'accroupit pour farfouiller dans son sac et en sortit une nouvelle tenue. Sans faire de manières, elle déboutonna son jean qu'elle remplaça par un minishort blanc et troqua sa jaquette contre une petite veste Balmain bleu pâle à épaules larges et carrées.

— Dans moins de dix minutes, nous serons dans une voiture, assura-t-elle en ajustant ses lunettes de soleil et en adoptant une démarche chaloupée.

À nouveau, j'étais sidéré par cette dualité qu'elle portait en elle et qui la faisait passer en un clin d'œil d'une jeune femme espiègle et candide à une vamp provocante et arrogante.

— « Miss Camping Caravaning » a dévalisé les boutiques de Rodeo Drive, lançai-je en lui emboîtant le pas.

— Miss Camping Caravaning, elle vous emmerde.

★

Quelques minutes s'étaient écoulées. Une vingtaine de voitures seulement nous avaient dépassés. Aucune ne s'était arrêtée. Nous avions croisé un premier panneau indiquant la proximité de San Dieguito Park, puis un deuxième à l'embranchement pour rejoindre la Nationale 5. Nous étions sur la bonne route à défaut d'être dans le bon sens.

— Il faut traverser et faire du stop de l'autre côté, dit-elle.

— Je ne veux pas vous froisser, mais on dirait que votre séduction a trouvé ses limites, non ?

— Dans moins de cinq minutes, vous aurez les fesses sur un siège en cuir, vous voulez parier ?

— Tout ce que vous voulez.

— Combien vous reste-t-il d'argent ?

— Un peu plus de 700 dollars.

— Cinq minutes, répéta-t-elle. Vous chronométrez ? Ah non, c'est vrai que vous n'avez plus de montre…

— Et moi, qu'est-ce que vous me donnez si je gagne ?

Elle éluda la question, redevenant d'un coup sérieuse et fataliste :

— Tom, il va falloir vendre le tableau…

— C'est hors de question !

— Dans ce cas, comment voulez-vous acheter une voiture et payer notre hébergement ?

— Mais on est au milieu de nulle part ! Un tableau de cette valeur, ça se négocie dans une salle de vente aux enchères, pas dans la première station d'essence venue !

165

Elle fronça les sourcils et réfléchit une minute avant de proposer :

— Bon, peut-être pas le vendre, mais au moins le mettre en gage.

— Le mettre en gage ? C'est un tableau de maître, pas la bague de ma grand-mère !

Elle haussa les épaules au moment où un vieux pick-up couleur rouille passait devant nous en se traînant.

Il nous dépassa d'une bonne dizaine de mètres avant d'entreprendre une marche arrière.

— Aboule le flouse, réclama-t-elle en souriant.

À l'intérieur du tacot, deux Mexicains – des horticulteurs qui dans la journée travaillaient au parc et rentraient tous les soirs à Playas de Rosarito – proposèrent de nous conduire à San Diego. Le plus vieux avait la virilité d'un Benicio del Toro qui aurait pris trente ans et trente kilos, quant au plus jeune, il répondait au doux nom d'Esteban et…

— … on dirait le jardinier sexy de *Desperate Housewives* ! jubila Billie qui le trouvait visiblement très à son goût.

— *Señora, usted puede usar el asiento, pero el señor viajará en la cajuela.*

— Qu'est-ce qu'il a dit, là ? demandai-je en pressentant une mauvaise nouvelle.

— Il a dit que je pouvais monter devant, mais que vous alliez devoir vous contenter du coffre… répondit-elle, ravie de me jouer ce mauvais tour.

— Vous m'aviez pourtant promis un siège en cuir ! protestai-je en grimpant à l'arrière et en m'installant au milieu des outils et des sacs d'herbe sèche.

♪ ♪ ♪ ♪ *I've got a Black Magic Woman* ♪ ♪ ♪ ♪

Le son généreux et saturé de la guitare de Carlos Santana s'échappait de la fenêtre ouverte du pick-up. C'était un vrai tape-cul : un vieux Chevrolet des années 1950 qu'on avait dû repeindre des dizaines de fois et dont le kilométrage avait sans doute déjà fait un tour complet de compteur.

Assis sur une botte de paille, j'essuyai la poussière qui s'était accumulée sur le tableau et m'adressai directement aux *Amants en bleu.*

— Écoutez, je suis désolé, mais il va falloir qu'on se sépare momentanément.

J'avais réfléchi à ce que m'avait dit Billie et je venais d'avoir une idée. L'année dernière, le magazine *Vanity Fair* m'avait demandé d'écrire une nouvelle pour son numéro de Noël. Le principe était de *revisiter* un classique de la littérature – une hérésie pour certains – et j'avais choisi de donner une version moderne de mon roman préféré de Balzac. Dans les premières lignes, on suivait ainsi le parcours d'une jeune héritière qui, après avoir dilapidé toute sa fortune, se faisait engager par un prêteur sur gages dans la boutique duquel elle trouvait une « peau de chagrin » ayant le pouvoir d'exaucer les vœux de son propriétaire. Autant l'avouer, même s'il avait été apprécié des lecteurs, ce texte n'était pas ce que j'avais écrit de mieux, mais le travail de documentation qu'il avait nécessité m'avait permis de rencontrer un personnage haut en couleur :

Yochida Mitsuko, le prêteur sur gages le plus influent de Californie.

Au même titre que le cabinet de Sophia Schnabel, le petit commerce de Mitsuko était l'une des bonnes adresses que se passaient les *beautiful people* du Triangle d'or de Los Angeles. À Hollywood comme ailleurs, le besoin de liquidité pressait parfois les plus nantis à se délester en urgence de certaines de leurs folies et, sur la vingtaine de prêteurs sur gages de Beverly Hills, Yochida Mitsuko était le préféré de la clientèle huppée. Grâce à l'appui de *Vanity Fair*, j'avais pu le rencontrer dans son échoppe près de Rodeo Drive. Il se surnommait lui-même avec fierté le « prêteur sur gages des stars » et n'avait pas hésité à tapisser les murs de son bureau de photos où il prenait la pose à côté de vedettes plus embarrassées qu'honorées d'être ainsi prises en flagrant délit de revers de fortune.

Véritable caverne d'Ali Baba, son dépôt regorgeait de trésors hétéroclites. Je me souvenais d'y avoir vu le piano à queue d'une chanteuse de jazz, la batte de baseball fétiche du capitaine des *Dodgers*, un magnum de dom pérignon 1996, un tableau de Magritte, la Rolls-Royce customisée d'un rappeur, la Harley d'un crooner, plusieurs caisses de mouton-rothschild 1945 et, malgré l'interdiction de l'Académie des Oscars, la petite statuette dorée d'un acteur mythique dont je tairai le nom.

Je consultai mon portable. Je ne pouvais toujours pas passer d'appels, mais j'avais encore accès à mon carnet d'adresses et je retrouvai facilement le numéro de Mitsuko.

Je me penchai alors vers l'avant et criai quelques mots à Billie :

— Vous voulez bien demander à votre nouveau copain l'autorisation d'utiliser son téléphone ?

Elle parlementa un moment avec le « jardinier » puis :

— Esteban est d'accord, mais ce sera 50 dollars.

Sans perdre de temps à négocier, je lui tendis un billet en échange d'un vieux Nokia des années 1990. Je regardai le portable avec nostalgie : moche, lourd, terne, sans appareil photo ni wifi, mais lui, au moins, il fonctionnait.

Mitsuko décrocha dès la première sonnerie :

— Tom Boyd à l'appareil.

— Qu'est-ce que je peux faire pour toi, mon ami ?

Sans que je sache trop pourquoi, il m'avait plutôt à la bonne. Dans mon texte, j'avais pourtant dressé de lui un portrait peu ragoûtant, mais, loin de lui déplaire, cet éclairage « artistique » lui avait, paraît-il, donné une certaine aura ce dont il m'avait remercié en m'envoyant une édition originale de *In Cold Blood*, signée de la main de Truman Capote.

Je m'enquis poliment de ses nouvelles et il m'avoua qu'avec la récession et la chute de la Bourse, jamais son commerce n'avait été aussi florissant : il avait déjà ouvert un deuxième magasin à San Francisco et projetait d'en créer un troisième à Santa Barbara.

— Je vois débarquer des médecins, des dentistes et des avocats qui m'apportent leur Lexus, leur collection de clubs de golf ou le vison de leur femme parce qu'ils ne parviennent plus à régler leurs factures. Mais tu m'appelles sûrement pour une bonne raison. Tu as quelque chose à me proposer, n'est-ce pas ?

Je lui parlai de mon Chagall, mais il ne me « prêta » qu'un intérêt poli :

— Le marché de l'art n'est pas encore sorti de la crise, passe me voir demain et je verrai ce que je peux faire.

Je lui expliquai que je ne pouvais pas attendre demain, que j'étais à San Diego et que j'avais besoin de cash dans les deux heures.

— Je suppose qu'on vient aussi de te couper ton téléphone, devina-t-il. Je n'ai pas reconnu ton numéro, Tom. Et avec le nombre de langues de putes qui gravitent dans cette ville, tout se sait très vite ici…

— Et qu'est-ce qu'il se raconte ?

— Que tu es dans le trou et que tu passes plus de temps à bouffer des cachetons qu'à écrire ton nouveau roman.

Mon silence valait toutes les réponses. À l'autre bout du fil, je l'entendais néanmoins pianoter sur son ordinateur portable et je devinai qu'il se renseignait sur la cote de Chagall et le montant atteint par ses toiles lors des dernières ventes aux enchères.

— Pour le téléphone, je peux faire rétablir ta ligne dans l'heure qui suit, me proposa-t-il spontanément. Tu es chez TTA, n'est-ce pas ? Ça te coûtera 2 000 dollars.

Avant même que je donne mon quitus, j'entendis le bruit d'un mail qui partait de sa messagerie. Si Sophia tenait les gens par leurs secrets, Mitsuko les tenait par leur portefeuille.

— Quant au tableau, je t'en propose 30 000 dollars.

— Tu plaisantes, j'espère. Il vaut au moins vingt fois plus !

— À mon avis, il vaudra peut-être même quarante fois plus, chez Sotheby's à New York, dans deux ou trois ans, lorsque les nouveaux Russes auront retrouvé l'envie de faire chauffer leur Black Card. Mais si tu veux voir la couleur de l'argent dès ce soir et que tu enlèves la commission astronomique que je vais devoir verser à ma consœur de San Diego, je ne peux t'en donner que 28 000 dollars.

— Tu viens de me dire 30 000 !

— Moins les 2 000 pour rétablir ta ligne. Et encore, à condition que tu suives scrupuleusement ce que je vais t'indiquer.

Avais-je vraiment le choix ? Je me rassurai en me disant que j'avais quatre mois pour rembourser la somme – augmentée des 5 % d'intérêt – et reprendre ainsi possession de mon bien. Je n'étais pas sûr d'y arriver, mais c'était un risque à courir.

— Je t'envoie la marche à suivre sur ton téléphone, termina Mitsuko. Oh, et à propos, dis à ton copain Milo qu'il n'a plus que quelques jours pour venir récupérer son saxo.

Je raccrochai et rendis à Esteban son téléphone de collection au moment où nous pénétrions vraiment dans la ville. Le soleil commençait sa descente vers l'horizon. San Diego était belle, baignée d'une lumière rose et orangée qui rappelait la proximité du Mexique. Billie profita d'un feu rouge pour quitter son siège et venir me retrouver à l'arrière.

— Brr, ça caille ! dit-elle en se frottant les jambes.

— Effectivement, dans cette tenue…

Elle agita une page de bloc-notes dans ma direction :

— Ils m'ont donné l'adresse d'un de leurs amis garagistes, qui pourra peut-être nous trouver une voiture. Et vous, ça avance ?

Je regardai l'écran de mon portable. Comme par magie, je pouvais à nouveau passer des appels et un SMS de Mitsuko m'enjoignait d'utiliser l'appareil photo intégré à mon téléphone.

Avec l'aide de Billie, je mitraillai donc le tableau sous toutes ses coutures, n'oubliant pas de faire des gros plans sur le certificat d'authenticité collé au dos de la toile. Ensuite, grâce à une application téléchargée en quelques secondes, chacune des photos fut automatiquement datée, cryptée et géolocalisée avant d'être envoyée sur un serveur sécurisé. À en croire Mitsuko, ce marquage leur donnait valeur de preuve devant les tribunaux et permettait de les opposer à des tiers lors d'un éventuel procès.

Cette opération ne nous prit pas dix minutes et, lorsque le pick-up nous déposa à la gare centrale, nous avions déjà reçu un message de confirmation du prêteur sur gages nous donnant l'adresse d'une consœur chez qui déposer le tableau en échange des 28 000 dollars.

J'aidai Billie à descendre sur le trottoir puis à récupérer nos bagages avant de remercier les deux horticulteurs pour leur aide.

— *Si vuelves por aquí, me llamas, ¿ de acuerdo*[1] *?* fit Esteban en donnant à la jeune femme une accolade un peu trop appuyée.

— *Sí, sí !* dit-elle en se passant la main dans les cheveux, comme dans un geste ultime de coquetterie.

---

1. Si tu reviens dans le coin, tu me téléphones, d'accord ?

— Qu'est-ce qu'il vous a dit, là ?

— Rien ! Il nous souhaite juste un bon voyage.

— C'est ça, foutez-vous de moi, dis-je en prenant la file pour accéder à un taxi.

Elle me fit un sourire complice qui m'incita à lui promettre :

— En tout cas, ce soir, si tout va bien, c'est avec moi que vous mangerez des quesadillas et du chili con carne !

L'évocation de la nourriture fut suffisante pour faire tourner son moulin à paroles, mais ce qui m'horripilait il y a encore quelques heures sonnait à présent à mes oreilles comme une musique joviale et amicale :

— Et les enchiladas, vous connaissez les enchiladas ! s'exclama-t-elle. Moi, j'adore ça, surtout au poulet lorsqu'elles sont bien gratinées. Mais vous savez qu'on peut aussi les préparer avec du porc ou des crevettes, hein ? Par contre, les nachos, beurk, très peu pour moi. Et les escamoles ? Vous n'en avez jamais goûté ? Bon, alors, il faudra qu'on en trouve. Figurez-vous que ce sont des larves de fourmis ! C'est super-mégaraffiné, à tel point qu'on les appelle parfois du caviar d'insecte. Bizarre, hein ? Moi, j'en ai mangé une fois. C'était lors d'un voyage entre copines en...

18

Motel Casa del Sol

L'enfer est tout entier dans ce mot : solitude.

Victor HUGO

— Évidemment, après la Bugatti, on peut trouver ça riquiqui… remarqua Billie avec une pointe de déception dans la voix.

Banlieue sud de San Diego – 19 heures
Dans le hangar vétuste
et sombre d'un garage miteux

Elle s'installa sur le siège avant de la voiture, une Fiat 500 des années 1960, sans enjoliveur ni chrome, que Santos, le garagiste qu'on nous avait conseillé, essayait de nous vendre comme s'il s'agissait d'un break familial :

— Bien sûr, le confort est un peu sommaire, mais vous pouvez me croire : c'est du solide !

— Quelle idée tout de même de l'avoir repeinte en rose bonbon !

— C'était la voiture de ma fille, m'expliqua le chicano.

— Aïe ! répondit Billie en se cognant la tête. Vous ne voulez pas dire plutôt la voiture de la Barbie de votre fille ?

Je passai à mon tour la tête dans l'habitacle :

— La banquette arrière est arrachée, constatai-je.

— Ça vous laissera plus de place pour les bagages !

En essayant de faire croire que j'y connaissais quelque chose, j'examinai les phares, les clignotants et l'état des feux.

— Vous êtes certain que c'est aux normes ?

— En tout cas, c'est aux normes mexicaines.

Je regardai l'heure sur mon téléphone. Nous avions récupéré comme prévu les 28 000 dollars, mais entre le dépôt du tableau et la course en taxi pour rejoindre le garage, nous avions perdu beaucoup de temps. Cette voiture était presque bonne pour la casse, mais n'ayant pas de permis en règle, nous ne pouvions ni en louer ni en acheter une en passant par les circuits légaux. Elle présentait en outre l'avantage d'être immatriculée au Mexique, ce qui pouvait faciliter notre passage de la frontière.

Finalement, Santos accepta de nous la céder pour 1 200 dollars, mais nous dûmes batailler plus d'un quart d'heure pour faire entrer ma grosse valise et les affaires de madame dans un espace aussi restreint.

— Ce n'est pas cette voiture qu'on surnommait le « pot de yaourt » ? demandai-je en mobilisant toutes mes forces pour réussir à fermer le coffre.

— ¿ *El bote de yogur ?* traduisit-il en faisant semblant de ne pas comprendre le lien entre la préparation laitière et l'épave qu'il était ravi de nous refourguer.

Cette fois, c'est moi qui me mis au volant et c'est avec un peu d'appréhension que nous prîmes la route. Il faisait nuit. Nous n'étions pas dans l'un des endroits les plus cosy de San Diego et j'eus un peu de mal à me repérer au milieu d'une succession de parkings et de zones commerciales avant de rejoindre enfin la 805 qui menait au poste-frontière.

Les pneus couinaient et le ronflement nasillard du moteur de la Fiat avait remplacé le vrombissement rageur de la Bugatti.

— Passez donc la deuxième, suggéra Billie.

— Je vous signale que je suis *déjà* en quatrième !

Elle regarda l'indicateur de vitesse qui marquait à peine 70 km/h.

— Vous êtes à fond, constata-t-elle, dépitée.

— Remarquez, comme ça, on est certains de ne pas faire d'excès de vitesse.

Bon an mal an, notre guimbarde nous mena jusqu'à l'immense poste-frontière qui permettait de passer à Tijuana. Comme souvent, l'endroit était embouteillé et très animé. En m'engageant dans la file *Mexico Only*, je récapitulai les dernières consignes à ma passagère :

— Normalement, dans ce sens, nous avons peu de risque de nous faire contrôler, mais si ça arrive, c'est la prison, pour vous comme pour moi, et cette fois, impossible de passer en force ! Alors, on va éviter de jouer au con, d'accord ?

— Je suis tout ouïe, dit-elle en clignant des yeux à la Betty Boop.

— C'est très simple : vous n'ouvrez pas la bouche et vous ne bougez pas un cil. Nous sommes deux honnêtes travailleurs mexicains qui rentrons chez nous. Compris ?

— *Vale, señor.*

— Et si vous pouviez arrêter de vous payer ma tête, ça me ferait des vacances.

— *Muy bien, señor.*

Pour une fois, la fortune nous sourit : en moins de cinq minutes, nous fûmes de l'autre côté, sans contrôle ni embrouilles.

Comme nous l'avions fait jusqu'à présent, nous continuâmes à longer la côte. Par chance, le garagiste avait installé un vieil autoradio à cassette. Malheureusement, la seule cassette dans la boîte à gants était un album d'Enrique Iglesias qui sembla ravir Billie, mais qui me cassa les oreilles jusqu'à Ensenada.

Là, un orage éclata sans crier gare et une pluie diluvienne s'abattit sur nous. Le pare-brise était minuscule et les essuie-glaces tellement rudimentaires qu'ils ne pouvaient rien contre l'épais rideau de pluie, à tel point que j'étais obligé de passer fréquemment mon bras par la fenêtre pour les décoincer.

— On s'arrête dès que l'on peut ?

— J'allais vous le proposer !

Un premier motel se présenta sur notre route, mais il affichait complet. On n'y voyait pas à trois mètres. Contraint de rouler à 20 à l'heure, je m'attirais les reproches des véhicules qui me suivaient et qui m'escortèrent pendant un bon quart d'heure de leurs coups de klaxon impatients et furieux.

Nous trouvâmes finalement refuge à San Telmo, dans le bien mal nommé *Casa Del Sol Motel* dont l'enseigne lumineuse grésillait et affichait un réconfortant *Vacancy*. À voir l'état des voitures garées sur le parking, je devinai que l'endroit ne devait pas avoir le charme et le confort d'un *Bed & Breakfast*, mais après tout, nous n'étions pas en lune de miel.

— On ne prend qu'une chambre, n'est-ce pas ? me taquina-t-elle en poussant la porte de la réception.

— Une chambre avec *deux* lits.

— Si vous croyez que je vais me jeter sur vous...

— Je n'ai aucune crainte en effet, je ne suis pas jardinier, je ne suis pas votre genre.

Le réceptionniste nous salua d'un grognement. Billie demanda à visiter la chambre, mais j'attrapai la clé et payai par avance.

— De toute façon, on ne peut pas aller ailleurs : il pleut des cordes et je suis crevé.

Le bâtiment d'un étage s'articulait en forme de U autour d'une cour plantée d'arbres desséchés dont les silhouettes faméliques pliaient sous le vent.

Sans surprise, la chambre était spartiate, faiblement éclairée, parfumée d'effluves douteux et décorée d'un mobilier qui avait dû être à la mode sous Eisenhower. Il y avait un poste de télé immense, monté sur quatre roulettes et équipé d'un haut-parleur situé sous l'écran. Un de ces modèles recherchés par les amateurs de vide-greniers.

— Vous vous rendez compte, plaisanta Billie, sur cet écran, des types ont peut-être assisté aux premiers pas de l'homme sur la Lune ou même appris l'assassinat de Kennedy !

Curieux, j'essayai d'allumer l'appareil : j'entendis un vague crachotement, mais ne pus capter aucune image.

— En tout cas, c'est pas là-dessus qu'on verra la prochaine finale du Superbowl...

Dans la salle de bains, la cabine de douche était spacieuse, mais le robinet recouvert de traces de rouille.

— Vous connaissez l'astuce, me dit Billie en souriant. C'est en regardant derrière la table de chevet que l'on voit si la poussière a été faite !

Joignant le geste à la parole, elle déplaça le petit meuble et lâcha un cri :

— Saleté ! dit-elle en envoyant son escarpin pour écraser un cafard.

Puis elle se tourna vers moi, cherchant dans mes yeux un peu de réconfort :

— On se fait notre petit dîner mexicain ?

Mais mon enthousiasme était retombé :

— Écoutez, il n'y a pas de restaurant ici, il pleut comme vache qui pisse, je suis vanné et pas très chaud pour reprendre la voiture sous la flotte.

— Ouais, vous êtes comme tous les autres : très fort pour promettre...

— Je vais me coucher, d'accord !

— Attendez ! On va quand même prendre un verre. On a vu un petit bar en venant, à moins de cinq cents mètres...

J'enlevai mes chaussures et me couchai sur l'un des lits :

— Allez-y sans moi. Il est déjà tard et on a beaucoup de route à faire demain. Et puis, je n'aime pas les bars. En tout cas, pas les bars de bord de route.

— Très bien, je vais y aller sans vous.

Elle passa dans la salle de bains en prenant quelques affaires avec elle et je la vis ressortir un moment plus tard en jeans et veste de cuir cintrée. Elle était sur le point de partir, mais je sentais que quelque chose trottait dans sa tête.

— Tout à l'heure, lorsque vous avez dit que vous n'étiez pas mon genre… commença-t-elle.

— Oui ?

— Dans votre tête, c'est quoi mon genre d'homme ?

— Eh bien, ce connard de Jack par exemple. Ou encore, cet Esteban qui n'a pas arrêté de vous reluquer pendant tout le voyage, encouragé par vos regards aguicheurs et votre tenue provocante.

— C'est vraiment comme ça que vous me voyez ou vous souhaitez seulement me faire du mal ?

— Honnêtement, c'est comme ça que vous êtes et je le sais d'autant mieux que c'est moi qui vous ai créée.

Son visage se ferma et elle prit la porte sans rien ajouter.

— Attendez, dis-je en la rejoignant sur le seuil. Emportez quand même un peu d'argent.

Elle me regarda avec défi :

— Si vous me connaissiez vraiment, vous sauriez que dans un bar, je n'ai jamais eu besoin de payer un seul verre de ma vie…

★

Resté seul, je pris une douche tiédasse, refis le bandage autour de ma cheville, puis ouvris ma valise à la recherche d'affaires pour la nuit. À l'intérieur, ainsi que l'avait dit Billie, m'attendait mon ordinateur qui m'apparut comme une sorte d'objet maléfique. Je déambulai quelques minutes dans la chambre, ouvris le placard pour y pendre ma veste et cherchai sans succès un oreiller. Dans le tiroir d'une des tables de nuit, à côté d'un exemplaire bon marché du Nouveau Testament, je trouvai deux livres, certainement oubliés par d'anciens clients. Le premier était le best-seller de Carlos Ruiz Zafón, *La Sombra del Viento*, dont je me souvenais d'avoir offert un exemplaire à Carole. Le second avait pour titre *La Compañía de los Ángeles* et il me fallut un moment pour comprendre qu'il s'agissait de la traduction espagnole de mon premier roman. Je le feuilletai avec curiosité. La personne qui l'avait lu avait pris le soin de souligner quelques phrases et d'annoter certaines pages. Je ne saurais dire si ce lecteur avait aimé ou détesté mon texte, mais en tout cas l'histoire ne l'avait pas laissé indifférent et c'est ce qui comptait le plus pour moi.

Ragaillardi par cette découverte inattendue, je m'installai sur le minuscule bureau en Formica et allumai mon ordinateur.

Et si l'envie était revenue ? Et si je pouvais écrire à nouveau !

Le système d'exploitation me demanda mon mot de passe. Graduellement, je sentais l'angoisse refaire surface, mais je cherchais à me convaincre que c'était plutôt de l'excitation. Lorsqu'un paysage paradisiaque apparut en fond d'écran, je lançai mon logiciel de traitement de texte qui s'ouvrit sur une page lumineuse. En haut de l'écran, le curseur clignotant attendait que je laisse courir mes doigts sur le clavier pour se mettre en mouvement. Alors, mon pouls s'accéléra comme si on compressait mon muscle cardiaque entre les deux mâchoires d'un étau. Un vertige me saisit, une nausée me souleva le cœur, si violente que... je fus obligé d'éteindre l'ordinateur.

Et merde.

Le blocage de l'écrivain, le syndrome de la page blanche... Jamais je n'avais pensé que cela pourrait un jour m'affecter. Pour moi, la panne d'inspiration était réservée aux intellos qui prenaient la pose en se regardant écrire, pas à un accro de la fiction comme moi qui inventait des histoires dans sa tête depuis qu'il avait dix ans.

Pour créer, certains artistes devaient provoquer leur désespoir lorsqu'ils n'en portaient pas assez en eux. D'autres se servaient de leur chagrin ou de leurs dérives comme étincelle. Frank Sinatra avait composé *I'm a Fool To Want You* après sa rupture avec Ava Gardner. Apollinaire avait écrit *Sous le pont Mirabeau* après sa séparation d'avec Marie Laurencin. Et Stephen King avait souvent raconté qu'il avait écrit *Shining* sous l'emprise d'alcool et de drogues. À ma petite échelle, je n'avais jamais eu besoin d'excitants pour écrire. Pendant des années, j'avais travaillé tous les jours – Noël et Thanksgiving compris – pour canaliser mon imagination. Lorsque j'étais lancé, plus rien ne comptait : je vivais ailleurs, en transe, dans un état hypnotique prolongé. Pendant ces périodes bénies, l'écriture était une drogue, plus euphorique que la plus pure des cokes, plus délectable que la plus folle des ivresses.

Mais à présent, tout ça était loin. Très loin. J'avais renoncé à l'écriture et l'écriture ne voulait plus de moi.

★

Barrette d'anxiolytique. Ne pas chercher à se croire plus fort qu'on ne l'est. Accepter sa dépendance avec humilité.

Je me couchai, éteignis la lumière, me tournai et me retournai dans mon lit. Impossible de trouver le sommeil. Je me sentais si impuissant. Pourquoi n'étais-je plus capable d'exercer mon métier ? Pourquoi étais-je devenu indifférent au devenir de mes personnages ?

Le vieux radio-réveil à lamelles indiquait presque 23 heures. Je commençais à m'inquiéter sérieusement pour Billie qui n'était toujours pas rentrée. Pourquoi lui avais-je parlé si durement ? Un peu parce que j'étais dépassé par son apparition et pas foutu de gérer son intrusion dans ma vie, mais aussi et surtout parce que je me savais incapable de trouver en moi des ressources pour la renvoyer dans son univers imaginaire.

Je me levai, m'habillai en hâte et sortis sous la pluie. Je marchai pendant dix bonnes minutes avant d'apercevoir une enseigne lumineuse verdâtre signalant au loin la présence de la *Linterna Verde*.

C'était un bar populaire, fréquenté presque uniquement par des hommes. L'endroit était bondé et l'ambiance festive. La tequila coulait à flots et la sono usée déversait un rock saturé. Portant un plateau chargé de bouteilles, une serveuse passait de table en table pour les ravitailler en alcool. Derrière le comptoir, un perroquet rabougri amusait la galerie tandis qu'une autre barmaid – que les habitués appelaient Paloma – jouait les bombas en prenant les commandes. Je lui demandai une bière et elle me servit une Corona avec un quartier de citron inséré dans le goulot. Je parcourus l'assemblée d'un regard circulaire. La salle était décorée de paravents en bois peint qui rappelaient vaguement l'art maya. Accrochées au mur, de vieilles photos de western côtoyaient quelques fanions de l'équipe de foot locale.

Billie était assise au fond de la pièce, à la table de deux gaillards qui roulaient des mécaniques et rigolaient bruyamment. Ma bière à la main, je m'approchai du groupe. Elle me repéra, mais préféra m'ignorer. À voir les pupilles dilatées de la jeune femme, je devinai qu'elle avait déjà dû avaler quelques verres. Je connaissais ses failles et je savais que l'alcool ne lui réussissait pas. Je connaissais aussi ce genre de mecs et leur tactique minable : ces gars n'avaient pas inventé la machine à courber les bananes, mais ils possédaient un réel instinct pour repérer des femmes suffisamment vulnérables, prêtes à leur servir de proie.

— Venez, je vous ramène à l'hôtel.

— Foutez-moi la paix ! Vous n'êtes ni mon père ni mon mari. Je vous ai proposé de venir avec moi et vous m'avez craché à la gueule.

Elle haussa les épaules tout en trempant une tortilla dans une coupelle de guacamole.

— Allez, ne faites pas l'enfant. Vous ne tenez pas l'alcool, vous le savez.

— Je tiens très bien l'alcool, me provoqua-t-elle en empoignant la bouteille de mezcal qui trônait au milieu de la table pour s'en resservir un verre.

Elle la passa ensuite à ses deux compères qui en prirent une rasade directement au goulot. Le plus musclé des deux, au tee-shirt orné du prénom Jesus, me tendit le flacon en signe d'initiation.

Dubitatif, je regardai le petit scorpion qu'on avait plongé au fond de la bouteille pour respecter la croyance qui voulait que l'animal donne pouvoir et virilité.

— Je n'ai pas besoin de ça, dis-je.

— Si tu ne veux pas boire, tu vas nous laisser, l'ami ! Tu vois bien que la demoiselle prend du bon temps avec nous.

Au lieu de rebrousser chemin, je me rapprochai encore d'un pas et plantai mon regard dans celui de Jesus. J'avais beau aimer Jane Austen et Dorothy Parker, j'avais aussi été élevé dans une cité : j'avais donné des coups et j'en avais reçu, y compris de types parfois armés de couteaux et autrement plus baraqués que la brute qui me faisait face.

— Toi, ta gueule.

Puis je me tournai à nouveau vers Billie :

— La dernière fois que vous avez pris une cuite, à Boston, ça ne s'est pas bien terminé, vous vous souvenez ?

Elle me dévisagea avec mépris :

— Toujours les mots qui font mal, toujours les mots qui blessent ! Vous êtes décidément très fort dans ce registre.

Juste après que Jack eut annulé en dernière minute leurs vacances à Hawaii, elle s'était rendue au *Red Piano*, un bar près du Old State House. Elle était vraiment affectée, presque au bout du rouleau. Pour tromper sa peine, elle s'était fait payer quelques vodkas par un dénommé Paul Waker, le gérant de plusieurs magasins d'une enseigne bien connue de commerces de proximité. Il avait proposé de la raccompagner chez elle. Elle n'avait pas dit « non », ce qu'il avait compris comme un oui. Puis, dans le taxi, il avait commencé à la peloter. Là, elle avait manifesté son refus, mais peut-être pas assez fermement, et le type avait estimé qu'il avait droit à une petite compensation puisqu'il avait payé les verres. Elle avait la tête qui tournait. Tellement qu'elle ne savait plus très bien elle-même ce qu'elle voulait. En bas de son immeuble, l'ami Paul s'était incrusté dans le hall et s'était invité pour un dernier verre. De guerre lasse, elle l'avait laissé monter avec elle dans l'ascenseur parce qu'elle avait peur qu'il ne réveille les voisins. Puis… elle ne se souvenait plus de rien. Elle s'était réveillée le lendemain matin, couchée sur son canapé, sa jupe relevée. Pendant plus de trois mois, entre tests VIH et tests de grossesse, elle avait flippé à mort, mais n'avait pu se résoudre à porter plainte parce que au fond, elle s'estimait en partie responsable de ce qui s'était passé.

J'avais ravivé ce souvenir dégueulasse et à présent, elle me dévisageait, les larmes aux yeux :

— Pourquoi… pourquoi m'infligez-vous des saloperies pareilles dans vos romans ?

La question me toucha en plein cœur. Ma réponse fut honnête :

— Sans doute parce que vous portez en vous certains de mes démons : ma part la plus noire, la plus détestable. Celle qui évoque en moi dégoût et incompréhension. Celle qui me fait perdre parfois tout respect pour moi-même.

Hébétée, elle ne semblait toujours pas vouloir me rejoindre.

— Je vais vous raccompagner à l'hôtel, insistai-je en lui tendant la main.

— ¡ *Como chingas* ! siffla Jesus entre ses dents.

Je ne répondis pas à la provocation et ne lâchai pas Billie des yeux.

— On ne peut s'en sortir qu'ensemble. Vous êtes ma chance et je suis la vôtre.

Elle allait me répondre lorsque Jesus me traita de *joto*[1], expression que je connaissais parce qu'elle était le juron préféré de Tereza Rodriguez, une vieille Hondurienne que j'employais comme femme de ménage et qui avait été la voisine de ma mère à MacArthur Park.

Le coup de poing partit tout seul. Une vraie droite imparable, comme au bon vieux temps de mon adolescence, qui projeta Jesus sur une table voisine, faisant valser les pintes de bière et les tacos. Ce fut un beau bourre-pif, mais il n'y en eut malheureusement pas d'autres.

En moins d'une seconde, une ambiance électrique parcourut la salle qui, ravie d'avoir un surcroît d'animation, accueillit par des cris ce début de bagarre. Venus de l'arrière, deux types me soulevèrent du sol tandis qu'un troisième larron me faisait regretter d'avoir foutu les pieds dans ce bar. Visage, foie, estomac : les coups pleuvaient sur moi à une vitesse stupéfiante et, confusément, ce passage à tabac me faisait du bien. Pas par masochisme, mais un peu comme si ce martyre était une étape sur le chemin de ma rédemption. La tête baissée, je sentais le goût ferreux du sang qui s'écoulait de ma bouche. Devant mes yeux, des images stroboscopiques éclataient à intervalles réguliers, mélange de souvenirs et de scènes qui se déroulaient dans la salle : le regard amoureux d'Aurore, sur les photos du magazine, à destination d'un autre type que moi, la trahison de Milo, le regard perdu de Carole, le tatouage sur le bas des reins de Paloma, la bomba latina qui venait d'augmenter le son

1. Pédé.

de la musique et que je voyais se trémousser au rythme de la dérouillée qu'on était en train de m'infliger. Quant à la silhouette de Billie, je la vis s'avancer, la bouteille au scorpion dans la main, pour la fracasser sur la tête d'un de mes agresseurs.

★

L'ambiance se dégrada d'un coup. Je compris avec soulagement que la fête était finie. Je me sentis soulevé, porté par des bras dans la foule, avant d'atterrir dehors, sous la pluie, et de terminer ma course le nez dans une flaque boueuse.

19

Road Movie

Le bonheur est une bulle de savon qui change de couleur comme l'iris et qui éclate quand on la touche.

BALZAC

— Milo, ouvre-moi !

Corsetée dans son uniforme, Carole martelait la porte avec la force et l'autorité que lui conférait la loi.

Pacific Palisades
Une petite maison à deux étages,
enveloppée par le brouillard matinal

— Je te préviens : c'est le flic qui te parle et pas l'amie. Au nom de la loi de Californie, je te demande de me laisser entrer.

— La loi de Californie, je lui pisse à la gueule, grommela Milo en entrouvrant sa porte.

— Très constructif, vraiment ! le réprimanda-t-elle en le suivant dans la maison.

Il était en caleçon et portait un vieux tee-shirt *Space Invaders*. Il avait le teint blême, les yeux cernés et s'était coiffé avec un bâton de dynamite. Tatoués sur chacun de ses bras, les signes cabalistiques de la *Mara Salvatrucha* brillaient d'une flamme malsaine.

— Je te signale qu'il n'est même pas 7 heures du mat, que je pionçais et que je ne suis pas seul.

Sur la table en verre du salon, Carole aperçut le cadavre d'une bouteille de vodka bas de gamme ainsi qu'un sachet d'herbe presque vide.

— Je croyais que tu avais arrêté tout ça, dit-elle avec tristesse.

— Eh bien non, tu vois : ma vie est à la dérive, j'ai ruiné mon meilleur ami et je ne suis pas foutu de l'aider lorsqu'il a des ennuis, alors oui : je me suis pris une cuite, j'ai fumé trois ou quatre joints et…

— … et tu as de la compagnie.

— Ouais, et ce sont mes affaires, compris ?

— C'est qui ? Sabrina ? Vicky ?

— Non, deux putes à 50 dollars que j'ai ramassées sur Creek Avenue. Ça te suffit comme explication ?

Prise au dépourvu, elle eut un rictus gêné, incapable de savoir s'il disait la vérité ou s'il avait décidé de la provoquer.

Milo alluma la machine à café et inséra une capsule en bâillant.

— Bon, Carole : t'as intérêt à avoir une bonne raison pour me réveiller aux aurores.

La jeune flic eut un moment de trouble avant de reprendre ses esprits :

— Hier soir, j'ai laissé un signalement de la Bugatti au commissariat en demandant qu'on me prévienne s'il y avait du nouveau, et devine quoi ? On vient de retrouver ta voiture dans un sous-bois près de San Diego.

Le visage de Milo s'éclaira enfin.

— Et Tom ?

— Aucune nouvelle. La Bugatti a été contrôlée en excès de vitesse, mais la conductrice a refusé de s'arrêter.

— La conductrice ?

— D'après la police du coin, ce n'est pas Tom qui était au volant, mais une jeune femme. Le rapport signale toutefois la présence d'un passager masculin.

Elle tendit l'oreille en direction de la salle de bains. Au jet de la douche s'était ajouté le soufflement d'un séchoir : il y avait vraiment deux personnes dans la pièce...

— Près de San Diego, tu dis ?

Carole consulta son rapport :

— Oui, dans un bled autour de Rancho Santa Fe.

Milo se gratta la tête, semant encore un peu plus la pagaille dans sa chevelure hérissée.

— Je crois que je vais me rendre sur place avec la voiture que j'ai louée. En me grouillant, je trouverai peut-être un indice qui me mettra sur la piste de Tom.

— Je t'accompagne ! décida-t-elle.

— Pas la peine.

— Je ne te demande pas ton avis. Je vais aller là-bas que tu le veuilles ou non.

— Et ton boulot ?

— Je n'ai pas pris de congés depuis des lustres ! Et puis, on ne sera pas trop de deux pour enquêter.

— J'ai très peur qu'il fasse une connerie, confessa Milo, les yeux dans le vague.

— Et toi, tu n'es pas en train d'en faire, des conneries ? lui demanda-t-elle durement.

La porte de la salle de bains s'ouvrit sur deux Sud-Américaines qui sortirent de la pièce en papotant. L'une à moitié nue, une serviette nouée autour des cheveux, l'autre emmitouflée dans un peignoir.

En les apercevant, Carole eut un haut-le-cœur : ces deux filles lui ressemblaient ! En plus vulgaires, en plus usées, mais l'une avait son regard clair, l'autre sa grande taille et sa fossette. Elles étaient ce qu'elle aurait pu devenir si elle n'avait pas réussi à s'extirper de MacArthur Park.

Elle masqua son trouble, mais il le devina.

Il cacha sa honte, mais elle la déchiffra.

— Moi, je retourne au commissariat les prévenir de mon absence, dit-elle enfin pour briser un silence qui devenait pesant. Toi, tu prends une douche, tu ramènes tes copines et tu me retrouves chez moi dans une heure, ça marche ?

*

Péninsule de Baja, Mexique
8 heures du matin

J'ouvris un œil incertain. La route détrempée reflétait un soleil éblouissant qui réverbérait ses rayons matinaux contre le pare-brise piqué de gouttes de pluie.

Enveloppé dans une couverture pelucheuse, les muscles raides et le nez congestionné, j'émergeai du sommeil, recroquevillé sur le siège passager de la Fiat 500.

— Alors, on s'est tapé un bon roupillon ? me demanda Billie.

Je me redressai en grimaçant, à demi paralysé par un torticolis :

— On est où ?

— Sur une route déserte, entre nulle part et ailleurs.

— Vous avez conduit toute la nuit ?

Elle acquiesça d'une humeur enjouée tandis que, dans le rétroviseur, j'observais mon visage salement amoché par les gnons reçus la veille.

— Ça vous va bien, dit-elle sans plaisanter. Je n'aimais pas trop votre air d'ado BCBG : ça vous donnait un côté tête à claques.

— Vous avez un véritable don pour tourner les compliments, vous.

Je regardai à travers la vitre : le paysage était devenu plus sauvage. Étroite et crevassée, la route traversait des paysages montagneux désertiques d'où émergeaient quelques végétaux épars : cactus pierreux, agaves à feuilles charnues, buissons épineux. La circulation était fluide, mais l'exiguïté de la chaussée rendait périlleuse toute rencontre avec un bus ou un camion.

— Je vais vous relever pour que vous puissiez dormir un peu.

— On s'arrêtera au prochain poste d'essence.

Mais les stations-service étaient rares et toutes n'étaient pas ouvertes. Avant d'en trouver une, nous traversâmes plusieurs hameaux solitaires aux allures de villages fantômes. C'est au détour de l'un d'eux que nous croisâmes une Corvette orange, arrêtée au bord de la route, les feux de détresse allumés. Appuyé contre le capot, un jeune auto-stoppeur – qui aurait fait fureur dans une publicité pour un déodorant – tenait dans ses mains une petite pancarte : *out of gas*[1].

---

1. Panne d'essence.

— On lui donne un coup de main ? proposa Billie.

— Non, ça sent l'arnaque classique du type qui simule une panne pour détrousser les touristes.

— Vous sous-entendez que les Mexicains sont des voleurs ?

— Non, je sous-entends qu'avec votre manie de vouloir fraterniser avec tous les beaux mecs du pays, on va encore se mettre dans la merde.

— Vous étiez bien content lorsqu'on nous a pris en stop !

— Écoutez, c'est clair comme de l'eau de roche : ce gars va nous piquer notre argent et notre voiture ! Si c'est ce que vous voulez, arrêtez-vous, mais ne me demandez pas ma bénédiction !

Heureusement, elle ne prit pas le risque et nous passâmes notre chemin.

Après nous être ravitaillés en carburant, nous fîmes une halte dans une épicerie familiale. Derrière une longue et antique vitrine, on avait disposé un choix sommaire de fruits frais, de laitages et de pâtisseries. Nous achetâmes de quoi nous restaurer et improvisâmes un pique-nique quelques kilomètres plus loin, au pied d'un arbre de Joshua.

Sirotant un café fumant, j'observais Billie avec une certaine fascination. Assise sur une couverture, elle dévorait à pleines dents des polvorones à la cannelle et des churros recouverts de sucre glace.

— Qu'est-ce que c'est bon ! Vous ne mangez rien ?

— Il y a quelque chose qui ne colle pas, répondis-je, songeur. Dans mes romans, vous avez un appétit d'oiseau, alors que depuis que je vous connais, vous engloutissez tout ce qui vous tombe sous la main...

Elle marqua un moment de réflexion, comme si elle prenait elle-même conscience de quelque chose, puis finit par m'avouer :

— C'est à cause de la *vraie vie*.

— La vraie vie ?

— Je suis un personnage de roman, Tom. J'appartiens au monde de la fiction et je ne suis pas chez moi dans la vraie vie.

— Quel rapport avec la voracité de votre appétit ?

— Dans la vraie vie, tout a plus de goût et de chair. Et ça ne se limite pas à la nourriture. L'air a plus d'oxygène, les paysages débordent de couleurs qui donnent envie de s'émerveiller à tout moment. Le monde de la fiction est tellement terne…

— Le monde de la fiction est terne ? C'est pourtant toujours l'inverse que j'entends ! La plupart des gens lisent des romans justement pour s'évader de la réalité.

Elle me répondit le plus sérieusement du monde :

— Vous êtes peut-être très fort pour raconter une histoire, pour peindre les émotions, les douleurs, les emballements du cœur, mais vous ne savez pas décrire ce qui fait le sel de la vie : les *saveurs*.

— Ce n'est pas très gentil pour moi, dis-je en comprenant qu'elle me renvoyait à mes lacunes d'écrivain. De quelles saveurs parlez-vous, au juste ?

Elle chercha des exemples autour d'elle :

— Le goût de ce fruit, par exemple, dit-elle en découpant un morceau de la mangue que nous venions d'acheter.

— Mais encore ?

Elle leva la tête et ferma les yeux, comme pour offrir son joli minois à la brise du petit matin.

— Eh bien, ce que l'on ressent lorsque le vent balaie notre visage…

— Mouais.

J'affichai une moue dubitative, mais je savais qu'elle n'avait pas tout à fait tort : j'étais incapable de saisir la merveille de l'instant. Elle m'était inaccessible. Je ne savais pas la cueillir, je ne savais pas en jouir et je ne pouvais donc pas la faire partager à mes lecteurs.

— Ou bien, reprit-elle en ouvrant les yeux et en pointant son doigt au loin, le spectacle de ce nuage rosé qui s'effiloche derrière la colline.

Elle se leva et poursuivit avec entrain :

— Dans vos romans, vous allez écrire : Billie mangea une mangue pour le dessert, mais vous n'allez jamais prendre le temps de détailler la saveur de cette mangue.

Délicatement, elle me mit dans la bouche un morceau de fruit juteux.

— Alors, elle est comment ?

Piqué au vif, je me prêtai malgré tout au jeu et tentai de décrire le fruit avec le plus de précision possible :

— Elle est bien mûre, fraîche juste ce qu'il faut.

— Vous pouvez faire mieux.

— Sa pulpe est sucrée, fondante, savoureuse et très parfumée…

Je la vis sourire. Je continuai :

— … dorée, gorgée de soleil.

— N'en faites pas trop non plus, là on dirait une pub pour les marchands de primeurs !

— Vous n'êtes jamais contente !

Elle replia la couverture et retourna vers la voiture.

— Vous avez compris le principe, me lança-t-elle. Alors, tâchez de vous en souvenir en rédigeant votre prochain livre. Faites-moi vivre dans un univers de couleurs et de chair où les fruits ont le goût de fruits et pas de carton-pâte !

★

San Diego Freeway

— On se pèle la nouille, tu ne veux pas fermer ta fenêtre ?

Carole et Milo roulaient depuis une heure. Branchés sur une station d'information, ils faisaient semblant d'être absorbés par un débat de politique locale pour éviter d'avoir à parler de choses qui fâchent.

— Lorsque tu me demandes quelque chose de façon aussi délicate, c'est un plaisir de te rendre service, remarqua-t-elle en remontant sa vitre.

— Quoi, tu as un problème avec ma façon de parler, maintenant ?

— Oui, j'ai un problème avec ta grossièreté gratuite.

— Désolé, je ne suis pas un littéraire, moi. Je n'écris pas de roman, moi !

Elle le regarda abasourdie :

— Attends : où veux-tu en venir exactement ?

D'abord, Milo se renfrogna puis monta le son de la radio comme s'il n'avait pas l'intention de répondre, avant de se raviser en crevant l'abcès d'une drôle de façon :

— Entre toi et Tom, il s'est déjà passé quelque chose ?

— Quoi ? !

— En fait, tu as toujours été secrètement amoureuse de lui, n'est-ce pas ?

Carole tombait des nues :

— C'est ce que tu crois ?

— Je crois que depuis toutes ces années, tu n'attends qu'une chose : qu'il te considère enfin comme une femme et non plus comme la meilleure amie de service.

— Faut vraiment arrêter la fumette et les alcools forts, Milo. Quand tu dis des conneries pareilles, j'ai envie de…

— De quoi ?

Elle secoua la tête :

— J'sais pas, de… de t'éviscérer pour te faire crever à petit feu avant de te cloner à dix mille exemplaires pour mieux pouvoir tuer de mes propres mains chacun de tes dix mille clones dans les souffrances les plus atr…

— Ça va, la coupa-t-il. Je crois que j'ai saisi l'idée générale.

★

Mexique

Malgré l'allure d'escargot de notre voiture, les kilomètres commençaient à s'accumuler. Nous avions à présent dépassé San Ignacio et, mine de rien, notre pot de yaourt tenait le coup.

Pour la première fois depuis longtemps, je me sentais bien. J'aimais ce paysage ; j'aimais le parfum du macadam et son odeur grisante de liberté ; j'aimais ces magasins sans enseigne et ces carcasses de voitures laissées à l'abandon qui nous donnaient l'impression de voyager sur la mythique Route 66.

Cerise sur le gâteau : j'avais déniché, dans l'une des rares stations-service, deux cassettes audio soldées à

$0.99. La première compilait certaines pépites du rock, depuis Elvis jusqu'aux Stones. La seconde était un enregistrement pirate de trois concertos de Mozart par Martha Argerich. Un bon début pour initier Billie aux joies de la « vraie musique ».

Notre progression fut néanmoins freinée, au début de l'après-midi, alors que nous roulions sur une portion assez sauvage, dépourvue de barrières ou de grillages. En pleine digestion, un immense troupeau de moutons n'avait rien trouvé de mieux que de s'arrêter au beau milieu de la route pour piapiater tout à son aise. Nous étions à proximité de plusieurs fermes et de ranchs, mais personne ne semblait se soucier le moins du monde de faire dégager les animaux de la chaussée.

Rien n'y fit : ni les coups de klaxon prolongés ni les gesticulations de Billie pour chasser les ruminants de leur squat. Obligée de prendre son mal en patience, elle alluma une cigarette tandis que je comptais l'argent qui nous restait. Une photo d'Aurore s'échappa de mon portefeuille et Billie s'en empara avant que je m'en rende compte.

— Donnez-moi ça !

— Attendez, laissez-moi regarder ! C'est vous qui l'avez prise ?

C'était un simple cliché en noir et blanc qui dégageait une certaine innocence. En petite culotte et chemise d'homme, Aurore me souriait sur la plage de Malibu avec, dans les yeux, une flamme que j'avais cru être celle de l'amour.

— Franchement, vous lui trouvez quoi, à votre pianiste ?

— Je lui trouve quoi ?

— Bon d'accord, elle est jolie. Enfin, si on aime le genre « femme parfaite au corps de mannequin, dotée d'un charme irrésistible ». Mais à part ça, elle a quoi, hein ?

— Arrêtez, s'il vous plaît : vous êtes amoureuse d'un sale con, alors ne me donnez pas de leçons.

— C'est le côté *culturel* qui vous émoustille ?

— Oui, Aurore est cultivée. Et tant pis si ça vous ennuie. Moi, j'ai été élevé dans un quartier de merde. Ça gueulait tout le temps : des cris, des injures, des menaces, des coups de feu. Il n'y avait pas un livre, à part *TV Guide*, et je n'y ai jamais entendu Chopin ou Beethoven. Alors oui, ça me plaisait de côtoyer une Parisienne qui me parlait de Schopenhauer et de Mozart plutôt que de cul, de dope, de rap, de tatouage et de faux ongles !

Billie hocha la tête.

— Jolie tirade, mais Aurore vous plaisait aussi parce qu'elle était belle. Pas sûr qu'avec cinquante kilos de plus, elle vous aurait autant bouleversé, même avec Mozart et Chopin…

— Bon, ça suffit, maintenant. Roulez !

— Et j'avance comment ? Si vous croyez que notre guimbarde va résister au choc avec un mouton…

Elle tira une bouffée sur sa Dunhill avant de continuer à m'asticoter :

— Vos petits discours sur Schopenhauer, c'était avant ou après la baise ?

Je la regardai, consterné.

— Si c'était moi qui vous faisais ce genre de remarques, je me serais déjà pris une torgnole…

— Allez, c'était pour rire. J'aime bien votre air gêné lorsque vous rougissez.

Et dire que c'est moi qui ai créé cette fille…

Malibu

Comme chaque semaine, Tereza Rodriguez se présenta au domicile de Tom pour y faire le ménage. Ces derniers temps, l'écrivain ne souhaitait pas être dérangé et avait scotché un mot sur la porte pour la dispenser de son travail, mais il n'avait jamais oublié d'y joindre l'enveloppe contenant le paiement intégral de ses services. Aujourd'hui, il n'y avait pas de mot sur la porte.

Tant mieux.

La vieille femme détestait être payée à ne rien faire et, surtout, elle s'inquiétait pour celui qu'elle avait connu à MacArthur Park lorsqu'il était encore enfant.

Autrefois, le trois pièces de Tereza était situé sur le même palier que l'appartement de la mère de Tom et jouxtait celui de la famille de Carole Alvarez. Comme Tereza vivait seule depuis la mort de son mari, le jeune garçon et sa copine avaient pris l'habitude de venir faire leurs devoirs chez elle. Il faut dire que l'atmosphère y était calme, comparée à celle de leurs foyers respectifs : d'un côté, une mère volage et névrosée qui collectionnait les amants et brisait les ménages, de l'autre, un beau-père tyrannique qui éructait continuellement sur sa smala.

Tereza ouvrit la porte avec son trousseau et resta pétrifiée devant le foutoir qui régnait dans la maison. Puis elle prit son courage à deux mains et commença à mettre de l'ordre. Elle passa l'aspirateur et la serpillière, démarra le lave-vaisselle, repassa une pile de linge et nettoya les conséquences du tsunami qui avait dévasté la terrasse.

Elle quitta la maison trois heures plus tard après avoir trié les déchets et déposé les sacs-poubelle dans les bacs en plastique prévus à cet effet.

★

Il était un peu plus de 17 heures lorsque le service d'enlèvement des ordures passa vider les conteneurs des résidants de Malibu Colony.

En chargeant l'un des volumineux récipients à déchets, John Brady – l'un des employés de service ce soir-là – repéra un exemplaire presque neuf du deuxième tome de la Trilogie des Anges. Il le mit de côté et attendit la fin de la tournée pour mieux l'observer.

Waouh ! C'est une belle édition, en plus ! Grand format, avec une magnifique couverture gothique et une série de belles aquarelles.

Sa femme avait lu le premier tome et attendait avec impatience la sortie du deuxième volet en édition de poche. Voilà qui allait lui faire plaisir.

Lorsqu'il rentra chez lui, Janet se jeta effectivement sur l'ouvrage. Elle en commença la lecture dans sa cuisine, tournant fébrilement les pages au point d'en oublier de sortir à temps son gratin du four. Plus tard, au lit, elle continua d'enchaîner les chapitres avec une telle frénésie que John comprit que ce serait une soirée sans câlin et qu'il dormirait à l'hôtel du cul tourné. Il s'abandonna au sommeil de mauvaise humeur, furieux d'avoir lui-même provoqué son malheur en rapportant sous son toit ce livre maudit qui le privait à la fois de son dîner et de son dû conjugal. Il s'assoupit lentement, trouvant du réconfort dans les bras de Morphée qui, en guise de consolation, lui offrait un rêve agréable dans lequel les *Dodgers*, son équipe fétiche, gagnait le championnat de base-ball en infligeant une rouste mémorable aux *Yankees*. Brady était donc tout à sa joie lorsqu'un hurlement le réveilla en sursaut.

— John !

Il ouvrit les yeux, paniqué. À côté de lui, sa femme poussait les hauts cris :

— Tu n'as pas le droit de me faire ça !

— De te faire quoi ?

— Le livre s'arrête en plein milieu de la page 266 ! lui reprocha-t-elle. Le reste n'est que pages blanches !

— Mais je n'y suis pour rien, moi !

— Je suis sûre que tu l'as fait exprès.

— Mais non, enfin ! Pourquoi dis-tu ça ?

— Je veux lire la suite !

Brady chaussa ses lunettes et regarda le réveil :

— Mais, bébé, il est 2 heures du matin ! Où veux-tu que je te trouve la suite ?

— Le *24 Market* est ouvert toute la nuit… S'il te plaît, John, va m'en acheter un exemplaire neuf. Le deuxième tome est encore mieux que le premier.

John Brady soupira. Il avait épousé Janet trente ans plus tôt pour le meilleur et pour le pire. Ce soir, c'était pour le pire, mais il l'acceptait. Lui non plus n'était pas toujours facile à vivre, après tout.

Il souleva sa vieille carcasse encore tout endormie, enfila un jean et un gros pull avant de descendre prendre sa voiture au garage. En arrivant au *24 Market* de Purple Street, il balança l'exemplaire défectueux dans une poubelle publique.

Connerie de livre !

Mexique

Nous touchions presque au but. Si l'on se fiait aux panneaux indicateurs, il restait moins de cent cinquante kilomètres avant d'atteindre Cabo San Lucas, notre destination.

— C'est le dernier plein d'essence, constata Billie en se garant devant la station-service.

Elle n'avait pas encore éteint le moteur qu'un certain Pablo – à en croire l'étiquette piquée sur son tee-shirt – s'activait déjà pour remplir notre réservoir et nettoyer le pare-brise.

La nuit tombait. Billie plissa les yeux en essayant de lire, à travers la vitre, un panneau de bois en forme de cactus qui affichait les spécialités du snack du coin.

— Je meurs de faim. Ça vous dirait de manger quelque chose ? Je suis sûre qu'ils ont des trucs hyper gras, mais hyper bons, là-dedans.

— Vous allez finir par faire une indigestion avec toute cette bouffe.

— Ce n'est pas grave, vous me soignerez. Je suis certaine que vous pouvez être très sexy dans le rôle du gentil docteur.

— Vous êtes une grande malade, vous !

— La faute à qui, à votre avis ? Et puis, sérieusement, Tom, lâchez un peu la bride parfois. Soyez moins inquiet. Laissez la vie vous faire du bien au lieu de toujours la redouter.

Hum… Voilà qu'elle se prenait pour Paulo Coelho à présent…

Elle sortit de la voiture et je la regardai monter l'escalier de bois qui menait au restaurant. Avec son jean moulant, son blouson de cuir cintré et son *beauty case* argenté, elle avait une allure *cowgirl* qui cadrait bien avec le décor. Je payai mon essence à Pablo et rejoignis Billie sur les marches :

— Donnez-moi les clés pour fermer.

— C'est bon, Tom ! Relax. Arrêtez de voir le danger partout ! Oubliez la voiture un moment. Vous allez m'offrir des tortillas et des poivrons farcis, puis vous essaierez de me les décrire le mieux possible !

J'eus la faiblesse de la suivre dans cette espèce de saloon où, croyais-je, nous passerions un bon moment. Mais c'était compter sans la malchance qui prenait un malin plaisir à s'acharner sur nous depuis le début de cet improbable voyage.

— La… la voiture… commença Billie alors que nous nous installions sur la terrasse pour déguster nos crêpes de maïs.

— Quoi ?

— Elle n'est plus là, se désola-t-elle en pointant les emplacements de parking.

Je sortis de la gargote en fureur sans avoir avalé la moindre bouchée :

— Arrêtez de voir le danger partout, hein ? Lâchez la bride, hein ? C'est bien ça que vous me conseilliez ? J'étais certain qu'on finirait par se faire avoir ! On leur a même fait le plein !

Elle me regarda d'un air désolé qui ne dura qu'une seconde pour laisser la place à son sarcasme habituel :

— Ben, si vous étiez certain qu'on allait se faire voler la voiture, pourquoi vous n'êtes pas revenu la fermer ? Chacun ses torts après tout !

À nouveau, je pris sur moi pour ne pas l'étrangler. Cette fois, nous n'avions plus ni voiture ni bagages. La nuit était tombée et il commençait à faire froid.

★

Rancho Santa Fe
Bureau du shérif

— Le *sergeant* Alvarez… elle est avec vous ?

— C'est-à-dire ? demanda Milo en tendant à l'officier son permis de conduire ainsi que l'assurance de la Bugatti.

Un peu mal à l'aise, le shérif adjoint précisa sa question en désignant, derrière la vitre, la silhouette de Carole, occupée à remplir des papiers avec la secrétaire.

— Votre copine, là, Carole, c'est votre copine « copine » ou seulement votre copine ?

— Pourquoi, vous avez l'intention de l'inviter à dîner ?

— Si elle est libre, c'est vrai que j'aimerais bien. Elle est drôlement…

Il chercha ses mots, attentif à ne pas s'enfoncer, mais se rendit compte de sa maladresse et préféra ne pas terminer sa phrase.

— Assumez vos responsabilités, mon vieux, lui conseilla Milo. Tentez votre chance : vous verrez bien si vous prenez mon poing dans la gueule ou pas.

Échaudé, l'adjoint du shérif vérifia les papiers du véhicule avant de tendre à Milo les clés de la Bugatti.

— Vous pouvez la récupérer : tout est en règle, mais évitez dorénavant de prêter votre voiture à n'importe qui.

— Ce n'était pas n'importe qui : c'était mon meilleur ami.

— Eh bien, vous devriez peut-être mieux choisir vos amis.

Milo allait répliquer quelque chose de désagréable lorsque Carole le rejoignit dans le bureau.

— Lorsque vous les avez arrêtés, shérif, vous êtes certain que c'était une femme qui conduisait ? Aucun doute là-dessus ?

— Faites-moi confiance, *sergeant*, je sais reconnaître une femme.

— Et l'homme, sur le siège passager, c'était lui ? demanda-t-elle, brandissant un roman sur lequel figurait la photo de Tom.

— À dire vrai, je ne l'ai pas vraiment observé, votre ami. C'est surtout à la blondasse que j'ai parlé. Une vraie enquiquineuse, celle-là.

Milo estima qu'il perdait son temps et demanda à reprendre ses papiers.

Le shérif les lui restitua en osant une question qui lui brûlait les lèvres.

— Les tatouages sur votre bras, ce sont ceux de la *Mara Salvatrucha*, n'est-ce pas ? J'ai lu des trucs là-dessus sur Internet. Je croyais qu'on ne pouvait jamais quitter ce gang.

— Faut pas croire tout ce qu'on trouve sur Internet, conseilla Milo en sortant de la pièce.

Sur le parking, il se livra à une inspection minutieuse de la Bugatti. Le véhicule était en bon état. Il avait de l'essence et les bagages qui restaient dans le coffre témoignaient du départ précipité de ses occupants. Il ouvrit les sacs pour y trouver des vêtements de femme et des produits de toilette. Dans la boîte à gants, il mit la main sur une carte routière et un magazine people.

— Alors ? demanda Carole en le rejoignant. Tu trouves quelque chose ?

— Peut-être… répondit-il en lui montrant l'itinéraire dessiné sur la carte. Au fait, il t'a invitée à dîner, l'autre blaireau ?

— Il m'a demandé mon numéro et m'a proposé de sortir un de ces soirs. Pourquoi, ça te gêne ?

— Pas du tout. Enfin, il n'a pas inventé les trous dans le gruyère, non ?

Elle allait lui répondre d'aller se faire voir, lorsque…

— Tu as vu ça ? s'écria-t-elle en lui montrant les photos d'Aurore et de Rafael Barros sur leur plage paradisiaque.

Milo pointa une croix dessinée au marqueur sur la carte et proposa à son amie d'enfance :

— Ça te dirait, un petit week-end dans un bel hôtel sur la côte mexicaine ?

*

Mexique
Station-service d'El Zacatal

Billie caressait le drapé en soie d'une courte nuisette en dentelle chantilly :

— Si tu lui offres ça, ta copine te fera des choses qu'elle ne t'a jamais faites. Des trucs dont tu ne sais même pas qu'ils existent tellement ils sont cochons…

Pablo écarquillait les yeux. Depuis dix minutes, Billie essayait de troquer le contenu de son *beauty case* contre le scooter du jeune pompiste.

— Et ça, c'est le nec plus ultra, affirma-t-elle en sortant de son sac un flacon de cristal coiffé d'un bouchon à facettes qui brillait comme un diamant.

Elle déboucha la fiole et se fit mystérieuse, comme une prestidigitatrice sur le point d'exécuter son numéro.

— Respire… dit-elle en approchant l'élixir du nez du jeune homme. Tu sens cette odeur pétillante et envoûtante ? Ces exhalaisons coquines et coquettes ? Laisse-toi envahir par les essences de violette, de grenade, de poivre rose et de jasmin…

— Arrêtez de corrompre ce garçon ! demandai-je. Vous allez nous attirer des ennuis.

Mais Pablo ne demandait qu'à être hypnotisé et c'est pour son plus grand plaisir que la jeune femme reprit sa tirade :

— Laisse-toi griser par ces notes de musc, de freesia et de fleur d'ylang-ylang…

Dubitatif, je m'approchai du scooter. C'était une vieille bécane : l'imitation d'une Vespa italienne qu'un constructeur local avait dû commercialiser au Mexique dans les années 1970. Déjà repeinte plusieurs fois, elle était recouverte d'une multitude d'autocollants fossilisés dans la carrosserie. L'un d'entre eux portait même l'inscription : *Coupe du monde de football, Mexico 1986…*

Derrière moi, Billie continuait ses effets de manches :

— Crois-moi, Pablito, lorsqu'une femme porte ce parfum, elle pénètre dans un jardin ensorcelé, rempli d'odeurs sensuelles qui la transforment en tigresse sauvage et impétueuse, assoiffée de s…

— Bon, arrêtez ce cirque ! exigeai-je. De toute façon, on ne tiendra jamais à deux sur ce scooter.

— Ça va, je ne pèse pas des tonnes non plus ! rétorqua-t-elle en abandonnant Pablo devant le concentré de magie féminine que dégageait le *beauty case* d'Aurore.

— Et puis, c'est trop dangereux. Il fait nuit, les routes sont mal entretenues, truffées de trous et de dos-d'âne…

— ¿ *Trato hecho*[1] ? demanda Pablo en nous rejoignant.

Billie le félicita :

— C'est un bon deal. Crois-moi : ta copine va te vénérer ! lui promit-elle en s'emparant de son petit trousseau de clés.

Je secouai la tête :

— C'est absurde ! Ce truc nous lâchera au bout de vingt kilomètres. La courroie doit être usée jusqu'à la corde et…

— Tom.

— Quoi ?

— Il n'y a pas de courroie sur un scooter comme ça. Arrêtez de jouer à l'homme, vous n'y connaissez rien en mécanique.

— Peut-être même que ce truc n'a plus démarré depuis vingt ans, dis-je en tournant la clé.

Le moteur toussa deux ou trois fois avant de se mettre à ronronner laborieusement. Billie monta derrière moi, mit ses mains autour de ma taille et posa la tête sur mon épaule.

Le scooter fila en pétaradant dans la nuit.

1. Marché conclu ?

20

La Cité des Anges

Ce qui compte, ce ne sont pas les coups que l'on donne, mais ceux que l'on reçoit et auxquels on résiste pour aller de l'avant.

Randy PAUSCH

Cabo San Lucas
Hôtel *La Puerta del Paraíso*
Suite n° 12

Une lumière matinale filtrait à travers les rideaux. Billie ouvrit un œil, écrasa un bâillement et s'étira paresseusement. Le cadran digital du réveil indiquait 9 heures passées. Elle se tourna sur son matelas. À plusieurs mètres d'elle, sur un lit séparé, Tom était couché en chien de fusil, plongé dans un profond sommeil. Harassés et courbaturés, ils avaient rejoint l'hôtel dans la nuit. Le vieux scooter de Pablo ayant rendu l'âme à une dizaine de kilomètres de leur destination, ils avaient dû terminer leur périple à pied, en se lançant des noms d'oiseaux à la figure pendant les heures de marche qui les séparaient de leur lieu de villégiature.

En petite culotte et top à bretelles, Billie bondit sur le parquet et se dirigea à pas de loup vers le canapé. Outre les deux lits *queen-size*, la suite comprenait une cheminée centrale et un salon spacieux dont la décoration mêlait mobilier mexicain traditionnel et gadgets technologiques : écrans plats, lecteurs divers, connexion internet sans fil... Frissonnante, la jeune femme attrapa la veste de Tom et s'y emmitoufla comme dans une cape avant de sortir par la porte-fenêtre.

Dès qu'elle eut mis le pied dehors, elle eut le souffle coupé. Hier soir, ils s'étaient couchés dans le noir, encore sur les nerfs et trop épuisés pour profiter du spectacle. Mais ce matin...

Billie s'avança sur la terrasse baignée de soleil. D'ici, elle dominait la pointe de la péninsule de Baja, cet endroit magique où l'océan Pacifique rejoint la mer de Cortés. Avait-elle déjà contemplé un paysage aussi enivrant ? Pas qu'elle s'en souvienne. Elle s'accouda à la balustrade, le sourire aux lèvres et des paillettes dans les yeux. Avec les montagnes en arrière-plan, une centaine de petites maisons se succédaient harmonieusement le long d'une plage de sable blanc baignée par une mer couleur saphir. Le nom de l'hôtel – *La Puerta del Paraíso* – promettait une porte donnant sur le paradis. Force était de constater qu'on n'en était pas loin...

Elle approcha son œil du télescope sur trépied destiné aux astronomes en herbe, mais au lieu d'observer le ciel ou les montagnes, elle braqua la lunette sur la piscine de l'hôtel. D'immenses bassins à débordement, sur trois étages différents, descendaient jusqu'à la plage et semblaient se confondre avec l'océan.

Disposés au milieu de l'eau, de petits îlots privatifs accueillaient les *beautiful people* qui commençaient leur journée de bronzage sous des palapas aux toits de chaume.

L'œil rivé à la longue-vue, Billie s'extasiait :

Le type avec le stetson, là, bon sang, mais on dirait Bono ! Et la grande blonde avec ses enfants, elle ressemble drôlement à Claudia Schiffer ! Et la brune destroy, tatouée des pieds à la tête avec son chignon choucroute, mon Dieu, mais c'est...

Elle s'amusa ainsi pendant quelques minutes, jusqu'à ce qu'un petit vent frais la fasse se recroqueviller dans un fauteuil en rotin. En se frottant les épaules pour se réchauffer, elle sentit quelque chose dans la poche intérieure de la veste. C'était le portefeuille de Tom. Un vieux modèle très épais, en cuir grainé et à coins cassés. Curieuse, elle l'ouvrit sans trop de scrupules. Il était gonflé par les grosses coupures obtenues lors de la mise en gage du tableau. Mais ce n'était pas l'argent qui l'intéressait. Elle retrouva la photo d'Aurore qu'elle avait aperçue la veille et la retourna pour découvrir une écriture féminine :

L'amour, c'est que tu sois pour moi le couteau avec lequel je fouille en moi.

A

Mouais, une citation que la pianiste avait dû recopier quelque part. Un truc égocentrique, bien tourmenté et bien douloureux pour se la jouer romantico-gothique.

Billie rangea le cliché et examina le reste du contenu. Il était maigre : cartes de crédit, passeport, deux comprimés d'Advil. Et c'était tout. Mais d'où venait alors cette boursouflure à la base de la poche à billets ? Elle inspecta plus attentivement le portefeuille et découvrit une sorte de doublure couturée à l'aide de fil épais.

Surprise, elle défit la barrette à clip qui retenait ses cheveux et, à l'aide de la petite broche, entreprit de faire sauter une partie de la couture. Puis elle secoua la pochette et un objet métallique brillant tomba au creux de sa paume.

C'était la douille d'une arme à feu.

Brusquement, les battements de son cœur s'accélérèrent dans sa poitrine. Comprenant qu'elle venait de violer un secret, elle s'empressa de remettre la douille au fond de la doublure. Elle sentit alors que celle-ci contenait autre chose. C'était un vieux Polaroid jauni et légèrement flou. On y voyait un jeune couple enlacé devant un grillage et une barre d'immeubles en béton. Elle reconnut Tom sans difficulté, jugeant qu'il ne devait même pas avoir vingt ans à l'époque. La jeune femme était encore plus jeune, sans doute dix-sept ou dix-huit ans. C'était une belle fille typée sud-américaine. Grande et fine, elle avait des yeux clairs magnifiques qui transperçaient l'image malgré la mauvaise qualité du cliché. À voir leur pose, on devinait que c'était elle qui avait pris la photo en tenant l'appareil à bout de bras.

— Hé, ne vous gênez pas !

Billie lâcha le cliché en sursautant. Elle se retourna et…

Hôtel *La Puerta del Paraíso*
Suite n° 24

— Hé, ne te gêne pas ! cria une voix.

L'œil rivé au télescope, Milo détaillait le physique avantageux de deux naïades à moitié nues qui prenaient le soleil au bord de la piscine lorsque Carole fit irruption sur la terrasse. Il sursauta et se retourna pour découvrir son amie qui le regardait avec sévérité :

— Je te signale que c'est fait pour observer Cassiopée et Orion, pas pour te rincer l'œil !

— Peut-être qu'elles aussi s'appellent Cassiopée et Orion, fit-il remarquer en désignant du menton les deux pin-up.

— Si tu te crois drôle…

— Écoute, Carole : tu n'es pas ma femme et encore moins ma mère ! Et puis d'abord, comment es-tu entrée dans ma chambre ?

— Je suis flic, mon vieux ! Si tu penses qu'une simple porte de chambre d'hôtel va me poser problème… dit-elle en jetant un sac de toile sur l'un des sièges en rotin.

— Moi, j'appelle ça violation de la vie privée !

— Eh bien, préviens la police.

— Toi aussi, tu te crois drôle ?

Vexé, il haussa les épaules et changea de sujet :

— Au fait, j'ai vérifié à la réception. Tom est bien descendu à l'hôtel avec son « amie ».

— Je sais, j'ai fait mon enquête : suite n° 12, deux lits séparés.

— Ça te rassure, les deux lits séparés ?

Elle soupira :

— Quand tu t'y mets, tu es encore plus con qu'un balai sans poils…

— Et Aurore ? Tu as fait ton enquête aussi ?

— Absolument ! dit-elle en s'approchant à son tour de la longue-vue pour pointer la lunette en direction du rivage.

Elle scruta pendant quelques secondes la vaste étendue de sable fin léchée par des vagues transparentes.

— Et si mes renseignements sont exacts, Aurore devrait se trouver à cet instant… juste ici.

Elle fixa la position de la lunette pour permettre à Milo de regarder.

Près du rivage, en combinaison sexy, la belle Aurore faisait effectivement du jet-ski en compagnie de Rafael Barros.

— Il est plutôt pas mal ce type, non ? demanda Carole en récupérant son poste d'observation.

— Ah bon ? Tu… tu trouves ?

— Ben, il faudrait être difficile ! Tu as vu ses épaules carrées et son torse d'athlète ? Ce mec a une gueule d'acteur et une carrure de dieu grec !

— Bon, allez, ça va ! maugréa Milo en poussant Carole pour reprendre le contrôle du télescope. Je croyais que c'était fait pour mater Orion et Cassiopée…

Elle laissa échapper un sourire tandis que lui se cherchait une nouvelle victime à épier.

— La brune complètement allumée avec ses faux seins et son chignon rock'n'roll, c'est…

— Oui, c'est elle ! le coupa Carole. Dis-moi, lorsque tu auras fini de t'amuser, tu pourras me dire comment nous allons payer notre note d'hôtel ?

— Je n'en ai pas la moindre idée, avoua Milo tristement.

Il leva les yeux de son « jouet » et souleva le sac de sport posé sur la chaise pour s'asseoir en face de Carole.

— Ça pèse une tonne, ce truc. Il y a quoi là-dedans ?

— C'est quelque chose que j'ai apporté pour Tom.

Il fronça les sourcils, l'incitant à s'expliquer.

— Je suis retournée chez lui, hier matin, avant de passer chez toi. Je voulais fouiller la maison pour découvrir d'autres indices. Je suis montée dans sa chambre, et figure-toi que le tableau de Chagall avait disparu !

— Merde…

— Tu savais qu'il y avait un coffre-fort camouflé derrière la toile ?

— Non.

Pendant un moment, Milo reprit espoir. Peut-être que Tom avait des économies cachées qui leur permettraient de rembourser une partie de leurs dettes.

— J'étais intriguée et je n'ai pas pu m'empêcher d'essayer quelques combinaisons…

— Et tu as réussi à ouvrir le coffre, devina-t-il.

— Oui, en entrant le code 07071994.

— Ça t'est venu comme ça ? ironisa-t-il. Une inspiration divine ?

Elle ne releva pas son sarcasme.

— C'est simplement la date de son vingtième anniversaire : le 7 juillet 1994.

À cette évocation, le visage de Milo se rembrunit et il grommela à mi-voix :

— À l'époque, je n'étais pas avec vous, n'est-ce pas ?

— Non… tu étais en prison.

Un ange passa et tira quelques flèches mélancoliques dans le cœur de Milo. Les fantômes et les démons étaient toujours là, prêts à refaire surface dès qu'il baissait la garde. Dans sa tête, des images contrastées se superposèrent : celle de cet hôtel de luxe sur celle sordide de la prison. Le paradis des riches et l'enfer des pauvres…

Quinze ans plus tôt, il avait passé neuf mois au pénitencier pour hommes de Chino. Une longue traversée des ténèbres. Une purge douloureuse qui avait marqué la fin de ses années terribles. Depuis, malgré tous les efforts entrepris pour se reconstruire, la vie était pour lui un terrain glissant et instable, prêt à se dérober sous chacun de ses pas, et son passé, une grenade dégoupillée susceptible de lui exploser à la tête n'importe quand.

Il cligna des yeux plusieurs fois pour ne pas se laisser dériver dans des souvenirs qu'il savait ravageurs.

— Bon, qu'est-ce qu'il y avait dans ce coffre ? demanda-t-il d'une voix blanche.

— Le cadeau que je lui avais offert pour ses vingt ans.

— Je peux voir ?

Elle acquiesça de la tête.

Milo souleva le sac et le posa sur la table avant d'ouvrir la fermeture Éclair.

★

Suite n° 12

— Qu'est-ce que vous trafiquez avec mes affaires ? criai-je en arrachant mon portefeuille des mains de Billie.

— Ne vous énervez pas.

J'émergeais difficilement d'un état semi-comateux. J'avais la bouche en carton, des courbatures dans tout le corps, la cheville atrocement douloureuse et l'impression désagréable d'avoir passé la nuit dans une machine à laver.

— Je déteste les fouineuses ! Vous avez vraiment tous les défauts de la terre !

— Oh, ça va, à qui la faute après tout ?

— La vie privée, c'est important ! Je sais que vous n'avez jamais ouvert un livre, mais lorsque vous le ferez, allez jeter un œil à Soljenitsyne. Il a écrit une chose très juste : « Notre liberté se bâtit sur ce qu'autrui ignore de nos existences. »

— Eh bien, justement, je voulais rétablir la balance, se défendit-elle.

— Quelle balance ?

— Vous connaissez tout de ma vie... C'est normal que je sois un peu curieuse de la vôtre, non ?

— Non, ce n'est pas normal ! Rien n'est normal d'ailleurs. Vous n'auriez jamais dû quitter votre monde de fiction et moi je n'aurais pas dû vous suivre dans ce voyage.

— Décidément, vous êtes aimable comme une paire de tenailles, ce matin.

Je rêve... C'est elle qui me fait des reproches !

— Écoutez : vous avez peut-être le chic pour retourner la situation à votre avantage, mais avec moi, ça ne marche pas.

— C'est qui cette fille ? demanda-t-elle en désignant le Polaroid.

— C'est la sœur du pape, ça vous convient comme réponse ?

— Non, c'est vraiment faiblard comme repartie. Même dans vos livres, vous n'oseriez pas.

Quel toupet !

— C'est Carole, une amie d'enfance.

— Et pourquoi gardez-vous sa photo dans votre portefeuille comme une relique ?

Je lui lançai un regard noir et méprisant.

— Oh, et puis merde ! explosa-t-elle en quittant la terrasse. D'ailleurs, je m'en bats la coquillette de votre Carole !

Je posai les yeux sur la photo jaunie bordée d'un cadre blanc que je tenais dans la main. Des années plus tôt, je l'avais cousue dans mon portefeuille, mais je ne l'avais plus jamais regardée.

Les souvenirs remontèrent lentement à la surface. Mon esprit se brouilla et me ramena seize ans en arrière, avec Carole à mon bras qui me demandait :

— Stop ! Ne bouge plus, Tom ! Cheeeeese !

Clic, bzzzzzzzzzz. À nouveau, il me sembla entendre le bruit caractéristique de la photo instantanée sortant de la bouche de l'appareil.

Je me revis attraper le cliché au vol sous sa protestation :

— Hé ! Attention ! Tu vas mettre tes doigts dessus, laisse-la sécher !

Je la revis me courir après tandis que je secouais le Polaroid pour en accélérer le séchage.

— Fais voir ! Fais voir !

Puis ces trois minutes d'attente un peu magiques, pendant lesquelles elle s'était appuyée contre mon épaule en guettant l'apparition progressive de la photo sur la pellicule et son fou rire en découvrant le résultat final !

Billie posa un plateau de petit déjeuner sur la table en teck.

— OK, admit-elle, je n'aurais pas dû fouiller dans vos affaires. Je suis d'accord avec votre Soltjé-machin-chose : tout le monde a le droit d'avoir des secrets.

Je m'étais calmé et elle s'était radoucie. Elle me versa une tasse de café ; je lui beurrai une tartine.

— Que s'est-il passé ce jour-là ? demanda-t-elle néanmoins au bout d'un moment.

Mais il n'y avait plus dans sa voix de volonté d'intrusion ou de curiosité malsaine. Peut-être sentait-elle simplement que, malgré les apparences, j'avais sans doute besoin de lui confier cet épisode de ma vie.

— C'était le jour de mon anniversaire, commençai-je. Le jour de mes vingt ans…

★

Los Angeles
Quartier de MacArthur Park
7 juillet 1994

Cet été-là, la chaleur est insoutenable. Elle écrase tout et fait bouillir la cité comme une marmite. Sur le terrain de basket, le soleil a déformé le goudron, mais ça n'empêche pas une dizaine de mecs torse nu de se prendre pour Magic Johnson en enchaînant les paniers.

— Hey, *Mr Freak*[1] ! Tu viens nous montrer ce que tu sais faire ?

Je ne relève même pas. D'ailleurs, je n'entends même pas. J'ai poussé à fond le son de mon baladeur. Suffisamment pour que le claquement des *beats* et la lourdeur des basses soient plus forts que les injures. Je longe le grillage jusqu'au début des parkings où un arbre isolé et encore un peu feuillu offre une petite surface ombragée. Ça ne vaut pas une bibliothèque climatisée, mais c'est mieux que rien pour bouquiner. Je m'assois sur l'herbe sèche, le dos appuyé au tronc.

Protégé par la musique, je suis dans ma bulle. Je regarde ma montre : 13 heures. J'ai encore une demi-heure avant d'aller prendre le bus pour me rendre à *Venice Beach* où je vends des glaces sur le *boardwalk*. De quoi lire quelques pages de la sélection éclectique de bouquins que m'a conseillés Mlle Miller, une jeune prof de littérature de la fac, brillante et iconoclaste, qui m'a plutôt à la bonne. Dans mon sac cohabitent pêle-mêle *Le Roi Lear* de Shakespeare, *La Peste* d'Albert Camus, *Au-dessous du volcan* de Malcolm Lowry et les mille huit cents pages des quatre volumes du *Quatuor de Los Angeles* de James Ellroy.

Sur mon walkman, les paroles sombres du dernier album de REM. Beaucoup de rap aussi. Ce sont les grandes années *West Coast :* le flow de Dr Dre, le Gansta Funk de Snoop Doggy Dogg et la colère de Tupac. Je déteste cette musique autant que je l'aime. C'est vrai que la plupart du temps, les paroles ne volent pas haut : apologie du cannabis, insultes envers la

---

1. *Freak* : monstre.

police, sexe cru, éloge de la loi des flingues et des bagnoles. Mais au moins, elle parle de notre quotidien et de tout ce qui nous entoure : de la rue, du ghetto, de la désespérance, de la guerre des gangs, de la brutalité des flics et des filles qui se retrouvent enceintes à quinze ans et qui accouchent dans les chiottes des écoles. Surtout, dans les chansons comme dans la cité, la drogue est partout et explique tout : le pouvoir, le fric, la violence et la mort. Et puis, les rappeurs nous donnent l'impression de vivre comme nous : ils traînent leurs guêtres en bas des immeubles, échangent des coups de feu avec les flics, finissent en tôle ou à l'hôpital lorsqu'ils ne se font pas tout simplement descendre dans la rue.

Je vois arriver Carole de loin. Elle porte une robe en tissu clair qui, par le jeu des transparences, lui donne une allure légère. Pas vraiment son genre pourtant. La plupart du temps, comme beaucoup de filles du quartier, elle camoufle sa féminité sous des survêtements, des *sweats* à capuche, des tee-shirts XXL ou des shorts de basketteur faisant trois fois sa taille. Chargée d'un gros sac de sport, elle dépasse les lascars, insensible à leurs moqueries ou à leurs remarques déplacées, pour me rejoindre dans mon « îlot de verdure ».

— Salut, Tom.

— Salut, dis-je en retirant mes écouteurs.

— Qu'est-ce que t'écoutes ?

On se connaît depuis dix ans. En dehors de Milo, c'est ma seule amie. La seule personne (mis à part Mlle Miller) avec qui j'ai de vraies conversations. Le lien qui nous unit est unique. Il est plus fort que si Carole était ma sœur. Plus fort que si elle était ma petite amie. C'est « autre chose » sur lequel j'ai du mal à mettre un nom

Ça fait longtemps qu'on se connaît, mais depuis quatre ans quelque chose a changé. Un jour, j'ai découvert que l'enfer et l'horreur logeaient dans la maison d'à côté, à même pas dix mètres de ma chambre. Que la fille que je croisais le matin dans l'escalier était déjà morte à l'intérieur. Que certains soirs, réduite à l'état de chose, elle subissait un épouvantable martyre. Que quelqu'un avait sucé son sang, sa vie, sa sève.

Je ne savais quoi faire pour l'aider. J'étais solitaire. J'avais seize ans, pas d'argent, pas de bande, pas de flingue, pas de muscles. Juste un cerveau et de la volonté, mais ce n'est pas suffisant pour s'opposer à l'abjection.

Alors, j'ai fait ce que j'ai pu, en respectant ce qu'elle m'avait demandé. Je n'ai alerté personne et je lui ai inventé une histoire. Une histoire sans fin qui suivait l'itinéraire de Dalilah – une adolescente lui ressemblant comme deux gouttes d'eau – et de Raphael, un ange gardien qui veillait sur elle depuis son enfance.

Pendant deux ans, j'ai vu Carole presque quotidiennement et chaque nouvelle journée était la promesse d'un nouveau rebondissement dans mon histoire. Elle disait que cette fiction lui servait de bouclier pour affronter les épreuves de sa vie. Que mes personnages et leurs aventures la projetaient dans un monde imaginaire qui la soulageait de la réalité.

Tout en culpabilisant de ne pouvoir aider Carole autrement, je passais de plus en plus de temps à imaginer les aventures de Dalilah. J'y consacrais la plupart de mes loisirs, créant un univers aux décors de Cinémascope dans un Los Angeles mystérieux et romantique. Je me documentais, recherchais des ouvrages sur les mythes, dévorais d'anciens traités de magie. J'y passais mes nuits, faisant vivre, jour après jour, des personnages multiples qui affrontaient eux aussi leur part d'ombre et de souffrance.

Au fil des mois, mon histoire prit de l'ampleur, passant du conte surnaturel au récit initiatique pour se transformer en véritable odyssée. Je mis tout mon cœur dans cette fiction, tout ce qu'il y avait de meilleur en moi, sans me douter que, quinze ans plus tard, elle me rendrait célèbre et serait lue par des millions de personnes.

Voilà pourquoi, aujourd'hui, je ne donne presque pas d'interviews, voilà pourquoi j'évite autant que possible les journalistes. Parce que la genèse de la Trilogie des Anges est un secret que je ne partagerai jamais qu'avec une seule personne au monde.

— Alors, t'écoutes quoi ?

À présent, Carole a dix-sept ans. Elle sourit, elle est belle, à nouveau pleine de vie, de force et de projets. Et je sais qu'elle pense que c'est grâce à moi.

— Une reprise de Prince par Sinéad O'Connor, tu connais pas.

— Tu rigoles ! Tout le monde connaît *Nothing compares 2 U* !

Elle est debout devant moi. Sa silhouette aérienne se détache dans le ciel de juillet :

— Tu veux qu'on aille voir *Forrest Gump* au Cinerama Dome ? C'est sorti hier. Y paraît que c'est pas mal…

— Bof… dis-je sans enthousiasme.

— On peut louer *Groundhog Day* au vidéoclub ou regarder des VHS de *X-Files* ?

— Je ne peux pas, Carole, je bosse cet après-midi.

— Alors… commença-t-elle.

Mystérieuse, elle fouille dans son sac de sport pour en sortir une canette de Coca qu'elle secoue comme si c'était du champagne.

— … il faut qu'on fête ton anniversaire tout de suite.

Avant que j'émette la moindre protestation, elle tire sur la languette et m'en asperge copieusement le torse et le visage.

— Arrête ! T'es dingue ou quoi ?

— Ça va, c'est du light, ça ne tache pas.

— Tu parles !

Je m'essuie en faisant semblant d'être fâché. Son sourire et sa bonne humeur font plaisir à voir.

— Comme on n'a pas tous les jours vingt ans, je tenais à t'offrir quelque chose de spécial, annonça-t-elle un peu solennellement.

De nouveau, elle se penche vers son sac et me tend un énorme paquet. Au premier coup d'œil, je vois que l'emballage cadeau est très soigné et qu'il provient d'un « vrai » magasin. En le prenant en main, je constate qu'il pèse son poids et je suis un peu gêné. Pas plus que moi, Carole n'a le moindre sou vaillant. Elle enchaîne les petits boulots, mais ses quelques économies sont presque intégralement consacrées à financer ses études.

— Ben, ouvre, idiot ! Reste pas planté avec ça dans les mains !

Dans la boîte en carton, il y a un objet inaccessible. Une sorte de Graal pour le scribouillard que je suis. Mieux que le stylo de Charles Dickens ou la machine à écrire Royal d'Hemingway : un PowerBook 540c, le top des ordinateurs portables. Depuis deux mois, chaque fois que je passe devant la vitrine du Computer's Club, je ne peux m'empêcher de m'arrêter pour l'admirer. Je connais ses caractéristiques par cœur : processeur cadencé à 33 Mhz, disque dur de 500 Mo, écran LCD couleur à matrice active, modem interne, batteries permettant trois heures trente d'autonomie, première machine à incorporer un trackpad. Un instrument de travail incomparable pesant un peu plus de trois kilos pour un prix de… 5 000 dollars.

— Tu ne peux pas m'offrir ça, dis-je.

— Il faut croire que si.

Je suis ému et elle aussi. Elle a les yeux qui brillent et sans doute que les miens aussi.

— Ce n'est pas un cadeau, Tom, c'est une responsabilité.

— Je ne comprends pas…

— Je veux qu'un jour tu écrives l'histoire de Dalilah et de La Compagnie des Anges. Je veux que cette histoire fasse du bien à d'autres personnes qu'à moi.

— Mais je peux l'écrire avec un papier et un stylo !

— Peut-être, mais en acceptant ce cadeau, c'est une forme d'engagement que tu prends. Un engagement par rapport à moi.

Je ne sais pas quoi répondre.

— Où as-tu trouvé l'argent, Carole ?

— Ne t'en fais pas : je me suis débrouillée.

Puis il y a ces quelques secondes pendant lesquelles personne ne parle. J'ai très envie de la serrer dans mes bras, peut-être même de l'embrasser, peut-être même de lui dire que je l'aime. Mais ni elle ni moi ne sommes prêts à ça. Alors, je lui promets simplement que, pour elle, j'écrirai un jour cette histoire.

Afin de dissiper notre émotion, elle pioche un dernier objet dans son grand sac : un vieil appareil Polaroid qui appartient à Black Mamma. Elle me prend par la taille, soulève l'appareil à bout de bras et me demande en prenant la pose :

— Stop ! Ne bouge plus, Tom ! Cheeeeese !

★

Hôtel *La Puerta del Paraíso*
Suite n° 12

— Waouh… Cette Carole, c'est une drôle de fille… murmura Billie alors que j'achevais mon récit.

Elle avait dans les yeux beaucoup de tendresse et d'humanité, un peu comme si elle me voyait pour la première fois.

— Elle fait quoi aujourd'hui ?

— Elle est flic, dis-je en avalant une gorgée de café qui était devenu froid.

— Et cet ordinateur ?

— Il est chez moi, dans un coffre-fort. C'est sur lui que j'ai écrit les premières ébauches de ma trilogie des Anges. Vous voyez : j'ai tenu ma promesse.

Elle refusa de m'accorder cette satisfaction :

— Vous l'aurez tenue lorsque vous aurez écrit le troisième tome. Certaines choses sont faciles à commencer, mais elles ne prennent leur sens véritable que lorsqu'on les a achevées.

J'allais lui demander d'arrêter ses phrases définitives lorsqu'on frappa à la porte.

J'ouvris sans prendre garde, persuadé de me retrouver face au room service, ou à la femme de ménage, mais au lieu de ça…

Nous avons tous vécu ce genre d'expériences : des moments de grâce semblant orchestrés par un architecte céleste capable de tisser entre les êtres et les choses des liens invisibles pour nous apporter exactement ce dont nous avons besoin au moment précis où nous en avons besoin :

— Bonjour, me dit Carole.

— Salut, mon vieux, me lança Milo. C'est bon de te revoir.

21

Amor, Tequila y Mariachi

Elle était belle comme la femme d'un autre.

Paul MORAND

Boutique de l'hôtel
Deux heures plus tard

— Allez ! Arrêtez de faire l'enfant ! ordonna Billie en me tirant par la manche.

— Pourquoi voulez-vous me faire entrer là-dedans ?

— Parce que vous avez besoin de nouveaux vêtements !

Devant mon refus, elle me poussa dans le dos et je me retrouvai aspiré par la porte à tambour qui me propulsa dans le hall luxueux du magasin de l'hôtel.

— Vous êtes malade ! criai-je en me relevant. Et ma cheville ! Parfois on dirait que vous avez du yaourt dans la tête !

Elle croisa les bras à la manière d'une institutrice sévère :

— Écoutez, vous êtes habillé comme l'as de pique, votre peau n'a plus vu un rayon de soleil depuis six

233

mois et la longueur de votre coupe de cheveux laisse supposer que votre coiffeur est mort l'année dernière.

— Et alors ?

— Alors, il va falloir changer de style si vous voulez encore plaire à une femme ! Allez, suivez-moi !

J'emboîtai son pas de mauvaise grâce, peu disposé à me livrer à une séance de shopping. L'immense salle, dominée par une coupole de verre qui n'avait rien de mexicain, rappelait plutôt la décoration Art nouveau des boutiques chic de Londres, New York ou Paris. Suspendus au plafond, des lustres en cristal alternaient avec des photos géantes, vaguement artistiques, de Brad Pitt, Robbie Williams et Cristiano Ronaldo. L'endroit respirait le narcissisme et la vanité.

— Bon, on va commencer par les soins du visage, décida Billie.

Les soins du visage... soupirai-je en secouant la tête.

Tirées à quatre épingles, les vendeuses du rayon cosmétique donnaient l'impression d'avoir été clonées. Elles nous proposèrent leurs services, mais Billie – qui semblait à son affaire au milieu des parfums, des crèmes et des lotions – déclina leur proposition.

— La barbe négligée et le look Cro-Magnon, ça ne vous va pas du tout, trancha-t-elle.

Je m'abstins de tout commentaire. Il est vrai que, ces derniers mois, je m'étais laissé aller.

Elle attrapa un panier et y jeta les trois tubes qu'elle avait choisis.

— Laver, exfolier, purifier, énuméra-t-elle.

Elle changea de rayon tout en continuant ses remarques :

— J'apprécie beaucoup vos amis. Votre copain, c'est un drôle de type, non ? Il était tellement ému de vous revoir... C'était touchant.

Nous venions de passer les deux dernières heures avec Carole et Milo. Nos retrouvailles m'avaient fait chaud au cœur et il me semblait que je remontais un peu la pente.

— Vous pensez qu'ils ont cru à notre histoire ?

— Je ne sais pas, avoua-t-elle. C'est difficile de croire à l'incroyable, non ?

★

Piscine de l'hôtel
Jimmy's Bar

Abrité sous une paillote de chaume, le bar dominait la piscine et offrait une vue spectaculaire sur la mer et sur l'incroyable parcours de golf qui déroulait ses dix-huit trous le long de l'océan.

— Alors, tu en penses quoi de cette Billie ? demanda Carole.

— Elle a des jambes à faire sauter les boutons de braguette, affirma Milo en buvant à la paille une gorgée de son cocktail servi dans une noix de coco.

Elle le regarda avec consternation.

— Il faudra que tu m'expliques un jour pourquoi tu ramènes tout au cul...

Il haussa les épaules comme un enfant qu'on viendrait d'engueuler. Devant eux, le barman secouait vigoureusement son shaker, préparant avec emphase le « Perfect After Eight » que Carole avait commandé.

Milo essaya de poursuivre la conversation :

— Bon, et toi, ton opinion ? Tu ne vas pas me dire que tu gobes cette histoire de personnage de roman tombé d'un livre ?

— Je sais que ça paraît dingue, mais j'adore cette idée, répondit-elle, pensive.

— J'admets que la ressemblance physique est troublante, mais je ne crois ni aux contes de fées ni à la magie.

D'un signe de tête, Carole remercia le serveur qui venait de poser son verre sur un plateau. Puis ils quittèrent le comptoir pour descendre vers les bassins et s'installer sur deux transats.

— Que tu le veuilles ou non, avec sa galerie de personnages blessés, l'histoire de la Trilogie des Anges a quelque chose de magique, reprit-elle en regardant l'océan.

Portée par son élan, elle fit part à Milo de sa conviction profonde :

— Ce livre est différent des autres. Il déclenche une prise de conscience chez les lecteurs, en leur révélant des lignes de faille, mais aussi des ressources dont ils ne soupçonnaient même pas l'existence. Autrefois, cette histoire m'a sauvé la vie et elle a changé à jamais la trajectoire de nos existences en nous permettant à tous les trois de quitter la cité.

— Carole ?

— Quoi ?

— Cette fille qui se fait passer pour Billie est une intrigante, c'est tout. Une nana qui profite de la faiblesse de Tom pour essayer de le plumer.

— Comment veux-tu qu'elle le plume ? s'exclama-t-elle. Par ta faute, il ne lui reste plus un radis !

— Arrête d'être aussi méchante ! Tu crois que c'est facile pour moi de vivre avec cette responsabilité ? Je ne pourrai jamais me pardonner d'avoir tout fait foirer.

J'y pense jour et nuit. Je cherche depuis des semaines une façon de me racheter.

Elle se leva de sa chaise longue et le regarda avec dureté.

— Pour un mec écrasé par la culpabilité, je te trouve bien tranquille avec tes doigts de pied en éventail, ton chapeau de paille et ton cocktail à la noix de coco.

Elle lui tourna le dos et s'éloigna vers la plage.

— Tu es injuste !

Il sauta de son transat et courut après elle pour essayer de la retenir :

— Attends-moi !

Dans sa course, il glissa sur le sol mouillé et partit en vol plané.

Merde...

*

Boutique de l'hôtel

— Voilà ce qu'il vous faut : un savon hydratant au lait de chèvre. Et aussi ce gel pour vous faire un peeling.

Billie continuait ses achats, m'abreuvant de ses recommandations et de ses considérations esthétiques :

— Je vous conseille vraiment une crème antirides. Vous arrivez à un âge critique pour un homme. Jusqu'à présent l'épaisseur de votre épiderme vous protégeait du temps, mais c'est fini tout ça : vos rides vont commencer à se creuser. Et, je vous en prie, n'ayez pas la naïveté de croire les femmes qui prétendent que ça vous donne un charme supplémentaire !

Une fois qu'elle était lancée, je n'avais même pas à lui répondre. Elle assurait le spectacle toute seule :

— Et puis, vous êtes marqué sous les paupières. Avec vos poches et vos cernes, on dirait que vous sortez d'une fête de trois jours. Vous savez qu'il faut dormir au moins huit heures par nuit pour faciliter le drainage ?

— Ces deux derniers jours, on ne peut pas dire que vous m'en ayez vraiment laissé le temps…

— Ah, voilà que c'est ma faute ! Et hop, un sérum au collagène. Et un tube d'autobronzant pour faire couleur locale. Si j'étais vous, j'irais faire un petit tour au spa. Ils ont des machines high-tech pour gommer les bourrelets disgracieux. Non ? Vous êtes sûr ? Une manucure, alors, vous avez des ongles de charretier.

— Vous savez ce qu'ils vous disent, mes ongles ?

Soudain, au détour d'un rayon, alors que nous entrions dans la zone parfumerie, je tombai presque nez à nez avec une photo grandeur nature de Rafael Barros. Sourire Aquafresh, torse nu, larges épaules, regard de braise et barbe à la James Blunt, le bel Apollon était l'égérie d'une célèbre marque de luxe qui l'avait choisi pour incarner l'esprit de son *nouveau parfum : Indomptable.*

Billie me laissa absorber le choc puis tenta de me réconforter :

— Je suis certaine qu'ils ont retouché la photo, assura-t-elle doucement.

Mais je n'avais que faire de sa pitié.

— Fermez-la, s'il vous plaît.

Refusant de laisser la morosité me gagner, elle m'entraîna dans son sillage, m'obligeant à participer à sa chasse au trésor.

— Regardez ! cria-t-elle en s'arrêtant devant un présentoir. Voilà notre arme absolue pour que votre peau retrouve son éclat : un masque à la pulpe d'avocat.

— Pas question que je m'enduise de ce truc pour lavette !

— Je n'y peux rien si vous avez le teint terne !

Alors que je commençais à m'échauffer, elle remit de l'huile sur le feu :

— Quant aux soins capillaires, j'avoue que je jette l'éponge parce que, pour dompter votre tignasse broussailleuse, bon courage ! On peut déjà acheter un shampoing à la kératine, mais je vous prendrai rendez-vous avec Georgio, le coiffeur de l'hôtel.

Emportée par son élan, elle traversait à présent le rayon consacré à la mode masculine.

— Bon, passons aux choses sérieuses.

Comme un chef choisissant ses ingrédients avant de composer un mets raffiné, elle piocha au gré des étagères :

— Voyons, vous allez m'essayer ça, ça et… hum… ça.

J'attrapai au vol une chemise fuchsia, une veste mauve et un pantalon satiné.

— Euh… vous êtes sûre que c'est pour homme ?

— S'il vous plaît, vous n'allez pas nous faire une crise de masculinité, quand même ! Aujourd'hui, les « vrais hommes » s'habillent de façon raffinée. Cette chemise stretch et cintrée, par exemple, j'ai offert la même à Jack et…

Elle suspendit sa phrase, se rendant compte un peu tard qu'elle venait de commettre un impair.

Effectivement, je lui balançai le vêtement au visage et sortis du magasin sans autre forme de procès.

Décidément, les femmes... soupirai-je en m'engageant dans la porte à tambour.

★

Décidément, les femmes... soupira Milo.

Un tampon de coton ensanglanté dans la narine, il marchait la tête en arrière en revenant du dispensaire où le médecin de l'hôtel venait de lui prodiguer quelques soins après sa chute. À cause de Carole, il s'était ridiculisé à la piscine, terminant son vol plané sur « Orion et Cassiopée », écrasant les fesses de l'une et renversant comme un gros bourrin son cocktail à la noix de coco sur la poitrine de l'autre.

En ce moment, je n'en loupe pas une...

En arrivant sur le parvis de la galerie marchande, il redoubla de précautions : le sol était glissant et le passage très fréquenté.

Pas le moment de se ramasser un nouveau gadin, pensait-il, lorsqu'un homme sortit comme une fusée de la porte à tambour et entra en collision avec lui.

★

— Pouvez pas regarder où vous mettez les pieds ! gémit-il, le nez dans la poussière.

— Milo ! m'exclamai-je en l'aidant à se relever.

— Tom !

— Tu es blessé ?

— Ce n'est pas trop grave, je te raconterai.

— Où est Carole ?

— Elle fait sa crise.

— On va prendre une bière et manger un morceau ?

— Je suis ton homme !

Le *Window on the Sea* était le restaurant décontracté de l'hôtel. Disposé sur trois niveaux, il proposait sous forme de buffet les spécialités culinaires de douze pays différents. Ses murs de pisé étaient décorés de peintures d'artistes locaux : des natures mortes ou des portraits aux couleurs intenses qui rappelaient les toiles de María Izquierdo et de Rufino Tamayo. Les clients avaient le choix entre la salle climatisée ou les tables disposées à l'extérieur. Nous nous installâmes en plein air à un emplacement jouissant d'une vue magique sur la piscine baignée de soleil et la mer de Cortés.

Milo était volubile :

— Je suis si heureux de te voir comme ça, mon vieux. Tu vas mieux, n'est-ce pas ? En tout cas, tu as meilleure mine que ces six derniers mois. C'est grâce à cette fille, dis-moi ?

— C'est vrai qu'elle m'a sorti du trou, admis-je.

Un ballet de serveurs s'activait autour des tables avec des plateaux chargés de coupes de Cristal Champagne, de *california rolls* au foie gras et de langoustines croustillantes.

— Tu n'aurais pas dû t'enfuir sur un coup de tête, me reprocha-t-il en attrapant deux verres et une assiette d'amuse-bouches.

— Pourtant, c'est ce sursaut qui m'a sauvé ! Et puis, j'ai cru que vous vouliez me faire interner !

— Cette cure de sommeil, c'était une erreur, reconnut-il un peu honteusement. J'étais si désespéré de ne pas savoir comment t'aider que j'ai paniqué et m'en suis remis bêtement à cette Sophia Schnabel.

— Bon, tout ça, c'est du passé, OK ?

Nous trinquâmes à notre avenir, mais je voyais que quelque chose le tracassait :

— Rassure-moi, finit-il par demander. Cette femme, tu ne crois pas *réellement* qu'il s'agit de la *vraie* Billie, n'est-ce pas ?

— Aussi incroyable que cela puisse paraître, j'ai bien peur que si.

— Finalement, cet internement n'était pas une si mauvaise idée, grimaça-t-il en engloutissant une langoustine.

J'allais lui répondre d'aller se faire voir lorsque mon téléphone vibra dans un feulement métallique pour me prévenir de l'arrivée d'un texto.

Bonjour Tom !

L'identité de son expéditrice me fit tressaillir. Je ne pouvais pas ne pas répondre.

Bonjour Aurore !

Qu'est-ce que tu fais ici ?

Rassure-toi : je ne suis pas là pour toi.

Milo s'était levé et, fidèle à lui-même, lisait sans vergogne mon échange avec mon ancienne compagne.

> Tu es là pour quoi alors ?

> Je prends quelques jours de vacances. J'ai eu une année difficile, figure-toi.

> J'espère que tu ne cherches pas à me rendre jalouse avec la blondasse qui était avec toi au magasin.

— Quel toupet quand même, cette nana ! explosa Milo. Réponds-lui d'aller se faire foutre.

Mais avant que j'aie pu pianoter la moindre riposte, elle m'envoya un nouveau missile :

> Et dis à ton copain d'arrêter de m'insulter...

— La garce ! hurla l'intéressé.

> ... et de lire mes SMS par-dessus ton épaule.

Milo reçut le message comme une gifle et, mortifié, scruta les tables alentour.

— Elle est en bas ! dit-il en désignant une table installée dans une petite alcôve près du buffet en plein air.

Je regardai par-dessus la balustrade : en ballerines et paréo de soie, Aurore, l'œil fixé à son BlackBerry, déjeunait avec Rafael Barros.

Pour ne pas entrer dans son jeu, j'éteignis mon téléphone et demandai à Milo de se calmer.

Il lui fallut deux coupes de champagne pour y parvenir.

*

— Bon, maintenant que tu vas mieux, comment envisages-tu ton avenir ? s'inquiéta-t-il.

— Je crois que je vais reprendre l'enseignement, dis-je. Mais ailleurs qu'aux États-Unis. J'ai trop de souvenirs à Los Angeles.

— Et où comptes-tu partir ?

— En France, peut-être. Je connais un lycée international sur la Côte d'Azur qui s'était montré intéressé par mon profil. Je vais tenter ma chance.

— Donc, tu nous abandonnes… constata-t-il, dépité.

— Il faut qu'on grandisse, Milo.

— Et l'écriture ?

— L'écriture, c'est fini.

Il ouvrit la bouche pour protester, mais avant qu'il articule le moindre mot, une tornade surgit derrière moi et s'insurgea :

— Comment ça, c'est fini ? Et moi alors ! hurla Billie.

Tous les yeux se tournèrent vers nous avec réprobation. Entre les facéties de Milo et les emportements de Billie, je sentais bien que nous n'avions pas notre place au milieu de cet aréopage de stars et de milliardaires. Notre place était dans un pavillon de banlieue, à faire griller des saucisses au barbecue, à boire des bières et à enchaîner des paniers de basket.

— Vous aviez promis de m'aider ! me reprocha Billie toujours debout à notre table.

Milo en rajouta une couche :

— C'est vrai que si tu avais promis...

— Oh toi, ça va ! le coupai-je en pointant vers lui un index menaçant.

J'attrapai la jeune femme par le bras et l'entraînai à l'écart.

— On va arrêter de se mentir, dis-je. Je ne PEUX plus écrire. Je ne VEUX plus écrire. C'est comme ça. Je ne vous demande pas de le comprendre, seulement de l'accepter.

— Et moi, je veux retourner chez moi !

— Eh bien, considérez que dorénavant, chez vous, c'est ici. Dans cette putain de « vraie vie » que vous semblez tant apprécier.

— Mais je veux revoir mes amis.

— Je croyais que vous n'aviez pas d'amis ! rétorquai-je.

— Laissez-moi au moins revoir Jack !

— Des mecs pour vous baiser, vous en trouverez à la pelle.

— Vous avez un gros problème avec ça, vous ! Et ma mère ! Je vais en trouver à la pelle, des mères, aussi ?

— Écoutez : je ne suis pas responsable de ce qui vous arrive.

— Peut-être, mais on avait un contrat ! dit-elle en sortant de sa poche le morceau de nappe en papier froissé qui avait scellé notre accord. Vous avez des tonnes de défauts, mais je croyais au moins que vous étiez un homme de parole.

La tenant toujours par le bras, je la forçai à descendre avec moi les escaliers en pierre qui menaient au buffet dressé près de la piscine.

— Arrêtez de parler d'un contrat dont vous ne pourrez pas tenir votre part ! dis-je en pointant du menton la table où Aurore et son compagnon nous regardaient nous donner en spectacle.

Je n'avais plus envie de me raconter d'histoires ni de vivre dans l'illusion.

— Notre pacte est caduc : Aurore a refait sa vie, vous ne me la ramènerez jamais.

Elle me regarda avec un air de bravade.

— Vous voulez parier ?

J'écartai les bras en signe d'incompréhension.

— Laissez-vous faire.

Elle s'approcha doucement, posa sa main au creux de mon cou et, avec la lenteur d'une caresse, déposa un baiser sur mes lèvres. Sa bouche était fraîche et sucrée. Je frissonnai sous l'effet de la surprise et marquai un imperceptible recul. Puis je sentis mon cœur s'emballer, réveillant en moi des sentiments éteints depuis longtemps. Et si, au début, ce baiser inattendu semblait m'avoir été extorqué, je n'avais à présent plus aucune envie de le rompre.

22

Aurore

*Nous étions tous les deux perdus dans la
forêt d'une cruelle époque de transition ; perdus dans notre solitude ; (...) perdus dans
notre amour de l'absolu (...) : païens mys-
tiques privés de catacombes et de Dieu.*

Victoria OCAMPO, correspondance
avec Pierre DRIEU LA ROCHELLE

Bourbon Street Bar
Deux heures plus tard

Une succession d'éclairs zébra le ciel. L'orage
gronda et une pluie violente s'abattit sur l'hôtel,
secouant les palmiers, faisant trembler les toitures de
chaume et piquetant la surface de l'eau de milliers
d'éclaboussures. Depuis une heure, j'avais trouvé
refuge sur la terrasse couverte du bar à vin installé dans
une maison de planteur de style colonial, qui rappelait
certaines demeures de La Nouvelle-Orléans. Une tasse
de café dans la main, j'observais les touristes qui,

chassés par le déluge, regagnaient le confort de leur suite.

J'avais besoin d'être seul pour recouvrer mes esprits. J'étais en colère contre moi. Furieux d'avoir été troublé par le baiser de Billie et de m'être prêté à ce simulacre dégradant dans le seul but de rendre jalouse Aurore. Nous n'avions plus quinze ans et ces gamineries n'avaient aucun sens.

Je me massai les paupières et retournai à mon travail. En haut de mon écran, je regardais désespérément le curseur clignoter à gauche de ma page blanche. J'avais allumé le vieux Mac apporté par Carole avec l'espoir un peu fou que cette machine venue du passé déclencherait le processus créatif. Sur ce clavier, du temps de ma « splendeur », j'avais écrit des centaines de pages, mais l'ordinateur n'était pas une baguette magique.

Incapable de la moindre concentration, pas fichu d'aligner trois mots, j'avais, en même temps que ma confiance, perdu le fil de mon histoire.

L'orage rendait l'atmosphère lourde et oppressante. Immobile devant mon écran, je sentis la nausée me gagner. J'avais le tournis. Mon esprit était ailleurs, accaparé par d'autres soucis, et écrire le début du moindre chapitre me paraissait plus périlleux qu'escalader l'Himalaya.

Je bus une dernière gorgée de café et me levai pour en commander une nouvelle tasse. À l'intérieur, la pièce avait des allures de bar anglais. Boiseries, marqueteries et canapés en cuir conféraient au lieu une atmosphère cosy et chaleureuse.

Je m'approchai du comptoir et avisai l'impressionnante collection de bouteilles ordonnées derrière le bar d'acajou. Plutôt qu'un café, l'endroit incitait à commander un whisky ou un cognac et à le déguster en tirant sur un havane tout en écoutant en fond sonore un vinyle craquelé de Dean Martin.

Justement, dans un coin de la pièce, quelqu'un venait de s'installer au piano pour égrener les premières notes de *As Time Goes By*. Je me retournai, m'attendant presque à tomber sur Sam, le pianiste noir américain du film *Casablanca*.

Assise sur un tabouret en cuir, Aurore était vêtue d'un long pull en cachemire et de collants noirs ornés de motifs en dentelle. Repliées sur le côté, ses jambes fuselées se prolongeaient par des talons aiguilles grenat. Elle leva la tête vers moi tout en continuant à jouer. Ses ongles étaient peints en violet et son index gauche serti d'un camée. À son cou, je reconnus la petite croix en pierre noire qu'elle portait souvent en concert.

À la différence des miens, ses doigts couraient, pleins de légèreté, sur son clavier. Avec aisance, elle passa de *Casablanca* à *La Complainte de la Butte* avant d'improviser sur *My Funny Valentine*.

Le bar était presque vide, mais les quelques clients présents la regardaient avec fascination, ensorcelés par ce qu'elle dégageait : un mélange entre le mystère de Marlène Dietrich, la séduction d'Anna Netrebko et la sensualité de Melody Gardot.

Quant à moi, ni guéri ni désintoxiqué, j'étais victime de la même attraction. C'était si douloureux de la revoir. En me quittant, elle avait emporté tout ce qu'il y avait de solaire en moi : mes espérances, ma confiance, ma foi en l'avenir. Elle avait asséché mon existence, la vidant de ses rires et de ses couleurs. Elle avait surtout étouffé mon cœur, lui enlevant toute possibilité d'aimer de nouveau. À présent, ma vie intérieure ressemblait à une terre brûlée, sans arbres et sans oiseaux, à jamais figée dans le froid de janvier. Je n'avais plus ni appétit ni envie, hormis celle de me cramer quotidiennement les neurones à coups de médicaments pour diluer des souvenirs trop douloureux à affronter.

★

J'étais tombé amoureux d'Aurore comme on chope un virus fatal et dévastateur. Je l'avais rencontrée à l'aéroport de Los Angeles, dans la file d'embarquement d'un vol United Airlines à destination de Séoul. J'allais en Corée du Sud pour promouvoir mes livres, elle y allait pour jouer Prokofiev. Je l'ai aimée dès la première minute, pour un tout, pour un rien : un sourire mélancolique, un regard cristallin, une façon particulière de chasser ses cheveux derrière l'oreille, en tournant la tête comme dans un ralenti. Puis j'ai aimé chacune des inflexions de sa voix, son intelligence, son humour, le recul apparent qu'elle avait sur son physique. Par la suite, je l'ai aimée pour chacune de ses failles secrètes, pour son mal de vivre, pour ses blessures sous sa cotte de mailles. Pendant quelques mois, nous connûmes un bonheur insolent qui nous projeta jusqu'aux plus hautes sphères : celles des moments suspendus, de l'excès d'oxygène et des vertiges.

Je pressentais bien sûr qu'il y aurait un prix à payer. J'enseignais la littérature et j'avais retenu les mises en garde des auteurs que j'admirais : Stendhal et sa cristallisation ; Tolstoï et son Anna Karénine se jetant sous un train après avoir tout sacrifié à l'aimé ; Ariane et Solal, les deux amants de *Belle du Seigneur*, terminant leur inexorable déchéance drogués à l'éther, dans la solitude sordide d'une chambre d'hôtel. Mais la passion est comme une drogue : en connaître les effets ravageurs n'a jamais empêché personne de continuer à se détruire après avoir mis son doigt dans l'engrenage.

Habité de cette conviction fausse que je n'étais vraiment moi qu'avec elle, j'avais fini par me persuader que notre amour allait perdurer et que nous réussirions là où les autres avaient échoué. Mais Aurore ne faisait pas ressortir ce qu'il y avait de meilleur en moi. Elle me renvoyait à des traits de caractère que je détestais et que je m'étais depuis longtemps employé à combattre : une certaine possessivité, une fascination pour la beauté, la faiblesse de croire qu'une belle âme se trouvait forcément derrière un visage angélique, et une fierté narcissique à être associé à une femme si éblouissante, signe de la différence acquise sur les autres mâles de mon espèce.

Certes, elle savait prendre de la distance par rapport à sa notoriété et prétendait n'être dupe de rien, mais la célébrité rend rarement meilleure la personnalité de ceux qui y accèdent. Elle renforce les blessures narcissiques plus qu'elle ne les apaise.

J'étais conscient de tout ça. Je savais que, plus que tout, Aurore vivait dans l'angoisse de voir flétrir sa beauté et de perdre son talent artistique : les deux pouvoirs magiques que lui avait donnés le Ciel et qui la distinguaient des autres humains. Je savais que sa voix posée pouvait devenir friable. Je savais que derrière l'icône assurée se cachait une femme en manque de confiance qui avait du mal à trouver un équilibre intérieur et qui soignait ses angoisses par une suractivité, courant les capitales du monde entier, programmant des dates de concert trois ans à l'avance, enchaînant les relations brèves et les ruptures sans conséquence. Jusqu'au bout, j'avais pensé néanmoins que je pourrais être son point d'ancrage et qu'elle pourrait être le mien. Pour ça, il aurait fallu que nous nous fassions confiance, mais elle avait par habitude intégré l'ambiguïté et la jalousie comme moyen de séduction, ce qui n'aidait pas vraiment à créer un climat serein. Notre couple avait fini par chavirer. Sans doute aurions-nous été heureux sur une île déserte, mais la vie n'est pas une île déserte. Ses amis, pseudo-intellectuels parisiens, new-yorkais ou berlinois, ne jugeaient pas à leur goût mes romans populaires, tandis que, de mon côté, Milo et Carole la trouvaient snob, hautaine et égotiste.

*

L'orage se déchaînait, obstruant les fenêtres d'un épais rideau de pluie. Dans l'ambiance feutrée et raffinée du *Bourbon Street Bar*, Aurore plaqua les derniers accords de la chanson *A Case Of You* qu'elle venait d'interpréter d'une voix bluesy et satinée.

Pendant les applaudissements, elle prit une gorgée du verre de bordeaux posé sur le piano et remercia son auditoire en inclinant la tête. Puis elle referma l'instrument pour faire comprendre que le *showcase* était terminé.

— Plutôt convaincant, dis-je en m'approchant. Norah Jones a du souci à se faire si tu te lances sur ce terrain-là.

Elle me tendit son verre pour me mettre au défi :

— On va voir si tu n'as pas perdu la main.

Je posai mes lèvres où elle avait mis les siennes et goûtai au breuvage. Elle avait essayé de m'initier à sa passion pour l'œnologie, mais elle m'avait quitté avant que j'aie pu en assimiler les bases.

— Euh… château-latour 1982, dis-je au petit bonheur la chance.

Elle esquissa un sourire devant mon manque de conviction avant de rectifier :

— Château-margaux 1990.

— Moi, j'en suis toujours au Coca light : c'est moins compliqué pour les millésimes.

Elle rit comme elle riait *avant*, lorsque nous nous aimions. Elle eut ce mouvement de la tête, très lent, qui lui était habituel lorsqu'elle voulait plaire et une mèche dorée s'échappa de la pince qui retenait ses cheveux.

— Comment vas-tu ?

— Bien, répondit-elle. Toi par contre, on dirait que tu es resté coincé au paléolithique inférieur, remarqua-t-elle en faisant allusion à ma barbe. Et comment va ta bouche, au fait ? On a pu te recoudre ?

Perplexe, je fronçai les sourcils.

— Recoudre quoi ?

— Le morceau de lèvre que t'a arraché la blonde au restaurant. C'est ta nouvelle copine ?

J'éludai la question en commandant au comptoir « la même chose que mademoiselle ».

Elle insista :

— Elle est jolie, cette fille. Pas forcément élégante, mais jolie. En tout cas, ça a l'air d'être volcanique entre vous…

Je contre-attaquai :

— Et toi, avec ton sportif, tout se passe bien ? Ce n'est peut-être pas le couteau le plus affûté du tiroir, mais il a une vraie gueule. En tout cas, vous allez bien ensemble. Et c'est le grand amour, d'après ce que j'ai lu.

— Tu lis ce genre de journaux, à présent ? Ils ont écrit tellement de bêtises sur nous que je pensais que ça t'avait vacciné. Quant au grand amour… Allons, Tom, tu sais bien que je n'y ai jamais cru.

— Même avec moi ?

Elle prit une nouvelle gorgée de vin et quitta son tabouret pour aller s'accouder à la fenêtre.

— À part la nôtre, mes histoires n'ont jamais été intenses. Elles ont été plaisantes, mais j'ai toujours réussi à faire l'économie de la passion.

C'était l'une des choses qui nous avaient séparés. Pour moi, l'amour était comme de l'oxygène. La seule chose qui donnait à la vie un peu de lustre, d'éclat et d'intensité. Pour elle, aussi magique soit-il, il n'était au bout du compte qu'illusion et imposture.

Les yeux dans le vague, elle précisa sa pensée :

— Les liens se font et se défont, c'est la vie. Un matin, l'un reste et l'autre part, sans que l'on sache toujours pourquoi. Je ne peux pas tout donner à l'autre avec cette épée de Damoclès au-dessus de la tête. Je ne veux pas bâtir ma vie sur les sentiments parce que les sentiments changent. Ils sont fragiles et incertains. Tu les crois profonds et ils sont soumis à une jupe qui passe, à un sourire enjôleur. Je fais de la musique parce que la musique ne partira jamais de ma vie. J'aime les livres, parce que les livres seront toujours là. Et puis… des gens qui s'aiment pour la vie, moi, je n'en connais pas.

— Parce que tu vis dans un univers narcissique, au milieu des artistes et des gens célèbres, où les attaches se rompent à la vitesse de la lumière.

Pensive, elle se dirigea lentement vers la terrasse et posa son verre sur la rambarde.

— Nous n'avons pas su aller au-delà de l'extase des débuts, analysa-t-elle. Nous n'avons pas su nous obstiner…

— *Tu* n'as pas su t'obstiner, rectifiai-je avec conviction. C'est toi qui portes la responsabilité de l'échec de notre amour.

Un dernier éclair déchira le ciel, puis l'orage s'éloigna aussi vite qu'il était arrivé.

— Moi, ce que je voulais, repris-je, c'était partager la vie avec toi. Au fond, je crois que ça n'est rien d'autre que ça, l'amour : l'envie de vivre les choses à deux, en s'enrichissant des différences de l'autre.

La grisaille commençait à se dissiper et une trouée de ciel bleu parvint à crever les nuages.

— Moi, ce que je voulais, insistai-je, c'était construire quelque chose avec toi. J'étais prêt à cet engagement, prêt à traverser les épreuves à tes côtés. Ça n'aurait pas été facile – ça ne l'est jamais – mais c'est ce dont j'avais envie : de cette quotidienneté triomphant des obstacles qui jalonnent notre existence.

Dans la pièce principale, quelqu'un s'était remis au piano. Des notes nous parvenaient d'une variation intime et sensuelle d'*India Song*.

De loin, je vis arriver Rafael Barros, une planche de surf sous le bras. Pour éviter de lui être présenté, je m'engageai dans les escaliers de bois, mais Aurore me retint par le poignet.

— Je sais tout ça, Tom. Je sais que rien n'est jamais acquis, que rien n'est jamais promis…

Elle avait dans la voix un côté émouvant et fragile ; le vernis de la femme fatale était en train de se craqueler.

— Je sais que pour mériter l'amour, il faut se donner corps et âme, et prendre le risque de tout perdre… mais je n'étais pas prête à le faire et je ne le suis toujours pas aujourd'hui…

Je me libérai de son étreinte pour descendre les quelques marches. Elle ajouta dans mon dos :

— … je te demande pardon si je t'ai fait croire le contraire.

23

Solitude(s)

La solitude est le fond ultime de la condition humaine. L'homme est l'unique être qui se sente seul et qui cherche l'autre.

Octavio PAZ

Région de La Paz
Début d'après-midi

Sac au dos, Carole bondissait de rocher en rocher, le long de la côte découpée.

Elle s'arrêta pour regarder le ciel. L'averse avait duré moins de dix minutes, mais juste assez pour la mouiller des pieds à la tête. Les habits trempés et le visage ruisselant de pluie, elle sentait l'eau tiède s'infiltrer sous son tee-shirt.

Quelle gourde je fais ! pensa-t-elle en essorant ses cheveux avec les mains. Elle avait pensé à apporter une trousse de premiers soins et un en-cas, mais pas de serviette ni de vêtements de rechange !

Un beau soleil d'automne avait remplacé les nuages, mais il n'était pas assez chaud pour la sécher. Afin de ne pas sentir le froid, elle décida de reprendre sa course, fendant l'air d'une allure soutenue, s'enivrant de la beauté des petites criques qui se succédaient avec, en arrière-plan, les montagnes couvertes de cactus.

Au détour d'un sentier pentu, un peu avant d'arriver sur la grève, un homme sortant d'un buisson fit irruption devant elle. Cherchant à le contourner, elle dévia de sa course, mais son pied se coinça dans une racine. Elle poussa un cri et ne put éviter une chute spectaculaire qui la fit retomber dans les bras de l'importun.

— C'est moi, Carole ! la rassura Milo en la réceptionnant avec douceur.

— Qu'est-ce que tu fous là ? cria-t-elle en se dégageant. Tu m'as suivie ? T'es complètement malade !

— Tout de suite les grands mots…

— Et arrête de me regarder avec ces yeux de merlan frit, cria-t-elle en s'apercevant soudain que ses vêtements mouillés dévoilaient ses formes.

— J'ai une serviette, proposa-t-il en fouillant dans son sac. Et des vêtements secs aussi.

Elle lui arracha sa besace des mains et alla se changer derrière un grand pin parasol.

— N'en profite pas pour te rincer l'œil, espèce de pervers. Je ne suis pas l'une de tes playmates !

— J'aurais bien du mal à t'apercevoir derrière ton paravent, remarqua-t-il en attrapant au vol le tee-shirt et le short humides dont elle venait de se débarrasser.

— Pourquoi m'as-tu suivie ?

— Je voulais passer un peu de temps avec toi et puis j'avais une question à te poser.

— Je m'attends au pire.

— Pourquoi m'as-tu dit tout à l'heure que l'histoire de la Trilogie des Anges t'avait sauvé la vie ?

Elle marqua un silence, puis répondit durement :

— Le jour où tu seras moins con, je te l'expliquerai peut-être.

Étrange. Il l'avait rarement connue si vindicative. Il essaya néanmoins de continuer la conversation :

— Pourquoi ne m'as-tu pas proposé de t'accompagner dans ta balade ?

— Je voulais être seule, Milo. Ça ne t'est pas venu à l'esprit ? demanda-t-elle en enfilant un pull torsadé.

— Mais on en crève de notre solitude ! Être seul, c'est ce qu'il y a de pire.

Vêtue de vêtements d'homme trop grands pour elle, Carole sortit de son abri.

— Non, Milo, ce qu'il y a de pire, c'est d'être obligé de se coltiner des types dans ton genre.

Il accusa le coup.

— Qu'est-ce que tu me reproches, au juste ?

— Laisse tomber, il faudrait trois plombes pour en faire la liste, dit-elle en reprenant sa descente vers la plage.

— Non, vas-y ! Je suis curieux, avoua-t-il en calant ses pas dans les siens.

— Tu as trente-six ans, mais tu te comportes comme si tu en avais dix-huit, commença-t-elle. Tu es irresponsable et lourdingue, tu n'es qu'un coureur de plumards à la petite semaine, tu ne jures que par les trois B...

— Les trois B ?

— Bagnole, bière et baise, explicita-t-elle.

— C'est fini ?

— Non : je trouve aussi que tu n'es guère rassurant pour une femme, lui jeta-t-elle au visage en arrivant sur le sable.

— Développe un peu.

Elle se planta devant lui, les poings sur les hanches, et le regarda dans les yeux :

— Tu fais partie des « hommes de l'instant » : des cow-boys avec lesquels les femmes sont prêtes à s'amuser un moment les jours de solitude et avec qui elles passeront peut-être une nuit, mais qu'elles n'imaginent jamais comme le père de leurs enfants.

— Toutes ne sont pas de ton avis ! se défendit-il.

— Si, Milo. Toutes les femmes ayant trois sous de jugeote pensent exactement comme moi. Combien de filles correctes nous as-tu présentées, depuis le temps ? Aucune ! On en a croisé des tas, mais toujours les mêmes : des strip-teaseuses, des demi-putes, ou de pauvres nanas paumées que tu ramasses dans des boîtes minables au petit matin en profitant de leur faiblesse !

— Et toi, on peut savoir quel mec bien tu nous as ramené ? Ah non, c'est vrai : on ne t'a jamais vue avec un homme ! C'est pas bizarre, ça, ma mignonne ? Trente ans passés et aucune liaison connue !

— Peut-être simplement que je ne t'envoie pas un fax chaque fois que j'ai quelqu'un dans ma vie.

— Tu parles ! Tu te serais bien vue dans le rôle de la femme de l'écrivain, n'est-ce pas ? De celle que l'on mentionne en quatrième de couverture. Attends, je te l'écris : « Tom Boyd vit à Boston, Massachusetts, avec sa femme Carole, leurs deux enfants et leur labrador. » C'est ça que tu attendais, non ?

— T'as les fils qui se touchent, toi. Faut arrêter l'herbe qui fait rire.

— Et toi, tu es menteuse comme un soutien-gorge.

— Toujours tes métaphores sexuelles : tu as vraiment un problème avec ça, mon pauvre.

— C'est toi qui as un souci avec ça ! rétorqua-t-il. Pourquoi tu ne portes jamais de robes ou de jupes ? Pourquoi tu ne te mets jamais en maillot de bain ? Pourquoi tu as une réaction épidermique chaque fois que l'on t'effleure le bras ? Tu préfères les femmes ou quoi ?

Avant même que Milo ait terminé sa phrase, une gifle magistrale, donnée avec la force d'un coup de poing, lui cingla le visage. Il eut tout juste le temps de saisir le poignet de Carole pour en éviter une deuxième.

— Lâche-moi !

— Pas avant que tu te sois calmée !

Elle se débattit comme un diable, tirant son bras de toutes ses forces au point de déséquilibrer son opposant. Elle tomba finalement à la renverse sur le sable et entraîna Milo dans sa chute. Il bascula lourdement sur elle et allait se dégager lorsqu'il se retrouva avec le canon d'un pistolet posé sur la tempe.

— Dégage ! ordonna-t-elle en armant son flingue.

Elle avait réussi à l'attraper dans son sac. Il lui arrivait peut-être d'oublier de prendre des habits de rechange, mais jamais son arme de service.

— Très bien, fit Milo d'une voix blanche.

Déboussolé, il se releva lentement et regarda avec tristesse son amie qui le fuyait, les deux mains agrippées autour de la crosse du pistolet.

Bien après qu'elle eut disparu, il resta plusieurs minutes, totalement hébété, dans le petit lagon entouré de sable blanc et d'eau turquoise.

Cet après-midi-là, l'ombre des HLM de MacArthur Park s'étendit jusqu'à la pointe du Mexique.

24

La Cucaracha

L'amour, c'est comme du mercure dans la main. Garde-la ouverte, il te restera dans la paume ; resserre ton étreinte, il te filera entre les doigts.

Dorothy PARKER

**Restaurant *La Hija de la Luna*
9 heures du soir**

Accroché à la falaise, le restaurant de luxe surplombait à la fois la piscine et la mer de Cortés. De nuit, le paysage était aussi impressionnant qu'en plein jour, gagnant en romantisme et en mystère ce qu'il perdait en profondeur. Des lanternes en cuivre pendaient le long des treilles et des photophores colorés nimbaient chaque table d'une lumière intimiste.

Dans une robe pailletée d'argent, Billie me précéda à l'accueil de l'établissement. L'hôtesse nous reçut avec chaleur et nous conduisit à la table où Milo nous attendait depuis quelques minutes. Manifestement éméché, il fut incapable de m'expliquer les raisons de l'absence de Carole.

Quelques tables plus loin, installés au milieu de la terrasse comme un bijou dans un écrin, Aurore et Rafael Barros exhibaient leur amour neuf.

Le repas fut morose. Même Billie, d'habitude enjouée, semblait avoir perdu de son entrain. Visiblement fatiguée, elle était livide et courbaturée. En début de soirée, je l'avais retrouvée dans notre chambre, recroquevillée dans son lit où elle avait dormi tout l'après-midi. « Un contrecoup du voyage », avait-elle hasardé. En tout cas, j'avais dû batailler ferme pour la sortir de ses couvertures.

— Que s'est-il passé avec Carole ? demanda-t-elle à Milo.

Mon ami avait les yeux injectés de sang et la tête déconfite de celui qui va s'écrouler sur la table. Alors qu'il bredouillait quelques mots d'explication, une voix de ténor déchira la quiétude du restaurant.

La cucaracha, la cucaracha,
Ya no puede caminar

Un groupe de mariachis venait de faire irruption à notre table pour nous chanter la sérénade. L'orchestre était puissant : deux violons, deux trompettes, une guitare, un guitarrón et une vihuela.

Porque no tiene, porque le falta
Marijuana que fumar

Leur costume valait le détour : pantalon noir aux coutures brodées, veste courte à revers garnie de boutons d'argent, cravate élégamment nouée, ceinture à boucle ornée d'un aigle, bottines cirées. Sans oublier le sombrero à large bord, grand comme une soucoupe volante.

À la voix plaintive du chanteur succéda un chœur exprimant bruyamment une jovialité un peu forcée qui tenait davantage de l'exutoire que de la joie de vivre.

— C'est kitsch, non ?

— Vous plaisantez, s'écria Billie. Ils ont une classe folle !

Je la regardai, dubitatif. Nous n'avions visiblement pas la même définition de l'adjectif *classe*.

— Messieurs, prenez-en de la graine ! dit-elle en se tournant vers Milo et moi. Voici l'expression la plus juste de la virilité.

Le chanteur se lissa la moustache et, se sentant apprécié, enchaîna avec un nouveau titre accompagné de pas de danse appliqués.

> *Para bailar la bamba,*
> *Se necesita una poca de gracia.*
> *Una poca de gracia pa mi pa ti.*
> *Arriba y arriba*

Le concert se poursuivit ainsi pendant une bonne partie de la soirée. Passant de table en table, les mariachis déroulèrent leur répertoire de chansons populaires qui parlaient de l'amour, du courage, de la beauté des femmes et des paysages arides. Un spectacle ringard et soûlant pour moi ; l'incarnation de l'âme fière d'un peuple pour Billie.

Alors que la représentation touchait à sa fin, un lointain bourdonnement se fit entendre. D'un même mouvement, les clients tournèrent la tête vers la mer. Un point lumineux apparut à l'horizon. Le vrombissement se fit de plus en plus sourd et la silhouette d'un vieil hydravion se détacha dans le ciel. Maintenant une faible altitude, l'oiseau de fer survola le restaurant pour effectuer un lâcher de fleurs sur la terrasse. En quelques secondes, il se mit à pleuvoir des centaines de roses multicolores qui finirent par recouvrir totalement le parquet brillant du restaurant. Des applaudissements nourris saluèrent cette averse florale inattendue. Puis l'hydravion réapparut au-dessus de nos têtes avant de se lancer dans une chorégraphie chaotique. Des fumigènes phosphorescents dessinèrent dans le ciel un improbable cœur de fumée qui s'étiola rapidement dans la nuit mexicaine. Une nouvelle clameur s'éleva dans l'assistance lorsque toutes les lumières s'éteignirent et que le maître d'hôtel s'avança vers la table d'Aurore et de Rafael Barros. Il portait sur un plateau d'argent une bague sertie d'un diamant. Puis Rafael s'agenouilla pour faire sa demande en mariage, tandis qu'un serveur se tenait en retrait, prêt à sabrer le champagne pour fêter le « oui » d'Aurore. Tout était parfait, réglé et millimétré, à condition d'aimer le romantisme dégoulinant et les moments préfabriqués vendus sur catalogue.

Mais n'était-ce pas justement tout ce que détestait Aurore ?

★

J'étais trop loin pour entendre sa réponse, mais suffisamment proche pour lire sur ses lèvres.

— J.e. s.u.i.s. d.é.s.o.l.é.e... murmura-t-elle, sans que je sache vraiment si ces mots s'adressaient à elle-même, à l'assistance ou à Rafael Barros.

Pourquoi les mecs ne réfléchissent-ils pas davantage avant de faire ce genre de demande ?

Il y eut un silence très pesant, comme si l'ensemble du restaurant était gêné pour ce demi-dieu déchu qui n'était plus à présent qu'un pauvre type avec son genou à terre, immobile comme une statue de sel, figé dans la honte et l'hébétude. J'étais passé par là avant lui et, à cet instant précis, j'éprouvais davantage de compassion à son égard que de jubilation par esprit de revanche.

Enfin, ça, c'était avant qu'il se lève et qu'il traverse la salle avec une sorte de majesté blessée, et que, sans que je m'y attende le moins du monde, il me balance une droite façon Mike Tyson.

★

— Et ce saligaud s'est avancé vers vous pour vous mettre un bourre-pif en pleine poire, résuma le Dr Mortimer Philipson.

Clinique de l'hôtel
Trois quarts d'heure plus tard

— C'est à peu près ça, acquiesçai-je tandis qu'il désinfectait ma plaie.

— Vous avez de la chance : ça a beaucoup saigné, mais votre nez n'est pas cassé.

— C'est toujours ça de pris.

— Par contre, votre visage est tuméfié comme si vous aviez été passé à tabac. Vous vous êtes battu récemment ?

— J'ai eu une altercation dans un bar contre un certain Jesus et sa bande de copains, répondis-je vaguement.

— Et vous avez une côte enfoncée ainsi qu'une vilaine entorse à la cheville. Elle est salement enflée. Je vais vous appliquer une pommade, mais il faudra revenir me voir demain matin pour que je vous mette un pansement compressif. Vous vous êtes fait ça comment ?

— Je suis tombé sur le toit d'une voiture, répondis-je le plus naturellement du monde.

— Hum… vous vivez dangereusement.

— Depuis quelques jours, on peut dire ça.

Le centre de soins de l'hôtel n'était pas un simple petit dispensaire, mais un complexe moderne aux installations high-tech.

— Nous soignons les plus grandes stars de la planète, me répondit le médecin alors que je lui en faisais la remarque.

Mortimer Philipson était proche de la retraite. Sa silhouette longiligne très british contrastait avec son visage bronzé, ses traits burinés et ses yeux clairs et rieurs. Il avait l'allure d'un Peter O'Toole qui aurait tourné une version senior de Lawrence d'Arabie.

Il termina de me frictionner la cheville et demanda à une infirmière de m'apporter des béquilles.

— Je vous conseille de ne pas mettre le pied par terre pendant quelques jours, me prévint-il en me donnant sa carte de visite sur laquelle il avait inscrit mon rendez-vous pour le lendemain.

Je le remerciai pour ses soins et, à l'aide de mes cannes, me traînai laborieusement jusqu'à ma suite.

★

La chambre baignait dans une lumière douce. Au centre de la pièce, un feu clair pétillait dans la cheminée, projetant son halo sur les murs et au plafond. Je cherchai Billie, mais elle n'était ni dans le salon ni dans la salle de bains. Le refrain assourdi d'une chanson de Nina Simone parvint jusqu'à mes oreilles.

Je tirai les rideaux donnant sur la terrasse et découvris la jeune femme, les yeux clos, qui prenait un bain à la belle étoile dans le Jacuzzi à débordement. Tout en lignes incurvées, la cuve était habillée de mosaïques bleues. Pour l'alimenter, un large bec-de-cygne déversait en cascade un filet d'eau dont l'éclairage savant faisait se succéder toutes les couleurs de l'arc-en-ciel.

— Vous venez me rejoindre ? me provoqua-t-elle sans ouvrir les yeux.

Je m'approchai du spa. Il était entouré d'une vingtaine de petites bougies qui formaient une barrière de flammèches. La surface de l'eau brillait comme du champagne et on distinguait par transparence les bulles dorées qui remontaient à la surface depuis la buse.

Je posai mes béquilles, déboutonnai ma chemise et ôtai mon jean avant de me glisser dans l'eau. Celle-ci était très chaude, à la limite du supportable. Répartis dans tout le bassin, une trentaine de jets produisaient un massage plus revigorant que relaxant, tandis qu'aux quatre coins, des haut-parleurs étanches diffusaient une musique envoûtante. Billie ouvrit les yeux et tendit la main pour effleurer de ses doigts le pansement adhésif dont Philipson venait de me recouvrir le nez. Éclairé par le bas, son visage était diaphane et ses cheveux donnaient l'impression d'avoir blanchi.

— Le guerrier a besoin de repos ? plaisanta-t-elle en se rapprochant de moi.

Je tentai de résister à son avance :

— Je ne crois pas qu'il soit utile de rejouer l'épisode du baiser.

— Osez dire que ça ne vous a pas plu.

— Là n'est pas la question.

— Ça a marché pourtant : quelques heures plus tard, votre chère Aurore rompait ses fiançailles avec fracas.

— Peut-être, mais Aurore n'est pas avec nous dans ce Jacuzzi.

— Qu'est-ce que vous en savez ? demanda-t-elle en se coulant dans mes bras. Dans chacune des chambres de l'hôtel, il y a une longue-vue sur la terrasse et tout le monde mate tout le monde. Vous ne vous en êtes pas aperçu ?

À présent son visage n'était qu'à quelques centimètres du mien. Ses yeux étaient couleur tilleul, les pores de sa peau s'étaient dilatés sous l'effet de la vapeur et des gouttes de sueur perlaient sur son front.

— Peut-être qu'elle nous regarde en ce moment, continua-t-elle. Ne me dites pas que ça ne vous excite pas un peu...

Je détestais ce jeu. Il me ressemblait si peu. Et pourtant, emporté par le souvenir de notre baiser précédent, je me laissai aller à poser une main sur sa hanche et l'autre au creux de son cou.

Elle colla doucement ses lèvres sur mes lèvres et ma langue chercha la sienne. De nouveau, la magie opéra, mais ne dura que quelques secondes, jusqu'à ce qu'une amertume prononcée me fasse interrompre ce baiser.

J'avais un goût aigre, piquant et râpeux dans la bouche et je reculai brusquement. Billie semblait abasourdie. C'est alors que je vis ses lèvres noircies et sa langue violacée. Ses yeux s'étaient enflammés, mais sa peau était de plus en plus pâle. Elle frissonnait, claquait des dents et se mordait la lèvre. Inquiet, je quittai le Jacuzzi, l'aidai à sortir à son tour et la frictionnai avec une serviette. Je la sentis flageoler sur ses jambes, prête à s'écrouler. Agitée d'une violente quinte de toux, elle me repoussa pour mieux se pencher en avant, prise d'une soudaine envie de vomir. Avec douleur, elle régurgita une pâte épaisse et visqueuse avant de s'écrouler sur le sol.

Mais ce que je voyais n'était pas du vomi.

C'était de l'encre.

25

Le danger de te perdre

*Avec le canon d'un flingue entre les dents,
on ne prononce que les voyelles.*

Réplique du film *Fight Club*
de Chuck PALAHNIUK

Clinique de l'hôtel
Une heure du matin

— Vous êtes son mari ? demanda le Dr Philipson en refermant la porte de la chambre dans laquelle venait de s'endormir Billie.

— Euh… non, on ne peut pas dire les choses comme ça, répondis-je.

— Nous sommes ses cousins, prétendit Milo. Nous sommes sa seule famille.

— Hum… et ça vous arrive souvent de prendre des bains avec votre « cousine » ? ironisa le médecin en me regardant.

Une heure et demie plus tôt, alors qu'il s'apprêtait à jouer un putt délicat, il avait enfilé à la hâte une blouse blanche sur son pantalon de golf pour se porter en urgence au chevet de Billie. Il avait pris immédiatement la situation au sérieux et s'était démené pour ranimer la jeune femme, l'hospitaliser et lui administrer les premiers soins.

Sa question n'attendant pas de réponse, nous le suivîmes dans son bureau : une pièce tout en longueur qui donnait sur une pelouse bien éclairée et lisse comme un green, au milieu de laquelle flottait un petit drapeau. En s'approchant de la fenêtre, on pouvait distinguer une balle de golf à sept ou huit mètres du trou.

— Je ne vais pas vous mentir, commença-t-il en nous invitant à nous asseoir. Je ne sais absolument pas de quoi souffre votre amie ni quelle est la nature de sa crise.

Il retira sa blouse et l'accrocha à un portemanteau avant de s'installer en face de nous.

— Sa fièvre est élevée, son corps présente une rigidité anormale et elle a vomi tout ce qu'elle avait dans le ventre. Elle souffre également de maux de tête, respire difficilement et ne tient plus debout, récapitula-t-il.

— Et donc ? le relançai-je, pressé d'entendre le début d'un diagnostic.

Philipson ouvrit le premier tiroir de son bureau et en sortit un cigare encore dans son étui.

— Elle présente des signes évidents d'anémie, précisa-t-il, mais ce qui m'inquiète vraiment, c'est cette substance noirâtre qu'elle a régurgitée en quantité.

— Ça ressemble à de l'encre, non ?

— Possible…

Pensif, il tira le Cohíba de son tube en aluminium et en caressa la cape comme s'il attendait qu'une révélation surgisse au contact des feuilles de tabac.

— J'ai demandé un bilan sanguin, l'analyse de la pâte noire et celle d'un de ses cheveux qui, d'après ce que vous me dites, ont blanchi subitement.

— Ça arrive, non ? J'ai toujours entendu dire qu'un choc émotionnel pouvait faire blanchir les cheveux en une nuit. C'est arrivé à Marie-Antoinette la nuit précédant son exécution.

— *Bullshit*, balaya le médecin. Seule une décoloration chimique peut faire perdre ses pigments à un cheveu aussi vite.

— Vous avez vraiment les moyens de faire ce type de recherches ? s'inquiéta Milo.

Le médecin coupa l'extrémité de son havane :

— Comme vous avez pu le constater, nos installations sont à la pointe du progrès. Il y a cinq ans, le fils aîné du cheikh d'une monarchie pétrolière séjournait dans notre hôtel. Le jeune homme a eu un accident de jet-ski : un choc violent avec un hors-bord qui l'a plongé dans le coma pendant plusieurs jours. Son père a promis de verser une importante dotation à l'hôpital si nous parvenions à le tirer d'affaire. Plus par chance que par mes soins, il s'en est sorti sans séquelles et le cheikh a tenu sa parole, d'où notre confort de travail.

Alors que Mortimer Philipson se levait pour nous raccompagner, je demandai à passer la nuit auprès de Billie.

— C'est stupide, trancha-t-il. Nous avons une infirmière de garde ainsi que deux internes en biologie qui vont travailler toute la nuit. Votre « cousine » est notre seule patiente. Nous ne la laisserons pas une seconde sans surveillance.

— J'insiste, docteur.

Philipson haussa les épaules et retourna dans son bureau en marmonnant :

— Si ça vous amuse de dormir dans un fauteuil étroit et de vous casser le dos, libre à vous, mais avec votre entorse et votre côte enfoncée, ne venez pas vous plaindre demain matin de ne plus pouvoir vous lever.

Milo m'abandonna devant la chambre de Billie. Je le sentais perturbé :

— Je m'inquiète pour Carole. Je lui ai laissé des dizaines de messages sur son répondeur, mais ils sont tous restés sans réponse. Il faut que je la retrouve.

— D'accord. Bonne chance, vieux.

— Bonne nuit, Tom.

Je le regardai s'éloigner dans le couloir, mais au bout de quelques mètres, il s'arrêta net et se retourna pour revenir vers moi.

— Tu sais, je voulais te dire que... que je suis désolé, m'avoua-t-il en me regardant bien en face.

Il avait les yeux rouges et brillants, le visage défait, mais l'air déterminé.

— J'ai tout fait foirer avec mes placements financiers hasardeux, reprit-il. Je me suis cru plus malin que les autres. J'ai trahi ta confiance et je t'ai ruiné. Pardon...

Sa voix se brisa. Il cligna des yeux et une larme inattendue coula le long de sa joue. En le voyant pleurer pour la première fois de ma vie, je me sentis à la fois désarmé et gêné.

— C'est trop con, ajouta-t-il en se frottant les paupières. Je croyais qu'on avait fait le plus difficile, mais je me trompais : le plus difficile, ce n'est pas d'obtenir ce que l'on veut, mais de savoir le garder.

— Milo, je m'en fous de cet argent. Il n'a comblé aucun vide ni résolu aucun problème, tu le sais bien.

— Tu vas voir, on s'en sortira comme on l'a toujours fait, promit-il en essayant de reprendre le dessus. Notre bonne étoile ne va pas nous lâcher maintenant !

Avant qu'il reparte sur les traces de Carole, il me donna une accolade fraternelle en m'assurant :

— Je vais nous tirer de là, je te le jure. Ça prendra peut-être quelque temps, mais j'y arriverai.

★

J'ouvris la porte sans faire de bruit et passai la tête dans l'entrebâillement. La chambre de Billie était plongée dans une pénombre bleutée. Je m'approchai de son lit en silence.

Elle dormait d'un sommeil agité et fiévreux. Un drap épais lui recouvrait le corps, ne laissant émerger que son visage diaphane. La jeune femme vive et pétillante, la tornade blonde qui, ce matin encore, dévastait ma vie avait vieilli de dix ans en quelques heures. Ému, je restai un long moment à ses côtés avant d'oser poser ma main sur son front.

— Tu es une drôle de fille, Billie Donelly, murmurai-je en me penchant vers elle.

Elle s'agita dans son lit et, sans ouvrir les yeux, marmonna :

— Je croyais que tu allais dire « une drôle d'emmerdeuse » …

— Une drôle d'emmerdeuse aussi, dis-je pour cacher mon émotion.

Je lui caressai le visage et lui confiai :

— Tu m'as sorti du trou noir dans lequel j'avais glissé. Tu as fait reculer pas à pas le chagrin qui me dévorait. Avec ton rire et ta mauvaise foi, tu as vaincu le silence qui m'emmurait…

Elle chercha à dire quelque chose, mais, le souffle court et la respiration saccadée, elle dut y renoncer.

— Je ne vais pas t'abandonner, Billie. Je t'en donne ma parole, lui assurai-je en lui prenant la main.

★

Mortimer Philipson gratta une allumette pour enflammer l'extrémité de son havane puis, un putter à la main, sortit sur la pelouse et fit quelques pas sur le green. La balle de golf était à un peu plus de sept mètres, sur un terrain en pente très légère. Mortimer tira une bouffée voluptueuse avant de s'accroupir pour mieux déchiffrer le coup à jouer. C'était un putt délicat, mais il en avait déjà rentré des centaines à cette distance. Il se releva, se mit en position et recouvra sa concentration. « La chance n'est que la conjonction de la volonté et de circonstances favorables », prétendait Sénèque. Mortimer joua le coup comme si sa vie en dépendait. La balle roula sur le green, sembla hésiter sur sa trajectoire avant de flirter avec le trou sans pour autant y tomber.

Ce soir, les circonstances n'étaient pas favorables.

★

Milo sortit en trombe sur le parvis et demanda au voiturier la Bugatti garée dans le parking souterrain de l'hôtel. Il prit la direction de La Paz, s'aidant du GPS pour retrouver l'endroit où il avait quitté Carole.

Cet après-midi, sur la plage, il avait pris conscience des blessures à vif de la jeune femme. Des blessures dont il ne soupçonnait pas l'existence auparavant.

Décidément, on ignore souvent les tourments que traversent les personnes que l'on aime le plus, pensa-t-il tristement.

Il avait aussi été blessé par le portrait sans nuances qu'elle avait fait de lui. Comme les autres, elle l'avait toujours pris pour une racaille mal dégrossie, un petit plouc des cités, rustaud et phallocrate. Il faut dire qu'il n'avait jamais rien fait pour la détromper. Car cette image le protégeait, masquant une sensibilité qu'il n'arrivait pas à assumer. Pour gagner l'amour de Carole, il aurait été prêt à tout, mais elle ne l'avait pas mis suffisamment en confiance pour qu'il lui dévoile sa vraie personnalité.

Il roula pendant une demi-heure, fendant la nuit claire. L'ombre des montagnes se détachait dans un ciel d'un bleu limpide, disparu depuis longtemps de nos villes polluées. Arrivé à destination, Milo s'engagea sur une piste forestière pour y garer la voiture puis, après avoir glissé dans son sac une couverture et une bouteille d'eau, il prit le chemin rocailleux qui permettait de rejoindre la côte.

— Carole ! Carole ! hurla-t-il de toutes ses forces.

Ses cris se perdirent, emportés par la brise tiède et capricieuse qui soufflait sur la mer en poussant des gémissements plaintifs.

Il retrouva la crique où ils s'étaient disputés plus tôt dans l'après-midi. Il faisait doux. Narcissique, la lune blonde et pleine cherchait son reflet à la surface de l'eau. Jamais Milo n'avait vu autant d'étoiles dans le ciel, mais il ne trouva aucune trace de Carole. Armé de sa torche, il continua son chemin en escaladant les rochers escarpés qui bordaient le rivage. Environ cinq cents mètres plus loin, il emprunta un sentier étroit qui descendait jusqu'à une petite baie.

— Carole ! répéta-t-il en débouchant sur la plage.

Cette fois, sa voix porta davantage. L'anse était protégée du vent par une falaise granitique qui adoucissait le chant du ressac sur le sable.

— Carole !

Tous les sens aux aguets, Milo parcourut l'étendue de la crique jusqu'à percevoir un mouvement à son extrémité. Il s'approcha de la paroi abrupte. Sur presque toute sa hauteur, la roche était traversée d'une longue faille qui s'ouvrait sur une grotte naturelle creusée dans la pierre.

Carole était là, effondrée sur le sable, le dos courbé, les jambes repliées, dans un état de prostration complète. La tête baissée, elle grelottait et tenait toujours son pistolet dans son poing serré.

Milo s'agenouilla auprès d'elle avec une légère appréhension qui céda rapidement la place à une vraie inquiétude sur la santé de son amie. Il l'emmitoufla dans la couverture qu'il avait dans son sac et la souleva pour la porter dans ses bras sur le trajet qui menait à la voiture.

— Pardonne-moi pour ce que je t'ai dit tout à l'heure, murmura-t-elle. Je ne le pensais pas.

— C'est oublié, assura-t-il. À présent, tout ira bien.

Le vent se fit plus froid et souffla plus fort.

Carole passa une main dans les cheveux de Milo et leva vers lui des yeux pleins de larmes.

— Jamais je ne te ferai de mal, lui promit-il à l'oreille.

— Je sais, lui assura-t-elle en s'accrochant à son cou.

★

Ne t'écroule pas, Anna, reste debout, reste debout !

Quelques heures plus tôt, ce même jour, dans un quartier populaire de Los Angeles, une jeune femme, Anna Borowski, remontait la rue en trottinant. À la voir courir, abritée sous l'épaisse capuche de son pull molletonné, on aurait pu croire qu'elle se maintenait en forme par un footing matinal.

Mais Anna ne faisait pas son jogging. Elle faisait les poubelles.

Un an plus tôt pourtant, elle avait une vie agréable, dînait régulièrement au restaurant et n'hésitait pas à claquer plus de 1 000 dollars lors de séquences shopping avec ses copines. Mais la crise économique avait tout bouleversé. Du jour au lendemain, la firme qui l'employait avait réduit drastiquement ses effectifs et supprimé son poste de contrôleur de gestion.

Pendant quelques mois, elle avait voulu croire qu'elle traversait seulement une mauvaise passe et ne s'était pas découragée. Prête à accepter n'importe quel poste correspondant à son profil, elle avait passé ses journées sur les sites internet d'embauche, inondant les entreprises de CV et de lettres de motivation, participant à des forums pour l'emploi, dépensant même de l'argent en consultant un cabinet de coaching de carrière. Hélas, toutes ses tentatives s'étaient soldées par des échecs. En six mois, elle n'avait pas réussi à décrocher le moindre entretien un peu sérieux.

Pour survivre, elle s'était résignée à faire des heures de ménage chaque jour dans une maison de retraite de Montebello, mais ce n'étaient pas les quelques dollars glanés par ce job qui parvenaient à payer son loyer.

Anna ralentit sa course en arrivant sur Purple Street. Il n'était pas encore 7 heures du matin. La rue restait relativement calme, même si elle commençait à s'animer. Elle attendit malgré tout que le *school bus* ait quitté l'artère pour plonger la tête dans la poubelle. L'habitude venant, elle avait appris à laisser de côté son orgueil et sa fierté lorsqu'elle se lançait dans ce genre d'expédition. De toute façon, elle n'avait pas vraiment le choix. La faute à un tempérament plus cigale que fourmi et à quelques dettes qui semblaient légères du temps où elle gagnait 35 000 dollars par an, mais qui à présent l'étranglaient et menaçaient de lui faire perdre son toit.

Les premiers temps, elle s'était contentée d'aller fouiller dans les conteneurs du supermarché en bas de chez elle pour récupérer les aliments ayant dépassé la date de péremption. Mais elle était loin d'être la seule à avoir eu cette idée. Chaque soir, une foule toujours plus nombreuse de SDF, de travailleurs précaires, d'étudiants et de retraités désargentés se pressait autour des caisses métalliques, si bien que la direction du magasin avait fini par asperger les aliments de détergent pour éviter toute récupération. Anna s'était alors décidée à pousser ses explorations en dehors de son quartier. Au début, elle avait vécu cette expérience comme un traumatisme, mais l'être humain, décidément, était un animal qui s'habituait à toutes les humiliations.

La première poubelle était pleine à ras bord et son exploration ne fut pas vaine : une boîte de *nuggets* de poulet à moitié entamée, un gobelet Starbucks avec un gros reste de café noir, un autre de cappuccino. Dans la deuxième, elle trouva une chemise Abercrombie déchirée qu'elle pourrait laver et repriser et, dans la troisième, un roman quasi neuf à la belle couverture en simili-cuir. Elle mit ces pauvres trésors dans son sac à dos et continua sa tournée.

Anna Borowski rentra chez elle une demi-heure plus tard, dans le petit appartement d'un immeuble récent et bien tenu dont le mobilier était réduit à son strict nécessaire. Elle se lava les mains puis versa le café et le cappuccino dans un mug qu'elle fit réchauffer au micro-ondes en même temps que les nuggets. En attendant que son petit déjeuner soit prêt, elle étala sa moisson du jour sur la table de la cuisine. L'élégante couverture gothique du roman attira particulièrement son attention. Un sticker collé dans le coin gauche prévenait le lecteur :

Par l'auteur de La Compagnie des Anges.

Tom Boyd ? Elle avait entendu parler de lui par des filles du bureau qui adoraient ses bouquins, mais elle ne l'avait jamais lu. Elle essuya une tache de milkshake sur la couverture tout en pensant qu'elle pourrait en tirer un bon prix, puis se connecta à internet en piratant une nouvelle fois la wifi de sa voisine. Neuf, le livre était à 17 dollars sur *amazon*. Elle cliqua sur son compte *eBay* et tenta un coup : une mise en vente à 14 dollars en cas d'achat immédiat.

Puis elle lava la chemise, prit une douche pour « se décaper » et s'habilla en s'attardant devant son miroir.

Elle venait d'avoir trente-sept ans. Elle qui, pendant des années, avait fait plus jeune que son âge avait vieilli d'un seul coup, comme si un vampire avait sucé toute sa fraîcheur. Depuis sa perte d'emploi, à force de ne bouffer que des saloperies, elle avait pris une dizaine de kilos, tout dans les fesses et sur le visage, ce qui lui donnait l'air d'un hamster géant. Elle essaya de sourire, mais trouva le résultat pitoyable.

Elle était à la dérive et son naufrage pouvait se lire sur sa vilaine face.

Grouille-toi, tu vas être en retard !

Elle enfila un jean clair, un sweat-shirt à capuche et une paire de baskets.

C'est bon, tu ne vas pas en boîte. Pas la peine de se mettre sur son trente et un pour essuyer la merde des petits vieux !

Elle s'en voulut immédiatement de son cynisme. Elle se sentait tellement désemparée. À quoi se raccrocher dans les moments les plus sombres ? Elle n'avait personne pour l'aider, personne à qui confier son désarroi. Pas de vrais amis, pas d'homme dans sa vie – le dernier en date remontait à plusieurs mois. Sa famille ? De peur de perdre la face, elle n'avait parlé de ses déconvenues ni à son père ni à sa mère. Et on ne peut pas dire que ces derniers se pressaient pour prendre de ses nouvelles. Certains jours, elle regrettait presque de ne pas être restée à Detroit comme sa sœur, qui habitait encore à cinq minutes de chez leurs parents. Lucy n'avait jamais eu la moindre ambition. Elle avait épousé un gros plouc représentant en assurances et avait un marmot insupportable, mais elle au

284

moins n'avait pas à se demander tous les jours comment elle allait pouvoir se nourrir.

Alors qu'elle ouvrait la porte, Anna eut un moment d'abattement. Comme tout le monde, elle prenait des médicaments : des antidouleur pour ne pas souffrir du dos et de l'Ibuprofène flash qu'elle avalait comme des bonbons pour chasser une migraine chronique. Mais aujourd'hui, elle aurait eu besoin d'un puissant calmant. Plus les semaines passaient, plus elle était sujette à des crises d'angoisse, vivant continuellement dans la peur avec cette impression chevillée au corps que, quels que soient ses efforts et sa bonne volonté, elle ne maîtrisait plus rien de sa vie. Parfois, la précarité lui montait à la tête et elle se sentait capable d'un coup de folie, comme cet ancien cadre de la finance qui, neuf mois plus tôt, à quelques rues d'ici, avait abattu cinq membres de sa famille avant de retourner l'arme contre lui. Il avait laissé une lettre à la police expliquant son geste par sa situation économique désespérée. Sans emploi depuis plusieurs mois, il venait de perdre l'ensemble de son épargne suite à la chute de la Bourse.

Ne t'écroule pas, Anna, reste debout, reste debout !

Elle lutta pour se ressaisir. Surtout, ne pas se donner le droit de chuter. Si elle baissait les bras, elle sombrerait, elle le savait. Il fallait qu'elle se batte de toutes ses forces pour garder son appartement. Parfois, elle avait l'impression d'être réduite à l'état d'un animal dans son terrier, mais ici au moins, elle pouvait se doucher et dormir en sécurité.

Elle mit le casque de son iPod sur ses oreilles, descendit les escaliers, prit le bus pour se rendre à la maison de retraite. Elle fit le ménage pendant trois heures et profita de sa pause déjeuner pour consulter internet dans un poste en libre-service de la salle de repos de l'hospice.

Bonne nouvelle. Le livre qu'elle avait mis en vente avait trouvé preneur au prix indiqué. Anna travailla encore jusqu'à 15 heures, puis passa au bureau de poste pour envoyer le roman à son expéditeur :

Bonnie Del Amico, Campus de Berkeley, Californie.

Elle glissa le roman dans l'enveloppe sans remarquer que celui-ci avait plus de la moitié de ses pages vierges…

*

— Hé, les mecs, grouillez-vous un peu !

La radio crachota ce rappel à l'ordre à tous les conducteurs de la flotte des huit semi-remorques qui traversaient la zone industrielle de Brooklyn. Comme pour un transport de fonds, la durée et le trajet entre le dépôt du New Jersey et l'entreprise de recyclage près de Coney Island étaient strictement réglementés afin d'éviter le vol de marchandises. Chargé de trente palettes, chaque camion transportait à lui seul treize mille livres emballés dans des cartons.

Il était près de 22 heures lorsque la gigantesque cargaison franchit sous la pluie les portes de la station de pilonnage installée sur un immense terrain entouré de grillage qui faisait penser à un camp militaire.

À tour de rôle, chaque camion déchargea sa livraison sur le sol goudronné du vaste entrepôt : des tonnes de livres encore emballés sous leur film plastique.

Accompagné d'un huissier, un représentant de la maison d'édition supervisait cette opération. Ce n'était pas tous les jours qu'on mettait cent mille exemplaires au pilon pour défaut de fabrication. Afin de prévenir toute fraude, les deux hommes contrôlèrent scrupuleusement la cargaison. À chaque déchargement, l'officier de justice sortait un livre d'un carton pour constater la malfaçon de l'impression. Tous les exemplaires avaient la même lacune : sur les cinq cents pages que comptait le roman, seule la moitié était imprimée. L'histoire s'arrêtait brutalement au milieu de la page 266 sur une phrase elle-même inachevée…

Un ballet de trois bulldozers se déploya autour de cette marée de livres comme s'il s'agissait de vulgaires gravats pour les pousser sur des tapis roulants qui montaient à grande vitesse vers les gueules béantes des monstres de ferraille. Le pilonnage industriel pouvait commencer.

Les deux broyeuses avalèrent goulûment ces dizaines de milliers de livres. Avec violence, l'ogre mécanique déchiquetait et mastiquait les ouvrages. Tout autour, dans la poussière de papier, s'échappaient des pages déchirées.

Une fois la digestion terminée, un amas de livres éventrés, épluchés, lacérés, sortit des entrailles de la bête avant d'être compacté par une presse qui excréta en bout de course de gros ballots de forme cubique entourés de fil de fer.

Puis on entassa les cubes compressés au fond du hangar. Le lendemain, ils seraient à leur tour chargés sur d'autres camions. Recyclés en pâte à papier avant de se réincarner en journaux, en magazines, en mouchoirs jetables ou en cartons à chaussures.

★

En quelques heures, l'affaire fut pliée.

Une fois l'intégralité du stock détruite, le responsable de l'usine, l'éditeur et l'huissier signèrent le document qui consignait méthodiquement le nombre d'ouvrages pilonnés lors de chaque opération.

Le montant total se montait à 99 999 exemplaires…

26

La fille qui venait d'ailleurs

Ceux qui tombent entraînent souvent dans leur chute ceux qui se portent à leur secours.

Stefan ZWEIG

Clinique de l'hôtel
8 heures du matin

— Hé, ce n'est pas en ronflant comme une orque que tu vas veiller sur moi !

J'ouvris les yeux en sursaut. Le corps recroquevillé sur l'accoudoir d'un fauteuil en chêne, j'avais le dos scié, le thorax compressé et les jambes parcourues par des fourmillements.

Billie était assise dans son lit. Son visage crayeux avait repris quelques couleurs, mais ses cheveux avaient encore blanchi. En tout cas, elle avait retrouvé une certaine verve, ce qui était plutôt bon signe.

— Comment te sens-tu ?

— Bien patraque, avoua-t-elle en me tirant une langue redevenue rose. Tu veux bien me donner un miroir ?

— Je ne suis pas certain que ce soit une bonne idée.

Comme elle insistait, je fus obligé de lui tendre la petite glace murale que j'avais décrochée dans la salle de bains.

Elle se regarda avec effroi, releva ses cheveux, les écarta, les ébouriffa, scruta leurs racines, terrifiée de voir qu'en une seule nuit, son insolente chevelure d'or s'était transformée en coiffure de grand-mère.

— Comment… comment est-ce possible ? demanda-t-elle en essuyant une larme qui coulait le long de sa joue.

Je posai ma main sur son épaule. Impuissant à lui fournir la moindre explication, je cherchais des paroles réconfortantes lorsque la porte de la chambre s'ouvrit pour laisser place à Milo, accompagné du Dr Philipson.

Une pochette sous le bras, la mine préoccupée, celui-ci nous salua brièvement et se plongea un long moment dans l'étude des constantes de sa patiente affichées au pied du lit.

— Nous avons le résultat de la plupart de vos analyses, mademoiselle, annonça-t-il au bout de quelques minutes, levant vers nous un regard où l'excitation se mélangeait à la perplexité.

Il sortit de sa blouse un stylo-feutre blanc et installa le petit tableau translucide qu'il avait apporté avec lui.

— D'abord, commença-t-il, tout en gribouillant quelques mots, la substance noire et pâteuse que vous avez rejetée est bien de l'encre à huile. On y a retrouvé des traces caractéristiques de pigments de couleur, de polymères, d'additifs et de solvant…

Il laissa sa phrase en suspens puis demanda sans détour :

— Avez-vous cherché à vous empoisonner, mademoiselle ?

— Absolument pas ! s'insurgea Billie.

— Je vous pose la question parce que, pour être honnête, je ne vois pas comment on pourrait régurgiter une telle matière sans l'avoir ingurgitée auparavant. Ça ne correspond à aucune pathologie connue.

— Qu'avez-vous trouvé d'autre ? demandai-je pour avancer.

Mortimer Philipson nous tendit à chacun une feuille remplie de chiffres et de termes que j'avais entendus dans *Urgences* ou *Grey's Anatomy*, mais dont j'ignorais la signification exacte : NFS, Iono, Urée, Créatinine, Glycémie, bilan hépatique, hémostase…

— Comme je le pensais, le bilan sanguin a confirmé l'anémie, expliqua-t-il en inscrivant un nouvel item sur le tableau. Avec un taux d'hémoglobine de 9 grammes par décilitre, vous êtes bien en dessous de la normale. Cela explique notamment votre pâleur, votre grande fatigue, vos maux de tête, vos palpitations et vos étourdissements.

— Et cette anémie, ça traduit quoi ? demandai-je.

— Il faudra faire d'autres analyses pour le déterminer, expliqua Philipson, mais dans l'immédiat, ce n'est pas ce qui m'inquiète le plus…

J'avais les yeux fixés sur le résultat des analyses sanguines et sans rien y connaître, je voyais bien, moi aussi, qu'un chiffre était anormal :

— C'est le taux de glycémie qui cloche, n'est-ce pas ?

— Oui, approuva Mortimer : 0,1 gramme par litre, c'est une forme d'hypoglycémie sévère inconnue.

— Comment ça, « inconnue » ? s'inquiéta Billie.

— On est en hypoglycémie lorsque le taux de sucre dans le sang est trop bas, expliqua sommairement le médecin. Dans le cas où le cerveau ne peut obtenir suffisamment de glucose, on ressent des vertiges et de la fatigue, mais votre taux à vous, mademoiselle, est hors norme…

— Ce qui signifie ?

— Ce qui signifie qu'à l'heure où je vous parle, vous devriez être morte ou du moins, plongée dans un profond coma.

La voix de Milo fusa avec la mienne :

— Il doit y avoir une erreur !

Philipson secoua la tête :

— Nous avons refait les analyses trois fois. C'est incompréhensible, mais ce n'est pas le plus mystérieux.

De nouveau, il ouvrit son feutre blanc qu'il laissa pointé en l'air :

— Cette nuit, une jeune interne dont je supervise le doctorat a pris l'initiative de faire une spectrographie. C'est une technique permettant d'identifier des molécules par la mesure de leur masse et de caractériser leur structure chimi…

— Bon, venez-en au fait ! le coupai-je.

— La spectro a montré la présence d'hydrates de carbone anormaux. Pour être plus explicite, mademoiselle, vous avez de la cellulose dans le sang.

Il inscrivit le mot CELLULOSE sur son tableau transparent.

— Comme vous le savez sans doute, reprit-il, la cellulose est le principal constituant du bois. Le coton et le papier en contiennent également une part importante.

Je ne voyais pas du tout où il voulait en venir. Il précisa sa pensée en nous posant une question :

— Imaginez que vous avaliez des tampons de coton. Que se passerait-il à votre avis ?

— Sans doute pas grand-chose, affirma Milo. Nous les évacuerions en allant à la selle…

— Absolument, approuva Philipson. La cellulose n'est pas digérée par l'homme. C'est ce qui nous différencie des animaux herbivores comme les vaches ou les chèvres.

— Si j'ai bien compris, dit Billie, le corps humain ne contient normalement pas de cellulose, donc…

— … donc, termina le médecin, votre composition biologique n'est pas celle d'un être humain. Tout se passe comme si une partie de vous était en train de devenir « végétale » …

★

Il laissa planer un long silence, comme s'il avait lui-même du mal à admettre les conclusions des examens qu'il avait réclamés.

Il restait une dernière feuille dans sa pochette : le résultat des analyses des cheveux blancs de la jeune femme.

— Ils contiennent une très forte concentration d'hydrosulfite de sodium et de peroxyde d'hydrogène, plus connu sous le nom…

— … d'eau oxygénée, devinai-je.

— À la base, compléta le médecin, cette substance est naturellement sécrétée par le corps humain. Avec la vieillesse, c'est elle qui est responsable du blanchissement de nos cheveux en inhibant la synthèse des pigments qui leur donnent leur couleur. Mais c'est normalement un processus très progressif et je n'ai jamais vu la chevelure d'une personne de vingt-six ans blanchir en une nuit.

— C'est irréversible ? demanda Billie.

— Euh… bredouilla Mortimer, on a parfois assisté à une recoloration partielle après la guérison de certaines maladies ou l'interruption de traitements agressifs, mais… j'avoue que ça reste des cas isolés.

Pensif, il regarda Billie avec une compassion non feinte et reconnut devant nous :

— Votre pathologie dépasse clairement mes compétences et celles de cette petite clinique, mademoiselle. Nous allons vous garder en observation aujourd'hui, mais je ne saurais trop vous conseiller de vous faire rapatrier le plus tôt possible dans votre pays.

★

Une heure plus tard

Nous restâmes tous les trois dans la chambre. Après avoir pleuré toutes les larmes de son corps, Billie avait fini par s'endormir. Affalé sur une chaise, Milo terminait le plateau-repas qu'avait refusé Billie tout en ne quittant pas des yeux le tableau oublié par le médecin :

PIGMENTS DE COULEUR
SOLVANT ADDITIFS

ANÉMIE
CELLULOSE

EAU OXYGÉNÉE
HYDROSULFITE
DE SODIUM

— J'ai peut-être une piste, dit-il en se levant soudainement.

Il se planta à son tour devant le tableau, se saisit du feutre et dessina une accolade pour relier les deux premières lignes.

— Cette espèce d'encre grasse et visqueuse qu'a vomie ta copine, c'est celle qu'utilisent les rotatives dans l'édition. En particulier dans le système d'impression de tes livres…

— Ah bon ?

— Et la cellulose, c'est le premier constituant du bois, on est d'accord ? Et le bois sert à fabriquer…

— Euh… des meubles ?

— … de la pâte à papier, rectifia-t-il en complétant les annotations du Dr Philipson. Quant à l'eau oxygénée et à l'hydrosulfite de sodium, ce sont deux produits chimiques que l'on utilise pour blanchir…

— … le papier, n'est-ce pas ?

Pour toute réponse, il tourna vers moi le panneau transparent :

PICMENTS DE COULEUR
SOLVANT ADDITIFS) → ENCRE

ANÉMIE
CELLULOSE) → PAPIER

EAU OXYGÉNÉE
HYDROSULFITE
DE SODIUM) → AGENTS BLANCHISSEURS

— D'abord, je n'ai pas voulu te croire, Tom, à propos de cette histoire d'héroïne de roman tombée d'un livre, mais je suis bien obligé de me rendre à l'évidence : ta copine est en train de redevenir un personnage de papier.

Il resta un instant les yeux dans le vague avant de terminer ses gribouillages :

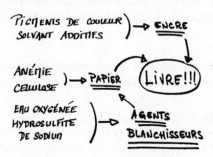

— Le monde de la fiction est en train de reprendre ses droits, lança-t-il en conclusion.

À présent, il déambulait dans la chambre en faisant de grands gestes. Je ne l'avais jamais vu si agité.

— Calme-toi ! le tempérai-je. Qu'entends-tu exactement par là ?

— C'est évident, Tom : si Billie est un personnage de papier, elle ne peut tout simplement pas évoluer dans la vie réelle !

— Comme le poisson ne peut pas survivre hors de l'eau…

— C'est ça ! Souviens-toi des films de notre enfance. Pourquoi E.T. l'extraterrestre tombe-t-il malade ?

— Parce qu'il ne peut pas rester longtemps éloigné de sa planète.

— Pourquoi la sirène de *Splash* ne peut-elle pas demeurer sur terre ? Pourquoi l'homme ne peut-il pas vivre dans l'eau ? Parce que chaque organisme est différent et ne s'adapte pas à tous les environnements.

Son raisonnement tenait la route à une exception près.

— Billie vient de passer trois jours avec moi et je peux t'assurer qu'elle pétait le feu et que la vraie vie ne lui était pas du tout désagréable. Pourquoi a-t-elle sombré de façon aussi soudaine ?

— C'est vrai que ça reste un mystère, concéda-t-il.

Milo aimait la logique et la rationalité. L'air renfrogné, il se rassit sur sa chaise et croisa les jambes avant de repartir dans ses pensées.

— Il faut raisonner à partir de la « porte d'entrée », marmonna-t-il : la brèche par laquelle un personnage de fiction a pu pénétrer dans notre réalité.

— Je te l'ai déjà dit plusieurs fois : Billie est *tombée d'une ligne, au milieu d'une phrase inachevée*, expliquai-je en employant la formule qu'elle avait elle-même utilisée lors de notre première rencontre.

— Ah oui, la série de cent mille livres dont la moitié des pages n'a pas pu être imprimée ! C'est ça, sa « porte d'entrée ». À propos, il faudra que je m'assure qu'ils ont bien été pilo…

Il resta la bouche ouverte au milieu de sa phrase puis se rua sur son téléphone portable. Je le vis faire défiler des dizaines d'e-mails avant de mettre la main sur celui qu'il cherchait.

— À quelle heure Billie a-t-elle eu ses premiers signes de malaise ? demanda-t-il sans lever les yeux de son écran.

— Je dirais aux alentours de minuit, lorsque je suis revenu dans la chambre.

— En heure de New York, ça fait 2 heures du matin, c'est ça ?

— Oui.

— Alors, je sais ce qui a déclenché sa crise, affirma-t-il en me tendant son iPhone.

Sur l'écran, je parcourus le mail envoyé à Milo par mon éditeur :

De : robert.brown@doubleday.com
Objet : Confirmation de destruction de stock défectueux
Date : 9 septembre 2010 02:03
À : milo.lombardo@gmail.com
Cher monsieur,
Je vous confirme la destruction totale par pilonnage de l'intégralité du stock défectueux de l'édition spéciale du deuxième tome de la Trilogie des Anges, de Tom Boyd.
Nombre d'ouvrages détruits : 99 999.
Opération réalisée ce jour, sous contrôle d'huissier, de 20 heures à 2 heures à la station de pilonnage de l'usine Shepard de Brooklyn, NY.
Meilleures salutations,
R. Brown

— Tu as vu l'heure du mail ?

— Oui, acquiesçai-je, ça correspond parfaitement avec celle de son malaise.

— Billie est *physiquement reliée* aux exemplaires défectueux, martela-t-il.

— Et en les faisant disparaître, on est en train de la tuer !

Nous étions tous les deux surexcités et terrifiés par notre découverte. Surtout, nous nous sentions démunis face à une situation qui nous dépassait.

— Si nous ne faisons rien, elle va mourir.

— Qu'est-ce que tu veux faire ? me demanda-t-il. Ils ont détruit tout le stock !

— Non, si c'était le cas, elle serait déjà morte. Il reste au moins un livre qu'ils n'ont pas pu pilonner.

— L'exemplaire que l'éditeur m'avait envoyé et que je t'ai donné ! s'écria-t-il. Mais qu'en as-tu fait ?

Il me fallut fouiller dans ma mémoire pour m'en souvenir. Je me rappelais l'avoir consulté le fameux soir où Billie était apparue, trempée, dans ma cuisine, puis le lendemain matin également, un peu avant qu'elle me montre son tatouage, et puis…

J'avais du mal à me concentrer. Dans ma tête, les images affleuraient pour disparaître aussitôt comme des flashs : et puis… et puis… nous nous étions disputés et dans un mouvement de colère, j'avais jeté le roman dans la poubelle de ma cuisine !

— On est vraiment dans la merde ! siffla Milo après que je lui eus expliqué où se trouvait le dernier ouvrage.

Je me frottai les paupières. Moi aussi, j'avais de la fièvre. La faute à mon entorse dont la douleur devenait presque insupportable ; la faute à l'armée de Mexicains qui m'avaient tabassé dans le bar près du motel ; la faute à mon corps que j'avais sevré de médicaments ; la faute à ce coup de poing que m'avait balancé par surprise l'autre allumé du bulbe ; la faute à ce baiser inattendu et bouleversant que m'avait volé cette drôle de fille qui dévastait ma vie…

Torturé par la migraine, j'imaginais l'intérieur de mon crâne comme un globe terrestre dans lequel bouillonnerait de la lave en fusion. Au milieu de ce bourbier incohérent, une évidence traversa mon esprit.

— Il faut que j'appelle ma femme de ménage pour qu'elle ne jette surtout pas le livre, dis-je à Milo.

Il me tendit son téléphone et je réussis à joindre Tereza. Malheureusement, la vieille femme m'annonça qu'elle avait sorti les poubelles deux jours plus tôt.

Milo comprit tout de suite et grimaça. Où était le roman à présent ? Dans un centre de tri de déchets ? Sur le point d'être incinéré ou recyclé ? Peut-être que quelqu'un l'avait ramassé dans la rue ? Il fallait se lancer à sa recherche, mais cela équivalait à chercher une aiguille dans une botte de foin.

En tout cas, une chose était certaine : il fallait faire vite.

Car la vie de Billie ne tenait plus qu'à un livre.

27

Always on my mind

Aimer quelqu'un, c'est aussi aimer le bon-
heur de quelqu'un.

Françoise SAGAN

Billie dormait encore. Milo était parti prévenir Carole et nous avions prévu de nous retrouver deux heures plus tard à la bibliothèque de l'hôtel pour faire quelques recherches et élaborer notre plan de bataille. Alors que je traversais le hall, je tombai sur Aurore qui réglait sa note à la réception.

Cheveux faussement décoiffés, lunettes de soleil de star, elle portait, dans un style bohème et rétro, une robe courte, un perfecto, des bottines à talons hauts et un sac de voyage vintage. Sur la plupart des femmes, l'effet aurait été *too much*, mais sur elle, c'était impeccable.

— Tu t'en vas ?

— J'ai un concert à Tokyo demain soir.

— Au Kioi Hall ? demandai-je, moi-même surpris de me rappeler le nom de l'endroit où elle avait joué lorsque je l'avais accompagnée dans sa tournée au Japon.

Son regard s'illumina :

— Tu te souviens de cette vieille Plymouth Fury que tu avais louée ? On avait galéré pour trouver la salle et je suis arrivée trois minutes avant le début du récital. J'ai dû reprendre mon souffle sur la scène tellement j'avais couru !

— Pourtant, tu avais bien joué.

— Et après le concert, on avait roulé toute la nuit pour aller voir les « enfers bouillants » de Beppu[1] !

L'évocation de cet épisode nous plongea tous les deux dans la nostalgie. Oui, nous avions aussi connu des moments de bonheur et de légèreté, et ils n'étaient pas si loin…

Aurore rompit ce silence mi-gênant, mi-charmant, en s'excusant pour le comportement de Rafael Barros. Elle m'avait appelé cette nuit pour prendre des nouvelles, mais je n'étais pas dans ma chambre. Pendant qu'un garçon d'étage s'occupait de ses valises, je lui racontai brièvement ce qui était arrivé à Billie. Elle m'écouta avec intérêt. Je savais que sa mère était morte à trente-neuf ans d'un cancer du sein dépisté tardivement. Depuis ce décès brutal, elle était devenue un peu hypocondriaque, en tout cas très soucieuse de ce qui touchait à sa santé et à celle de ses proches.

---

1. Située dans l'île volcanique et montagneuse de Kyushu, la ville de Beppu est réputée pour ses milliers de sources d'eau chaude qui font d'elle la ville la plus géothermique du monde.

— Ça a l'air vraiment sérieux. Emmène-la très rapidement voir un médecin compétent. Si tu veux, je peux te conseiller quelqu'un.

— Qui ?

— Le professeur Jean-Baptiste Clouseau : un diagnosticien hors pair. Une sorte de Dr House français. Il est chef de service en cardio à Paris et consacre l'essentiel de son temps à mettre au point un cœur entièrement artificiel, mais si tu vas le voir de ma part, il te recevra.

— C'est un ancien amant ?

Elle leva les yeux au ciel.

— C'est un grand mélomane qui vient souvent assister à mes concerts à Paris. Et si tu le rencontres, tu verras que physiquement, ce n'est pas Hugh Laurie ! Mais c'est un génie.

Tout en parlant, elle avait activé son BlackBerry et recherchait parmi ses contacts le numéro du médecin.

— Je te le transfère, dit-elle en montant dans sa voiture.

Un employé referma sa portière et je regardai la berline s'éloigner en direction du portail massif qui gardait l'entrée du complexe. Pourtant, après une cinquantaine de mètres, le taxi s'arrêta au milieu de l'allée et Aurore courut vers moi pour me voler un baiser furtif. Avant de repartir, elle sortit de sa poche son baladeur numérique et me l'abandonna après avoir déposé les écouteurs sur mes oreilles.

Je gardais le goût de sa langue sur mes lèvres et dans ma tête la musique et les paroles de la chanson qu'elle avait programmée : le plus beau titre d'Elvis que je lui avais fait découvrir lorsque nous étions suffisamment amoureux pour nous offrir des chansons :

Maybe I didn't treat you
Quite as good as I should have
Maybe I didn't love you
Quite as often as I could have
…
You were Always On My Mind
You were Always On My Mind

★

Peut-être que je ne t'ai pas toujours traité
Aussi bien que j'aurais dû
Peut-être que je ne t'ai pas aimé
Aussi souvent que j'aurais pu
(Mais) Je pensais tout le temps à toi
Je pensais tout le temps à toi.

28

Dans l'épreuve

*Le lecteur peut être considéré comme le
personnage principal du roman, à égalité
avec l'auteur, sans lui, rien ne se fait.*

Elsa TRIOLET

Comment un hôtel pouvait-il posséder une bibliothèque aussi somptueuse ?

Visiblement, la générosité du riche émir n'avait pas
profité qu'à la clinique. Ce qui frappait le plus, c'était
le côté anachronique et « élitiste » de l'endroit : on se
serait cru dans la salle de lecture d'une prestigieuse
université anglo-saxonne et non dans la bibliothèque
d'un club de vacances. Des milliers d'ouvrages élégamment reliés garnissaient des étagères ceinturées de
colonnes corinthiennes. Dans ce cadre feutré et intimiste, les lourdes portes sculptées, les bustes en marbre
et les boiseries anciennes vous projetaient quelques
siècles plus tôt. Seule concession à la modernité : les
ordinateurs dernier modèle encastrés dans des meubles
en ronce de noyer.

J'aurais adoré pouvoir travailler dans un tel endroit lorsque j'étais plus jeune. Chez moi, il n'y avait pas de bureau. Je faisais mes devoirs enfermé dans les toilettes, une planche sur les genoux en guise de bureau et un casque de chantier sur la tête pour étouffer les cris des voisins.

Avec ses lunettes rondes, son pull en mohair et sa jupe écossaise, même la bibliothécaire donnait l'impression d'avoir été téléportée d'un autre univers. Alors que je lui indiquais la liste des ouvrages que je désirais consulter, elle m'avoua que j'étais son premier « lecteur » de la journée :

— En vacances, les clients de l'hôtel préfèrent généralement la plage à la lecture de Georg Wilhelm Friedrich Hegel.

J'esquissai un sourire tandis qu'elle me tendait une pile de livres agrémentée d'un mug de chocolat chaud aux épices mexicaines.

Pour lire à la lumière naturelle, je m'installai près d'une des grandes fenêtres, à côté d'un globe céleste de Coronelli, et me mis au travail sans tarder.

*

L'atmosphère était propice à l'étude. Le silence n'était troublé que par le bruissement des pages tournées et le doux glissement de mon stylo sur le papier. Sur la table devant moi, j'avais ouvert plusieurs ouvrages de référence que j'avais décortiqués lors de mes études, dont *Qu'est-ce que la littérature ?* de Jean-Paul Sartre, *Lector in fabula* d'Umberto Eco et le *Dictionnaire philosophique* de Voltaire. En deux heures, j'avais pris une dizaine de pages de notes. J'étais dans mon élément : entouré de livres, dans un monde de quiétude et de réflexion. Je me sentais à nouveau professeur de littérature.

— Waouh ! On se croirait à la fac ! s'écria Milo en débarquant dans l'auguste salle comme un chien dans un jeu de quilles.

Il posa son sac sur l'un des fauteuils Charleston et se pencha sur mon épaule :

— Alors, tu trouves quelque chose ?

— J'ai peut-être un plan de bataille, à condition que tu acceptes de m'aider.

— Bien sûr que je vais t'aider !

— Alors, il faut qu'on se répartisse les rôles, dis-je en refermant mon stylo. Toi, tu retournes à Los Angeles pour essayer de retrouver le dernier exemplaire défectueux. Je sais que c'est mission impossible, mais s'il est détruit, Billie mourra, c'est une certitude.

— Et toi ?

— Moi, je vais l'emmener à Paris consulter le médecin que m'a conseillé Aurore pour tenter au moins d'enrayer la maladie, mais surtout…

Je rassemblai mes notes pour être le plus clair dans mon explication.

— Surtout ?

— Il faut que j'écrive le troisième tome de mon roman pour renvoyer Billie dans le monde de l'imaginaire.

Milo fronça les sourcils :

— Je ne comprends pas très bien en quoi écrire un livre va la ramener *concrètement* dans son univers.

J'attrapai mon calepin et, à la manière du Dr Philipson, j'essayai de rassembler les points importants de ma déduction.

— Le monde réel est celui dans lequel nous vivons, toi, Carole et moi. C'est la vraie vie, le champ dans lequel nous pouvons agir et que nous partageons avec nos semblables : les êtres humains.

— Jusque-là, on est d'accord.

— À l'opposé, le monde imaginaire est celui de la fiction et de la rêverie. Il reflète la subjectivité de chaque lecteur. C'est là qu'évoluait Billie, expliquai-je en faisant suivre mon propos de quelques notes sommaires :

MONDE RÉEL (la vraie vie) | MONDE IMAGINAIRE (la fiction)

TOM _ MILO _ CAROLE | BILLIE

— Continue, réclama Milo.

— Comme tu l'as dit toi-même, Billie a pu franchir la frontière séparant les deux mondes à cause d'un accident industriel : l'impression défectueuse de cent mille exemplaires de mon livre. C'est ce que tu as appelé la « porte d'entrée » :

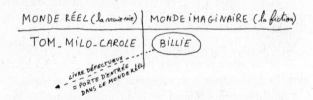

MONDE RÉEL (la vraie vie) | MONDE IMAGINAIRE (la fiction)

TOM _ MILO _ CAROLE | (BILLIE)

LIVRE DÉFECTUEUX
= PORTE D'ENTRÉE
DANS LE MONDE RÉEL

— Hum hum, approuva-t-il.

— Donc, à présent, nous nous trouvons avec Billie en train de dépérir dans un environnement qui n'est pas le sien.

— Et le seul moyen de la sauver, rebondit-il, c'est de retrouver l'ouvrage défectueux pour éviter qu'elle ne meure dans la vraie vie...

— Et la renvoyer dans le monde de la fiction en écrivant le troisième tome de mon livre. C'est sa « porte de sortie » du monde réel.

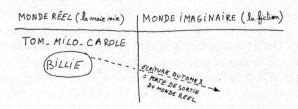

Milo regardait mon schéma avec intérêt, mais je voyais bien que quelque chose le gênait.

— Tu ne piges toujours pas pourquoi l'écriture du troisième tome pourrait lui permettre de repartir, c'est ça ?

— Pas concrètement.

— Bon, OK. Tu vas saisir. Pour toi, qui crée le monde imaginaire ?

— C'est toi ! Enfin, je veux dire, c'est l'écrivain.

— Oui, mais pas tout seul. Moi, je ne fais que la moitié du travail.

— Et qui fait l'autre moitié ?

— Le lecteur...

Il me dévisagea, l'air encore plus perplexe.

— Regarde ce qu'écrivait Voltaire en 1764, dis-je en lui donnant mes notes.

Il se pencha sur mes feuilles et lut à haute voix :

— « Les livres les plus utiles sont ceux dont les lecteurs font eux-mêmes la moitié. »

Je me levai de ma chaise et déroulai mon exposé avec conviction :

— Au fond, c'est quoi un livre, Milo ? De simples lettres alignées dans un certain ordre sur du papier. Il ne suffit pas d'avoir mis le point final à un récit pour le faire exister. J'ai dans mes tiroirs quelques débuts de manuscrits non publiés, mais je les considère comme des histoires mortes parce que personne n'a jamais jeté un œil dessus. Un livre ne prend corps que par la lecture. C'est le lecteur qui lui donne vie, en composant des images qui vont créer ce monde imaginaire dans lequel évoluent les personnages.

Notre conversation fut interrompue par la bibliothécaire sous-employée qui proposa à Milo une tasse de son chocolat aux épices. Mon ami prit une gorgée de cacao avant de remarquer :

— Chaque fois qu'un de tes livres sort en librairie et qu'il commence à vivre sa vie, tu me dis toujours qu'il ne t'appartient plus vraiment…

— Exact ! Il appartient au lecteur qui prend le relais en s'appropriant les personnages et en les faisant vivre dans sa tête. Parfois, il interprète même à sa façon certains passages, leur donnant un sens qui n'était pas celui que j'avais en tête au départ, mais ça fait partie du jeu !

Milo m'écoutait avec attention tout en griffonnant sur mon bloc :

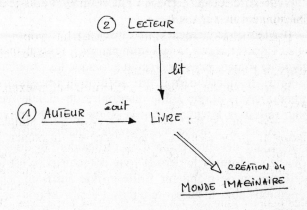

Je croyais dur comme fer à cette théorie. J'avais toujours pensé qu'un ouvrage n'existait vraiment qu'à travers sa relation avec le lecteur. Moi-même, depuis que j'étais en âge de lire, j'avais toujours cherché à m'enfoncer le plus loin possible dans l'imaginaire des romans qui me plaisaient, anticipant, échafaudant mille hypothèses, cherchant toujours à avoir un coup d'avance sur l'auteur et prolongeant même dans ma tête l'histoire des personnages bien après avoir tourné la dernière page. Au-delà des mots imprimés, c'est l'imagination du lecteur qui transcendait le texte et permettait à l'histoire d'exister pleinement.

— Donc, si j'ai bien compris, pour toi l'écrivain et le lecteur coopèrent pour créer le monde imaginaire ?

— Ce n'est pas moi qui le dis, Milo, c'est Umberto Eco ! C'est Jean-Paul Sartre ! rétorquai-je en lui tendant le livre ouvert dans lequel j'avais souligné cette phrase : « La lecture est un pacte de générosité entre l'auteur et le lecteur ; chacun fait confiance à l'autre, chacun compte sur l'autre. »

— Mais concrètement ?

— Concrètement, je vais commencer à rédiger mon nouveau roman, mais ce n'est que lorsque les premiers lecteurs le découvriront que le monde imaginaire prendra corps et que Billie disparaîtra du monde réel pour retrouver la vie qui était la sienne dans la fiction.

— Alors, je n'ai pas une seconde à perdre, dit-il en s'installant devant l'écran d'un ordinateur. Je dois à tout prix retrouver le dernier livre défectueux, c'est le seul moyen de maintenir Billie en vie suffisamment longtemps pour te laisser le temps d'écrire un nouveau roman.

Il se connecta au site de Mexicana Airlines.

— Il y a un vol pour Los Angeles dans deux heures. En partant maintenant, je serai à MacArthur Park dans la soirée.

— Qu'est-ce que tu vas faire là-bas ?

— Si tu comptes emmener Billie à Paris, il lui faut très vite un faux passeport. J'ai gardé quelques contacts qui pourront nous être utiles…

— Et ta voiture ?

Il ouvrit son sac besace et en sortit plusieurs liasses de billets qu'il divisa en deux parts égales.

— Un homme de main de Yochida Mitsuko est venu la chercher ce matin. C'est tout ce que j'ai pu en obtenir, mais ça nous aidera à tenir quelques semaines.

— Après ça, on aura raclé tous les fonds de tiroirs.

— Oui, et avec ce qu'on doit au fisc, je te signale qu'on est au moins endettés pour vingt ans…

— Ça, tu avais oublié de me le dire, non ?

— Je croyais que tu avais compris.

J'essayai de dédramatiser la situation :

— On va essayer de sauver une vie, c'est la chose la plus noble qui soit, non ?

— J'en suis sûr, répondit-il, mais cette fille, Billie, elle en vaut la peine ?

— Je crois qu'elle est des nôtres, dis-je en cherchant mes mots. Je pense qu'elle pourrait appartenir à notre « famille », celle que l'on s'est choisie, toi, Carole et moi. Parce que je sais qu'au fond, elle n'est pas très différente de nous : sous sa carapace, c'est quelqu'un de sensible, de généreux. Une grande gueule au cœur pur, déjà bien cabossée par la vie.

Nous nous étreignîmes une dernière fois. Il était déjà sur le seuil de la porte lorsqu'il se retourna vers moi :

— Ce nouveau roman, tu vas arriver à l'écrire ? Je croyais que tu ne pouvais plus aligner trois mots.

Je regardai le ciel à travers la fenêtre : de gros nuages gris bouchaient l'horizon, donnant à l'endroit des airs de campagne anglaise.

— Ai-je vraiment le choix ? demandai-je en refermant mon calepin.

29

Quand on est ensemble

La nuit j'ai eu froid, je me suis levé et je
suis allé lui mettre une deuxième couverture.

Romain GARY

Aéroport Charles-de-Gaulle
Dimanche 12 septembre

Le chauffeur de taxi empoigna le sac de Billie et le
fourra dans le coffre avec autorité, écrasant au passage
la besace qui contenait mon ordinateur. Dans l'habitacle de la Prius hybride, la radio était poussée à un tel
volume que je dus m'y reprendre à trois fois pour
donner ma destination au conducteur.

La voiture quitta le terminal et se retrouva rapidement engluée dans les embouteillages du boulevard
périphérique.

— Bienvenue en France, dis-je en faisant un clin
d'œil à Billie.

Elle haussa les épaules :

— Tu ne réussiras pas à me gâcher le plaisir d'être
ici. C'était mon rêve de voir Paris !

Après quelques kilomètres de bouchons, la voiture sortit porte Maillot avant de s'engager sur l'avenue de la Grande-Armée et de continuer jusqu'au rond-point des Champs-Élysées. Comme une enfant, Billie restait bouche bée, découvrant successivement l'Arc de triomphe, « la plus belle avenue du monde », ainsi que les vertiges de la place de la Concorde.

Même si j'y étais venu plusieurs fois avec Aurore, on ne pouvait pas dire que je connaissais bien Paris. Toujours entre deux concerts et entre deux avions, Aurore était une nomade qui n'avait jamais pris le temps de me faire découvrir sa ville de naissance. Mes séjours n'avaient de toute façon jamais excédé deux ou trois jours d'affilée que nous passions généralement enfermés dans son bel appartement de la rue Las Cases, près de la basilique Sainte-Clotilde. De la capitale, je ne connaissais donc que quelques rues du 6ᵉ et du 7ᵉ arrondissement, et une dizaine de restaurants et de galeries à la mode où elle m'avait entraîné.

Le taxi traversa la Seine pour rejoindre la rive gauche et tourna au niveau du quai d'Orsay. En apercevant le clocher et les contreforts de l'église Saint-Germain-des-Prés, je compris que nous n'étions plus très loin de l'appartement meublé que j'avais loué par internet depuis le Mexique. Effectivement, après quelques manœuvres, le chauffeur nous laissa au numéro 5 de la rue Furstemberg, devant une petite place toute ronde, bordée de boutiques anciennes, assurément l'une des plus charmantes qu'il m'eût été donné de voir.

Sur un terre-plein central, quatre hauts paulownias entouraient un lampadaire à cinq globes. Le soleil se reflétait sur les toits bleus en ardoise. Perdu entre les rues étroites, loin de l'agitation du boulevard, l'endroit était un îlot intemporel et romantique tout droit sorti d'un dessin de Peynet.

★

Au moment où j'écris ces lignes, plus d'un an a passé depuis ce matin-là, mais le souvenir de Billie descendant de la voiture et ouvrant des yeux émerveillés est encore bien présent dans mon esprit. À l'époque, je ne savais pas que les semaines que nous nous apprêtions à vivre seraient à la fois les plus douloureuses et les plus belles de notre vie.

★

Internat pour filles
Campus de Berkeley
Californie

— Un paquet pour toi ! cria Yu Chan en entrant dans la chambre qu'elle partageait depuis la rentrée universitaire avec Bonnie Del Amico.

Assise à son bureau, Bonnie leva la tête de son ordinateur et remercia sa *roommate* avant de replonger dans sa partie d'échecs.

C'était une adolescente aux cheveux bruns coupés court et au visage ouvert qui gardait encore les rondeurs de l'enfance. Mais à son regard concentré et sérieux, on devinait que, malgré son jeune âge, la vie n'avait pas toujours été facile pour elle.

Le soleil d'automne dardait ses rayons à travers la fenêtre, illuminant les murs de la chambrette recouverts d'affiches hétéroclites qui traduisaient les passions des deux adolescentes : Robert Pattinson, Kristen Stewart, Albert Einstein, Obama ou le dalaï-lama.

— Tu ne l'ouvres pas ? demanda la Chinoise au bout de quelques minutes.

— Hum… marmonna Bonnie d'un air distrait. Laisse-moi juste flanquer une raclée à cette machine.

Elle tenta une manœuvre osée, avançant son cavalier en D4 pour espérer prendre le fou de son adversaire.

— C'est peut-être un cadeau de Timothy, hasarda Yu Chan en examinant le paquet. Il est raide dingue de toi, ce mec.

— Hum… répéta Bonnie. M'en fiche pas mal de Timothy.

L'ordinateur contra sa manœuvre en sortant sa dame.

— Bon, je l'ouvre alors ! décida l'Asiatique.

Sans attendre l'assentiment de sa copine, elle déchira l'enveloppe pour découvrir un gros livre à la couverture de cuir grainé : *Tom Boyd – La Trilogie des Anges – Tome 2*.

— C'est le roman que tu as acheté d'occasion sur internet, dit-elle avec une pointe de déception dans la voix.

— Hum, hum… fit Bonnie.

À présent, il fallait qu'elle protège son cavalier, mais sans battre totalement en retraite. Elle cliqua sur sa souris pour avancer un pion, mais, emportée par son élan, relâcha la pièce un peu rapidement.

Trop tard…

Les mots ÉCHEC ET MAT ! clignotaient sur l'écran. Elle s'était encore fait battre par ce maudit tas de ferraille !

Pas de très bon augure pour mon championnat, pensa-t-elle en quittant le logiciel.

La semaine suivante, elle devait défendre les couleurs de son école lors du championnat du monde des moins de dix-huit ans. Une compétition organisée à Rome qui l'excitait et la terrifiait tout à la fois.

La jeune fille regarda l'horloge murale en forme de soleil et se dépêcha de ranger ses affaires. Elle attrapa le roman qu'elle venait de recevoir et le fourra dans son sac à dos. Elle préparerait sa valise pour Rome plus tard.

— *Addio, amica mia !* lança-t-elle en passant la porte de la chambre.

Elle descendit les marches trois par trois puis rejoignit la gare à grandes foulées pour attraper le BART : le RER local qui reliait Berkeley à San Francisco en traversant la baie quarante mètres au-dessous du niveau de l'eau. Elle commença à lire les trois premiers chapitres de son livre dans la rame, avant de descendre à la station Embarcadero et d'attraper un *cable-car* sur California Street. Bondé de touristes, le tramway traversa Nob Hill et dépassa Grace Cathedral. La jeune fille quitta le wagon de bois deux blocs plus loin, pour rejoindre le service de cancérologie de l'hôpital Lenox où elle faisait du bénévolat, deux fois par semaine, dans une association chargée de distraire les malades par des activités ludiques ou artistiques. Elle avait été sensibilisée à cette cause en accompagnant pendant deux ans l'agonie de sa mère, Mallory, morte d'un cancer quelques années plus tôt. Bonnie était déjà à la fac mais n'avait que seize ans, un âge normalement insuffisant pour participer à ce genre de tâche. Heureusement, Elliott Cooper, le doyen de l'hôpital, était un ami de Garrett Goodrich, le médecin qui avait suivi sa mère lors de ses derniers jours, et il fermait les yeux sur sa présence à l'hôpital.

— Bonjour, madame Kaufman ! lança-t-elle d'une voix joyeuse en pénétrant dans l'une des chambres du troisième étage.

La simple apparition de Bonnie illumina le visage d'Ethel Kaufman. Pourtant, jusqu'à ces dernières semaines, la vieille femme avait toujours refusé de participer aux ateliers de dessin, de peinture ou de jeux de société organisés par l'association, pas plus qu'elle n'assistait aux spectacles de clowns ou de marionnettes qu'elle trouvait stupides et régressifs. Elle voulait qu'on la laisse mourir en paix, c'était tout. Mais Bonnie était différente. L'adolescente avait du caractère et un mélange de candeur et d'intelligence qui n'avait pas laissé Ethel indifférente. Les deux femmes avaient mis des semaines à s'apprivoiser, mais à présent, leurs rencontres bihebdomadaires leur étaient devenues indispensables. Comme elles en avaient pris l'habitude, elles commencèrent par papoter quelques minutes. Ethel interrogea Bonnie sur ses cours à l'université et sur son prochain tournoi d'échecs, puis la jeune fille sortit le livre de son sac :

— Surprise ! dit-elle en montrant le beau volume.

Les yeux d'Ethel étaient fatigués et Bonnie prenait plaisir à lui faire la lecture. Les semaines précédentes, elles s'étaient toutes les deux laissé envoûter par l'intrigue de la Trilogie des Anges.

— Je n'ai pas pu résister et j'ai déjà lu les premiers chapitres, avoua Bonnie. Je vous en fais un rapide résumé avant de reprendre la lecture, d'accord ?

★

The Coffee Bean & Tea Leaf
Un petit café de Santa Monica
10 heures du matin

— Je crois que j'ai trouvé quelque chose ! s'écria Carole.

Penchée sur son *notebook*, la jeune flic s'était connectée sur Internet à la borne wifi du café.

Un mug de *caramel latte* dans la main, Milo s'approcha de l'écran.

À force d'entrer toutes sortes de mots clés sur les moteurs de recherche, Carole avait fini par tomber sur une page du site d'eBay proposant la vente en ligne de l'exemplaire unique qu'ils recherchaient.

— C'est dingue, ce truc ! s'exclama-t-il en renversant la moitié de sa boisson sur sa chemise.

— Tu crois vraiment que c'est le bon ?

— Aucun doute possible, trancha-t-il en observant la photo : après le pilonnage, cette couverture en cuir n'existe qu'en un seul exemplaire.

— Malheureusement, la vente a déjà eu lieu, enragea Carole.

L'objet avait été proposé sur eBay quelques jours plus tôt et avait trouvé preneur immédiatement pour la somme dérisoire de quatorze dollars.

— On peut tout de même essayer de contacter le vendeur pour connaître le nom de son acheteur.

Joignant le geste à la parole, Carole cliqua sur le lien qui permettait de visualiser le profil du membre : *annaboro73*, inscrit depuis six mois et bénéficiant d'évaluations positives.

Carole envoya un courrier électronique dans lequel elle expliquait qu'elle souhaitait entrer en contact avec la personne qui avait acheté cet objet. Puis ils attendirent cinq bonnes minutes, espérant sans y croire qu'une réponse instantanée allait leur parvenir, jusqu'à ce que Milo perde patience et qu'il rédige à son tour un courrier plus explicite accompagné de la promesse d'une récompense de mille dollars.

— Je dois retourner travailler, dit Carole en regardant sa montre.

— Où est ton coéquipier ?

— Il est malade, répondit-elle en quittant le café.

Milo décida de la suivre et s'installa à côté d'elle dans la voiture de police.

— Tu n'as pas le droit d'être ici ! Je suis en service et c'est un véhicule de patrouille.

Il fit comme s'il n'entendait pas et poursuivit la conversation.

— C'est quoi déjà, son pseudo ?

— *annaboro73*, répondit Carole en allumant le moteur.

— Bon, Anna, c'est son prénom, on est d'accord ?

— Ça semble logique.

— Boro, c'est un nom de famille. Elle n'a pas écrit Borrow qui est commun, mais boro, ce qui fait penser à un diminutif d'un nom allemand.

— Plutôt polonais, non ? Genre Borowski.

— Oui, c'est ça.

— Et le chiffre ? Tu crois qu'il correspond à sa date de naissance ?

— Y a des chances, répondit Milo.

Sur son téléphone, il s'était déjà connecté sur le site des pages blanches, mais rien que dans la région de Los Angeles, il y avait plus d'une dizaine d'Anna Borowski.

— Passe-moi la radio, réclama Carole en négociant un virage.

Milo décrocha le micro et ne put s'empêcher une petite improvisation :

— Allô la Terre, ici le capitaine Kirk à bord du vaisseau *Enterprise*, demandons l'autorisation de nous poser à la base.

Carole le regarda avec consternation.

— Ben quoi, c'est marrant ?

— Oui, Milo : lorsqu'on a huit ans, c'est marrant…

Elle s'empara de la radio et avec beaucoup d'autorité :

— Allô, le central, ici le *sergeant* Alvarez, matricule 364B1231. Pouvez-vous me trouver l'adresse d'une certaine Anna Borowski qui serait née en 1973 ?

— OK, *sergeant*, c'est comme si c'était fait.

★

Paris
Saint-Germain-des-Prés

Notre deux pièces meublé était situé au dernier étage d'un petit immeuble blanc qui donnait sur la placette ombragée et nous nous y sentîmes immédiatement « chez nous ».

— On va se balader ? proposa Billie.

Apparemment, l'air de Paris lui avait rendu la santé. Bien sûr, ses cheveux étaient toujours blancs et son teint restait pâle, mais elle semblait avoir retrouvé une certaine forme.

— Je te signale que j'ai cinq cents pages à écrire…

— Une broutille, quoi ! plaisanta-t-elle en s'approchant de la fenêtre pour offrir son visage aux rayons du soleil.

— Bon, une promenade rapide, alors. Juste pour te montrer le quartier.

J'enfilai ma veste pendant qu'elle se remettait un peu de poudre sur le visage.

Et nous voilà partis.

Comme deux touristes que nous étions, nous flânâmes d'abord dans les rues étroites de Saint-Germain, nous arrêtant devant chaque vitrine de librairie ou d'antiquaire, consultant les menus de chaque café, furetant dans les boîtes métalliques des bouquinistes qui bordaient la Seine.

Malgré les boutiques de luxe qui remplaçaient peu à peu les lieux de culture, l'esprit du quartier gardait quelque chose de magique. Dans ce dédale de ruelles, l'air était spécial et partout on respirait l'amour des livres, de la poésie et de la peinture. Toutes les rues, tous les bâtiments qui jalonnaient notre balade témoignaient d'un riche passé culturel. Voltaire avait travaillé au Procope, Verlaine venait y boire son absinthe, Delacroix avait son atelier rue de Furstemberg, Racine avait vécu rue Visconti, Balzac s'était ruiné en y installant une imprimerie, Oscar Wilde était mort dans la solitude et la misère dans un hôtel miteux de la rue des Beaux-Arts, Picasso avait peint *Guernica* rue des Grands-Augustins, Miles Davis avait joué rue Saint-Benoît, Jim Morrison avait logé rue de Seine…

Tournis enivrant.

Billie, elle, était rayonnante, virevoltant dans le soleil, un guide à la main, attentive à ne rien louper de sa visite.

À midi, nous fîmes une pause à la terrasse d'un café. Tandis que j'enchaînais les espressos à l'italienne, je la regardais se régaler, tout sourire, de fromage blanc au miel et de pain perdu à la framboise. Entre nous, quelque chose avait changé. Notre agressivité mutuelle s'était évaporée pour laisser la place à une complicité nouvelle. Désormais, nous étions alliés et nous avions pleinement conscience que les moments passés ensemble étaient comptés, qu'ils étaient fragiles et que nous avions tout intérêt à prendre soin l'un de l'autre.

— Bon, on va par là, visiter cette église ! proposa-t-elle en désignant le clocher de Saint-Germain.

Pendant que je sortais mon portefeuille pour régler la note, Billie avala une dernière gorgée de chocolat chaud avant de se lever de sa chaise. Comme une enfant qui veut faire sa maligne, elle se dépêcha de traverser la rue tandis qu'une voiture arrivait en sens inverse.

C'est alors qu'elle s'écroula brutalement au milieu de la chaussée.

*

San Francisco
Hôpital Lenox

Dépitée, Bonnie tourna les pages du roman pour s'apercevoir qu'elles étaient vierges.

— Je crains que vous ne puissiez pas connaître aujourd'hui la fin de votre histoire, madame Kaufman.

Ethel fronça les sourcils et regarda le livre plus attentivement. Il s'arrêtait brusquement à la page 266, en plein milieu d'une phrase restée inachevée.

— C'est sans doute une erreur d'impression. Il faudra que tu le rapportes à la librairie.

— Je l'ai acheté sur Internet !

— Alors, tu t'es fait avoir.

Vexée, Bonnie sentit le rouge qui lui montait aux joues. Dommage. Le livre était passionnant et les illustrations à l'aquarelle très soignées.

— À table ! lança l'agent de service en poussant la porte de la chambre pour servir les plateaux-repas.

Comme chaque fois qu'elle venait ici, Bonnie eut droit elle aussi à sa ration. Au menu : soupe de légumes, salade de choux de Bruxelles et cabillaud bouilli.

Bonnie serra les dents et se força à prendre quelques bouchées. Pourquoi le poisson baignait-il encore dans son eau ? Pourquoi le potage aux haricots verts avait-il cette couleur brunâtre ? Et la vinaigrette sans sel… beurk.

— Pas terrible, n'est-ce pas ? se plaignit Mme Kaufman.

— Quelque part entre le franchement dégueu et le carrément immonde, admit Bonnie.

La vieille femme esquissa un sourire.

— Je donnerais cher pour un bon soufflé au chocolat. C'est mon péché mignon.

— Je n'en ai jamais goûté ! fit Bonnie en se léchant les babines.

— Je vais t'écrire la recette, proposa Ethel. Donne-moi un stylo et ce livre ! Qu'il serve au moins à quelque chose.

Elle ouvrit le roman et, sur la première des pages blanches, calligraphia de sa plus belle écriture :

Soufflé au chocolat

200 g de chocolat noire ;
50 g de sucre ;

5 œufs ;
30 g de farine ;
50 cl de lait demi-écrémé.

1) Casser le chocolat en morceaux et le faire fondre au bain-marie...

*

Paris
Saint-Germain-des-Prés

— Ouvre les yeux !

Le corps de Billie gisait au milieu de la rue.

La Clio avait freiné juste à temps pour éviter le choc. Rue Bonaparte, la circulation s'était arrêtée et un attroupement se formait déjà autour de la jeune femme.

J'étais penché sur elle, lui relevant les jambes pour permettre au sang de repartir vers le cerveau. Je lui tournai la tête sur le côté et desserrai ses vêtements, suivant à la lettre les instructions que m'avait données le Dr Philipson. Billie finit par reprendre connaissance et retrouva quelques couleurs. Son malaise avait été aussi bref que brutal. Une syncope comparable à celle qu'elle avait connue au Mexique.

— Ne te réjouis pas trop vite : je ne suis pas encore morte, persifla-t-elle.

Je lui serrai le poignet. Son pouls était toujours faible, sa respiration difficile, et des gouttes de sueur perlaient sur son front.

Nous avions rendez-vous le lendemain avec le professeur Clouseau, le médecin que m'avait recommandé

Aurore. J'espérais de toutes mes forces que ses compétences seraient à la hauteur de sa réputation.

★

Los Angeles
— Police, ouvrez !

Derrière le judas, Anna observait l'officier de police qui tambourinait à sa porte.

— Je sais que vous êtes là, madame Borowski ! cria Carole en présentant son insigne.

Résignée, Anna tourna le verrou et passa un visage inquiet dans l'embrasure.

— Que voulez-vous ?

— Seulement vous poser quelques questions à propos d'un livre que vous avez revendu sur Internet.

— Je ne l'ai pas volé, ce bouquin ! se défendit Anna. Je l'ai trouvé dans une poubelle, c'est tout.

Carole regarda Milo qui prit le relais.

— Il faut que vous nous donniez l'adresse de la personne à qui vous l'avez vendu.

— C'est une étudiante, je crois.

— Une étudiante ?

— En tout cas, elle habite sur le campus de Berkeley.

★

San Francisco
Hôpital Lenox
16 heures

Ethel Kaufman n'arrivait pas à trouver le sommeil. Depuis le départ de Bonnie, après le déjeuner, elle se tournait et se retournait dans son lit. Quelque chose n'allait pas. Enfin, en dehors du cancer qui était en train de lui bouffer les poumons…

C'était ce livre. Ou plutôt, c'était ce qu'elle avait écrit sur ses pages blanches. Elle se redressa sur son oreiller et attrapa le roman sur la table de chevet pour l'ouvrir à la page où elle avait calligraphié la recette du dessert de son enfance. D'où lui était venu ce regain de nostalgie ? De l'imminence de la mort qui chaque jour gagnait du terrain ? Probablement.

La nostalgie… Elle détestait ça. La route de la vie était si rapide qu'elle avait décidé de ne jamais regarder en arrière. Elle avait toujours vécu dans l'instant en essayant de faire abstraction du passé. Elle ne conservait pas de souvenirs, ne fêtait aucun anniversaire, déménageait tous les deux ou trois ans pour ne s'attacher ni aux choses ni aux gens. Pour elle, ç'avait toujours été la condition de la survie.

Pourtant, cet après-midi, le passé frappait à sa porte. Elle se leva avec difficulté et fit quelques pas jusqu'à l'armoire métallique où étaient rangées ses affaires. Elle sortit la petite valise en cuir rigide et à fermeture Éclair que lui avait apportée Katia, sa nièce, lors de sa dernière visite. Des affaires que Katia avait trouvées en vidant la maison de ses parents avant de la mettre en vente.

La première photo portait la date de mars 1929, quelques mois après sa naissance. Elle représentait un couple amoureux en train de poser fièrement avec ses trois enfants. Ethel était dans les bras de sa mère, tandis que son frère et sa sœur, des jumeaux de quatre ans ses aînés, entouraient leur père. Beaux habits, sourires sincères, complicité : l'amour familial et la douceur transpiraient de ce cliché. Ethel mit la photo de côté sur son lit. Elle ne l'avait plus regardée depuis des décennies.

Le document suivant était un article de presse jauni, illustré de plusieurs photos des années 1940 : les uniformes nazis, les barbelés, la barbarie… Le magazine renvoyait Ethel à sa propre histoire. Elle avait à peine dix ans lorsqu'elle était arrivée aux États-Unis avec son frère. Ils avaient pu quitter Cracovie juste avant que les Allemands transforment une partie de la ville en ghetto. Sa sœur aurait dû les rejoindre plus tard, mais elle n'avait pas eu cette chance – elle était morte du typhus à Plaszów – ni ses parents qui n'avaient pas survécu au camp d'extermination de Belzec.

Ethel poursuivit son retour vers le passé. Le document suivant était une carte postale en noir et blanc représentant une élégante ballerine qui dansait sur les pointes. C'était elle, à New York. Elle y avait passé toute son adolescence dans la famille paternelle de sa mère qui avait su reconnaître et encourager ses dons pour la danse. Très vite, elle s'était distinguée et avait été engagée au New York City Ballet, la compagnie que venait de créer George Balanchine.

Casse-Noisette, Le Lac des cygnes, Roméo et Juliette : elle avait dansé les rôles-titres des plus grands ballets. Puis elle avait été contrainte de renoncer à la danse à vingt-huit ans, suite à une fracture mal soignée qui l'avait laissée avec un boitement disgracieux.

Un sentiment de gâchis lui donna la chair de poule. Derrière la carte postale, elle trouva le programme d'un spectacle new-yorkais. Après son accident, elle était devenue professeure à la School of American Ballet tout en participant à la mise en scène de quelques comédies musicales à Broadway.

Une autre photo était toujours douloureuse, même après des décennies. C'était celle d'un amant ténébreux. Un homme de dix ans son cadet dont elle était tombée amoureuse à trente-cinq ans : une histoire passionnelle qui, pour quelques heures d'euphorie, lui avait coûté des années de souffrance et de désillusion.

Et puis…

Et puis, le cauchemar…

Un cauchemar qui commence dans la lumière du cliché suivant, un peu flou, qu'elle avait pris elle-même en se regardant dans un miroir. La photo de son ventre rond.

Alors qu'elle ne s'y attendait plus, Ethel était tombée enceinte à la veille de ses quarante ans. Une offrande de la vie qu'elle avait prise avec une gratitude infinie. Elle n'avait jamais été plus heureuse que les six premiers mois de sa grossesse. Bien sûr, elle avait des nausées et était écrasée de fatigue, mais le bambino qui poussait dans son ventre l'avait transformée.

Un matin pourtant, trois mois avant le terme, elle avait perdu les eaux sans raison apparente. On l'avait conduite à l'hôpital où elle avait passé les examens appropriés. Elle se souvenait de tout avec une acuité très vive. Le bébé était toujours là, dans son ventre. Elle sentait ses coups de pied, elle entendait battre son cœur. Puis le gynécologue de service ce soir-là lui avait dit que la poche des eaux s'était fissurée, et que sans liquide amniotique le bébé ne pouvait pas vivre. Le sac membraneux étant sec, on devait provoquer l'accouchement. Alors, il y avait eu cette nuit d'horreur où elle avait mis au monde son bébé tout en sachant qu'il ne survivrait pas. Au bout de plusieurs heures de travail, elle n'avait pas donné la vie, mais la mort.

Elle avait pu le voir, le toucher, l'embrasser. Il était si petit, mais en même temps si beau. Au moment de l'accouchement, elle n'avait pas encore décidé d'un prénom pour son fils. Dans sa tête, elle disait toujours *le bambino, mon bambino*.

Le bambino avait vécu une minute avant que son cœur ne s'arrête. Ethel n'oublierait jamais ces soixante secondes pendant lesquelles elle avait été mère. Soixante secondes surréalistes. Après ça, elle n'avait plus vécu. Elle avait juste fait semblant. Toute sa lumière, toute sa joie, toute sa foi avaient été consumées pendant cette minute. Tout ce qu'il restait de flamme en elle s'était éteint en même temps que son bambino.

Les larmes qui coulaient de ses joues tombaient sur une petite enveloppe épaisse en papier nacré. Elle l'ouvrit en tremblant et en sortit la mèche de cheveux du bambino. Elle pleura longtemps, mais cela la libéra d'un poids qu'elle gardait en elle depuis des années.

À présent, elle se sentait très fatiguée. Avant de se recoucher, sur une inspiration subite, elle colla les photos, l'article de journal, la carte postale et la mèche de cheveux dans les pages vierges du livre. Un résumé des moments forts de sa vie qui tenait en une dizaine de pages.

S'il avait fallu recommencer, aurait-elle changé quelque chose à sa vie ? Elle chassa cette interrogation de sa tête. Cette question n'avait aucun sens. La vie n'était pas un jeu vidéo avec un nombre de choix multiples. Le temps passe et on passe avec lui, faisant le plus souvent ce qu'on peut plutôt que ce que l'on veut.

Le destin fait le reste et la chance vient mettre son grain de sel dans tout ça. C'est tout.

Elle rangea le livre dans une grande enveloppe kraft et appela l'infirmière de garde pour lui demander de remettre ce paquet à Bonnie Del Amico la prochaine fois qu'elle viendrait à l'hôpital.

★

Internat pour filles
Campus de Berkeley
19 heures

— Ne mange pas trop de tiramisu à Rome ! conseilla perfidement Yu Chan. Il y a au moins un milliard de calories là-dedans et tu as un peu grossi ces derniers temps, non ?

— Ne t'en fais pas pour moi, répliqua Bonnie en bouclant sa valise. Ça ne semble pas déplaire aux garçons d'après ce que j'ai cru comprendre…

La jeune fille regarda par la fenêtre. Il faisait déjà nuit, mais elle aperçut les appels de phares du taxi qu'elle avait commandé.

— J'y vais.

— Bon courage ! Dérouille-leur la gueule à ces péquenots ! l'encouragea la Chinoise.

Bonnie descendit les escaliers de l'internat et donna ses bagages au chauffeur du *yellow cab* qui les chargea dans sa voiture.

— Vous allez à l'aéroport, mademoiselle ?

— Oui, mais d'abord j'aimerais faire un détour rapide par l'hôpital Lenox.

Pendant le trajet, Bonnie se perdit dans ses pensées. Pourquoi éprouvait-elle le besoin de retourner voir

Mme Kaufman ? En la quittant, à midi, elle l'avait trouvée fatiguée et un peu triste. Surtout, la vieille dame lui avait dit au revoir de façon trop solennelle en insistant pour l'embrasser, ce qui ne lui ressemblait pas vraiment.

Comme si on se voyait pour la dernière fois...

Le taxi s'arrêta en double file.

— Je vous laisse mon sac, d'accord ? J'en ai pour cinq minutes.

— Prenez votre temps. Je vais me garer au parking.

★

Internat pour filles
Campus de Berkeley
19 h 30

— Police, ouvrez !

Yu Chan sursauta. Elle avait profité de l'absence de sa colocataire pour fouiller dans son ordinateur et essayer de lire ses mails. Pendant quelques secondes, elle paniqua, s'imaginant qu'une caméra de surveillance camouflée dans la chambre venait de la trahir.

Elle éteignit le moniteur en toute hâte avant d'ouvrir la porte.

— Je suis l'officier Carole Alvarez, se présenta Carole, tout en sachant très bien qu'elle n'avait aucune autorisation pour intervenir dans un campus universitaire.

— Nous voudrions parler à Bonnie Del Amico, prévint Milo.

— Vous l'avez ratée de peu, répondit Yu Chan avec soulagement. Elle vient de partir pour l'aéroport. Elle participe à un tournoi d'échecs à Rome.

À Rome ! Et merde !

— Vous avez son numéro de portable ? demanda-t-il en sortant son cellulaire.

★

Parking de l'hôpital Lenox
19 h 34

Sur la banquette arrière du taxi, la sonnerie du téléphone de Bonnie retentit au fond de sa sacoche en patchwork. Le carillon se fit insistant, mais le chauffeur ne l'entendit même pas. En attendant sa passagère, il avait poussé le volume de sa radio pour suivre le match des *Mets* contre les *Braves*.

À l'intérieur du bâtiment, Bonnie sortit de l'ascenseur et s'avança à pas de loup dans le couloir.

— L'heure des visites est passée, mademoiselle ! l'arrêta une infirmière.

— Je… je voulais saluer Mme Kaufman avant de partir à l'étranger.

— Hum… vous êtes la petite bénévole, c'est ça ?

Bonnie approuva de la tête.

— Ethel Kaufman s'est endormie, mais elle a laissé une enveloppe pour vous.

Un peu déçue, Bonnie suivit la femme en blanc jusqu'à la loge pour recevoir le paquet qui contenait le livre.

De retour dans le taxi, en route vers l'aéroport, elle découvrit avec stupéfaction les photos et les annotations ajoutées par la vieille dame. Sous le coup de l'émotion, elle ne pensa pas une seule seconde à vérifier son téléphone.

★

Aéroport international de San Francisco
Piste de décollage n° 3
Vol 0966
21 h 27

« Bonjour, mesdames et messieurs.

« Ici votre chef de cabine, je suis heureux de vous accueillir à bord de ce Boeing 767 à destination de Rome. Notre temps de vol est aujourd'hui estimé à 13 heures et 55 minutes. L'embarquement est à présent terminé. En face de votre siège, vous trouverez une notice de sécurité avec les procédures d'urgence que nous vous demandons de lire attentivement. L'équipage de cabine va maintenant procéder aux démonstrations de… »

★

Aéroport international de San Francisco
Hall des départs
21 h 28

— Le vol pour Rome ? Ah, je suis désolée, nous venons juste de terminer son embarquement, annonça l'hôtesse d'accueil en consultant son écran.

— C'est pas vrai ! enragea Carole. On ne mettra jamais la main sur ce satané bouquin. Essaie de rappeler cette fille !

— Je lui ai déjà laissé deux messages, annonça Milo. Elle a dû mettre son téléphone sur vibreur.

— Essaie encore, s'il te plaît.

336

Piste de décollage n° 3
Vol 0966
21 h 29

« Notre décollage est désormais imminent. Veuillez attacher votre ceinture, relever votre siège et éteindre votre portable. Nous vous rappelons par ailleurs que ce vol est non fumeur et qu'il est strictement interdit de fumer dans les toilettes. »

Bonnie boucla sa ceinture et fouilla dans son sac pour sortir son oreiller de voyage, son masque de sommeil et son livre. En éteignant son téléphone, elle s'aperçut que le voyant rouge clignotait, signalant la présence de messages ou de SMS. Elle fut tentée de les consulter, mais le regard réprobateur de l'hôtesse l'en dissuada.

★

Paris
Minuit

Le salon de notre petit appartement était éclairé de la lumière tamisée que propageaient une dizaine de bougies. Après une soirée tranquille, Billie s'était endormie sur le canapé. Moi, j'avais allumé mon ordinateur avec angoisse et lancé mon vieux traitement de texte. La terrible page blanche apparut sur l'écran et avec elle les nausées, l'angoisse et la panique qui m'étaient malheureusement devenues familières.

Force-toi !
Force-toi !

Non.

Je me levai de ma chaise, allai jusqu'au canapé et pris Billie dans mes bras pour la porter jusqu'à la chambre. Dans un sommeil troublé, elle marmonna qu'elle était trop lourde, mais elle se laissa faire. La nuit était fraîche et le radiateur de la pièce ne dégageait qu'une faible chaleur. Dans l'armoire, je trouvai un duvet supplémentaire et je la bordai comme une enfant.

J'allais refermer la porte, lorsque je l'entendis me dire : « Merci. »

J'avais tiré les rideaux pour protéger son sommeil de l'éclairage de la rue et nous étions dans le noir. « Merci de t'occuper de moi. Personne ne l'avait jamais fait avant toi. »

★

« Personne ne l'avait jamais fait avant toi. »

La phrase résonnait encore dans ma tête lorsque je regagnai ma table de travail. Sur l'écran, je regardai le curseur qui me narguait en clignotant.

D'où vient votre inspiration ? C'était la question classique, celle qui revenait le plus souvent dans la bouche des lecteurs et des journalistes, et, honnêtement, je n'avais jamais été capable de répondre sérieusement à cette question. L'écriture impliquait une vie ascétique : noircir quatre pages par jour me prenait une quinzaine d'heures. Il n'y avait pas de magie, pas de secret, pas de recette : il fallait juste me couper du monde, m'asseoir à un bureau, mettre mes écouteurs, y déverser de la musique classique ou du jazz et prévoir un stock important de capsules de café. Parfois, dans les bons jours, un cercle vertueux se mettait en place qui pouvait me faire écrire d'un jet une bonne dizaine de pages. Dans ces périodes bénies, j'arrivais à me persuader que les histoires préexistaient quelque part dans le ciel et que la voix d'un ange venait me dicter ce que je devais écrire, mais ces moments étaient rares et la simple perspective de rédiger cinq cents pages en quelques semaines me paraissait tout bonnement impossible.

« Merci de t'occuper de moi. »

Mes nausées avaient disparu. Mon angoisse s'était changée en trac. Le trac de l'acteur juste avant que le rideau se lève.

Je posai mes doigts sur le clavier et ils se mirent en mouvement presque malgré moi. Les premières lignes arrivèrent comme par magie.

Chapitre 1

De mémoire de Bostonien, on n'avait jamais vu un hiver aussi froid. Depuis plus d'un mois, la ville ployait sous la neige et le givre. Dans les cafés, les conversations tournaient de plus en plus souvent autour de ce prétendu réchauffement climatique dont les médias nous rebattaient les oreilles. « Tu parles ! Une belle fumisterie tout ça ! »
Dans son petit appartement de Southie, Billie Donelly dormait d'un sommeil fragile. Jusqu'à présent, la vie n'avait guère été clémente avec elle. Elle ne le savait pas encore, mais cela allait changer.

Ça y est, c'était parti.

Je compris tout de suite que les sentiments que j'éprouvais pour Billie m'avaient libéré de ma malédiction. En me faisant reprendre pied dans la réalité, elle avait réussi à retrouver la clé du cadenas qui verrouillait mon esprit.

La page blanche ne me faisait plus peur.

Je me mis à taper et travaillai toute la nuit.

★

Rome
Aéroport Fiumicino
Le jour suivant

« Mesdames, messieurs, ici votre chef de cabine. Nous venons d'atterrir à l'aéroport Fiumicino de Rome où la température extérieure est de 16 °C. Veuillez nous excuser pour ce léger retard. Veuillez rester assis durant le roulage et garder votre ceinture attachée jusqu'à l'arrêt complet de l'appareil. Veuillez prendre garde aux chutes d'objets en ouvrant les compartiments à bagages et vérifier que vous n'oubliez rien. Au nom de toute l'équipe de United Airlines, nous vous souhaitons une agréable journée et espérons vous revoir prochainement sur nos lignes. »

Bonnie Del Amico eut toutes les peines du monde à secouer sa somnolence. Elle avait dormi pendant tout le vol d'un sommeil heurté et peuplé de cauchemars dont elle n'arrivait pas à émerger.

Elle quitta l'avion encore tout engourdie, sans s'apercevoir qu'elle oubliait dans le filet de son siège le livre que lui avait transmis Ethel Kaufman.

30

Le labyrinthe de la vie

Rien n'est plus tragique que de rencontrer un individu à bout de souffle, perdu dans le labyrinthe de la vie.

Martin LUTHER KING

Lundi 13 septembre
15ᵉ arrondissement de Paris
9 heures du matin

Nous descendîmes à la station Balard, terminus de la ligne 8 du métro. En ce début d'automne parisien, la température était douce et il flottait dans l'air comme un parfum de rentrée des classes.

L'hôpital européen Marie-Curie était un immense bâtiment situé au bord de la Seine, en lisière du parc André-Citroën. Sa façade principale, tout habillée de verre, épousait la courbe de la rue et offrait un effet miroir qui reflétait les arbres environnants.

D'après ce que j'avais pu en lire sur la brochure, il regroupait les services d'anciens hôpitaux de la capitale et passait pour l'un des plus performants d'Europe, en particulier pour son pôle cardiovasculaire au sein duquel officiait le professeur Clouseau.

Après nous être trompés trois fois d'entrée et perdus dans les méandres du grand patio central, un employé nous orienta vers une batterie d'ascenseurs qui nous conduisit à l'avant-dernier étage.

Malgré notre rendez-vous, nous fûmes obligés d'attendre le médecin pendant trois quarts d'heure. D'après sa secrétaire, Corinne, le professeur Clouseau – qui habitait dans le bâtiment où se trouvaient ses malades – rentrait ce matin même des États-Unis où il enseignait deux fois par mois à la prestigieuse Harvard Medical School.

Sous la surveillance de Corinne, nous patientâmes dans un magnifique bureau décoré d'un mobilier alternant bois et métal, et offrant une vue sublime sur la Seine et les toits de Paris. En se plaçant devant le mur de verre, on distinguait les péniches qui glissaient paresseusement sur le fleuve, le pont Mirabeau et la réplique de la statue de la Liberté à l'extrémité de l'île aux Cygnes.

L'homme qui déboula dans la pièce ressemblait davantage à l'inspecteur Columbo qu'à un éminent professeur de médecine. La chevelure en broussaille, la mine pâteuse et mal rasée, il portait un imperméable froissé, jeté sur ses épaules comme une cape. Sa chemise écossaise s'échappait de son pull verdâtre et tombait sur un pantalon en velours côtelé aux taches plus que douteuses. Si j'avais croisé ce type dans la rue, j'aurais peut-être eu envie de lui donner une pièce. Difficile de croire qu'en plus de son service à l'hôpital, il dirigeait une équipe de médecins et d'ingénieurs qui, depuis quinze ans, travaillaient à la conception d'un cœur artificiel autonome.

Il marmonna une vague formule pour s'excuser de son retard, troqua son trench-coat contre une blouse jaunâtre et, sans doute sous l'effet du décalage horaire, s'affala dans son fauteuil.

J'avais lu quelque part que, lors de notre première rencontre avec un nouveau visage, notre cerveau décidait en un dixième de seconde si cette personne était fiable. Un processus si rapide que nos capacités de raisonnement n'avaient tout simplement pas le temps d'influer sur cette première réaction « instinctive ».

Et ce matin-là, malgré son aspect négligé, c'est bien une impression de confiance qui s'imprima dans mon esprit par rapport au professeur Clouseau.

Billie non plus ne se laissa pas déstabiliser par son allure et lui détailla ses symptômes : pertes de connaissance, grande fatigue, pâleur, essoufflement au moindre effort, nausées, fièvre, perte de poids et brûlures d'estomac.

Tandis qu'il prenait acte de ces informations en murmurant des « hum, hum » presque inaudibles, je lui tendis le dossier médical que j'avais constitué grâce aux analyses de Mortimer Philipson. Il chaussa une paire de lunettes à double foyer comme on en voyait dans les années 1970 et parcourut les documents avec une moue dubitative, mais la flamme de son regard qui perçait derrière ses lunettes rondes trahissait une intelligence vive et en alerte.

— Vous allez me refaire des examens, trancha-t-il en balançant d'autorité la chemise cartonnée dans sa corbeille. Ces analyses faites dans le dispensaire d'un hôtel exotique et cette histoire de « fille de papier », d'encre et de cellulose : rien de tout cela ne tient debout.

— Et mes évanouissements, alors ? s'énerva Billie. Et mes chev…

Il la coupa sans ménagement :

— Pour moi, vos syncopes à répétition sont liées à une diminution brusque du débit sanguin cérébral. Elles trouvent donc forcément leur origine dans une anomalie cardiaque ou vasculaire. Ça tombe bien : c'est justement ma spécialité et celle du service que je dirige.

Il griffonna sur une ordonnance une liste d'examens à passer dans la journée et proposa de nous revoir le soir même.

Rome
Aéroport Fiumicino

Le Boeing 767 en provenance de San Francisco stationnait sur son aire de parcage. Les passagers avaient débarqué depuis plus d'une demi-heure et les agents d'entretien s'activaient pour nettoyer l'intérieur de l'avion.

Mike Portoy, le pilote de ligne, mit la touche finale à son rapport d'après vol et ferma son ordinateur portable.

Plein le dos de cette paperasse ! pensa-t-il en bâillant.

Il avait un peu bâclé son débriefing, mais ce vol de quinze heures l'avait lessivé. Il regarda l'écran de son téléphone. Sa femme lui avait laissé un message tendre et attentionné. Pour éviter de l'appeler, il lui envoya l'un des textos « copié/collé » qu'il gardait en réserve.

Aujourd'hui, il avait bien mieux à faire que de papoter avec bobonne. Ce soir, il fallait absolument qu'il croise Francesca. Chaque fois qu'il passait par Rome, il s'arrangeait pour tenter sa chance auprès de la belle hôtesse qui travaillait au bureau des objets trouvés. Vingt ans, fraîche, sexy, appétissante avec ses formes généreuses, Francesca lui faisait un effet dingue. Jusqu'à présent, elle avait toujours refusé ses avances, mais cela allait changer, il le sentait.

Mike quitta son cockpit. Il se recoiffa et boutonna sa veste.

Ne jamais sous-estimer le prestige de l'uniforme.

Mais avant de quitter l'avion, il fallait qu'il trouve un prétexte pour aborder la jeune Italienne.

Il avisa l'équipe de nettoyage qui, rapide et efficace, s'était réparti les tâches. Sur le premier chariot, au milieu des magazines et des mouchoirs en papier usagés, il repéra un beau livre drapé de cuir bleu nuit. Il s'approcha, prit l'ouvrage en main, regarda la couverture décorée d'étoiles où le nom de l'auteur et le titre du roman se détachaient en lettres dorées : *Tom Boyd – La Trilogie des Anges – Tome 2.*

Jamais entendu parler, mais ça fera l'affaire. Le voilà, mon hameçon !

— Vous ne pouvez pas emporter ce livre, monsieur.

Il se retourna, pris en faute. Qui osait lui parler ainsi ?

C'était l'une des femmes de ménage. Une Black, plutôt jolie. Le badge obligatoire à son cou indiquait son prénom – Kaela – et le bandana qui retenait ses cheveux portait l'étoile blanche sur fond bleu du drapeau somalien.

Il la toisa avec mépris :

— Je me charge de ça ! décida-t-il en désignant l'ouvrage. Je dois justement passer au bureau des objets trouvés.

— Je suis obligée d'en référer à mon chef d'équipe, monsieur.

— Référez-en à Dieu le Père si ça vous fait plaisir, se moqua-t-il en haussant les épaules.

Il garda le livre dans la main, et quitta l'appareil.

Ce soir, Francesca dormirait dans son lit !

★

Via Mario de Bernardi

Dans le taxi qui la conduisait à son hôtel, Bonnie pensa soudain à allumer son téléphone portable. Il débordait de messages ! Son père d'abord qui se faisait du souci, puis un texto loufoque de Yu Chan pour la prévenir que la police était à ses trousses et surtout, une multitude d'appels d'un certain Milo qui manifestait son désir de lui racheter le roman de Tom Boyd qu'elle avait acquis sur internet.

Quelle histoire de fous !

Prise d'un mauvais pressentiment, elle fouilla dans sa besace pour s'apercevoir que le livre n'était plus là.

Je l'ai oublié dans l'avion !

Le taxi allait s'engager sur l'autoroute lorsque Bonnie poussa un cri d'exclamation :

— Stop, s'il vous plaît ! Pouvez-vous faire demi-tour ?

★

Hôpital européen Marie-Curie
Quai de Seine, Paris

— Détendez-vous, mademoiselle. L'examen est totalement indolore.

Billie était couchée, torse nu, allongée sur le côté gauche. À sa droite, le cardiologue colla trois électrodes sur sa poitrine avant de lui tartiner une grosse noisette de gel sur le torse.

— Nous allons vous faire une échographie du cœur pour rechercher une éventuelle tumeur et préciser sa localisation.

Il joignit le geste à la parole en appliquant la sonde suivant différentes positions, entre les côtes de Billie et à proximité de son sternum, réalisant chaque fois plusieurs clichés. Sur l'écran, je distinguais nettement le battement cardiaque de la jeune femme qui s'était emballé sous le coup de la peur. Je voyais aussi l'air inquiet du médecin dont le visage se fermait de plus en plus, au fur et à mesure que l'examen se prolongeait.

— C'est grave ? ne pus-je m'empêcher de demander.

— Le professeur Clouseau vous commentera les résultats, me répondit-il un peu froidement.

Mais il ajouta de sa propre initiative :

— Je crois que nous allons compléter l'échocardiographie par une IRM.

★

Rome
Aéroport Fiumicino

— Francesca n'est pas là ? demanda Mike Portoy en poussant la porte du bureau des objets trouvés.

Le pilote de ligne avait du mal à cacher sa déception. Derrière le comptoir, la « remplaçante » leva le nez de son magazine pour lui redonner quelque espoir :

— Elle prend sa pause au Da Vinci's.

Mike s'en alla sans dire « merci » ni prendre la peine de laisser le livre qu'il avait récupéré dans l'avion.

Situé dans un recoin du terminal 1, le Da Vinci's était une petite oasis au cœur de l'aéroport. Dans un décor de colonnes de marbre rose, l'établissement avait des allures de café informel doté de piliers et de voûtes recouverts de lierre grimpant. Le long d'un immense comptoir en forme de U, les voyageurs se bousculaient pour avaler des espressos serrés tout en dégustant des pâtisseries maison.

— Hé ! Francesca ! lança-t-il en l'apercevant.

Il la trouvait plus belle chaque fois. Elle était en train de bavarder avec un jeune employé : un gugusse vêtu d'un tablier de torréfacteur qu'on payait pour préparer des cafés avec cérémonie, depuis le grain vert jusqu'au nectar servi dans la tasse.

Mike s'approcha, posa le livre sur le comptoir et essaya de s'immiscer dans la conversation, imposant sa langue – l'américain – et son sujet de conversation – lui-même. Mais la belle Italienne se pâmait devant son jeune compagnon, buvait ses paroles en battant des paupières : il avait un sourire enjôleur, des yeux rieurs et des bouclettes brunes. Gonflé à la testostérone, Mike regarda l'ange romain avec défi, puis il invita Francesca à aller dîner avec lui. Il connaissait une petite trattoria près de Campo de Fiori qui faisait des antipasti délicieux et…

— Ce soir, je sors avec Gianluca, répondit-elle en secouant la tête.

— Euh… peut-être demain alors ? Je reste deux jours à Rome.

— Je te remercie, mais… non ! déclina-t-elle avant de partir dans un fou rire avec son complice.

Mike blêmit. Quelque chose lui échappait. Comment cette petite pétasse pouvait-elle lui préférer ce minable ? Lui avait fait huit ans d'études pour accéder à un métier auréolé de prestige qui fascinait les gens. L'autre avait un boulot de merde et un temps partiel flexible. Lui conquérait le ciel, l'autre était payé sept cent quatre-vingt-dix euros net en intérim…

Pour ne pas perdre complètement la face, Mike se força à commander quelque chose. Les deux tourtereaux avaient depuis longtemps repris leur conversation en italien. L'odeur envoûtante du café lui monta à la tête. Il avala son *lungo* d'un trait et se brûla la langue.

Tant pis, je vais me payer une pute du côté de San Lorenzo, pensa-t-il, dépité en sachant parfaitement que ça n'effacerait pas le rire de Francesca.

Il descendit de son tabouret et quitta le café la queue entre les jambes en oubliant sur le comptoir le livre à la reliure en cuir et à la couverture gothique…

★

Aéroport Fiumicino
Bureau des objets perdus
Cinq minutes plus tard

— Désolée, mademoiselle, personne ne nous a rapporté votre roman, annonça Francesca à Bonnie.

— Vous êtes certaine ? demanda l'adolescente. C'était un livre très important pour moi. Il contenait également des photos et…

— Écoutez, vous allez remplir une fiche en décrivant le plus précisément possible l'objet égaré ainsi que votre numéro de vol, et si quelqu'un nous le rapporte, nous vous téléphonerons immédiatement.

— D'accord, répondit tristement Bonnie.

Elle s'appliqua à compléter le document, mais au fond d'elle-même, une petite voix lui disait qu'elle ne reverrait pas l'étrange livre inachevé de Tom Boyd et qu'elle ne goûterait jamais le soufflé au chocolat de Mme Kaufman…

★

Hôpital européen Marie-Curie
Quai de Seine, Paris
19 h 15

— Corinne, les résultats de Mlle Donelly ! hurla Jean-Baptiste Clouseau en ouvrant la porte de son bureau.

Il surprit mon regard étonné, posé sur l'interphone de son bureau.

— Jamais compris comment fonctionnait ce machin : trop de touches ! marmonna-t-il en se grattant la tête.

Apparemment, il en allait de même pour son Black-Berry dernier modèle qui clignotait et vibrait toutes les deux minutes sans qu'il y accorde la moindre importance.

Il avait enchaîné les opérations toute la journée et semblait encore moins « frais » que le matin. Son visage défait était creusé de cernes et sa barbe drue donnait l'impression d'avoir poussé d'un demi-centimètre en quelques heures.

La nuit tombait sur Paris, plongeant la pièce dans la pénombre. Mais Clouseau ne prit pas la peine d'allumer. Il se contenta d'appuyer sur le bouton central d'une télécommande qui activa un immense écran plat accroché au mur, sur lequel, à la manière d'un diaporama, défila le compte rendu des examens de Billie.

Le médecin s'approcha du panneau lumineux pour commenter le premier document :

— L'analyse sanguine a confirmé la diminution du taux des plaquettes, ce qui justifie votre état anémique, expliqua-t-il en regardant la jeune femme à travers le prisme de ses étranges lunettes.

Il pressa une touche pour passer à l'image suivante :

— Quant à l'échocardiographie, elle a mis en évidence la présence de plusieurs myxomes cardiaques.

— Des myxomes ? s'inquiéta Billie.

— Ce sont des tumeurs situées dans le cœur, précisa abruptement Clouseau.

Il se rapprocha encore de l'écran et pointa avec sa télécommande un détail de l'image médicale qui représentait une masse sombre en forme de petite boule.

— Votre première tumeur se situe dans l'oreillette droite. Elle a une forme classique, avec un pédicule court de consistance gélatineuse. À première vue, elle me semble relativement bénigne…

Il laissa passer quelques secondes avant d'enchaîner sur un autre cliché :

— La deuxième tumeur est plus inquiétante, admit-il. Elle a une taille inhabituelle d'environ dix centimètres et une forme fibreuse, ferme et filandreuse. Elle s'est enclavée au niveau de l'orifice mitral et sa position gêne l'arrivée du sang riche en oxygène dans la partie gauche du cœur. C'est ce qui explique vos essoufflements, votre pâleur et vos syncopes, puisque l'organisme n'est pas suffisamment irrigué.

À mon tour, je m'approchai du cliché. La tumeur avait la forme d'une grappe de raisin accrochée à la cavité du cœur par des filaments. Je ne pus m'empêcher de penser aux racines et aux fibres du bois qui transportent la sève, comme si un arbre était en train de pousser dans le cœur de Billie.

— Je… je vais mourir, n'est-ce pas ? demanda-t-elle d'une voix tremblante.

— Vu le volume du myxome, si on ne l'enlève pas au plus vite, vous avez effectivement de gros risques d'embolie artérielle et de mort subite, concéda Clouseau.

Il éteignit l'écran, ralluma les lumières et regagna son fauteuil.

— C'est un traitement chirurgical à cœur ouvert. Il y a des risques bien sûr, mais en l'état actuel des choses, le plus grand danger serait de ne rien faire.

— Quand pouvez-vous m'opérer ? demanda-t-elle.

De sa voix de stentor, le médecin appela Corinne, sa secrétaire, pour qu'elle lui apporte son agenda. Celui-ci était déjà bien rempli, avec des opérations et des interventions planifiées des mois à l'avance. Je craignais qu'il ne nous orientât vers l'un de ses confrères mais, au nom de son amitié avec Aurore, il accepta de remettre un autre rendez-vous pour opérer Billie quinze jours plus tard.

Décidément, ce type me plaisait bien.

★

De : bonnie.delamico@berkeley.edu
Objet : La Trilogie des Anges
— Tome 2
Date : 13 septembre 2009 22:57
À : milo.lombardo@gmail.com
Cher monsieur,
J'ai bien trouvé les nombreux messages que vous avez laissés sur mon téléphone pour m'indiquer votre volonté de me racheter mon exemplaire du livre de Tom Boyd dont vous prétendez être l'agent et ami. Outre que ce livre n'est pas à vendre, je vous informe que je l'ai malheureusement égaré lors d'un vol entre San Francisco et Rome et qu'à l'heure actuelle, il n'a toujours pas été restitué au bureau des objets trouvés de l'aéroport de Fiumicino.
Vous souhaitant bonne réception de ce courrier, je vous prie d'agréer mes sincères salutations.
Bonnie Del Amico

*

Rome
Aéroport Fiumicino
Café Da Vinci's

Les premiers passagers du vol FlyItalia en provenance de Berlin commençaient à débarquer. Parmi eux, le célèbre peintre et *designer* Luca Bartoletti qui reve-

353

nait d'un court séjour dans la capitale allemande. Trois jours qu'il avait passés à répondre à des interviews à l'occasion d'une rétrospective de son œuvre organisée par le Hamburger Bahnhof, le musée d'art contemporain de la ville. Voir ses toiles accrochées à côté de celles d'Andy Warhol et de Richard Long constituait une sorte de consécration. La reconnaissance du travail de toute une vie.

Luca ne perdit pas son temps à attendre sa valise devant le tapis roulant circulaire. Il détestait s'encombrer et voyageait toujours sans bagages. Dans l'avion, il avait à peine touché au plateau-repas constitué d'une salade caoutchouteuse, d'une immonde omelette aux pâtes sous cellophane et d'une tarte aux poires dure comme du plâtre.

Avant de récupérer sa voiture, il s'arrêta pour manger quelque chose au Da Vinci's. Le café n'allait pas tarder à fermer, mais le patron accepta de prendre une dernière commande. Luca opta pour un cappuccino et un sandwich chaud à la mozzarella, à la tomate et au jambon italien. Il s'installa au comptoir pour terminer la lecture d'un article de *La Repubblica* qu'il avait commencé dans l'avion. Lorsqu'il posa son journal pour prendre une gorgée de café, il aperçut le livre en cuir bleu oublié un peu plus tôt par le pilote de ligne. Luca était un adepte du *bookcrossing*[1]. Il achetait énormément de livres, mais n'en conservait aucun,

---

1. Le *bookcrossing* est un phénomène consistant à faire circuler des livres en les « libérant » dans la nature pour qu'ils puissent être retrouvés et lus par d'autres personnes, qui les relâcheront à leur tour.

préférant les abandonner dans des lieux publics pour en faire profiter les autres. D'abord, il crut que le roman avait été laissé là volontairement, mais aucune étiquette n'était collée sur la couverture pour accréditer cette idée.

Luca feuilleta le roman en croquant dans son sandwich. Peu porté sur la littérature populaire, il n'avait jamais entendu parler de Tom Boyd, mais il fut déconcerté en découvrant que le roman était incomplet et qu'un de ses lecteurs s'était servi des pages manquantes comme d'un album photo.

Il termina son repas et quitta le café avec sa découverte sous le bras. Dans le parking souterrain, il retrouva la vieille DS cabriolet couleur bordeaux qu'il avait achetée lors d'une récente vente aux enchères. Il posa le livre sur le siège passager et mit le cap sur le sud-ouest de la ville.

Luca habitait derrière la place Santa Maria, au dernier étage d'un immeuble ocre, dans le quartier pittoresque et coloré du Trastevere. Un grand appartement qu'il avait transformé en loft et où il avait installé son atelier. Dès qu'il pénétra dans son antre, une lumière crue – celle dont il avait besoin pour la réalisation de ses tableaux – inonda la pièce. Luca la tamisa en jouant sur l'interrupteur. Le local ne donnait pas l'impression d'être habité tant il était dépouillé. Il s'organisait autour d'une immense cheminée centrale entourée de vitres circulaires. Il y avait des tréteaux un peu partout, des pinceaux de toutes tailles, des rouleaux de peintre en bâtiment, des racloirs de tanneur, des couteaux d'apiculteur et des pots de peinture par dizaines. Mais il n'y avait ni lit d'enfant, ni bibliothèque, ni canapé, ni télévision.

Luca examina ses dernières toiles. Elles étaient toutes monochromes : des variations autour de la couleur blanche avec des entailles, des sillons, des reliefs et des coups de brosse qui créaient des effets de lumière originaux. Des œuvres très prisées qui atteignaient des cotes importantes auprès des collectionneurs. Mais Luca n'était pas dupe. Il savait que le succès et la reconnaissance critique ne reflétaient pas forcément le talent. L'époque était tellement saturée de consommation, polluée par le bruit, la vitesse et les objets, que les gens avaient l'impression de gagner une sorte de purification lorsqu'ils achetaient ses tableaux.

Le peintre retira sa veste et commença à feuilleter avec émotion les pages ornées des photos de la vie d'Ethel Kaufman.

Depuis longtemps, toute fantaisie avait disparu de sa vie. Pourtant, ce soir, il avait une furieuse envie de soufflé au chocolat...

31

Les rues de Rome

Tu seras aimé le jour où tu pourras montrer tes faiblesses sans que l'autre s'en serve pour augmenter sa force.

Cesare PAVESE

Paris
14-24 septembre

Malgré la menace de la maladie de Billie, les deux semaines qui précédèrent son opération furent l'une des périodes les plus harmonieuses de notre « couple ».

Mon roman avançait bien. J'avais retrouvé le goût d'écrire et mes nuits de travail étaient portées par un élan enthousiaste et créatif. Je m'employais à poser pour Billie les bases d'une existence douce et heureuse. Devant mon ordinateur, je lui créais, au fil des pages, la vie dont elle avait toujours rêvé : une vie plus sereine, débarrassée de ses démons, de ses désillusions et de ses meurtrissures.

Généralement, je travaillais jusqu'à l'aube, puis je sortais dans le petit matin, à l'heure où les balayeuses aspergeaient les trottoirs de Saint-Germain. Je prenais le premier café de la journée au comptoir d'un bistrot de la rue de Buci avant de passer à la boulangerie du passage Dauphine qui faisait des chaussons aux pommes dorés et fondants. Je rentrais dans notre nid, place Furstemberg, et je préparais deux cafés au lait en écoutant la radio. Billie venait me rejoindre en bâillant et nous prenions notre petit déjeuner, accoudés au bar de la cuisine américaine qui donnait sur la placette. Elle chantonnait en essayant de comprendre les paroles des variétés françaises. Moi, j'essuyais les miettes de pâte feuilletée à la commissure de ses lèvres tout en la regardant plisser les yeux pour se protéger du soleil qui illuminait son visage.

Tandis que je reprenais mon travail, Billie passait la matinée à lire. Elle avait trouvé une librairie anglaise près de Notre-Dame et m'avait demandé de lui établir une liste de romans incontournables. De Steinbeck à Salinger en passant par Dickens, elle dévora pendant ces quinze jours certains des romans qui avaient marqué mon adolescence, les annotant, m'interrogeant sur la biographie de leurs auteurs et recopiant dans un carnet les phrases qui l'avaient impressionnée.

L'après-midi, après avoir dormi quelques heures, je l'accompagnais souvent au petit cinéma de la rue Christine qui diffusait de vieux chefs-d'œuvre dont elle n'avait jamais entendu parler, mais qu'elle découvrait avec émerveillement : *Le ciel peut attendre, Sept ans de réflexion, The Shop Around the Corner...* Après la séance, nous refaisions le film autour d'un chocolat viennois et chaque fois que je mentionnais une référence qui lui était inconnue, elle s'arrêtait pour la noter dans son carnet. J'étais Henry Higgins, elle était Eliza Doolittle[1]. Nous étions heureux.

Le soir, nous nous étions lancé comme défi de préparer certaines recettes d'un vieux livre de cuisine déniché dans la petite bibliothèque de notre appartement. Avec plus ou moins de succès, nous essayâmes des plats comme la blanquette de veau, la canette aux poires, la polenta au citron ou – notre plus grande réussite – la souris d'agneau confite au miel et au thym.

Pendant ces deux semaines, je découvris ainsi une autre facette de sa personnalité : une jeune femme intelligente et nuancée, déterminée à se cultiver. Surtout, depuis que nous avions déposé les armes, j'étais déstabilisé par les sentiments nouveaux que j'éprouvais pour elle.

Après le repas, je lui faisais lire les pages que j'avais écrites dans la journée, ce qui servait de base à de longues conversations. Dans le buffet du petit salon, nous avions mis la main sur une bouteille entamée d'eau-de-vie de poire Williams. L'étiquette artisanale était à moitié effacée, mais assurait que la gnôle avait été « distillée dans le respect des traditions ancestrales » par un petit producteur du nord de l'Ardèche. Le premier soir, le tord-boyaux nous avait brûlé le gosier et nous l'avions trouvé imbuvable, ce qui ne nous avait pourtant pas dissuadés d'en reprendre une rasade le lendemain. Le troisième soir, nous l'avions jugé « finalement pas si mauvais », et « carrément excellent » le quatrième. Désormais, l'eau de feu faisait partie inté-

---

1. Les deux personnages principaux de la pièce *Pygmalion* de George Bernard Shaw.

grante de notre cérémonial et, sous l'effet désinhibiteur de l'alcool, nous nous confiions davantage. Billie me parla ainsi de son enfance, de la morosité de son adolescence, de la détresse dans laquelle la plongeait ce sentiment de solitude qui la précipitait toujours vers des histoires d'amour foireuses. Elle me parla de la souffrance de n'avoir jamais rencontré un homme qui l'aime et la respecte, de ses espérances pour l'avenir et de la famille qu'elle rêvait de fonder. Généralement, elle finissait par s'endormir sur le canapé en écoutant les vieux 33 tours oubliés par la propriétaire et en essayant de traduire la chanson de ce poète aux cheveux blanchis qui tenait une cigarette sur la pochette et qui prétendait qu'« avec le temps va, tout s'en va », qu'« on oublie les passions et l'on oublie les voix qui vous disaient tout bas les mots des pauvres gens : ne rentre pas trop tard, surtout ne prends pas froid ».

*

Après l'avoir montée dans sa chambre, je redescendais au salon pour m'asseoir devant mon écran. Commençait alors pour moi une nuit de travail solitaire, parfois exaltante mais souvent douloureuse, car, les années de bonheur que j'envisageais pour Billie, je savais qu'elle les passerait loin de moi, dans un monde dont j'étais le créateur mais dans lequel je n'existais même pas, aux côtés d'un homme qui était mon pire ennemi.

Avant que Billie ne fasse irruption dans ma vie, j'avais en effet créé le personnage de Jack comme un repoussoir. Il incarnait tout ce que je détestais ou qui me mettait mal à l'aise dans la masculinité. Jack était mon opposé, le type d'homme que je haïssais, celui que je ne voulais pas devenir.

La petite quarantaine, belle gueule, père de deux enfants, il travaillait à Boston comme sous-directeur d'une grande compagnie d'assurances. Marié très jeune, il trompait allègrement sa femme qui s'en était fait une raison. Sûr de lui, beau parleur, il connaissait bien la psychologie féminine et, lors d'une première rencontre, réussissait avec talent à mettre en confiance son interlocutrice. Il assumait volontiers dans ses propos et ses attitudes une certaine dose de machisme qui le rendait viril et masculin. Mais avec celle qu'il voulait séduire, il était le plus souvent doux et tendre, et c'est de cette contradiction que les femmes tombaient amoureuses, éprouvant cette impression grisante d'avoir l'exclusivité d'un comportement qu'il refusait aux autres.

En vérité, dès qu'il avait atteint son but, le caractère égocentrique de Jack reprenait le dessus. Manipulateur, il réussissait toujours à endosser le rôle de la victime pour retourner les situations à son avantage. Chaque fois qu'il doutait de lui, il dévalorisait son amante avec des mots très durs, car il avait la faculté de deviner les failles de ses maîtresses pour les soumettre à son emprise.

C'est dans les griffes de ce séducteur pervers et narcissique qui infligeait à ses conquêtes des blessures inguérissables que j'avais eu le malheur d'envoyer ma Billie. C'est de lui qu'elle était tombée amoureuse et c'est à ses côtés qu'elle m'avait demandé de bâtir sa vie.

Dès lors, j'étais pris à mon tour à mon propre piège, car on ne peut pas changer du tout au tout le caractère d'un personnage de roman. J'avais beau être l'auteur du livre, je n'étais pas Dieu. La fiction possède ses propres règles et, d'un tome à l'autre, ce pur salaud ne pouvait pas se transformer subitement en gendre idéal.

Chaque nuit, je m'employais donc à un rétropédalage subtil, faisant évoluer Jack par petites touches pour l'humaniser et le rendre au fil des pages un peu plus fréquentable.

Mais pour moi, même au terme de cette mue un peu artificielle, Jack restait Jack : le type que je détestais le plus au monde et à qui, par un étrange concours de circonstances, j'étais obligé de livrer la femme dont j'étais désormais amoureux...

*

Pacific Palisades, Californie
15 septembre
9 h 01

— Police ! Ouvrez, monsieur Lombardo !

Milo émergea difficilement. Il se frotta les yeux et sortit de son lit en vacillant.

Avec Carole, ils avaient veillé tard, passant une bonne partie de la nuit devant leurs ordinateurs, écumant, malheureusement sans succès, les forums de discussion et les sites de vente en ligne à la recherche de l'exemplaire perdu. Chaque fois que c'était possible, ils avaient laissé des annonces et créé des alertes e-mail. C'était un travail fastidieux qu'ils avaient étendu à tous les sites italiens qui, de près ou de loin, avaient un rapport avec la vente de livres ou la littérature.

— Police ! Ouvrez, sinon nous...

Milo entrebâilla la porte. Une employée du shérif lui faisait face. Une petite brune aux yeux verts et au charme irlando-américain qui se prenait pour Teresa Lisbon.

— Bonjour, monsieur. Karen Kallen, unité du shérif de Californie. Nous avons ordre de procéder à votre expulsion.

Milo sortit sur la véranda tandis qu'un camion de déménagement se garait devant la maison.

— C'est quoi ce merdier ?

— Ne compliquez pas notre travail, s'il vous plaît ! menaça l'officier. Ces dernières semaines, vous avez reçu plusieurs mises en demeure adressées par votre banque.

Déjà, deux déménageurs s'étaient positionnés devant l'entrée, n'attendant qu'un ordre pour vider la demeure.

— Par ailleurs, poursuivit la flic en lui tendant une enveloppe, voici votre ordre d'assignation au tribunal pour soustraction de biens menacés de saisie.

— Vous faites référence à…

— … à la Bugatti que vous avez mise en gage, oui.

D'un signe de la tête, la shérif donna son accord aux deux « videurs » qui, en moins d'une demi-heure, dépouillèrent la maison de tout son mobilier.

— Et ce n'est pas grand-chose par rapport à ce que l'administration fiscale va vous faire subir ! lui lança Karen la sadique en refermant sa portière.

Milo se retrouva seul, sur le trottoir, une valise à la main. Il prit soudain conscience qu'il n'avait aucun endroit où passer la nuit. Comme un boxeur assommé, il fit quelques pas à droite puis à gauche, ne sachant plus très bien où aller. Trois mois plus tôt, il avait licencié les deux personnes qui travaillaient avec lui et revendu ses bureaux de *downtown*. Voilà. Il n'avait plus de travail, plus de toit, plus de voiture, plus rien. Pendant trop longtemps il avait refusé de regarder la réalité en face, pensant que tout finirait par s'arranger, mais cette fois, la réalité l'avait salement rattrapé.

Les rayons du soleil matinal faisaient flamboyer les tatouages qui ornaient le haut de ses bras. Stigmates de son passé, ils le ramenaient à la rue, aux bagarres, à une violence et à une misère auxquelles il croyait avoir échappé.

Le hurlement d'une sirène de police le sortit de ses pensées. Il se retourna avec l'envie de fuir, mais ce n'était pas une présence hostile.

C'était Carole.

Elle comprit tout de suite ce qui s'était passé et ne laissa pas le malaise s'installer. Déterminée, elle se saisit de la valise de Milo et la fourra sur le siège arrière de sa voiture de patrouille.

— J'ai un canapé-lit très confortable, mais ne crois pas que tu vas pouvoir squatter chez moi sans mettre la main à la pâte. Il y a du papier peint que j'ai envie d'enlever depuis longtemps dans le salon, et puis après il faudra repeindre la cuisine à la chaux et refaire les joints de la douche. J'ai aussi un robinet qui fuit dans la salle de bains et des traces d'humidité qu'il faudrait faire disparaître. En fait, tu vois, ça m'arrange plutôt cette expulsion...

Milo la remercia d'un discret signe de la tête.

Il n'avait peut-être plus de travail, plus de maison, plus de voiture.

Mais il lui restait Carole.

Il avait tout perdu.

Sauf l'essentiel.

*

Rome
Quartier de Trastevere
23 septembre

Le peintre Luca Bartoletti entra dans le petit restaurant familial d'une ruelle excentrée. Dans un décor de meubles anciens, l'endroit proposait une cuisine romaine sans chichi. Ici on mangeait ses pâtes sur une nappe à carreaux et on buvait son vin en carafe.

— Giovanni ! appela-t-il.

La salle était vide. Il n'était que 10 heures du matin, mais une bonne odeur de pain chaud flottait déjà dans l'air. Le restaurant appartenait à ses parents depuis plus de quarante ans, même si aujourd'hui, c'était son frère qui en assurait la gestion.

— Giovanni !

Une silhouette apparut dans l'encadrement de la porte. Mais ce n'était pas celle de son frère.

— Pourquoi cries-tu comme ça ?

— Bonjour, maman.

— Bonjour.

Pas de baiser. Pas d'accolade. Pas de chaleur.

— Je cherche Giovanni.

— Ton frère n'est pas là. Il est chez Marcello pour acheter la *piscialandrea*[1].

— Bon, je vais l'attendre.

Comme chaque fois qu'ils se retrouvaient seuls, un lourd silence s'installa entre eux, fait de reproches et

---

1. Variante italienne de la pissaladière.

d'amertume Ils se voyaient peu, ils se parlaient peu. Pendant longtemps, Luca avait vécu à New York, puis, lorsqu'il était revenu en Italie après son divorce, il s'était d'abord installé à Milan avant d'acheter un appartement à Rome.

Pour dissiper le malaise, il passa derrière le bar et se prépara un espresso. Luca n'était pas très « famille ». Son travail lui servait souvent de prétexte pour sécher les baptêmes, les mariages, les communions et les déjeuners du dimanche qui s'éternisaient. Pourtant, à sa façon, il aimait profondément les siens et souffrait de ne pas savoir comment communiquer avec eux. Sa mère n'avait jamais compris sa peinture et encore moins son succès. Elle ne s'expliquait pas comment des gens pouvaient acheter des toiles monochromes pour des dizaines de milliers d'euros. Luca pensait qu'elle le voyait comme une sorte d'escroc : un arnaqueur doué qui réussissait à avoir une vie confortable sans vraiment « travailler ». Cette incompréhension avait miné leur relation.

— Tu as des nouvelles de ta fille ? demanda-t-elle.

— Sandra vient de rentrer au lycée, à New York.

— Tu ne la vois jamais ?

— Je ne la vois pas souvent, admit-il. Je te rappelle que c'est sa mère qui en a la garde.

— Et lorsque tu la vois, ça se passe mal, n'est-ce pas ?

— Bon, je ne suis pas venu pour écouter ces conneries ! s'exclama Luca en se levant pour partir.

— Attends ! réclama-t-elle.

Il se figea sur le seuil de la porte.

— Tu as l'air soucieux.

— C'est mon affaire.

— Que voulais-tu demander à ton frère ?

— S'il avait gardé certaines photos.

— Des photos ? Tu ne prends jamais de photos ! Tu répètes tout le temps que tu n'aimes pas t'encombrer avec des souvenirs.

— Merci pour ton aide, maman.

— Tu cherches des photos de qui ?

Luca botta en touche :

— Je reviendrai voir Giovanni plus tard, dit-il en ouvrant la porte.

La vieille femme se rapprocha de lui et le retint par la manche.

— Ta vie est devenue comme tes toiles, Luca : monochrome, sèche et vide.

— C'est ton avis.

— Tu sais très bien que c'est la vérité ! dit-elle tristement.

— Au revoir, maman, dit-il en refermant la porte derrière lui.

*

La vieille femme haussa les épaules et retourna dans sa cuisine. Sur son vieux plan de travail en bois carrelé se trouvait l'article élogieux que *La Repubblica* avait consacré à l'œuvre de Luca. Elle en termina la lecture avant de le découper et de le ranger dans le grand classeur où, depuis des années, elle conservait tout ce qui s'écrivait sur son fils.

*

Luca regagna son appartement. Il se servit de ses pinceaux comme de petit bois pour allumer la grande cheminée centrale autour de laquelle s'organisait son atelier. Tandis que le feu commençait à prendre, il rassembla toutes ses toiles, ses dernières compositions achevées comme ses travaux en cours, et les aspergea méthodiquement de white spirit avant de les projeter dans les flammes.

Ta vie est devenue comme tes toiles, Luca : monochrome, sèche et vide. Hypnotisé par l'embrasement de ses peintures, l'artiste regarda comme une délivrance son travail qui partait en fumée.

On sonna à la porte. Luca se pencha à la fenêtre et aperçut la silhouette voûtée de sa mère. Il descendit pour lui parler, mais lorsqu'il ouvrit la porte, elle avait disparu, se contentant de laisser une grande enveloppe dans sa boîte aux lettres.

Il fronça les sourcils et décacheta le pli sans attendre. Il contenait exactement les photos et les documents qu'il voulait demander à son frère !

Comment avait-elle deviné ?

Il remonta dans son atelier et étala sur sa table de travail les souvenirs d'une époque lointaine.

Été 1980 : l'année de ses dix-huit ans, la rencontre avec Stella, son premier amour, une fille de pêcheur de Porto Venere. Leur promenade le long du port devant l'accolade de petites maisons étroites et multicolores qui faisaient face à la mer ; les après-midi passés à se baigner dans la petite baie.

Noël de la même année : Stella et lui se promenant dans les rues de Rome. Un flirt de vacances qui résiste à l'été.

Printemps 1981 : la note d'un hôtel de Sienne, la première nuit où ils avaient fait l'amour.

1982 : toutes les lettres qu'ils s'étaient écrites cette année-là. Des promesses, des projets, de l'élan, un tourbillon de vie.

1983 : un cadeau d'anniversaire offert par Stella : une boussole qu'elle avait achetée en Sardaigne, gravée de l'inscription *Pour que la vie te ramène toujours à moi.*

1984 : premier voyage aux États-Unis. Stella à vélo sur le Golden Gate. La brume du ferry pour Alcatraz. Les hamburgers et les milk-shakes du Lori's Diner.

1985... des rires, des mains qui se tendent... un couple protégé par un bouclier de diamants... *1986...* l'année où il avait vendu sa première toile... *1987...* On fait un enfant ou on attend encore ?... Les premiers doutes... *1988...* La boussole qui perd le nord...

Une larme silencieuse coula sur la joue de Luca.

Putain, tu ne vas pas chialer quand même.

Il avait quitté Stella à vingt-huit ans. Une sale période où tout se détraquait en lui. Il ne savait plus quel sens donner à sa peinture et c'est son couple qui en avait subi les conséquences. Un matin, il s'était levé et avait enflammé ses toiles, comme il venait de le faire aujourd'hui. Puis il était parti comme un voleur. Il n'avait rien expliqué, tranchant dans le vif, ne pensant qu'à lui et à sa peinture. Il avait trouvé refuge à Manhattan où il avait changé son style, laissant de côté le figuratif pour épurer ses tableaux à l'extrême jusqu'à ne plus peindre que des monochromes blanchâtres. Là, il avait épousé une galeriste habile qui avait su promouvoir son travail et lui ouvrir la porte du succès. Ils avaient eu une fille, mais divorcé quelques années plus tard tout en continuant à faire des affaires ensemble.

Il n'avait jamais revu Stella. Il avait appris par son frère qu'elle était retournée à Porto Venere. Il l'avait gommée de sa vie. Il l'avait niée.

Pourquoi repensait-il aujourd'hui à cette histoire ancienne ?

Peut-être parce qu'elle n'était pas finie.

★

Rome
Babington's Tea-Room
Deux heures plus tard

Le salon de thé était situé place d'Espagne, juste au pied du grand escalier de la Trinité-des-Monts.

Luca s'était installé à une petite table au fond de la salle. La même que celle où il avait l'habitude de s'asseoir lorsqu'il y venait avec Stella. L'établissement était, dans son genre, le plus vieux de Rome. Il avait été créé par deux Anglaises, cent vingt ans plus tôt, à une époque où le thé n'était vendu que dans les pharmacies.

La décoration n'avait guère changé depuis le XIXe siècle et faisait de l'endroit une enclave anglaise en plein cœur de Rome, jouant sur le contraste entre le côté méditerranéen de la ville et le charme *british* du café. Les murs étaient recouverts de lambris et tapissés d'étagères en bois sombre qui accueillaient des dizaines de livres et une collection de théières anciennes.

Luca avait ouvert le livre de Tom Boyd à une page vierge, juste après le montage de Mme Kaufman. Il avait été touché par la mise en scène de ces souvenirs, par ces bouts de vie qui se succédaient. Comme si c'était un livre magique capable d'exercer les souhaits et de faire revivre le passé, Luca colla à son tour ses propres photos, les agrémentant de dessins et d'empreintes. Le dernier cliché le représentait sur un scooter avec Stella. Vacances romaines, 1981. Ils avaient dix-neuf ans. À l'époque, elle lui avait écrit ces quelques mots : *Ne t'arrête jamais de m'aimer...*

Il fixa le cliché pendant plusieurs minutes. À bientôt cinquante ans, il avait eu une vie relativement riche qui lui avait apporté des satisfactions : il avait voyagé, vécu de son art, connu le succès. Mais à bien y réfléchir, il n'avait rien connu de plus intense que cette magie des débuts, lorsque la vie était encore pleine de promesses et de sérénité.

Luca referma le livre et colla sur la couverture une étiquette rouge sur laquelle il écrivit quelques mots. Avec son téléphone, il se connecta sur un site web de *bookcrossing* et y rédigea une courte note. Puis, profitant d'un moment où personne ne le regardait, il glissa le livre sur l'une des étagères entre un volume de Keats et un autre de Shelley.

Luca sortit sur la place pour récupérer sa moto garée près de la file des taxis. Avec un tendeur, il accrocha son sac de voyage sur le porte-bagages et enfourcha la Ducati. Il remonta le long du parc de la villa Borghèse, contourna la piazza del Popolo, traversa le Tibre et longea le fleuve jusqu'au quartier de Trastevere. Sans arrêter son moteur, il fit une halte devant le restaurant familial et releva la visière de son casque. Comme si elle l'attendait, sa mère était sortie sur le trottoir. Elle regarda son fils en espérant que parfois, les mots d'amour puissent se dire avec les yeux.

Puis Luca accéléra pour prendre la route qui permettait de sortir de la ville. Il mit le cap sur Porto Venere en se disant qu'il n'était peut-être pas trop tard…

Los Angeles
Vendredi 24 septembre
7 heures du matin

En tee-shirt et salopette, Milo était juché sur un escabeau. Un rouleau à la main, il repeignait à la chaux ferrée les murs de la cuisine.

Carole ouvrit la porte de sa chambre pour venir le rejoindre.

— Déjà au boulot ? demanda-t-elle en bâillant.

— Oui, je n'arrivais plus à dormir.

Elle examina le rendu de la peinture.

— Tu ne bâcles pas ton travail, hein ?

— Tu plaisantes ! Depuis trois jours, je travaille comme un esclave !

— Bon, c'est vrai que tu ne t'en tires pas trop mal, admit-elle. Tu me prépares un cappuccino, s'il te plaît ?

Milo s'exécuta tandis que Carole s'installait à la petite table ronde du salon. Elle se servit un bol de céréales puis ouvrit son ordinateur portable pour consulter ses mails.

Sa boîte aux lettres était pleine. Milo lui avait communiqué le listing complet de la « communauté » des lecteurs de Tom qui, depuis trois ans, avaient envoyé des messages à l'écrivain en passant par son site internet. Grâce à des mails groupés envoyés aux quatre coins du monde, elle avait pu alerter des milliers de lecteurs. Elle avait joué franc-jeu, les prévenant de sa recherche d'un exemplaire « inachevé » du deuxième tome de la Trilogie des Anges. Depuis, chaque matin, elle trouvait dans sa messagerie de nombreux mots d'encouragement. Mais l'e-mail qu'elle avait devant les yeux était plus intéressant :

— Viens voir ça ! lança-t-elle.

Milo lui tendit sa tasse de café fumant et regarda par-dessus son épaule. Un internaute prétendait avoir repéré le fameux exemplaire sur un site de *bookcrossing*. Carole cliqua sur le lien indiqué et se retrouva effectivement sur la page web d'une association italienne qui, pour promouvoir la lecture, encourageait ses membres à abandonner leurs livres dans des lieux publics pour les faire circuler vers d'autres personnes. Les règles du « livre voyageur » étaient simples : la personne qui souhaitait libérer un livre lui attribuait un code et l'enregistrait sur le site avant de le lâcher.

Carole tapa « Tom Boyd » dans la zone de recherche pour obtenir la liste des livres de son ami susceptibles de se trouver dans la nature.

— C'est celui-là ! cria Milo en désignant une des photos.

Il colla son nez sur l'écran, mais Carole le poussa :

— Laisse-moi voir !

Il n'y avait aucun doute possible : l'ouvrage avait bien la couverture en cuir bleu nuit, les étoiles dorées et les inscriptions en lettres gothiques qui formaient le titre du roman.

D'un nouveau clic, Carole apprit que le livre avait été abandonné la veille dans le café Babington's Tea-Room situé 23, place d'Espagne à Rome. En ouvrant une autre page, elle accéda à l'intégralité des informations qu'avait souhaité donner *luca66*, le pseudonyme de l'homme qui avait « relâché » le roman. L'endroit exact où l'ouvrage avait été abandonné – une étagère au fond du café – ainsi que l'heure de la « libération » : 13 h 56 heure locale.

— Il faut qu'on parte pour Rome ! décida-t-elle.

— Ne te précipite pas ! la tempéra Milo.

— Comment ça ! s'insurgea-t-elle. Tom compte sur nous. Tu l'as eu au téléphone hier soir. Il s'est remis à écrire, mais Billie risque encore sa vie.

Milo grimaça :

— On va arriver trop tard. Ça fait déjà plusieurs heures que le livre a été abandonné.

— Oui, mais ce n'est pas comme si le type l'avait laissé sur une chaise ou sur un banc ! Il l'a planqué sur une étagère au milieu d'autres ouvrages. Il peut se passer des semaines avant que quelqu'un ne le repère !

Elle regarda Milo et comprit qu'à force d'aller de désillusion en désillusion, celui-ci avait fini par perdre sa confiance.

— Tu fais ce que tu veux, mais moi j'y vais.

Elle se connecta au site d'une compagnie aérienne. Il y avait un vol pour Rome à 11 h 40. En remplissant le formulaire, on lui demanda le nombre de passagers.

— Deux, indiqua Milo en baissant la tête.

★

Rome
Piazza di Spagna
Le jour suivant

Au centre de la place, près de la monumentale fontaine de la Barcaccia, le groupe de touristes coréens buvait les paroles de son guide :

— Pendant longtemps, la place d'Espagne fut considérée comme territoire espagnol. C'est ici que se trouve également le siège international de l'ordre de Malte qui jouit d'un statut bla bla bla bla bla…

Les yeux plantés au fond de la fontaine, Iseul Park, dix-sept ans, était hypnotisée par le bleu turquoise très clair de l'eau au fond de laquelle croupissaient les pièces de monnaie jetées par les touristes. Iseul détestait être assimilée à ce cliché de « touristes asiatiques en groupe » qui lui attirait parfois des moqueries. Elle ne se sentait pas à l'aise dans ce cérémonial, cette formule de voyage dépassée qui consistait à visiter une capitale européenne par jour et à attendre des heures que chacun fasse la même photo, au même endroit.

Elle avait les oreilles qui bourdonnaient, elle était étourdie, elle tremblait. Surtout, elle étouffait au milieu de la masse. Fragile comme une brindille, elle se faufila pour s'en extraire et se réfugia dans le premier café qu'elle trouva sur son chemin. C'était le Babington's Tea-Room, au numéro 23 de la place d'Espagne…

*

Rome
Aéroport Fiumicino

— Bon, alors, ils l'ouvrent cette porte, oui ou merde ? s'écria Milo.

Debout dans la travée centrale de l'avion, il trépignait d'impatience.

Le voyage avait été pénible. Après leur départ de Los Angeles, ils avaient d'abord fait escale à San Francisco puis Francfort avant de se poser enfin sur le sol italien. Il consulta sa montre : 12 h 30.

— Je suis certain qu'on ne trouvera jamais ce livre ! râla-t-il. On a fait tout ce trajet pour rien et en plus, je crève la dalle. Tu as vu ce qu'ils nous ont servi à manger. Au prix du billet, c'est se foutre de la gueule du...

— Arrête tes jérémiades ! supplia Carole. Je n'en peux plus de t'entendre te plaindre pour un oui ou pour un non ! Tu es soûlant à la fin !

Un murmure d'approbation se fit entendre dans la file.

Enfin, la porte s'ouvrit, permettant aux passagers de débarquer. Milo dans son sillage, Carole descendit un escalator en contresens et se rua pour gagner la borne de taxis. Malheureusement, la file d'attente était impressionnante et la rotation des voitures s'effectuait avec une infinie lenteur.

— Je te l'avais bien dit.

Elle ne prit même pas la peine de lui répondre. À la place, elle sortit sa carte de police, remonta la file et présenta son sésame avec autorité à l'employé chargé d'affecter les voitures aux passagers.

— *American police ! We need a car, right now. It's a matter of life or death !* lança-t-elle à la manière de l'inspecteur Harry.

C'est ridicule. Ça ne marchera jamais, pensa Milo en secouant la tête.

Mais il avait tort. Le type haussa les épaules sans se poser trente-six mille questions et, en moins de dix secondes, ils prirent place à bord d'un taxi.

— Place d'Espagne, indiqua Carole au chauffeur. Le Babington's Tea-Room.

— Et grouillez-vous ! ajouta Milo.

★

Rome
Babington's Tea-Room

Iseul Park s'était installée à une petite table au fond du salon de thé. La jeune Coréenne avait bu une grande tasse de thé et grignoté un muffin avec de la crème fouettée. La ville lui plaisait, mais elle aurait voulu pouvoir la visiter en prenant son temps pour flâner dans les rues, s'immerger dans une autre culture, parler avec les gens, s'asseoir à la terrasse ensoleillée d'un café sans avoir l'œil rivé à sa montre et ne pas se croire obligée de faire une photo toutes les dix secondes sous la pression du groupe.

En attendant, elle avait l'œil rivé non pas à sa montre, mais à l'écran de son téléphone portable. Toujours pas de message de Jimbo. S'il était 13 heures en Italie, il devait être 7 heures du matin à New York. Peut-être n'était-il pas encore réveillé. Oui, mais depuis cinq jours qu'ils s'étaient quittés, il n'avait pas appelé une seule fois ni répondu à ses dizaines de mails et de SMS. Comment cela était-il possible ? Ils avaient pourtant vécu un mois de rêve à la NYU où Jimbo était étudiant en cinéma. Iseul avait passé la fin de l'été en voyage d'étude dans la célèbre université new-yorkaise. Une période enchantée pendant laquelle elle avait découvert l'amour dans les bras de son petit ami américain. Mardi dernier, il l'avait raccompagnée à l'aéroport où elle avait rejoint son groupe et ils s'étaient promis de s'appeler tous les jours, de continuer à faire grandir leur amour malgré l'éloignement et de, peut-être, se revoir à Noël. Depuis cette belle promesse, Jimbo n'avait plus donné signe de vie et quelque chose s'était déchiré en elle.

Elle posa dix euros sur la table pour régler son addition. Cet endroit avait vraiment beaucoup de charme, avec ses boiseries et ses rayonnages de livres. Pour un peu, on se serait cru dans une bibliothèque. Elle se leva et ne put s'empêcher d'aller fureter dans les étagères. À la fac, elle étudiait la littérature anglaise et certains de ses auteurs fétiches étaient là : Jane Austen, Shelley, John Keats et...

Elle fronça les sourcils en découvrant un ouvrage qui jurait au milieu des autres. Tom Boyd ? Pas vraiment un poète du XIXe siècle ! Elle sortit le livre de son rayon et découvrit une étiquette de couleur rouge collée sur la couverture. Poussée par la curiosité, elle retourna à sa table en toute discrétion pour pouvoir examiner le livre plus attentivement.

La vignette autocollante portait une étrange inscription :

Bonjour ! Je ne suis pas perdu ! Je suis gratuit ! Je ne suis pas un livre comme les autres. Je suis destiné à voyager et à parcourir le monde. Emportez-moi, lisez-moi et relâchez-moi à votre tour dans un lieu public.

Hum… Iseul était un peu sceptique. Elle décolla l'étiquette et parcourut le roman pour découvrir son étrange contenu et ses pages blanches que d'autres personnes s'étaient appropriées pour raconter à leur tour leur propre histoire. Quelque chose la toucha. Ce livre lui semblait avoir un pouvoir magnétique. L'étiquette proclamait qu'il était gratuit, mais elle hésitait encore à le mettre dans son sac…

★

Rome
Babington's Tea-Room
Cinq minutes plus tard

— C'est là-bas ! clama Milo en pointant du doigt l'étagère au fond du salon de thé.

Les clients et les serveuses sursautèrent en avisant cet éléphant égaré dans un magasin de porcelaine. Il se rua vers le meuble et parcourut les rayonnages avec un tel emportement qu'une théière centenaire valsa dans les airs pour être rattrapée *in extremis* par Carole.

— Entre les livres de Keats et de Shelley, lui précisa-t-elle.

Ça y est, ils touchaient au but ! Jane Austen, Keats, Shelley, mais… pas de livre de Tom.

— Fais chier ! cria-t-il en balançant un poing vengeur dans le lambris boisé.

Alors que Carole cherchait le roman sur une autre étagère, le responsable du magasin menaça d'appeler la police. Milo calma le jeu et s'excusa. Tout en parlant, il aperçut une table vide où, dans une assiette, un reste de muffin voisinait avec un pot de chantilly. Saisi d'un pressentiment, il s'approcha de la banquette et découvrit le Post-it vermillon collé sur le bois verni. Il parcourut le texte et poussa un long soupir :

— À cinq minutes près... lança-t-il à Carole en agitant la petite étiquette rouge dans sa direction.

32

Le mal par le mal

Je voulais que tu comprennes ce qu'est le vrai courage, au lieu de t'imaginer que c'est un homme avec un fusil à la main. Le vrai courage, c'est de savoir que tu pars battu, mais d'agir quand même sans s'arrêter.

Harper LEE

Bretagne
Finistère Sud
Samedi 25 septembre

La terrasse ensoleillée du restaurant dominait la baie d'Audierne. La côte bretonne était aussi belle que la côte mexicaine, même s'il y faisait plus froid.

— Brrr, on se gèle les meules ! frissonna Billie en remontant la fermeture Éclair de son coupe-vent.

Son opération étant prévue pour le lundi suivant, nous avions décidé de nous changer les idées en nous offrant un week-end de repos loin de Paris. Qu'importe l'avenir, j'avais dépensé une partie de notre argent dans la location d'une voiture et d'une petite maison près de Plogoff, face à l'île de Sein.

Avec cérémonie, le serveur posa au centre de la table le plateau de fruits de mer que nous avions commandé.

— Tu ne manges rien ? s'étonna-t-elle.

Je regardai avec scepticisme l'assortiment d'huîtres, d'oursins, de langoustines et de palourdes tout en rêvant à un hamburger au bacon.

J'essayai malgré tout de décortiquer une langoustine.

— Un vrai gosse, plaisanta-t-elle.

Elle me tendit une huître sur laquelle elle venait de presser un filet de citron.

— Goûte, il n'y a rien de meilleur au monde.

J'observai l'aspect glaireux avec méfiance.

— Pense à la mangue lorsque nous étions au Mexique ! insista-t-elle.

Savoir décrire les saveurs du monde réel...

J'engloutis la chair ferme du mollusque en fermant les yeux. Elle avait un goût corsé, salé et iodé. Un parfum d'algue et de noisette qui se prolongeait en bouche.

Billie me fit un clin d'œil en riant.

Le vent faisait voler ses cheveux blancs.

Derrière nous, on apercevait le va-et-vient des langoustiers et des petits bateaux multicolores qui mouillaient leurs casiers pour pêcher coquillages et crustacés.

Ne pas penser à demain ni au moment où elle ne sera plus là.

Vivre l'instant.

Balade dans les ruelles tortueuses du port puis le long de la plage de Trescadec. Promenade en voiture de la baie des Trépassés à la pointe du Raz avec, toujours, l'insistance de Billie à vouloir conduire. Fou rire en se rappelant l'épisode du shérif qui nous avait arrêtés pour excès de vitesse en Californie. Prise de conscience que nous partagions déjà beaucoup de souvenirs. Désir spontané, mais immédiatement refoulé, de parler de l'avenir.

Et puis la pluie, bien sûr, qui nous surprit au milieu de notre promenade sur les rochers.

— Ici, c'est comme en Écosse, la flotte fait partie du paysage, me lança-t-elle tandis que je commençais à râler. Tu t'imagines visiter les Highlands et le Loch Lomond sous le soleil, toi ?

*

Rome
Piazza Navona
19 heures

— Goûte-moi ça, c'est à se damner ! dit Carole en tendant à Milo une cuillère de son dessert : un tartufo maison, agrémenté de chantilly.

L'œil malicieux, Milo dégusta la crème glacée au chocolat. Elle avait une consistance très dense et un goût proche de la truffe qui se mariait à merveille avec le cœur de griotte.

Ils étaient attablés à la terrasse d'un restaurant de la piazza Navona, lieu de passage obligé pour quiconque mettait les pieds dans la Ville éternelle. Entourée de terrasses et de glaciers, la célèbre place faisait la part belle aux portraitistes, aux mimes et aux vendeurs à la sauvette.

Alors que la nuit commençait à tomber, une serveuse vint allumer la bougie placée au centre de leur table.

L'air était doux. Milo regardait son amie avec tendresse. Malgré la déception d'avoir perdu la trace du livre de Tom, ils avaient tous les deux passé un après-midi plein de complicité à la découverte de la ville. À plusieurs reprises, il avait failli lui avouer l'amour qu'il taisait depuis si longtemps. Mais la crainte de perdre son amitié avait bloqué toutes ses velléités. Il se sentait vulnérable et craignait de voir son cœur se briser. Il aurait tant voulu qu'elle le considère sous un autre jour. Tant voulu lui offrir une autre image de lui-même. Tant voulu lui montrer l'homme qu'il pourrait devenir le jour où il se sentirait aimé.

À côté d'eux, un couple d'Australiens dînait avec leur petite fille de cinq ans qui, depuis un moment, échangeait des fous rires et des clins d'œil avec Carole.

— Cette gamine est vraiment craquante, tu ne trouves pas ?

— Oui, elle est marrante.

— Et bien élevée !

— Et toi, tu désires des enfants ? demanda-t-il un peu abruptement.

Immédiatement, elle fut sur la défensive :

— Pourquoi me demandes-tu cela ?

— Euh… parce que tu ferais une excellente mère.

— Qu'est-ce que tu en sais ? dit-elle avec agressivité.

— On le sent.

— Arrête de dire des conneries !

Il était à la fois peiné et surpris par la violence de sa riposte.

— Pourquoi tu réagis comme ça ?

— Je te connais et je suis certaine que ça fait partie des trucs que tu racontes aux nanas pour les emballer.

Parce que tu penses que c'est ce qu'elles ont envie d'entendre.

— Pas du tout ! Tu es injuste avec moi ! Qu'est-ce que je t'ai fait pour que tu me traites avec autant de dureté ? s'énerva-t-il en renversant un verre.

— Tu ne me connais pas, Milo ! Tu ne sais rien de ma vie intime.

— Eh bien, raconte-moi, bon sang ! C'est quoi, le secret qui te ronge ?

Elle le dévisagea d'un air pensif et voulut croire à sa sincérité. Peut-être s'était-elle emportée trop vite.

Milo releva le verre et essuya la nappe avec sa serviette. Il regrettait d'avoir crié et en même temps, il ne supportait plus ces changements soudains dans l'attitude de Carole à son égard.

— Pourquoi es-tu devenue brutale et cassante lorsque j'ai abordé ce thème ? demanda-t-il d'une voix plus calme.

— Parce que j'ai déjà été enceinte, avoua-t-elle en détournant la tête.

La vérité était sortie d'elle-même. Comme une abeille échappée d'un bocal dont elle aurait été prisonnière pendant des années.

Figé dans sa posture, Milo était stupéfait. Il ne voyait rien d'autre que les yeux de Carole qui brillaient dans la nuit comme des étoiles au cœur gros.

La jeune femme sortit son billet d'avion et le posa sur la table.

— Tu veux savoir ? Très bien. Je vais choisir de te faire confiance. Je vais te confier mon secret, mais après, je ne veux pas que tu ajoutes le moindre mot ni ne fasses le moindre commentaire. Je vais te raconter ce que personne ne sait et, lorsque j'aurai fini, je me lèverai et je prendrai un taxi pour l'aéroport. Il y a un dernier départ à 21 h 30 pour Londres et de là, un vol à 6 heures du matin pour Los Angeles.

— Tu es sûre que…

— Certaine. Je te raconte et je m'en vais. Et ensuite, tu attendras au moins une semaine avant de m'appeler ou de revenir dormir chez moi. C'est ça ou rien.

— D'accord, concéda-t-il. On fait comme tu le désires.

Carole regarda autour d'elle. Au centre de la place, accrochées à l'obélisque, les immenses statues de la fontaine des Quatre-Fleuves lui lançaient des regards sévères et menaçants.

— La première fois qu'il a fait ça, commença-t-elle, c'était le soir de mon anniversaire. J'avais onze ans.

*

Bretagne
Plogoff – Pointe du Raz

— Tu ne vas pas me faire croire que tu sais allumer un feu de cheminée ? s'amusa Billie.

— Bien sûr que si ! répondis-je vexé.

— Très bien, vas-y, homme, je te regarde avec mes yeux admiratifs de femme soumise.

— Si tu crois me mettre la pression comme ça…

Au grand bonheur de Billie, la tempête se déchaînait sur le Finistère, secouant les volets et déversant une pluie torrentielle sur les vitres de notre maison, dans laquelle régnait un froid polaire. Apparemment, en français, l'expression « charme rustique » utilisée dans l'annonce devait être synonyme d'« absence de radiateurs » et d'« isolation défectueuse ».

Je grattai une allumette et essayai d'enflammer le tas de feuilles mortes que j'avais placé sous les bûches. Le petit amoncellement s'embrasa très vite… pour s'étouffer presque aussitôt.

— Pas très concluant, jugea Billie en essayant de dissimuler un sourire.

Emmitouflée dans son peignoir, une serviette nouée sur les cheveux, elle sautilla jusqu'au foyer.

— Trouve-moi du papier journal, s'il te plaît.

En fouillant dans le tiroir d'un buffet bigouden, je mis la main sur un vieux numéro de *L'Équipe* datant du 13 juillet 1998, le lendemain de la victoire de l'équipe de France lors de la Coupe du monde de football. La une était barrée du titre *POUR L'ÉTERNITÉ* et montrait Zinedine Zidane qui se jetait dans les bras de Youri Djorkaeff.

Billie déplia les feuilles une à une et les froissa pour former une boule assez aérée :

— Il faut laisser respirer le papier, expliqua-t-elle. C'est mon père qui me l'a appris.

Puis, sans lésiner sur la quantité, elle tria du petit bois, ne gardant que les morceaux les plus secs, et le plaça au-dessus de son tas de papier froissé. Elle disposa ensuite des bûches plus grosses pour former une sorte de tipi.

— Tu peux allumer à présent, dit-elle fièrement.

Effectivement, deux minutes plus tard, une belle flambée pétillait dans la cheminée.

Le grondement du vent fit trembler les vitres avec une force telle que je crus qu'elles allaient exploser. Puis un volet claqua en même temps qu'une coupure de courant plongeait la pièce dans la pénombre.

Je trifouillai dans le boîtier électrique en espérant que la lumière revienne.

— Ce n'est rien, dis-je en prenant un air assuré. Sans doute le disjoncteur ou un fusible…

— Peut-être, répondit-elle en se moquant, mais là, c'est le compteur d'eau que tu tripotes. Le compteur électrique, lui, est dans l'entrée…

Beau joueur, je pris sa remarque avec le sourire. Alors que je traversais la pièce, elle attrapa ma main et…

— Attends !

Elle dénoua la serviette retenant ses cheveux et détacha la ceinture de son peignoir qui tomba sur le sol.

Puis je la pris dans mes bras tandis que nos ombres déformées s'enlaçaient sur les murs.

*

Rome
Piazza Navona
19 h 20

D'une voix fragile, Carole livra à Milo le calvaire de son enfance brisée. Elle lui raconta ces années de cauchemar où son beau-père venait la rejoindre dans son lit. Ces années au cours desquelles elle avait tout perdu : son sourire, ses rêves, son innocence et sa joie de vivre. Elle lui parla de ces nuits où, au moment de la quitter, la bête vorace enfin apaisée lui répétait toujours : « Tu ne le diras pas à maman, hein ? Tu ne le diras pas à maman. »

Comme si maman n'était pas au courant !

Elle raconta la culpabilité, la loi du silence et cette envie qu'elle avait de se jeter sous un bus chaque soir en rentrant de l'école. Puis cet avortement qu'elle avait subi en secret à l'âge de quatorze ans et qui l'avait laissée déchirée, presque morte, avec au creux du ventre une souffrance inguérissable.

Elle lui parla surtout de Tom qui l'avait aidée à s'accrocher à la vie en inventant pour elle, au fil des jours, l'univers magique de la Trilogie des Anges.

Enfin, elle essaya de lui faire comprendre sa méfiance à l'égard des hommes, cette confiance en la vie qu'elle avait perdue et jamais retrouvée, et les accès de dégoût qui, aujourd'hui encore, la submergeaient par surprise, même lorsqu'elle se sentait mieux.

Carole arrêta de parler sans pour autant se lever de son siège.

Milo avait tenu sa parole et n'avait pas ouvert la bouche. Pourtant, une question s'imposa d'elle-même.

— Mais quand tout cela a-t-il pris fin ?

Carole hésita à répondre. Elle tourna la tête pour constater que la petite Australienne était repartie avec ses parents. Elle but une gorgée d'eau et enfila le pull qu'elle avait sur les épaules.

— Ça, c'est l'autre partie de la vérité, Milo, mais je ne suis pas certaine qu'elle m'appartienne.

— Et… à qui appartient-elle, alors ?

— À Tom.

*

Bretagne
Plogoff – Pointe du Raz

Le feu commençait à faiblir et répandait dans la pièce une lumière vacillante. Vrillés l'un à l'autre, entortillés dans la même couverture, nous nous embrassions avec fougue comme à l'âge des premières amours.

Une heure plus tard, je me levai pour ranimer les braises et remettre une bûche dans l'âtre.

Nous mourions de faim, mais les placards et le frigo étaient vides. Dans le buffet, je réussis à mettre la main sur une bouteille de cidre qui était bizarrement *made in Québec*. Il s'agissait de cidre de glace, un vin fabriqué à base de pommes cueillies sur l'arbre en plein hiver, alors qu'elles sont gelées. Je débouchai la bouteille en regardant à travers les vitres : la tempête continuait à s'en donner à cœur joie et on n'y voyait pas à un mètre.

Enveloppée dans le couvre-lit, Billie me rejoignit près de la fenêtre avec deux bolées en grès.

— Je voudrais que tu me racontes quelque chose, commença-t-elle en m'embrassant dans le cou.

Elle attrapa mon blouson posé sur le dossier d'une chaise pour se saisir de mon portefeuille.

— Je peux ?

J'acquiesçai d'un signe de tête. Elle ouvrit la doublure à moitié décousue derrière la poche à billets et la retourna pour en faire sortir la douille métallique.

— Qui as-tu tué ? demanda-t-elle en me montrant le petit projectile.

*

Los Angeles
Quartier de MacArthur Park
29 avril 1992

J'ai dix-sept ans. Je suis à la bibliothèque du lycée, en train de préparer mes examens, lorsqu'une élève entre en criant : « Ils ont été acquittés ! » Dans la salle, tout le monde comprend qu'elle fait référence au verdict de l'affaire Rodney King.

Un an plus tôt, ce jeune Noir de vingt-six ans a été interpellé pour excès de vitesse par la police de Los Angeles. En état d'ébriété, il a refusé de coopérer avec les officiers du LAPD qui ont alors tenté de le maîtriser avec des matraques électriques. Devant sa résistance, ils l'ont violemment passé à tabac sans se douter que la scène était filmée depuis un balcon par un vidéaste amateur qui, dès le lendemain, envoya sa cassette à Chanel 5. Rapidement, les images seront reprises et passées en boucle par les chaînes de télévision du monde entier, provoquant colère, honte et indignation.

— Ils ont été acquittés !

Immédiatement, les conversations s'arrêtent et des insultes fusent dans tous les sens. Je sens l'indignation et la haine qui commencent à monter. Les Noirs sont majoritaires dans le quartier. Je comprends tout de suite que les choses vont mal tourner et qu'il vaut mieux que je rentre chez moi. Dans la rue, la nouvelle du verdict se propage comme un virus. L'air est chargé d'électricité et d'exaspération. Bien sûr, ce n'est pas la première bavure policière ni le premier fiasco judiciaire, mais, cette fois, il y a les images et ça change tout. La planète entière a vu quatre flics déchaînés s'acharner sur ce pauvre bougre : plus de cinquante coups de matraque et une dizaine de coups de pied balancés à un homme menotté. Cet acquittement incompréhensible constitue la goutte d'eau qui va faire déborder le vase. Les années Reagan et Bush ont fait des dégâts terribles chez les plus pauvres. Les gens en ont assez. Assez du chômage et de la misère. Assez des ravages de la drogue et d'un système éducatif qui reproduit les inégalités.

Lorsque je rentre à la maison, j'allume la télé en me servant un bol de céréales. Des émeutes ont éclaté à différents endroits et je découvre les premières images de ce qui deviendra le quotidien des trois jours suivants : les pillages, les incendies, les affrontements avec la police. Les blocs autour de l'intersection Florence et Normandie sont à feu et à sang. Des types s'enfuient avec des cartons pleins de nourriture qu'ils viennent de voler dans les boutiques. D'autres tirent des chariots ou des palettes roulantes pour transporter des meubles, des canapés ou des appareils électroménagers. Les autorités ont beau appeler au calme, je devine que ça ne s'arrêtera pas. En fait, ça m'arrange…

Je rassemble toutes mes économies planquées dans un poste de radio et attrape mon skate-board pour foncer chez Marcus Blink.

Marcus est une petite frappe du quartier, un « gentil » qui n'appartient à aucun gang et se contente de revendre des cachetons, de dealer un peu d'herbe et de refourguer des armes. J'ai été en primaire avec lui et il m'a plutôt à la bonne parce que j'ai aidé sa mère deux ou trois fois à remplir les papiers de l'aide sociale. Dans le quartier, c'est l'effervescence. Tout le monde a déjà deviné que les gangs vont tirer parti du chaos pour régler leurs comptes avec d'autres bandes et avec la police. En échange de mes deux cents dollars, Marcus me trouve un Glock 22 comme il en traîne des dizaines dans chaque cité à cette époque pourrie où des tas de flics corrompus revendent leurs armes de service après les avoir déclarées perdues. Pour vingt dollars de plus, il me laisse également un chargeur de quinze cartouches. Ainsi armé, je rentre chez moi, en sentant le métal froid et lourd de l'arme dans ma poche.

*

Je ne dors pas beaucoup cette nuit-là. Je pense à Carole. Je n'ai désormais qu'une préoccupation : que les sévices qu'elle subit s'arrêtent définitivement. La fiction peut beaucoup, mais elle ne peut pas tout. Les histoires que je lui raconte permettent des incursions dans un monde imaginaire où, pour quelques heures, elle échappe à la torture physique et mentale que lui inflige son bourreau. Mais ce n'est plus suffisant. Vivre dans la fiction n'est pas une solution de long terme, pas plus que de prendre de la drogue ou de se soûler pour oublier sa misère.

On n'y peut rien : à un moment ou à un autre, la vie réelle finit toujours par reprendre ses droits sur l'imaginaire.

*

Le lendemain, la violence repart de plus belle dans une totale impunité. Les hélicoptères affrétés par des chaînes de télévision survolent la ville en permanence, diffusant en direct les images de cette ville en état de siège qu'est devenue Los Angeles : pillages, bastonnades, immeubles en flammes, échanges de coups de feu entre la force publique et les émeutiers. Autant de reportages qui trahissent la désorganisation et l'inaction de la police, incapable d'empêcher les vols.

Sous la pression du nombre des morts, le maire fait une déclaration aux médias où il décrète l'état d'urgence et annonce son intention d'appeler à la rescousse les soldats de la Garde nationale pour instaurer un couvre-feu du crépuscule à l'aube. Mauvaise idée : dans les cités, les gens se disent que la fête sera bientôt finie, ce qui a pour effet d'intensifier les pillages.

Dans notre quartier, ce sont surtout les établissements tenus par les Asiatiques qui sont mis à sac. À l'époque, les tensions entre les Noirs et les Coréens sont à leur paroxysme et, en ce deuxième jour d'émeutes, la plupart des petits commerces, supérettes et magasins d'alcool tenus par les Coréens sont détruits et pillés sans que la police intervienne.

Il est bientôt midi. Depuis une heure, en équilibre sur mon skate, je suis en planque devant l'épicerie que possède le beau-père de Carole. Malgré les risques, il a quand même ouvert sa boutique ce matin, espérant sans doute que les pillages ne le concerneraient pas. Mais à présent, il se sent lui aussi en danger et je devine qu'il s'apprête à baisser son rideau de fer.

C'est le moment que je choisis pour sortir du bois.

— Un coup de main, monsieur Alvarez ?

Il ne se méfie pas de moi. Il me connaît bien et j'ai une tête qui inspire confiance.

— OK, Tom ! Aide-moi à rentrer les panneaux de bois.

J'en prends un sous chaque bras et le suis dans la boutique.

C'est une épicerie un peu minable, comme il en existe des dizaines dans le quartier. Le genre de magasin proposant essentiellement des produits de première nécessité et qui à brève échéance sera condamné à fermer ses portes face à la concurrence du Wal-Mart du coin.

Cruz Alvarez est un Latino de taille moyenne, assez trapu, au visage large et carré. Un physique à jouer les troisièmes rôles au cinéma dans des personnages de proxénète ou de patron de night-club.

— J'l'avais toujours dit qu'un jour ces putains de... commença-t-il avant de se retourner et d'apercevoir le Glock 22 pointé dans sa direction.

L'épicerie est vide, il n'y a pas de caméra. Je n'ai qu'à appuyer sur la détente. Je ne veux rien lui dire, même pas « crève, sale pourriture ». Je ne suis pas là pour rendre la justice, pas là pour faire appliquer la loi. Pas là non plus pour écouter ses explications. Il n'y a dans mon geste aucune gloire, aucun héroïsme, aucun courage. Je veux juste que la souffrance de Carole s'arrête et c'est le seul moyen que j'ai trouvé. Il y a quelques mois, sans lui en parler, je suis allé faire une dénonciation anonyme dans un centre social de planning familial, qui n'a débouché sur rien. J'ai envoyé une lettre à la police, à laquelle on n'a pas donné suite. Je ne sais pas où est le bien, je ne sais pas où est le mal. Je ne crois pas en Dieu, je ne crois pas non plus au destin. Je crois seulement que ma place est ici, derrière ce flingue, et que je dois appuyer sur la détente.

— Tom ! Qu'est-ce qui te pr...

Je me rapproche pour tirer à bout portant. Je ne veux pas le rater et je ne veux utiliser qu'une balle.

Je fais feu.

Sa tête explose, projetant des gouttes de sang sur mes vêtements.

Je suis seul dans la boutique. Je suis seul au monde. Je ne tiens plus sur mes jambes. Mes bras tremblent le long de mon corps.

Va-t'en !

Je ramasse la douille et la mets dans ma poche ainsi que le Glock. Puis je rentre chez moi en courant. Je prends une douche, brûle mes habits et, après avoir pris soin de le nettoyer, me débarrasse du pistolet en le jetant dans une poubelle. La douille, je choisis de la garder pour me dénoncer au cas où un innocent serait accusé à ma place, mais aurais-je vraiment le courage de le faire ?

Je ne le saurai sans doute jamais.

★

Bretagne
Plogoff – Pointe du Raz

— Je n'ai raconté à personne ce que j'ai fait ce matin-là. J'ai vécu avec, c'est tout.

— Et que s'est-il passé après ? demanda Billie.

Nous nous étions recouchés sur le canapé. Blottie derrière moi, elle avait passé sa main sur mon torse tandis que je lui tenais la hanche, comme accroché à un radeau.

Parler m'avait délesté d'un poids. Je sentais qu'elle me comprenait sans me juger et c'est tout ce que j'attendais.

— Le soir, le père Bush a fait un discours à la télé pour dire que l'anarchie ne serait pas tolérée. Le lendemain, quatre mille hommes de la Garde nationale patrouillaient à travers la ville, bientôt suivis par plusieurs contingents de marines. Le calme a commencé à revenir le quatrième jour et le maire a levé le couvre-feu.

— Et l'enquête ?

— Les révoltes avaient provoqué une cinquantaine de morts et plusieurs milliers de blessés. Dans les semaines qui ont suivi, on a procédé dans la ville à des milliers d'arrestations plus ou moins légitimes, plus ou moins arbitraires, mais personne ne fut jamais nommément accusé du meurtre de Cruz Alvarez.

Billie passa une main sur mes paupières et me déposa un baiser dans le cou :

— Il faut dormir maintenant.

Rome
Piazza Navona

— Au revoir, Milo, merci de m'avoir écoutée sans m'interrompre, dit Carole en se levant.

Encore sous le choc, il se leva avec elle, mais la retint doucement par la main :

— Attends… Comment es-tu certaine que Tom a fait ça s'il ne t'en a jamais parlé ?

— Je suis flic, Milo. Il y a deux ans, j'ai eu l'autorisation de consulter certaines archives du LAPD et j'ai demandé à avoir accès au dossier du meurtre de mon beau-père. Il n'y avait pas grand-chose : deux ou trois interrogatoires de voisinage, quelques photos de la scène de crime et un relevé d'empreintes complètement bâclé. Tout le monde se foutait pas mal de savoir qui avait assassiné un petit commerçant de MacArthur Park. Pourtant, sur l'un des clichés, on apercevait assez clairement une planche à roulettes posée au pied du mur avec une étoile filante stylisée peinte sur le plateau.

— Et ce skate-board…

— … c'est moi qui l'avais offert à Tom, dit-elle en se retournant.

33

S'accrocher l'un à l'autre

On peut donner bien des choses à ceux que l'on aime. Des paroles, un repos, du plaisir. Tu m'as donné le plus précieux de tout : le manque. Il m'était impossible de me passer de toi, même quand je te voyais tu me manquais encore.

Christian BOBIN

Lundi 27 septembre
Paris
Hôpital européen Marie-Curie

Au grand complet, l'équipe chirurgicale entourait le professeur Jean-Baptiste Clouseau.

À l'aide d'une scie, celui-ci ouvrit le sternum de Billie dans le sens de la longueur depuis sa partie basse en remontant jusque sous son menton.

Puis il accéda au péricarde pour examiner les artères coronariennes et mettre en place une circulation extra-corporelle en injectant une solution fortement dosée en potassium qui provoqua l'arrêt cardiaque. Une pompe se substitua donc au cœur et un oxygénateur au poumon.

Chaque fois qu'il pratiquait une opération à cœur ouvert, Jean-Baptiste Clouseau éprouvait la même fascination devant cet organe presque magique qui nous relie à la vie : 100 000 battements par jour, 36 millions par an, plus de 3 milliards en une seule vie. Tout ça pour cette petite pompe sanguinolente qui paraissait si fragile…

Il ouvrit d'abord l'oreillette droite puis la gauche et procéda à l'ablation des deux tumeurs, excisant chaque fois la base d'implantation pour empêcher les récidives. La tumeur fibreuse avait effectivement une taille peu commune.

Une vraie chance qu'on l'ait détectée à temps !

Par précaution, il explora les cavités cardiaques et les ventricules, à la recherche d'autres myxomes, mais il n'en repéra aucun.

Une fois l'intervention terminée, il rebrancha le cœur sur l'aorte, ventila les poumons, plaça les drains pour évacuer le sang et referma le sternum à l'aide de fil d'acier.

Vite fait, bien fait ! pensa-t-il en enlevant ses gants et en sortant de la salle d'opération.

★

Corée du Sud
Université féminine d'Ewha

Le soleil se couchait sur Séoul. Comme tous les soirs à l'heure de pointe, les rues de la capitale coréenne étaient paralysées par la circulation.

Iseul Park sortit de la station de métro, fit quelques pas sur le trottoir et traversa au passage clouté pour rejoindre le campus. Nichée au cœur du quartier étudiant, l'université d'Ewha comptait plus de vingt mille élèves et était l'une des meilleures et des plus élitistes du pays.

Iseul descendit l'immense escalier en pente douce débouchant sur ce que tout le monde appelait la « faille » : un espace tout en verre composé de deux bâtiments qui se faisaient face, de part et d'autre d'une promenade en béton. Elle s'engagea dans l'entrée principale de ce paquebot translucide dont le rez-de-chaussée, avec ses boutiques et ses cafétérias, ressemblait à un centre commercial ultramoderne. Elle prit l'ascenseur pour gagner les étages supérieurs qui abritaient les salles de cours, un théâtre, un cinéma, une salle de sport, mais surtout une grande bibliothèque ouverte vingt-quatre heures sur vingt-quatre. Elle s'arrêta au distributeur pour s'acheter un thé vert, puis trouva une place au fond de la pièce. Ici, on était vraiment au XXIe siècle : chaque table se présentait sous la forme d'un poste de travail équipé d'un ordinateur donnant un accès immédiat aux ouvrages de la bibliothèque, qui avaient tous été numérisés.

Iseul se massa les paupières. Elle tenait à peine debout. Elle était rentrée l'avant-veille de son voyage d'étude et était déjà surchargée de travail. Elle passa une bonne partie de la soirée à faire des fiches et à réviser ses cours, lançant des coups d'œil incessants à l'écran de son téléphone, tressaillant chaque fois que l'appareil vibrait pour signaler l'arrivée d'un mail ou d'un SMS qui n'était jamais celui qu'elle espérait.

Elle tremblait, elle avait froid, elle devenait folle. Pourquoi Jimbo ne lui donnait-il plus aucun signe de vie ? Est-ce qu'elle s'était fait avoir, elle qui était d'ordinaire si méfiante et distante avec les gens ?

Il était près de minuit. La bibliothèque se vidait peu à peu, mais un certain nombre d'étudiants y resteraient jusqu'à 3 ou 4 heures du matin. C'était comme ça ici…

Iseul sortit de son sac le livre de Tom Boyd qu'elle avait trouvé dans le salon de thé en Italie. Elle tourna les pages jusqu'à tomber sur le cliché de Luca Bartoletti et de son amie, Stella, en scooter dans les rues de Rome lorsqu'ils avaient vingt ans.

Ne t'arrête jamais de m'aimer, avait écrit la jeune Italienne. C'était exactement ce qu'elle avait envie de dire à Jimbo…

Elle sortit une paire de ciseaux de sa trousse d'écolière ainsi qu'un tube de glue et, à son tour, utilisa les pages vierges pour y coller les plus belles photos prises pendant les quatre semaines de bonheur qu'elle avait vécues avec lui. Un bouquet de souvenirs enrichis des tickets des spectacles et des expositions qu'ils avaient partagés : la rétrospective Tim Burton au MoMA, la comédie musicale *Chicago* à l'Ambassador Theater, ainsi que tous les films qu'il lui avait fait découvrir à la cinémathèque de la NYU : *Donnie Darko, Requiem for a Dream, Brazil…*

Elle travailla toute la nuit en y mettant tout son cœur. Au petit matin, les yeux rougis et la tête en vrac, elle s'arrêta au bureau de poste installé dans le bâtiment administratif pour acheter une enveloppe à bulles et y glisser le livre en cuir bleu nuit qu'elle envoya aux États-Unis.

Paris
Hôpital européen Marie-Curie
Salle de réanimation cardiaque

Billie se réveillait progressivement. Encore sous respirateur, elle ne pouvait pas parler à cause de la sonde d'intubation qui lui entravait la trachée.

— Nous vous enlèverons ça dans les heures qui viennent, assura Clouseau.

Il vérifia les petites électrodes qu'il avait placées sur sa poitrine pour stimuler le cœur en cas de ralentissement de la fréquence cardiaque.

— Aucun problème de ce côté-là, dit-il.

Je souris à Billie, elle me répondit par un clin d'œil. Tout allait bien.

★

Mercredi 29 septembre
New York
Greenwich Village

— Je suis à la bourre ! se plaignit la fille en se rhabillant. Tu m'avais dit que tu avais programmé ton réveil !

Elle lissa sa jupe, enfila ses escarpins et boutonna son chemisier.

Le jeune homme dans le lit la regardait avec un sourire amusé.

— Si tu veux m'appeler, tu as mon numéro… dit-elle en ouvrant la porte de la chambre.

— OK, Christy.

— Mon prénom, c'est Carry, pauv' type !

James Limbo – dit Jimbo – sourit de toutes ses dents. Il se leva et s'étira sans chercher ni à s'excuser ni à retenir sa compagne d'une nuit. Il sortit de la pièce pour aller se préparer un petit déjeuner.

Merde, plus de café ! râla-t-il en ouvrant le placard de la cuisine.

Il regarda par la fenêtre de l'appartement en *brownstone* et aperçut Carry Machin Chose qui remontait la rue pour rejoindre Houston Street.

Un bon coup. Enfin, moyen quoi... 6 sur 10, jugea-t-il en faisant la moue. Pas assez en tout cas pour remettre ça.

La porte de l'appartement s'ouvrit et Jonathan, son colocataire, entra avec deux gobelets de café achetés au coffee-shop du coin de la rue.

— J'ai croisé le livreur d'UPS en bas de l'immeuble, dit-il en désignant du menton le paquet qu'il portait sous le bras.

— Merci, dit Jimbo en attrapant l'enveloppe et son double *caffe latte* au caramel.

— Tu me dois 3,75 dollars, réclama Jonathan. Plus les 650 du loyer que je t'ai avancés il y a deux semaines.

— Ouais, ouais, répondit évasivement Jimbo en regardant l'adresse sur l'enveloppe.

— C'est de la part d'Iseul Park, n'est-ce pas ?

— De quoi je me mêle ? demanda-t-il en ouvrant le paquet contenant le livre de Tom Boyd.

Bizarre ce truc, songea-t-il en feuilletant le roman et en avisant les photos collées par ses différents propriétaires.

— Je sais bien que tu te fous de mon avis, reprit Jonathan, mais laisse-moi te dire une chose : tu ne te comportes pas bien avec Iseul.

— Je me fous effectivement de ton avis, confirma Jimbo en buvant une gorgée de café.

— Elle a encore laissé des messages sur le répondeur. Elle s'inquiète pour toi. Si tu veux rompre avec elle, prends au moins le temps de le lui annoncer proprement. Pourquoi tu es comme ça avec les femmes ? C'est quoi ton problème, au juste ?

— Mon problème, c'est que la vie est courte et qu'on va tous crever, ça te suffit comme explication ?

— Non, je ne vois pas le rapport.

— Je veux devenir réalisateur, Jonathan. Ma vie, ce sont les films et pas autre chose. Tu sais ce que disait Truffaut ? Le cinéma est plus important que la vie. Eh bien pour moi, c'est pareil. Je ne veux pas d'attaches, pas de marmot, pas de mariage. Tout le monde peut être un bon mari ou un bon père de famille, mais il n'y a qu'un Quentin Tarantino et qu'un Martin Scorsese.

— Hum… t'as pas la lumière à tous les étages, mon vieux…

— Tant pis pour toi si tu ne comprends pas. Laisse tomber ! répondit Jimbo en battant en retraite dans la salle de bains.

Il prit une douche et s'habilla rapidement.

— Bon, je me casse, lança-t-il en attrapant sa besace, j'ai un cours à midi.

— C'est ça ! Et n'oublie pas le loy…

Trop tard, il avait claqué la porte.

Jimbo avait faim. Il s'acheta chez Mamoun's des falafels en pita qu'il dévora à belles dents sur le trajet de la fac de cinéma. Comme il était un peu en avance, il s'arrêta dans le café qui jouxtait le bâtiment de l'école pour prendre un Coca. Au comptoir, il examina de nouveau le livre à la couverture gothique que lui avait offert Iseul. La jeune et jolie Coréenne était sexy et intelligente. Ils s'étaient bien amusés tous les deux, mais à présent, elle devenait collante avec ses photos mielleuses.

Le livre pourtant l'intriguait. La Trilogie des Anges ? Ça lui disait quelque chose… Il réfléchit et se souvint d'avoir lu dans *Variety* qu'Hollywood avait acquis les droits du roman et s'apprêtait à en faire un film. Mais pourquoi cet exemplaire était-il dans cet état ? Il se leva de son tabouret pour s'asseoir devant l'un des ordinateurs mis à la disposition des clients. Il tapa quelques mots clés sur Tom Boyd et tomba sur des milliers de références, mais en restreignant sa recherche aux sept derniers jours, il découvrit que quelqu'un avait inondé les forums de discussion en espérant mettre la main sur un exemplaire particulier dont la moitié des pages étaient vierges.

Et cet exemplaire, c'était justement celui qu'il avait dans son sac !

Il sortit sur le trottoir tout en ruminant ce qu'il venait de lire. Et c'est alors qu'une idée germa dans son esprit.

★

Greenwich Village
Le même jour
Fin d'après-midi

Kerouac & Co. Bookseller était une petite librairie de Greene Street spécialisée dans l'achat et la vente de livres anciens ou épuisés.

En costume noir cintré et cravate sombre, Kenneth Andrews ajouta dans la vitrine un ouvrage qu'il venait d'acquérir lors d'une succession houleuse entre les héritiers d'une vieille collectionneuse : un exemplaire de *Go Down, Moses*, signé par William Faulkner. L'ouvrage avait sa place entre une édition originale de Scott Fitzgerald, un autographe sous verre de sir Arthur Conan Doyle, l'affiche d'une exposition signée par Andy Warhol et le brouillon d'une chanson de Bob Dylan écrit au dos d'une note de restaurant.

Kenneth Andrews s'occupait de son magasin depuis près de cinquante ans. Il avait connu les temps héroïques de la bohème littéraire lorsque, dans les années 1950, le Village était le domaine de la *Beat Generation*, des poètes et des chanteurs de folk. Mais, avec l'augmentation des loyers, les artistes d'avant-garde s'étaient depuis longtemps exilés vers d'autres quartiers et les habitants de Greenwich étaient aujourd'hui des gens fortunés, qui lui achetaient ses reliques à prix d'or pour trouver un peu de l'odeur d'un passé qu'ils n'avaient pas connu.

La cloche de la boutique tintinnabula et un jeune homme apparut dans l'encadrement de la porte.

— Bonjour, fit Jimbo en s'avançant.

Il était déjà venu quelquefois dans la boutique qu'il trouvait pittoresque. Avec sa lumière tamisée, son odeur fanée et ses gravures d'époque, elle lui faisait penser aux décors d'un vieux film et lui donnait l'impression d'être dans un monde parallèle, isolé du tumulte de la ville.

— Bonjour, répondit Andrews. Que puis-je pour vous ?

Jimbo posa le livre de Tom Boyd sur le comptoir pour le présenter au libraire.

— Ça vous intéresse ?

Le vieil homme chaussa ses lunettes et inspecta le roman d'une moue dédaigneuse : simili-cuir, littérature populaire, défaut de fabrication, sans parler de toutes ces photos qui salopaient l'ensemble. D'après lui, l'ouvrage était bon pour la poubelle.

C'est ce qu'il s'apprêtait à répondre à son interlocuteur lorsqu'il se souvint d'un entrefilet qu'il avait lu dans la revue *American Bookseller*, à propos de l'édition spéciale de ce best-seller qui avait été intégralement pilonnée pour cause de malfaçon. Se pourrait-il que…

— Je vous en offre quatre-vingt-dix dollars, proposa-t-il en suivant son intuition.

— Vous plaisantez, s'offusqua Jimbo, c'est un exemplaire spécial. Je pourrais en retirer trois fois plus sur Internet.

— Eh bien, allez-y alors. Moi, je peux monter jusqu'à cent cinquante dollars. C'est à prendre ou à laisser.

— Marché conclu, décida Jimbo après un moment de réflexion.

★

Kenneth Andrews attendit que le jeune homme eût quitté le magasin pour retrouver l'article de la revue qui parlait du livre.

```
Mauvaise affaire pour Doubleday :
suite à un tirage défectueux, les
100 000 exemplaires de l'édition
```

spéciale du deuxième tome de la
Trilogie des Anges, de l'auteur
à succès Tom Boyd, ont dû être
pilonnés.

Hum, intéressant, jugea le vieux libraire. Avec un peu de chance, il avait peut-être mis la main sur un exemplaire unique…

★

Rome
Quartier Prati
30 septembre

Vêtu d'un tablier blanc, Milo servait des arancini, des pitones et des parts de pizza dans un restaurant sicilien de la rue Degli Scipioni. Après le départ de Carole, il avait décidé de rester quelques jours à Rome et ce job lui permettait à la fois de payer sa minuscule chambre d'hôtel et de pouvoir manger gratuitement. Il échangeait tous les jours des courriers électroniques avec Tom et, ravi qu'il se soit remis à écrire, il avait repris contact avec Doubleday et divers éditeurs étrangers pour leur dire qu'ils avaient enterré son ami un peu trop tôt et qu'il y aurait sans doute bientôt un nouveau Tom Boyd dans les librairies.

— C'est mon anniversaire ce soir, lui dit une habituée, une belle brune qui travaillait dans un magasin de chaussures de luxe de la via Condotti.

— Ravi de l'apprendre.

Elle croqua dans la boule de riz, abandonnant un peu de rouge à lèvres sur la chapelure.

— J'organise une fête avec des amis dans mon appartement. Si ça vous dit de passer…

— C'est gentil, mais non.

Une semaine plus tôt, il ne se serait pas fait prier, mais depuis ce que lui avait confié Carole, il n'était plus le même. Il avait été bouleversé par le récit de son amie, qui lui avait fait découvrir la face cachée des deux personnes qu'il aimait le plus au monde. Tout ça le plongeait dans des sentiments contradictoires : compassion infinie envers Carole pour qui il éprouvait un amour encore plus fort, respect et fierté par rapport au geste de Tom, mais aussi vexation d'avoir été ostracisé pendant si longtemps de leur cercle de confiance, et surtout regret de n'avoir pas lui-même effectué le « sale travail ».

— Je crois que je vais me laisser tenter par la cassata, indiqua la pulpeuse Italienne en désignant le gâteau recouvert de fruits confits.

Milo s'apprêtait à lui en couper une part lorsque son téléphone vibra dans la poche de son jean.

— Excusez-moi.

C'était un e-mail de Carole qui tenait en deux mots : « Regarde ça ! » suivi d'un lien hypertexte.

Les mains collantes, il cliqua tant bien que mal sur son écran tactile et atterrit sur un site qui permettait de consulter en ligne le catalogue de libraires professionnels spécialisés dans les livres rares ou d'occasion.

Si les informations étaient exactes, une librairie de Greenwich Village venait de mettre en vente le livre qu'il cherchait !

Il reçut un SMS de Carole presque dans la foulée :

Rendez-vous à
Manhattan ?

Et lui répondit du tac au tac :

J'arrive.

Il défit son tablier, l'abandonna sur le comptoir et décampa du restaurant.

— Et mon dessert, alors ? s'insurgea la cliente.

34

The Book of Life

Le temps de lire est toujours du temps volé.
C'est sans doute la raison pour laquelle le
métro se trouve être la plus grande biblio-
thèque du monde.

Françoise SAGAN

Paris
Hôpital européen Marie-Curie

Billie récupérait à une vitesse stupéfiante. On lui
avait retiré le respirateur artificiel, les drains et les différentes électrodes avant de la transférer dans le service
de convalescence de l'hôpital.

Clouseau passait la voir tous les jours, recherchant
d'éventuelles complications infectieuses ou la trace
d'un épanchement de liquide dans le péricarde, mais
d'après lui, tout était sous contrôle.

Quant à moi, j'avais fait de l'hôpital une annexe de
mon bureau. De 7 h 30 à 19 heures, un casque antibruit
sur les oreilles, je travaillais sur mon ordinateur à la

cafétéria du rez-de-chaussée. À midi, je prenais mes repas au self du personnel grâce à la propre carte à puce de Clouseau – Quand ce type dormait-il ? Mangeait-il ? Mystère… – et, en tant qu'accompagnant, j'avais obtenu un lit dans la chambre de Billie, ce qui nous permettait de continuer à passer nos soirées ensemble.

Je n'avais jamais été aussi amoureux.

Je n'avais jamais écrit si facilement.

★

Greenwich Village
1er octobre
Fin d'après-midi

Carole arriva la première devant la petite librairie de Greene Street.

Kerouac & Co. Bookseller

Elle regarda à travers la vitre et n'en crut pas ses yeux. Le livre était là !

Ouvert sur un présentoir orné d'une étiquette « exemplaire unique », il cohabitait avec un recueil de poésies d'Emily Dickinson et une affiche du film *Les Désaxés* dédicacée par Marilyn Monroe.

Elle sentit la présence de Milo derrière elle.

— Félicitations pour ta persévérance, dit-il en s'approchant de la devanture. Cette fois, je pensais vraiment qu'on ne le retrouverait plus.

— Tu es certain que c'est bien celui-là ?

— On va le vérifier tout de suite, dit-il en entrant dans la boutique.

Le magasin n'allait pas tarder à fermer. Debout devant ses rayonnages, Kenneth Andrews remettait en place les livres qu'il venait de dépoussiérer. Il interrompit son classement pour accueillir ses nouveaux clients.

— Que puis-je pour vous, madame, monsieur ?

— Nous souhaiterions examiner l'un de vos ouvrages, demanda Carole en pointant du doigt le roman de Tom.

— Ah ! Une pièce exceptionnelle ! s'exclama le libraire en prenant le livre dans la vitrine et en le manipulant avec la même précaution que s'il avait un incunable entre les mains.

Milo examina le roman sous toutes ses coutures, étonné par la manière dont les différents lecteurs se l'étaient approprié.

— Alors ? demanda anxieusement Carole.

— C'est bien lui.

— On vous l'achète ! dit-elle pleine d'enthousiasme.

Elle était émue et fière. Grâce à elle, Billie était maintenant hors de danger !

— Excellent choix, madame. Je vais vous l'emballer. Par quel moyen désirez-vous régler ?

— Euh… quel est son prix ?

Fort de son expérience, Kenneth Andrews avait flairé l'engouement de ses clients et n'hésita pas à annoncer un chiffre délirant :

— Six mille dollars, madame.

— Quoi ! Vous plaisantez ? s'étrangla Milo.

— C'est un ouvrage unique, se justifia le libraire.

— Non, c'est du vol !

Le vieil homme leur montra la porte :

— Dans ce cas, je ne vous retiens pas.

— C'est ça ! Allez vous faire f… s'emporta Milo.

— J'y vais de ce pas, cher monsieur, et vous souhaite également une excellente soirée, rétorqua Andrews en reposant le roman sur le présentoir.

— Attendez ! demanda Carole en cherchant à calmer le jeu. Je vais vous payer la somme demandée.

Elle sortit son portefeuille et tendit sa carte de crédit au libraire.

— C'est très aimable, madame, dit-il en prenant le petit rectangle de plastique.

*

Paris
Hôpital européen Marie-Curie
Le même jour

— Bon, je peux rentrer à la maison ? J'en ai marre de rester allongée ! râla Billie.

Le professeur Clouseau lui lança un regard sévère.

— Vous avez mal lorsque j'appuie ici ? demanda-t-il en palpant son sternum.

— Un peu.

Le médecin était inquiet. Billie avait de la fièvre. Sa cicatrice était devenue rouge et purulente avec des berges légèrement désunies. Ce n'était peut-être qu'une infection superficielle, mais il ordonna néanmoins quelques examens.

*

New York

— Comment ça, « refusée » ? tonna Milo.

— Je suis confus, s'excusa Kenneth Andrews, mais la carte de paiement de votre femme semble avoir un léger problème.

416

— Je ne suis pas sa femme, corrigea Carole.

Elle se tourna vers Milo :

— J'ai dû crever le plafond de ma carte de crédit à cause du prix des billets d'avion, mais j'ai encore de l'argent sur mon compte épargne.

— C'est de la folie, la raisonna Milo, tu ne vas pas te ruiner…

Carole ne voulut rien savoir :

— Il faut que je contacte ma banque pour effectuer un virement, mais on est vendredi et ça risque de prendre du temps, expliqua-t-elle au libraire.

— Il n'y a aucun problème. Repassez dès que vous le pourrez.

— Ce roman est très important pour nous, insista-t-elle.

— Je vous le garde jusqu'à lundi soir, promit Andrews en retirant le livre de la vitrine pour le poser sur le comptoir.

— Je peux vous faire confiance ?

— Vous avez ma parole, madame.

*

Paris
Hôpital européen Marie-Curie
Lundi 4 octobre

— Aïe ! cria Billie tandis que l'infirmière appliquait une compresse chaude sur son sternum.

Cette fois, la douleur était plus vive. Elle avait eu de la fièvre pendant tout le week-end et le professeur Clouseau l'avait rapatriée du pavillon de convalescence vers le service de cardiologie.

À son chevet, le médecin examinait la cicatrice : elle était tout enflammée et sa plaie continuait à couler. Clouseau craignait une inflammation de l'os et de la moelle osseuse : une médiastite, complication rare mais redoutable de la chirurgie cardiaque, peut-être causée par un staphylocoque doré.

Il avait ordonné divers examens, mais aucun ne lui apportait d'aide décisive. La radiographie du thorax montrait la rupture de deux fils d'acier, mais restait difficile à interpréter en raison des hématomes bénins entraînés par l'opération.

Peut-être s'inquiétait-il pour rien...

Il hésita, puis préféra réaliser lui-même un dernier examen. Il enfonça une fine aiguille dans la cavité située entre les deux poumons de Billie pour ponctionner un peu de liquide médiastinal. À l'œil nu, le prélèvement ressemblait à du pus.

Il prescrivit une antibiothérapie par voie veineuse et envoya d'urgence son prélèvement au labo.

*

Greenwich Village
Lundi 4 octobre
9 h 30

Comme tous les matins lorsqu'il était à New York, le milliardaire Oleg Mordhorov s'arrêta dans un petit café de Broome Street pour commander un cappuccino. Son gobelet de carton à la main, il ressortit sur le trottoir et s'engagea dans Greene Street.

Le soleil d'automne éclairait les immeubles de Manhattan d'une douce lumière. Oleg aimait flâner dans les rues. Ce n'était pas du temps perdu, bien au contraire.

C'étaient des moments de réflexion au cours desquels il avait souvent pris les décisions les plus importantes de sa vie. Il avait un rendez-vous à 11 heures pour finaliser une importante opération immobilière. Le groupe qu'il dirigeait s'apprêtait à racheter des immeubles et des entrepôts à Williamsburg, Greenpoint et Coney Island pour les transformer en résidences de luxe. Un projet qui n'avait pas forcément l'assentiment des habitants de ces quartiers, mais ça, ce n'était pas son problème.

Oleg avait quarante-quatre ans, mais sa bouille un peu ronde lui donnait l'air plus jeune. Vêtu d'un jean, d'une veste en velours et d'un sweat à capuche, il n'avait pas l'allure de ce qu'il était : l'une des premières fortunes de Russie. Il n'exhibait pas de signes extérieurs de richesse, ne se déplaçait pas en limousine d'oligarque, et le garde du corps qui veillait sur lui savait garder ses distances et se rendre invisible. À vingt-six ans, alors qu'il enseignait la philosophie dans la baie d'Avacha, on lui avait proposé de faire partie de l'équipe municipale de Petropavlovsk-Kamchatsky, une ville portuaire à l'est de la Russie. Il s'était beaucoup impliqué dans la vie locale puis, à la faveur de la perestroïka et des réformes d'Eltsine, il s'était lancé dans le *business*, s'associant à des hommes d'affaires pas toujours recommandables, mais qui l'avaient fait profiter de la politique de privatisation d'entreprises publiques. À l'origine, il n'avait pas le « profil » de l'affairiste et ses adversaires s'étaient toujours laissé abuser par son air rêveur et inoffensif qui masquait une volonté froide et implacable. Aujourd'hui, il avait fait son chemin et s'était débarrassé de ses amitiés encombrantes. Il possédait des propriétés à Londres, New

York et Dubaï, un yacht, un jet privé, une équipe professionnelle de basket et une écurie de Formule 1.

Oleg s'arrêta devant la vitrine de la petite librairie Kerouac & Co. Son regard fut attiré par l'affiche du film *Les Désaxés* autographiée par Marilyn Monroe.

Un cadeau pour Marieke ? Pourquoi pas...

Il sortait avec Marieke Van Eden, un top model néerlandais de vingt-quatre ans qui, depuis deux ans, faisait la couverture de tous les magazines de mode.

— Bonjour, lança-t-il en entrant dans la boutique.

— Puis-je vous aider, monsieur ? l'accueillit Kenneth Andrews.

— L'autographe de Marilyn, c'est un vrai ?

— Bien entendu, monsieur, il est fourni avec son certificat d'authenticité. C'est une belle pièce...

— ... qui vaut ?

— Trois mille cinq cents dollars, monsieur.

— D'accord, accepta Oleg sans chercher à marchander. C'est pour offrir. Vous pouvez me faire un paquet ?

— Tout de suite.

Pendant que le libraire roulait l'affiche avec précaution, Oleg sortit sa carte Platinium et la posa sur le comptoir, juste à côté d'un livre à la couverture en cuir bleu.

Tom Boyd – La Trilogie des Anges.
C'est l'auteur préféré de Marieke...

Il se permit d'ouvrir le roman pour le feuilleter.

— Combien pour cet ouvrage ?

— Ah, je suis désolé, il n'est pas à vendre.

Oleg sourit. En affaires, il n'était justement intéressé que par les choses qui n'étaient « prétendument » pas à vendre.

— Combien ? répéta-t-il.

Son visage rond avait perdu de sa bonhomie. À présent, ses yeux brillaient d'une flamme inquiétante.

— Il est déjà vendu, monsieur, expliqua calmement Andrews.

— S'il est déjà vendu, qu'est-ce qu'il fait ici ?

— Le client va venir le chercher.

— Donc, il ne l'a pas encore payé.

— Non, mais je lui ai donné ma parole.

— Et combien coûte votre parole ?

— Ma parole n'est pas à vendre, répondit fermement le libraire.

Andrews se sentit tout à coup mal à l'aise. Ce type avait quelque chose de menaçant et de violent. Il encaissa la carte de crédit et tendit au Russe son paquet et son reçu, soulagé de mettre fin à cet échange.

Mais Oleg ne l'entendait pas ainsi. Au lieu de s'en aller, il s'installa dans le fauteuil en cuir fauve qui faisait face au comptoir.

— Tout est à vendre, non ?

— Je ne crois pas, monsieur.

— Que disait votre Shakespeare, déjà ? demanda-t-il en essayant de retrouver une citation. *L'argent rend beau le laid, jeune le vieux, juste l'injuste, noble l'infâme...*

— C'est une vision très cynique de l'homme, vous en conviendrez, n'est-ce pas ?

— Qu'est-ce qui ne peut pas s'acheter ? le provoqua Oleg.

— Vous le savez très bien : l'amitié, l'amour, la dignité...

Oleg balaya l'argument :

— L'être humain est faible et corruptible.

— Vous m'accorderez qu'il existe des valeurs morales et spirituelles qui échappent à la logique de l'intérêt.

— Tout homme a un prix.

Cette fois, Andrews lui montra la porte :

— Je vous souhaite une excellente journée.

Mais Oleg ne bougea pas d'un pouce :

— Tout homme a un prix, répéta-t-il. Quel est le vôtre ?

★

Greenwich Village
Deux heures plus tard

— C'est quoi cette embrouille ? s'insurgea Milo en arrivant devant la boutique.

Carole n'en croyait pas ses yeux. Non seulement le rideau de fer était tiré, mais une pancarte rédigée à la hâte prévenait les éventuels clients :

FERMETURE ANNUELLE

AVANT CHANGEMENT DE PROPRIÉTAIRE

Elle sentait les larmes qui montaient en elle. Découragée, elle s'assit sur le bord du trottoir et plongea sa tête entre ses mains. Elle venait juste d'encaisser les six mille dollars. Un quart d'heure plus tôt, elle avait tenu elle-même à prévenir Tom de la bonne nouvelle, et voilà que le livre lui passait sous le nez.

De rage, Milo secouait le rideau de fer, mais Carole se releva pour essayer de le raisonner :

— Tu peux casser tout ce que tu veux, ça ne changera rien.

Elle sortit les six mille dollars en liquide et lui en donna la plus grande partie.

— Écoute, j'arrive au bout de mes congés, mais toi tu dois aller soutenir Tom à Paris. C'est ce que nous pouvons faire de plus utile à présent.

Ainsi fut décidé. Encore abattus, ils partagèrent un taxi jusqu'à l'aéroport JFK et chacun repartit vers sa destination : Los Angeles pour Carole et Paris pour Milo.

★

Newark – Fin d'après-midi

À quelques dizaines de kilomètres de là, dans un autre aéroport new-yorkais, le jet privé du milliardaire Oleg Mordhorov décolla vers l'Europe. Un aller-retour express à Paris pour faire une surprise à Marieke. En cette première semaine d'octobre, le jeune mannequin défilait dans la capitale française pour la *Fashion Week*. Toutes les maisons de couture qui y présentaient leur dernière collection se l'arrachaient. À la fois beauté classique et femme sophistiquée, la jeune Hollandaise brûlait d'un feu qui n'appartenait qu'à elle. Comme si, du haut de leur Olympe, les dieux avaient laissé filer sur la Terre une escarbille de leur éternité.

Confortablement installé dans son cocon, Oleg feuilleta distraitement le livre de Tom Boyd avant de le glisser dans une enveloppe à bulles, décorée d'un ruban.

Un cadeau original, pensa-t-il. *J'espère que ça lui plaira*.

Il passa le reste du voyage à régler quelques affaires avant de s'accorder deux heures de sommeil.

★

Paris – Hôpital Marie-Curie
5 octobre
5 h 30

— Putain d'infection nosocomiale ! lâcha crûment Clouseau en pénétrant dans la chambre.

Assommée par la fièvre et la fatigue, Billie n'avait plus émergé depuis la veille.

— Mauvaise nouvelle ? devinai-je.

— Très mauvaise : l'examen du liquide a montré la présence de germes. Elle est en train de développer une médiastinite : une infection grave qui nécessite une intervention d'urgence.

— Vous allez de nouveau l'opérer ?

— Oui, on la monte au bloc tout de suite.

★

Le jet d'Oleg Mordhorov se posa à Orly Sud à 6 heures du matin. Une voiture discrète l'attendait à l'aéroport pour le conduire à l'île Saint-Louis, en plein cœur de Paris.

Le véhicule s'arrêta quai de Bourbon, devant un bel hôtel particulier du XVIIe siècle. Son sac de voyage à la main, l'enveloppe contenant le livre sous le bras, Oleg prit l'ascenseur jusqu'au cinquième. Le duplex occupait les deux derniers étages, offrant une belle vue sur la Seine et le pont Marie : une folie qu'il avait offerte à Marieke au début de leur relation.

Oleg avait son propre jeu de clés. Il pénétra dans l'appartement. Tout était silencieux, plongé dans la lumière blême du petit matin. Jeté sur le canapé en cuir blanc, il reconnut le manteau cintré gris perle de Marieke, mais à côté il y avait un blouson de cuir masculin qui n'était pas le sien…

Il comprit tout de suite et ne prit pas la peine de monter jusqu'à la chambre.

Une fois dans la rue, il essaya de cacher sa honte devant son chauffeur, mais, submergé par la colère, il précipita de toutes ses forces le livre dans le fleuve.

★

Hôpital Marie-Curie
7 h 30

Guidé par Clouseau, l'interne plaça les patchs de défibrillation sur le corps de Billie plongé dans les limbes de l'anesthésie. Puis le chirurgien entra en scène, retirant avec soin tous les fils qui corsetaient encore le thorax avant de débrider largement les berges sternales, excisant les tissus nécrosés ou infectés.

La plaie suintait de liquide purulent. Clouseau décida une opération « à thorax fermé ». Pour aspirer les sérosités de la plaie, il disposa six petits drains reliés à des flacons dans lesquels régnait une forte dépression. Puis il termina l'intervention en stabilisant solidement le sternum par de nouveaux fils d'acier pour éviter que la cicatrisation ne soit perturbée par les mouvements respiratoires.

Finalement, l'opération s'est plutôt bien p…

— Monsieur, elle fait une hémorragie ! cria l'interne.

425

★

Seulement protégé par une enveloppe à bulles, le roman en cuir bleu nuit flotta un moment sur la Seine avant que l'eau ne commence à s'infiltrer dans l'emballage.

Ces dernières semaines, ce livre avait beaucoup voyagé, passant de Malibu à San Francisco, traversant l'Atlantique jusqu'à Rome, continuant son trajet jusqu'en Asie avant de revenir à Manhattan pour y effectuer un ultime trajet vers la France.

À sa manière, il avait transformé la vie de tous ceux qui l'avaient eu entre les mains.

Ce roman n'était pas comme les autres. L'histoire qu'il racontait avait germé dans la tête d'un adolescent traumatisé par le drame vécu par son amie d'enfance.

Des années plus tard, alors que son auteur était à son tour cerné par ses propres démons, le livre avait propulsé dans le monde réel un de ses personnages pour lui venir en aide.

Mais ce matin-là, alors que l'eau du fleuve commençait à délaver les pages de l'ouvrage, la réalité avait apparemment décidé de reprendre ses droits, bien résolue à éradiquer Billie de la surface de la Terre.

35

L'épreuve du cœur

*Après avoir cherché sans trouver, il arrive
que l'on trouve sans chercher.*

Jerome K. JEROME

Hôpital Marie-Curie
8 h 10

— On la rouvre, ordonna Clouseau.

C'était ce qu'il redoutait : le ventricule droit venait de se déchirer, provoquant un afflux massif de sang.

Celui-ci giclait de toutes parts et inondait la zone de travail. L'interne et l'infirmière avaient tellement de mal à l'aspirer que Clouseau dut compresser le cœur avec ses mains pour essayer de stopper l'hémorragie.

Cette fois, la vie de Billie ne tenait plus qu'à un fil.

★

Quai Saint-Bernard
8 h 45

— Oh ! les gars, c'est l'heure de se mettre au boulot, pas celle de prendre votre petit déj' ! éructa le capitaine Karine Agneli en entrant dans la salle de repos du quartier général de la Brigade fluviale.

Un croissant dans la main, une tasse de café au lait dans l'autre, les lieutenants Diaz et Capella parcouraient les titres du *Parisien* en écoutant à la radio la chronique de l'imitateur vedette de la tranche matinale.

Avec ses cheveux courts en bataille et ses charmantes taches de rousseur, Karine était aussi féminine qu'autoritaire. Exaspérée par ce laisser-aller, elle éteignit le poste et remua ses hommes :

— La voirie vient d'appeler : on a une urgence ! Un type éméché a fait le grand saut depuis le pont Marie. Alors, vous allez vous sortir les doigts du…

— On arrive, patron ! la coupa Diaz. Pas la peine d'être grossière.

En quelques secondes, ils prirent place tous les trois à bord du *Cormoran*, l'une des vedettes de ronde utilisées pour surveiller le fleuve parisien. L'embarcation fendit les flots, longeant le quai Henri-IV et passant sous le pont de Sully.

— Faut être sacrément torché pour avoir envie de se foutre à l'eau par ce froid, fit remarquer Diaz.

— Mouais… vous m'avez pas l'air très frais non plus, tous les deux, jugea Karine.

— Cette nuit, le p'tit dernier n'a pas cessé de se réveiller, se justifia Capella.

— Et vous, Diaz ?

— Moi, c'est à cause de ma mère.

— Votre mère ?

428

— C'est compliqué, fit-il d'un ton évasif.

Elle n'en sut pas plus. La vedette continua sa course le long de la voie Georges-Pompidou, jusqu'à ce que…

— Je l'aperçois ! cria Capella derrière ses jumelles.

L'embarcation ralentit en dépassant le pont Marie. À moitié asphyxié, les mouvements entravés par un imperméable, un type se débattait dans l'eau, essayant péniblement de rejoindre la berge.

— Il est en train de se noyer, constata Karine. Qui y va ?

— Cette fois, c'est au tour de Diaz ! assura Capella.

— Tu rigoles ? Hier soir, c'est moi qui…

— OK, j'ai compris, le coupa la jeune femme. Finalement, ici, je suis la seule à en avoir dans le pantalon !

Elle boucla sa combinaison et se jeta à l'eau sous le regard penaud de ses deux lieutenants.

Elle nagea jusqu'à l'homme, le rassura et le ramena vers le *Cormoran* où Diaz le réceptionna et l'emmitoufla dans une couverture avant de lui prodiguer les premiers soins.

Encore dans l'eau, Karine aperçut un objet qui flottait à la surface du fleuve. Elle l'attrapa. C'était une grosse enveloppe à bulles, en plastique. Pas vraiment le genre de truc biodégradable. La lutte contre la pollution faisant également partie des attributions de la Fluviale, elle récupéra le paquet avant que Capella ne la hisse sur la vedette.

*

Hôpital Marie-Curie

L'équipe chirurgicale travailla toute la matinée à essayer de sauver Billie.

Dans sa tentative de réparer la lacération ventriculaire, Clouseau utilisa une partie du repli du péritoine pour refermer l'incision.

C'était l'opération de la dernière chance.

Le pronostic était sombre.

★

Quai Saint-Bernard
9 h 15

De retour au quartier général de la Brigade fluviale, le lieutenant Capella s'occupa de vider la vedette avant de la passer au nettoyeur à haute pression.

Il récupéra l'enveloppe à bulles gorgée d'eau comme une éponge. Elle contenait un livre en anglais qui semblait dans un sale état. Il était sur le point de le balancer dans la benne à ordures lorsque, se ravisant, il décida finalement de le déposer sur le quai.

★

Puis les jours défilèrent...

Milo m'avait rejoint à Paris et m'aida à traverser ce moment difficile.

Oscillant entre la vie et la mort, Billie resta plus d'une semaine en réanimation, sous la surveillance vigilante de Clouseau qui évaluait toutes les trois heures l'état de santé de sa malade.

Compréhensif, il me toléra un accès permanent à la réa. Je passai ainsi une bonne partie de mes journées, assis sur une chaise, mon ordinateur portable posé sur les genoux, à taper avec fièvre sur mon clavier au

430

rythme du bruit du monitoring cardiaque et du respirateur artificiel.

Assommée d'antalgiques, Billie était intubée, noyée sous les électrodes, les drains thoraciques et les perfusions qui partaient de ses bras et de sa poitrine. Elle ouvrait rarement les yeux et, lorsqu'elle le faisait, je lisais dans son regard sa souffrance et sa détresse. J'aurais voulu la réconforter et sécher ses larmes, mais tout ce que je pouvais faire, c'était de continuer à écrire.

*

Au milieu du mois d'octobre, attablé à la terrasse d'un café, Milo termina une longue lettre à Carole. Il inséra les feuillets dans une enveloppe, régla son Perrier-menthe et traversa la rue pour rejoindre les berges de la Seine, à la hauteur du quai Malaquais. Tout en se dirigeant vers l'Institut de France – où il avait repéré une boîte aux lettres pour poster son courrier –, il flâna un moment devant les casiers des bouquinistes. Des livres anciens de qualité y côtoyaient des cartes postales de Doisneau, des affiches vintage du Chat Noir, des vinyles des années 1960 et d'horribles porte-clés de la tour Eiffel. Milo s'arrêta devant un libraire spécialisé dans les bandes dessinées. De *Hulk* à *Spiderman*, ses rêves d'enfant avaient été peuplés par les héros des *comics* Marvel et cet après-midi-là, il découvrit avec intérêt quelques albums d'*Astérix* et de *Lucky Luke*.

Le dernier casier regroupait les publications « tout à 1 euro ». Milo y fouilla par curiosité : vieilles éditions de poche jaunies, magazines déchirés et, parmi ce bazar, un roman abîmé à la reliure en cuir bleu nuit...

C'est impossible !

Il examina le livre : la reliure était toute gondolée, les pages collées et sèches comme de la pierre.

— *Where... where did you get this book ?* demanda-t-il, incapable de prononcer la moindre phrase en français.

Le libraire qui baragouinait quelques mots d'anglais lui expliqua qu'il l'avait récupéré sur les quais, mais Milo n'arriva pas à savoir par quel miracle l'ouvrage dont il avait perdu la trace à New York se retrouvait dix jours plus tard à Paris.

Encore déboussolé, il tourna et retourna l'ouvrage entre ses mains.

Certes, le roman était bien là, mais dans un tel état...

Le bouquiniste comprit son désarroi :

— Si vous voulez le restaurer, je peux vous conseiller quelqu'un, lui proposa-t-il en lui tendant une carte de visite.

★

Annexe du prieuré Saint-Benoît
Quelque part dans Paris

Au sein de l'atelier monastique de reliure artisanale, sœur Marie-Claude examina l'ouvrage qu'on lui avait confié. Le « corps » du livre était meurtri et contusionné, et sa couverture en simili-cuir très endommagée. La restauration qu'on lui avait demandée lui paraissait difficile, mais la religieuse s'attela à sa tâche avec détermination.

Elle commença par débrocher consciencieusement le livre. Ensuite, à l'aide d'un humidificateur à peine plus gros qu'un stylo, elle propulsa sur le roman une vapeur très fine dont la température s'afficha sur un écran digital. Le nuage humide imprégna le papier et sépara les pages collées. Comme elles avaient été mouillées, les feuilles étaient fragiles et en partie délavées. Avec précaution, sœur Marie-Claude inséra des buvards entre chaque page avant de placer l'ouvrage sur sa tranche inférieure et, avec une infinie patience, elle utilisa un sèche-cheveux pour « ramener le livre à la vie ».

Quelques heures plus tard, on pouvait de nouveau tourner les pages avec une certaine fluidité. La religieuse les contrôla une à une avec minutie, s'assurant chaque fois que le travail avait été bien fait. Elle recolla les photos qui s'étaient détachées ainsi que la petite mèche de cheveux qui étaient si fins que l'on aurait dit des fils d'ange. Enfin, pour rendre au volume sa forme originelle, elle le plaça une nuit entière entre les deux planches d'une presse.

Le lendemain, sœur Marie-Claude entreprit de lui confectionner une nouvelle peau. Dans le recueillement de son atelier, entourée de silence et de paix, elle travailla toute la journée avec une précision chirurgicale pour réaliser une reliure en veau teinté qu'elle agrémenta d'une étiquette en agneau sur laquelle elle grava le titre à la feuille d'or.

À 19 heures, le jeune Américain au prénom étrange frappa à la porte de la communauté monastique. Sœur Marie-Claude remit le livre à Milo, qui lui fit tant de compliments sur son travail qu'elle ne put s'empêcher de rougir…

★

— Réveille-toi ! m'ordonna Milo en me secouant.

Bon sang !

Je m'étais encore endormi devant l'écran de mon ordinateur, dans la chambre d'hôpital qu'occupait Billie avant qu'on ne l'opère de nouveau. J'y passais toujours mes nuits, avec l'accord tacite du personnel.

Les stores étaient baissés et la pièce était éclairée d'une faible veilleuse.

— Quelle heure est-il ? demandai-je en me frottant les yeux.

— 23 heures.

— On est quel jour déjà ?

— Mercredi.

Il ne put s'empêcher d'ajouter d'un air moqueur :

— Avant que tu me poses la question, on est bien en 2010 et Obama est toujours président.

— Hum…

Lorsque j'étais plongé dans une histoire, mes repères temporels avaient tendance à se brouiller.

— Tu as écrit combien de pages ? demanda-t-il en essayant de lire par-dessus mon épaule.

— Deux cent cinquante, dis-je en rabattant l'écran. J'en suis à la moitié.

— Comment va Billie ?

— Toujours sous surveillance, en réanimation.

Avec solennité, il sortit d'un sac cartonné un livre luxueusement relié.

— J'ai un cadeau pour toi, dit-il mystérieusement.

Il me fallut un moment pour comprendre qu'il s'agissait de mon propre ouvrage qu'il avait traqué avec Carole aux quatre coins du monde.

Le livre était solidement restauré et sa couverture en cuir, chaude et lisse au toucher.

— Billie ne craint plus rien, m'assura Milo. À présent, tout ce qui te reste à faire est de terminer ton histoire pour la renvoyer dans son monde.

★

Les semaines et les mois défilèrent.
Octobre, novembre, décembre…
Le vent emporta les feuilles jaunies tombées sur les trottoirs et à la douceur du soleil d'automne succéda la rigueur de l'hiver.

Les cafés rentrèrent les chaises des terrasses ou allumèrent leurs braseros. Les vendeurs de marrons firent leur apparition aux bouches de métro où, d'un même mouvement, les passants enfilaient leurs bonnets et resserraient leurs écharpes.

Porté par mon élan, j'écrivais de plus en plus vite, enfonçant les touches de mon clavier sans presque reprendre mon souffle, possédé par une histoire dont j'étais à présent davantage le jouet que le créateur et hypnotisé par les numéros des pages qui défilaient sur mon traitement de texte : 350, 400, 450…

Billie avait tenu le choc et passé avec succès l'« épreuve du cœur ». On lui avait d'abord ôté le tube qui entravait son larynx pour le remplacer par un masque à oxygène. Clouseau diminua ensuite progressivement les doses d'antalgiques et lui retira ses drains et ses perfusions, soulagé de voir que les prélèvements bactériologiques ne montraient pas de nouvelles traces d'infection.

Puis on la débarrassa de ses pansements pour recouvrir ses plaies suturées d'un film transparent. Au fil des semaines, sa cicatrice se fit plus discrète.

Billie recommença à boire et à manger de façon autonome. Je la vis faire ses premiers pas puis grimper un escalier, sous la vigilance d'un kiné.

Les racines de ses cheveux avaient retrouvé leur couleur d'origine et elle, son sourire et sa vitalité.

Le 17 décembre, Paris se réveilla sous les premiers flocons de neige qui tombèrent toute la matinée.

Et le 23 décembre, je mis un point final à mon roman.

36

La dernière fois que j'ai vu Billie

Un très grand amour, ce sont deux rêves qui se rencontrent et, complices, échappent jusqu'au bout à la réalité.

Romain GARY

Paris
23 décembre
20 heures

À la veille du réveillon, le marché de Noël battait son plein. Accrochée à mon bras, Billie se laissait guider à travers les petits chalets blancs installés entre la place de la Concorde et le rond-point des Champs-Élysées. La grande roue, les illuminations, les sculptures sur glace, les effluves de vin chaud et de pain d'épice apportaient un peu de magie et de féerie à l'avenue.

— Tu as décidé de m'offrir une paire de chaussures ? s'exclama-t-elle tandis que nous passions devant les boutiques de luxe de l'avenue Montaigne.

— Non, je t'emmène au théâtre

— On va voir un spectacle ?

— Non, on va dîner !

Une fois arrivés devant la façade de marbre blanc du théâtre des Champs-Élysées, nous prîmes l'ascenseur pour rejoindre le restaurant installé au sommet.

Dans un décor épuré où le bois se mélangeait au verre et au granit, la salle affichait des tons pastel rehaussés de colonnes couleur prune.

— Désirez-vous boire quelque chose ? demanda le maître d'hôtel après nous avoir installés dans l'une des petites alcôves drapées de soie, propices à l'intimité.

Je commandai deux coupes de champagne et sortis de ma poche un minuscule boîtier argenté.

— Promesse tenue, dis-je en tendant l'objet à ma partenaire.

— C'est un bijou ?

— Non, ne t'emballe pas…

— Ah, c'est une clé USB ! découvrit-elle en décapuchonnant le petit connecteur. Tu as fini ton roman !

J'approuvai de la tête tandis qu'on nous apportait notre apéritif.

— Moi aussi, j'ai quelque chose pour toi ! fit-elle d'un ton mystérieux, tout en sortant de son sac un téléphone. Avant de trinquer, je voudrais te rendre ça.

— Mais c'est le mien !

— Oui, je te l'ai subtilisé ce matin, avoua-t-elle sans complexe. Tu sais que j'aime bien farfouiller…

Je récupérai mon portable en bougonnant tandis qu'elle affichait un sourire satisfait :

— Je me suis d'ailleurs permis de lire quelques-uns de tes SMS. Je vois que ça s'arrange avec Aurore !

Bien qu'elle n'eût pas tout à fait tort, je secouai la tête en signe de dénégation. Ces dernières semaines, les messages d'Aurore s'étaient faits plus nombreux et plus affectueux. Elle écrivait que je lui manquais, s'excusait pour certaines de ses erreurs et évoquait entre les lignes une « deuxième chance » à laquelle notre couple avait peut-être droit.

— Elle est à nouveau amoureuse ! Je t'avais bien dit que, moi aussi, je remplirais ma part du contrat ! affirma Billie en tirant de sa poche le bout de nappe en papier froissé de la station-service.

— C'était le bon temps, dis-je en me remémorant avec nostalgie le jour où nous avions signé cet accord.

— Oui, je t'avais mis une belle claque, si tu te souviens bien !

— Donc, ce soir, c'est la fin de l'aventure ?

Elle me regarda d'un air qui se voulait léger :

— Eh oui ! Mission accomplie pour tous les deux : tu as terminé ton livre et je t'ai ramené la femme que tu aimes.

— C'est toi la femme que j'aime.

— Ne complique pas tout, s'il te plaît, demanda-t-elle tandis qu'un maître d'hôtel s'avançait pour prendre notre commande.

Je tournai la tête pour masquer ma tristesse et mon regard s'enfuit à travers la verrière vertigineuse qui surplombait la ville et offrait une vue enivrante sur les toits de Paris. Je laissai le garçon repartir avant de demander :

— Concrètement, que va-t-il se passer, maintenant ?

— On en a déjà parlé plusieurs fois, Tom. Tu vas envoyer ton manuscrit à ton éditeur et dès qu'il lira ton texte, le monde imaginaire que tu décris dans ton histoire va prendre forme dans son esprit. Et c'est dans ce monde imaginaire qu'est ma place.

— Ta place est ici, avec moi !

— Non, c'est impossible ! Je ne peux pas être à la fois dans la réalité et dans la fiction. Je ne peux pas vivre ici ! J'ai frôlé la mort et c'est un miracle que je sois encore vivante.

— Mais à présent tu vas mieux.

— Je suis en sursis et tu le sais très bien. Si je reste, je vais retomber malade et cette fois, je ne m'en sortirai pas.

J'étais désarçonné par sa résignation.

— Mais on dirait presque que… que ça te fait plaisir de me quitter !

— Non, ça ne me fait pas plaisir, mais nous savions dès le début que notre histoire ne pouvait être qu'éphémère. Nous savions que nous n'avions pas d'avenir et que nous ne pourrions rien construire ensemble.

— Mais il s'est passé des choses entre nous !

— Bien sûr : nous avons vécu ces dernières semaines une sorte de parenthèse enchantée, mais nos deux réalités sont irréconciliables. Tu vis dans le monde réel, moi je ne suis qu'une *créature imaginaire*.

— Très bien, dis-je en me levant de table, mais tu pourrais au moins montrer un peu de chagrin.

Je jetai ma serviette sur la chaise et ce qu'il me restait d'argent sur la table avant de quitter le restaurant.

★

Le froid mordant qui figeait la ville me glaça les os. Je relevai le col de mon manteau et remontai l'avenue jusqu'au Plaza où trois taxis attendaient le client.

Billie courut derrière moi et m'attrapa violemment par le bras :

— Tu n'as pas le droit de me quitter comme ça ! Tu n'as pas le droit de gâcher tout ce que nous avons vécu !

Elle était secouée de frissons. Des larmes coulaient sur ses joues, de la buée sortait de sa bouche.

— Qu'est-ce que tu crois ? cria-t-elle. Que je ne suis pas terrassée à la perspective de te perdre ? Mais mon pauvre vieux, tu ne sais pas à quel point je t'aime !

Elle était remontée contre moi et outrée par mes reproches.

— Tu veux que je te dise : je ne me suis jamais sentie aussi bien avec un homme de toute ma vie. Je ne savais même pas que l'on pouvait éprouver ce genre de sentiment pour quelqu'un ! Je ne savais pas que la passion était compatible avec l'admiration, l'humour et la tendresse ! Tu es le seul à m'avoir fait lire des livres. Le seul qui m'écoute vraiment lorsque je parle et dans les yeux duquel je ne me sens pas trop conne. Le seul à juger mes reparties aussi sexy que mes jambes. Le seul à voir en moi autre chose qu'une fille à culbuter… Mais tu es trop bête pour t'en rendre compte.

Je la pris dans mes bras. Moi aussi, j'étais en colère : contre mon égoïsme et contre cette barrière implacable qui, en séparant la réalité de la fiction, nous empêchait de vivre l'histoire d'amour que nous méritions.

★

Pour la dernière fois, nous rentrâmes « chez nous », dans ce petit appartement de la place de Furstemberg qui avait abrité le début de notre amour.

Pour la dernière fois, je fis du feu dans la cheminée en lui montrant que j'avais bien retenu sa leçon : d'abord du papier froissé, ensuite du petit bois et pour finir des bûches disposées en tipi.

Pour la dernière fois, nous prîmes une gorgée de l'infâme et délicieuse eau-de-vie de poire.

Pour la dernière fois, Léo Ferré nous chanta qu'« avec le temps va, tout s'en va ».

*

Le feu commençait à flamber et projetait des reflets chatoyants sur les murs. Nous étions couchés sur le canapé. Billie avait la tête posée sur mon ventre tandis que je lui caressais les cheveux.

— Il faut que tu me fasses une promesse, commença-t-elle en se tournant vers moi.

— Tout ce que tu voudras.

— Promets-moi de ne pas retomber dans le trou noir où tu avais glissé et de ne plus jamais t'abrutir de médicaments.

J'étais touché par ses supplications ferventes, mais pas très sûr de ma capacité à les exaucer une fois que je me retrouverais seul.

— Tu as repris pied dans ta vie, Tom. Tu as recommencé à écrire et à aimer. Tu as des amis. Sois heureux avec Aurore, fais des enfants. Ne te laisse pas…

— Je me fous d'Aurore ! dis-je en l'interrompant.

Elle se mit debout et continua :

— Dussé-je vivre dix vies, je n'aurais jamais assez de temps pour te remercier de ce que tu as fait pour moi. Je ne sais pas vraiment ce qui va m'arriver ni où je vais atterrir, mais sois certain que là où je serai, je continuerai à t'aimer.

Elle s'avança vers le bureau et chercha dans le tiroir le livre restauré que m'avait rapporté Milo.

— Qu'est-ce que tu fais ?

Alors que j'essayais de me lever pour la rejoindre, je fus pris d'un étourdissement aussi brutal que puissant. Ma tête était lourde et un sommeil irrépressible s'abattit sur moi.

Qu'est-ce qui m'arrive ?

Je fis quelques pas hésitants. Billie avait ouvert le roman et je me doutais qu'elle relisait cette fameuse page 266 qui s'arrêtait brutalement par : « hurla-t-elle en tombant ».

Mes yeux se fermaient, mes forces m'abandonnaient et, soudain, je compris :

L'eau-de-vie ! Billie n'avait fait qu'y plonger les lèvres, alors que moi...

— Tu... tu as mis quelque chose dans la bouteille ?

Sans chercher à nier, elle sortit de sa poche le tube de narcoleptiques qu'elle avait dû voler à l'hôpital.

— Mais pourquoi ?

— Pour que tu me laisses partir.

J'avais les muscles du cou paralysés et une terrible envie de vomir. Je luttai contre la torpeur en essayant de ne pas m'écrouler, mais autour de moi tout se mit à se dédoubler.

Ma dernière image vraiment nette fut celle de Billie en train de remuer les braises avec le tisonnier avant de précipiter le roman dans les flammes. C'est par ce livre qu'elle était arrivée, c'est par ce livre qu'elle devait repartir.

Incapable de l'en empêcher, je tombai à genoux et ma vision se troubla un peu plus. Billie avait ouvert l'écran de mon ordinateur et je devinai plus que je ne le vis qu'elle allait brancher la clé USB argentée à…

Alors que tout vacillait autour de moi, j'entendis le bruit reconnaissable d'un e-mail qui partait de mon ordinateur. Puis, tandis que je perdais connaissance en m'écroulant sur le parquet, un mince filet de voix me murmura un fragile « je t'aime » qui se fondit dans les limbes du sommeil où je m'enfonçais.

★

Manhattan
Madison Avenue

Au même moment, à New York, il était 16 heures passées, lorsque Rebecca Tyler, directrice littéraire chez Doubleday, décrocha son téléphone pour répondre à un appel de son assistante.

— Nous venons de recevoir le manuscrit du dernier Tom Boyd ! l'avertit Janice.

— C'est pas trop tôt ! s'exclama Rebecca. Ça fait des mois qu'on l'attend.

— Je vous l'imprime ?

— Oui, le plus vite possible.

Rebecca demanda également qu'on annule ses deux rendez-vous suivants. Le troisième tome de la Trilogie des Anges était une priorité pour la maison d'édition et elle avait hâte de voir ce que valait le texte.

Elle commença sa lecture un peu avant 17 heures et la poursuivit jusque tard dans la soirée.

Sans en avoir touché un mot à sa patronne, Janice s'était également imprimé sa propre version du roman.

Elle quitta le bureau à 18 heures pour rentrer en métro dans son petit appartement de Williamsburg, en se disant qu'elle était complètement folle d'avoir pris un tel risque. Le genre de faute professionnelle qui pouvait la faire renvoyer. Mais elle avait tellement hâte de lire la fin de la trilogie qu'elle n'avait pas pu résister.

C'est donc dans la tête de ces deux premières lectrices que commença à prendre forme le monde imaginaire décrit par Tom.

Le monde dans lequel évoluait désormais Billie.

*

Paris
24 décembre
9 heures

Lorsque j'ouvris les yeux, le lendemain matin, j'avais la nausée et un goût de terre dans la bouche. L'appartement était vide et froid. Dans la cheminée, il ne restait plus que des cendres grises.

Dehors, le ciel était sombre et la pluie frappait contre les vitres.

Billie était sortie de ma vie aussi brutalement qu'elle y était entrée, comme une balle qui m'aurait transpercé le cœur, me laissant de nouveau seul et misérable.

37

Le mariage de mes meilleurs amis

*Les seuls amis dignes d'intérêt sont ceux que
l'on peut appeler à quatre heures du matin.*

Marlène DIETRICH

Huit mois plus tard
Première semaine de septembre
Malibu, Californie

La propriété – une réplique d'un château français
construit dans les années 1960 par un milliardaire
excentrique – s'étendait sur les hauteurs de Zuma
Beach. Six hectares de verdure, de jardins et de vignes
qui donnaient l'impression de se trouver en pleine campagne bourguignonne plutôt qu'au bord de l'océan,
dans la cité des surfeurs et des plages de sable blanc.

C'est dans cet environnement protégé que Milo et
Carole avaient choisi de célébrer leur union. Depuis la
fin de notre aventure, mes deux amis filaient le parfait
amour et j'étais le premier à me réjouir de leur bonheur
si longtemps différé.

La vie avait repris son cours. J'avais remboursé mes dettes et réglé mes ennuis judiciaires. Publié six mois plus tôt, le troisième tome de ma trilogie avait rencontré ses lecteurs. Quant au premier film adapté de mes romans, il était resté pendant plus de trois semaines en tête du box-office estival. La roue tourne vite à Hollywood : de *looser* à la dérive, j'étais redevenu l'auteur à succès à qui tout réussissait. *Sic transit gloria mundi.*

Milo avait rouvert nos bureaux et gérait désormais mes affaires avec une prudence de Sioux. Il avait récupéré sa Bugatti mais, en apprenant la grossesse de sa future épouse, venait de la troquer contre un break Volvo !

Bref, Milo n'était plus vraiment Milo…

Si en apparence la vie me souriait à nouveau, je vivais comme un deuil la disparition de Billie. Elle était partie en me laissant au fond du cœur une réserve d'amour intarissable dont je ne savais plus que faire. Pour rester fidèle à ma promesse, je n'avais pas replongé dans la nébuleuse « antidépresseurs, anxiolytiques et crystal meth » et j'étais aussi *clean* que possible. Pour ne pas rester inactif, j'avais entrepris une vaste « tournée » de dédicace qui, en quelques mois, m'avait fait visiter les quatre coins du pays. Le simple fait de voir à nouveau du monde avait eu sur moi des effets thérapeutiques, mais dès que je me retrouvais seul, le souvenir douloureux de Billie refaisait surface en me rappelant cruellement la magie de notre rencontre, l'étincelle de nos joutes verbales, l'embryon de nos rituels et la chaleur de notre intimité.

Désormais, j'avais tiré un trait sur ma vie amoureuse et rompu tout contact avec Aurore. Notre histoire n'était pas de celles qui méritaient une seconde chance. J'avais perdu tout projet d'avenir, me contentant de prendre les jours les uns après les autres, tels qu'ils se présentaient.

Mais je ne pouvais me permettre un nouvel aller simple vers l'enfer. Si je m'effondrais une seconde fois, je ne me relèverais plus et je n'avais pas le droit de décevoir Carole et Milo qui s'employaient sans relâche à me redonner goût à la vie. Pour ne pas gâcher leur amour, je camouflais mon chagrin et mes blessures en me rendant de bonne grâce aux dîners « castings » qu'ils organisaient le vendredi soir pour me faire rencontrer l'âme sœur. Ils s'étaient juré de réussir à dénicher la « perle rare » et mobilisaient dans ce but toutes leurs relations. En quelques mois, grâce à leurs efforts, je rencontrai donc un échantillon fourni de célibataires californiennes triées sur le volet – prof de fac, scénariste, institutrice, psychologue… – mais ce jeu ne m'amusait guère et nos conversations ne se prolongeaient jamais au-delà du repas.

*

— Un discours du témoin ! réclama quelqu'un dans l'assistance.

Nous étions sous la grande tente blanche dressée pour accueillir les invités. Il y avait essentiellement des flics, des pompiers et des ambulanciers que Carole côtoyait dans son travail et qui étaient venus en famille. Avec sa mère, j'étais pratiquement le seul à représenter Milo. L'ambiance était détendue et informelle. Le vent faisait claquer les rideaux de toile et charriait des odeurs d'herbe fraîche et d'air marin.

— Un discours du témoin ! reprirent en chœur les convives.

Ils se mirent tous à faire tinter leur couteau contre leur verre, m'obligeant à me lever pour improviser un toast dont je me serais bien passé : l'affection que je portais à mes amis n'était pas de celles que l'on exprime devant quarante personnes.

Néanmoins, je me forçai à jouer le jeu. Je me mis debout et le silence se fit.

Bonjour à tous,

C'est un honneur d'avoir été choisi comme témoin de ce mariage qui se trouve être celui de mes deux meilleurs amis et, pour être honnête, de mes deux seuls vrais *amis.*

Je me tournai d'abord vers Carole. Elle était resplendissante dans sa robe corsetée, parsemée de petits cristaux.

Carole, on se connaît depuis l'enfance, autant dire depuis toujours. Ton histoire et la mienne sont inextricablement liées et je ne pourrais jamais être heureux si je savais que toi-même tu ne l'es pas.

Je lui adressai un sourire et elle me rendit un clin d'œil. Puis je m'adressai à Milo.

Milo mon frère, ensemble, nous avons tout connu et tout partagé : de notre jeunesse difficile jusqu'à la vanité de la réussite sociale. Ensemble, nous avons commis des erreurs et nous les avons réparées. Ensemble, nous avons tout perdu et tout regagné. Et j'espère que c'est ensemble que nous continuerons notre chemin.

Milo me fit un petit signe de la tête. Je voyais que ses yeux brillaient et qu'il était ému.

Normalement, les mots sont mon métier, mais les mots sont impuissants à exprimer mon bonheur de vous voir unis aujourd'hui.

Depuis plus d'un an, vous m'avez prouvé tous les deux à quel point je pouvais compter sur vous, y compris dans les circonstances les plus dramatiques. Vous m'avez montré que l'adage qui veut que l'amitié double les joies et réduise de moitié les peines n'est pas qu'une formule.

Du fond du cœur, je vous en remercie et vous promets qu'à mon tour je serai là lorsque vous aurez besoin de moi pour vous aider à préserver votre bonheur, tout au long de votre vie.

Puis je levai mon verre devant l'assistance :

Je vous souhaite une excellente journée et vous invite à porter un toast aux mariés.

— Aux mariés ! crièrent en chœur les invités.

Je vis que Carole essuyait une larme tandis que Milo venait vers moi pour me donner l'accolade.

— Il faut qu'on se parle, me dit-il à l'oreille.

★

Nous avions trouvé refuge dans un endroit tranquille de la propriété : le hangar à bateaux construit au bord d'un lac où voguait une escadrille de cygnes. Surmonté d'un fronton, le petit bâtiment abritait une collection de barques en bois verni et avait un côté intemporel très Nouvelle-Angleterre.

— De quoi veux-tu qu'on parle, Milo ?

Mon ami desserra sa cravate. Il faisait des efforts pour paraître serein, mais les traits de son visage exprimaient la gêne et la préoccupation.

— Je ne veux plus vivre dans le mensonge, Tom. Je sais que j'aurais dû t'en parler plus tôt, mais…

Il s'interrompit pour se frotter les paupières.

— Qu'est-ce qu'il se passe ? demandai-je, intrigué. Ne me dis pas que tu as encore perdu de l'argent en Bourse ?

— Non, c'est Billie…

— Quoi, Billie ?

— Elle… elle existe. Enfin, pas vraiment, mais…

Je ne comprenais rien à ce qu'il cherchait à me dire.

— Ma parole, on dirait que tu as bu !

Il respira profondément pour reprendre son calme et s'assit sur l'établi de menuisier.

— Il faut replacer les choses dans leur contexte. Souviens-toi dans quel état tu étais il y a un an. Tu dérapais complètement. Tu enchaînais les conneries : les excès de vitesse, la drogue, les problèmes judiciaires. Tu n'écrivais plus, tu t'enfonçais dans une dépression suicidaire dont rien ne parvenait à te sortir, ni la thérapie, ni les médicaments, ni notre soutien.

Je m'installai à côté de lui, soudain inquiet.

— Un matin, continua-t-il, j'ai reçu un appel de notre éditeur qui nous prévenait d'une erreur d'impression sur le nouveau tirage du deuxième tome de la Trilogie. Il m'a envoyé un exemplaire par coursier et j'ai découvert que le livre s'interrompait au beau milieu par les mots : « hurla-t-elle en tombant ». Pendant toute la journée, cette phrase a continué à me trotter dans la tête et j'y pensais encore lors de mon rendez-vous de l'après-midi dans les studios de Columbia. Les producteurs étaient en train de boucler le casting de l'adaptation de ton roman et, ce jour-là, l'équipe du film faisait passer des essais pour les seconds rôles. J'ai traîné un moment sur le plateau où l'on auditionnait pour trouver l'actrice qui incarnerait Billie à l'écran. C'est là que j'ai rencontré cette fille…

— Quelle fille ?

— Elle s'appelait Lilly. C'était une jeune femme un peu paumée qui trimbalait son book de casting en casting. Elle avait le teint pâle, les yeux ourlés de mascara et traînait la fatigue d'une héroïne de Cassavetes. J'ai trouvé son bout d'essai épatant, mais l'assistant du réalisateur ne lui a guère laissé d'espoir. Le mec avait vraiment de la merde dans les yeux tant il était évident que cette fille « était » ta Billie. Alors, je l'ai invitée à prendre un verre et elle m'a raconté sa vie.

Milo marqua une pause insupportable, guettant mes réactions, employant chaque mot avec précaution, mais j'en avais assez de le voir tourner autour du pot :

— Continue, bon sang !

— Entre divers petits boulots de serveuse, Lilly menait en pointillé une carrière confidentielle de mannequin tout en cherchant à devenir comédienne. Elle avait fait quelques photos pour des magazines, des pubs bas de gamme ainsi que des apparitions dans des courts-métrages, mais ce n'était pas Kate Moss. Bien qu'elle soit encore jeune, elle donnait déjà l'impression d'arriver en fin de carrière. Je l'ai sentie vulnérable et un peu perdue dans le milieu impitoyable de la mode, où une fille en chasse une autre et où celles qui n'ont pas percé à vingt-cinq ans n'ont plus aucun avenir…

Un frisson glacial partit de mon échine et monta jusqu'à ma nuque. Je sentais le sang qui battait dans mes tempes. Je ne voulais pas de cette vérité qu'il s'apprêtait à me révéler.

— Qu'est-ce que tu cherches à me dire, Milo ?
Qu'est-ce que tu as proposé à cette fille ?

— Je lui ai proposé 15 000 dollars, finit-il par
avouer. Quinze mille dollars pour jouer le rôle de
Billie, mais pas dans un film. Dans ta vie.

38

Lilly

C'est le destin qui distribue les cartes, mais c'est nous qui les jouons.

Randy PAUSCH

— Je lui ai proposé 15 000 dollars pour jouer le rôle de Billie, mais pas dans un film. Dans ta vie.

La révélation de Milo me fit l'effet d'un uppercut. J'étais groggy, comme un boxeur sonné qui s'effondre au milieu du ring. Il profita de ma confusion pour se justifier :

— Je sais que ça paraît insensé, mais ça a marché, Tom ! Je ne pouvais pas rester sans rien faire. Il fallait t'administrer un électrochoc suffisamment puissant pour te faire réagir. C'était la dernière carte que je pouvais jouer pour te sortir du trou.

Déstabilisé, je l'écoutais sans comprendre.

Billie, une simple actrice ? Toute cette aventure, une simple manipulation ? Je ne pouvais pas m'être laissé berner comme ça…

— Non, je ne te crois pas, dis-je. Ça ne tient pas debout ! Au-delà de la ressemblance physique, il y a trop de preuves pour accréditer l'existence de Billie.

— Lesquelles ?

— Le tatouage, par exemple.

— C'était un faux. Une inscription temporaire réalisée par un maquilleur de cinéma.

— Elle connaissait *tout* de la vie de Billie.

— J'ai fait lire à Lilly tous tes romans et elle les a décortiqués. Je ne lui ai pas donné le mot de passe de ton ordinateur, mais elle a eu accès aux fiches biographiques de tes personnages.

— Et comment y as-tu accédé toi-même ?

— J'ai payé un technicien pour pirater ta machine.

— Tu es un vrai salopard !

— Non, je suis ton ami.

Il avait beau argumenter, je n'arrivais pas à me laisser convaincre :

— Mais tu m'as toi-même conduit chez la psy pour me faire interner !

— Parce que je savais que si mon plan marchait, tu aurais cette réaction de refus et que tu chercherais à t'enfuir.

Les images de tout ce que j'avais vécu avec « Billie » défilaient dans ma tête avec netteté. Je les passais au crible, espérant renvoyer Milo à ses contradictions.

— Attends ! Elle a su réparer la voiture lorsque la Bugatti est tombée en panne ! Où a-t-elle appris la mécanique si ses frères ne sont pas garagistes ?

Il répondit du tac au tac :

— Un simple câble que j'avais débranché. Une manœuvre mise au point avec elle pour dissiper défini-

456

tivement tes doutes. Ne cherche pas : il n'y a qu'un détail qui aurait pu la trahir, mais tu es heureusement passé à côté.

— Quoi donc ?

— Billie est gauchère, tandis que Lilly est droitière. C'est tout bête, hein ?

Sur ce point-là, ma mémoire me faisait défaut. Impossible de savoir s'il me disait la vérité.

— Elles sont bien gentilles tes explications, mais tu fais l'impasse sur le plus important : la maladie de Billie.

— C'est vrai qu'en arrivant au Mexique, les choses se sont précipitées, reconnut Milo. Même si tu n'étais pas encore capable de te remettre à écrire, il était évident que tu allais mieux et surtout, qu'il se passait quelque chose entre toi et cette fille. Sans vous l'avouer, vous commenciez à tomber amoureux l'un de l'autre. À ce moment-là, j'ai pensé te révéler toute l'histoire, mais Lilly a tenu à continuer. C'est *elle* qui a eu l'idée de cette mise en scène autour de la maladie.

Je nageais en plein brouillard.

— Mais dans quel but ?

— Parce qu'elle t'aimait, pauvre idiot ! Parce qu'elle voulait ton bonheur : que tu te remettes à écrire et que tu puisses reconquérir Aurore. C'est ce qu'elle a réussi à faire !

— Donc, les cheveux blancs, c'était…

— … de la teinture.

— L'encre dans la bouche ?

— Le contenu d'une simple cartouche de stylo déversée sous la langue.

— Et le résultat des analyses, au Mexique ? La cellulose trouvée dans son corps ?

— On a bidonné tout ça, Tom. Le Dr Philipson était à trois mois de la retraite. Je lui ai dit que tu étais mon ami et que je voulais te faire une blague. Il s'emmerdait comme un rat dans son dispensaire et cette plaisanterie l'a amusé ; mais comme dans tous les plans il y a eu ce petit grain de sable qui a tout fait dérailler lorsque Aurore t'a proposé d'emmener Billie chez le professeur Clouseau…

— Clouseau, lui, ne se serait jamais prêté à des bidonnages. Lorsque nous étions à Paris, les symptômes de Billie n'étaient pas simulés. Elle a failli mourir, j'en suis certain.

— Tu as raison, mais c'est là qu'il s'est produit quelque chose d'extraordinaire, Tom ! Sans le savoir, Billie était *vraiment* malade. C'est grâce à Clouseau qu'on a pu diagnostiquer son myxome cardiaque. D'une certaine façon, je vous ai sauvés tous les deux.

— Et ce livre que tu as cherché pendant des semaines tout autour du monde ?

— Là, j'ai été dépassé par les événements, admit-il. Carole n'était au courant de rien et croyait dur comme fer à cette histoire. C'est elle qui prenait les initiatives. Moi, je me suis contenté de jouer le j…

Milo n'eut pas le temps de finir sa phrase que mon violent coup de poing l'envoya au tapis.

— Tu n'avais pas le droit de faire ça !

— De te sauver ? demanda-t-il en se relevant. Non, ce n'était pas un droit, c'était un devoir.

— Pas à n'importe quel prix !

— Si justement, à n'importe quel prix.

Il essuya le filet de sang qui coulait de sa bouche avant de marteler :

— Tu aurais fait la même chose que moi. Pour protéger Carole, tu n'as pas hésité à commettre un meurtre, alors ne me donne pas de leçons ! C'est l'histoire de notre vie, Tom ! Dès que l'un de nous flanche, les deux autres lui portent secours par tous les moyens. C'est pour ça qu'on est toujours debout. Tu m'as sorti de la rue. Sans toi, je serais encore en prison, pas en train d'épouser la femme que j'aime. Sans toi, Carole se serait peut-être pendue au bout d'une corde au lieu de s'apprêter à donner la vie. Et toi ? Où serais-tu aujourd'hui si nous t'avions laissé te détruire ? Interné dans une clinique ? Mort peut-être ?

Une lumière blanche filtrait à travers les vitres dépolies. Je laissai sa question en suspens. Pour l'instant, j'étais préoccupé par autre chose.

— Qu'est devenue cette fille, aujourd'hui ?

— Lilly ? Je n'en sais rien. Je lui ai donné son fric et elle a disparu de ma vie. Je pense qu'elle a quitté Los Angeles. Autrefois, elle travaillait le week-end dans une boîte de nuit sur le Sunset Trip. J'y suis retourné, mais personne ne l'a plus jamais revue.

— Quel est son nom de famille ?

— Je l'ignore ! Je ne suis même pas certain que Lilly soit son véritable prénom.

— Tu n'as pas d'autre indice ?

— Écoute, je comprends que tu aies envie de la retrouver, mais la femme que tu recherches est une actrice de deuxième zone, la serveuse d'un club de strip-tease, pas la Billie que tu as aimée.

— Garde tes conseils pour toi. Donc, tu n'as aucune info ?

— Non, je suis désolé, mais sache que si c'était à refaire, je le referais dix fois.

Je sortis du hangar, accablé par les aveux de Milo et fis quelques pas sur le ponton en bois qui s'avançait sur le lac. Indifférents aux tourments des humains, les cygnes blancs nageaient au milieu des iris sauvages.

★

Je récupérai ma voiture au parking et longeai la côte jusqu'à Santa Monica avant de m'enfoncer dans la ville. Le chaos régnait dans ma tête et j'avais l'impression de rouler sans but, traversant Inglewood, continuant sur Van Ness et Vermont Avenue, avant de me rendre compte qu'une force invisible m'avait ramené jusqu'au quartier de mon enfance.

Je garai la décapotable près des bacs à fleurs qui, à mon époque déjà, ne contenaient rien d'autre que des mégots et des canettes vides.

Au pied des tours, tout avait changé et rien n'avait changé. Toujours les mêmes mecs qui tiraient des paniers sur l'asphalte tandis que d'autres tenaient les murs en attendant que quelque chose se passe. Pendant un moment, je crus vraiment que l'un d'entre eux allait m'apostropher :

— Hey, *Mr. Freak* !

Mais j'étais devenu un étranger et personne ne m'asticota.

Je longeai le terrain de basket grillagé jusqu'au parking. « Mon » arbre était toujours là. Encore plus rachitique, encore moins feuillu, mais toujours debout. Comme avant, je m'assis sur l'herbe sèche, le dos appuyé au tronc.

À cet instant, une Mini Cooper déboula et s'arrêta à cheval sur deux emplacements. Encore vêtue de sa robe de mariée, Carole sortit de la voiture. Je la vis s'avancer vers moi, tenant dans la main droite un gros sac de sport et dans la gauche, sa belle traîne blanche qu'elle s'efforçait de ne pas salir.

— Nooon ! Y a un mariage sur le parking ! cria un des lascars du terrain de sport.

Ses « collègues » vinrent mater la scène un instant avant de retourner à leurs occupations.

Carole me rejoignit sous l'arbre.

— Salut, Tom.

— Salut, mais je crois que tu te trompes de date : ce n'est pas mon anniversaire.

Elle esquissa un sourire, bientôt suivi par une larme discrète qui coula sur sa joue.

— Milo m'a tout révélé, il y a une semaine. Avant ça, je te jure que je ne savais rien, m'expliqua-t-elle en s'asseyant sur le muret du parking.

— Désolé d'avoir gâché ton mariage.

— Ce n'est pas grave. Comment te sens-tu ?

— Comme quelqu'un qui réalise qu'il a été victime d'une manipulation.

Elle sortit un paquet de cigarettes, mais je l'arrêtai d'un geste :

— Tu es folle ou quoi ! Je te rappelle que tu es enceinte.

— Alors, arrête de raconter des bêtises ! Tu ne dois pas considérer les choses de cette façon.

— Comment veux-tu que je les considère autrement ? Je me suis fait avoir, c'est tout, qui plus est par mon meilleur ami !

— Écoute, j'ai vu comment cette fille se comportait avec toi, Tom. J'ai vu comment elle te regardait et je te garantis que ses sentiments n'étaient pas feints.

— Non, ils étaient juste *tarifés*. Quinze mille dollars, c'est ça ?

— Oh, n'exagère pas, non plus ! Milo ne lui a jamais demandé de coucher avec toi !

— En tout cas, elle s'est empressée de se barrer une fois son contrat terminé !

— Mets-toi un peu à sa place. Tu crois que c'était facile pour elle d'assumer cette confusion d'identité ? Dans son esprit, tu es tombé amoureux d'un personnage, de quelqu'un qui était elle sans l'être vraiment.

Il y avait du vrai dans ce que disait Carole. De qui étais-je vraiment tombé amoureux ? D'un personnage que j'avais créé et que Milo manipulait comme une marionnette ? D'une actrice ratée qui avait trouvé là le rôle de sa vie ? D'aucune des deux, en fait. J'étais tombé amoureux d'une fille qui, en plein désert mexicain, m'avait fait prendre conscience qu'en sa compagnie tout avait plus de goût, de saveur et de couleur.

— Tu dois la retrouver, Tom, sinon tu le regretteras jusqu'à la fin de tes jours.

Je secouai la tête.

— C'est impossible : on a perdu sa trace et on ne sait même pas comment elle s'appelle.

— Il va falloir trouver mieux comme excuse.

— Qu'est-ce que tu veux dire ?

— Moi non plus, vois-tu, je ne serai jamais heureuse si je sais que tu ne l'es pas.

À l'intensité de sa voix, je sentais combien ce qu'elle me disait était sincère.

— Donc, je t'ai apporté ça.

Elle se pencha vers son sac et me tendit une chemise tachée de sang.

— C'est sympa comme cadeau, mais je préférais l'ordinateur, dis-je pour faire retomber la tension.

Elle ne put s'empêcher de sourire avant de m'expliquer :

— Tu te souviens du matin où j'ai débarqué chez toi avec Milo et où tu nous as parlé de Billie pour la première fois ? Ton appartement était en désordre et ta terrasse sens dessus dessous. Il y avait du sang sur la vitre et sur tes vêtements...

— Oui, c'était le jour où « Billie » s'était entaillé la paume de la main.

— À l'époque, la vue du sang m'avait beaucoup inquiétée. Je m'étais imaginé tout et n'importe quoi : que tu avais peut-être tué ou blessé quelqu'un. Le lendemain, je suis donc retournée chez toi et j'ai lavé toutes les taches. Dans la salle de bains, j'ai trouvé cette chemise ensanglantée que j'ai emportée pour la soustraire à une éventuelle enquête. Je ne m'en suis jamais séparée et lorsque Milo m'a avoué la vérité, je l'ai apportée au labo pour une recherche d'ADN. J'ai croisé les résultats avec le fichier CODIS et...

Elle ménagea son effet de surprise en sortant une pochette cartonnée de son sac.

— ... et je t'annonce que ta copine est une gentille délinquante.

J'ouvris le porte-documents et tombai sur la photocopie d'un dossier siglé FBI que me commenta Carole :

— Elle s'appelle Lilly Austin, née en 1984 à Oakland. Elle s'est fait arrêter à deux reprises ces cinq dernières années. Rien de bien méchant : une fois pour « rébellion à agent » en 2006, lors d'une manifestation proavortement, et une autre en 2009, pour avoir fumé du shit dans un parc.

— Ça suffit pour être fiché ?

— Toi, tu ne regardes pas souvent *Les Experts*, n'est-ce pas ? La police californienne recueille systématiquement un échantillon d'ADN des personnes arrêtées ou soupçonnées d'avoir commis certaines infractions. Si ça peut te rassurer, tu fais toi aussi partie du club.

— Tu connais sa nouvelle adresse ?

— Non, mais j'ai balancé son nom dans nos bases de données et j'ai trouvé ça.

Elle me tendit une feuille de papier. C'était une inscription à l'université de Brown pour l'année scolaire en cours.

— Lilly a repris des études en littérature et dramaturgie, expliqua Carole.

— Comment a-t-elle pu être acceptée à Brown ? C'est l'une des meilleures facs du pays…

— J'ai appelé l'université : elle a été intégrée sur dossier en admission parallèle. Je suppose qu'elle a dû passer ces derniers mois à étudier, car elle a obtenu d'excellents résultats lors des tests préparatoires.

Je regardai les deux documents, subjugué par cette inconnue, Lilly Austin, dont l'existence se matérialisait peu à peu sous mes yeux.

— Je crois que je vais retourner auprès de mes invités, dit Carole en regardant sa montre. Et toi, tu devrais aller retrouver quelqu'un d'autre.

★

Le lundi suivant, je pris le premier vol pour Boston. J'arrivai à 16 heures dans la capitale du Massachusetts, louai une voiture à l'aéroport et mis le cap sur Providence.

Le campus de Brown University s'organisait autour d'imposants bâtiments en brique rouge entourés de pelouses verdoyantes. Pour beaucoup d'étudiants, c'était la fin de la journée. Avant de partir, j'avais cherché sur internet l'emploi du temps correspondant au cursus que suivait Lilly et je l'attendis le cœur battant devant les portes de l'amphithéâtre où se terminait le cours.

Suffisamment en retrait pour qu'elle ne m'aperçoive pas, je la vis sortir de la salle au milieu d'autres élèves. Il me fallut un moment pour la reconnaître vraiment. Elle avait coupé ses cheveux qui étaient aussi plus foncés. Elle portait une casquette en tweed et un ensemble sombre – jupe courte grise sur collant noir, blouson cintré sur col roulé – qui lui donnait un côté *London girl*. J'étais bien décidé à l'aborder, mais je préférais attendre qu'elle soit seule. Je suivis le groupe – deux types et une autre fille – jusque dans un café proche de la fac. En buvant son thé, Lilly s'était lancée dans une discussion animée avec l'un des étudiants. Un type assez sophistiqué à la beauté *caliente*. Plus je la regardais, plus je la trouvais épanouie et sereine. En reprenant ses études loin de Los Angeles, elle semblait avoir trouvé un équilibre. Certaines personnes pouvaient faire ça : recommencer leur vie. Moi, je ne savais que continuer la mienne.

Je sortis du café sans m'être montré et repris ma voiture. Cette plongée dans le monde étudiant m'avait déprimé. Certes, j'étais content de la savoir bien dans sa peau, mais la jeune femme que j'avais aperçue aujourd'hui n'était plus « ma » Billie. Visiblement, elle avait tourné la page et l'avoir vue parler avec ce type de vingt ans m'avait donné un coup de vieux. Finalement, nos dix ans de différence d'âge n'étaient peut-être pas une barrière si négligeable.

Tandis que je roulais vers l'aéroport, je me disais que j'avais fait le voyage pour rien. Pire : comme le photographe qui échoue à saisir une image évanescente qui ne se présentera plus jamais, j'avais laissé passer l'instant décisif, celui qui aurait pu faire basculer ma vie du côté des rires et de la lumière…

★

Dans l'avion qui me ramenait vers Los Angeles, j'allumai mon ordinateur portable.

Peut-être n'étais-je qu'à la moitié de mon existence, mais je savais déjà que plus jamais je ne rencontrerais une fille comme Billie qui, l'espace de quelques semaines, m'avait fait croire à l'incroyable et permis de quitter ce pays dangereux où les fleuves prennent leur source dans la détresse et finissent par se jeter dans des abîmes de souffrance.

Mon aventure avec Billie était terminée, mais je ne voulais pas en oublier le moindre épisode. Il fallait que je raconte notre histoire. Une histoire pour ceux qui, une fois dans leur vie, avaient eu la chance de connaître l'amour, le vivaient encore aujourd'hui ou espéraient le croiser demain.

Alors, j'ouvris un document sur mon traitement de texte et je lui donnai le titre de mon prochain roman : *La Fille de papier*.

Pendant les cinq heures que dura le vol, j'écrivis d'un jet le premier chapitre. Il débutait ainsi :

Chapitre 1

La maison sur l'océan

— Tom, ouvre-moi !

Le cri se perdit dans le vent et resta sans réponse.

— Tom ! C'est moi, Milo. Je sais que tu es là. Sors de ta tanière, bon sang !

Malibu
Comté de Los Angeles, Californie
Une maison sur la plage

Depuis plus de cinq minutes, Milo Lombardo martelait sans relâche les persiennes en bois qui donnaient sur la terrasse de la maison de son meilleur ami.

— Tom ! Ouvre ou je défonce la porte ! Tu sais que j'en suis capable !

39

Neuf mois plus tard…

Le romancier démolit la maison de sa vie pour, avec les briques, construire une autre maison : celle de son roman.

Milan KUNDERA

Un vent printanier soufflait sur le vieux Boston.

Lilly Austin parcourait les rues étroites et pentues de Beacon Hill. Avec ses arbres en fleurs, ses lampes à gaz et ses maisons de brique aux lourdes portes en bois, le quartier avait un charme envoûtant.

À l'intersection de River et de Byron Street, elle fit une halte devant la vitrine d'un antiquaire avant d'entrer dans une librairie. L'espace était réduit et les romans côtoyaient les essais. Une pile de livres attira son attention : Tom avait écrit un nouveau roman…

Depuis un an et demi, elle avait justement pris l'habitude d'éviter consciencieusement le rayon fiction pour ne pas tomber sur *lui*. Car chaque fois qu'elle *le* croisait par hasard, dans le métro, dans le bus, sur une affiche publicitaire ou à la terrasse d'un café, elle se sentait triste et avait envie de pleurer. Lorsque ses copines de fac lui parlaient de *lui* (enfin, de ses livres), elle se retenait de leur répondre : « J'ai conduit une Bugatti avec lui, j'ai traversé le désert mexicain avec lui, j'ai vécu à Paris avec lui, j'ai fait l'amour avec lui… » Parfois même, en voyant des lecteurs plongés dans le troisième tome de la Trilogie, elle ne pouvait s'empêcher d'éprouver un peu de fierté et, cette fois, c'était elle qui aurait voulu les interpeller : « C'est grâce à moi que vous pouvez lire ce livre ! C'est pour moi qu'il l'a écrit ! »

Elle lut le titre du nouveau livre : *La Fille de papier*.

Intriguée, elle en feuilleta les premières pages. C'était son histoire ! C'était *leur* histoire ! Le cœur battant, elle se précipita à la caisse, paya l'exemplaire et en poursuivit la lecture sur un banc dans le Public Garden, le grand parc de la ville.

★

Avec fébrilité, Lilly tournait les pages d'un récit dont elle ne connaissait pas la fin. Elle revivait leur aventure à travers le prisme du regard de Tom, découvrant avec curiosité l'évolution de ses sentiments. L'histoire telle qu'elle l'avait vécue s'arrêtait au chapitre 36 et c'est avec appréhension qu'elle commença la lecture des deux derniers chapitres.

Avec ce roman, Tom reconnaissait qu'elle lui avait sauvé la vie, mais il avouait surtout qu'il lui avait pardonné sa supercherie et que son amour n'était pas parti avec elle.

C'est presque au bord des larmes qu'elle apprit qu'il était venu à Brown University l'automne précédent et qu'il était reparti sans lui parler. Elle avait vécu le même déboire un an plus tôt ! Un matin, n'y tenant plus, elle avait pris l'avion pour Los Angeles avec la ferme intention de lui révéler la vérité et en espérant secrètement que leur amour n'était pas terminé.

Elle était arrivée à Malibu en début de soirée, mais la maison sur la plage était vide. Elle avait alors pris un taxi pour tenter sa chance dans la villa de Milo à Pacific Palisades.

Comme il y avait de la lumière, elle s'était approchée et avait aperçu à travers la vitre deux couples en train de dîner : Milo et Carole qui semblaient très amoureux ainsi que Tom et une jeune femme qu'elle ne connaissait pas. Sur le moment, elle s'était sentie très triste et presque honteuse d'avoir pu s'imaginer que Tom ne l'avait pas remplacée. Elle comprenait à présent qu'il s'agissait d'un de ces « castings du vendredi » que lui organisaient ses deux amis dans le but de lui faire rencontrer l'âme sœur !

Lorsqu'elle referma le livre, son cœur bondissait dans sa poitrine. Cette fois, ce n'était pas un espoir, c'était une certitude : leur histoire d'amour était loin d'être terminée. Ils n'en avaient peut-être vécu que le premier chapitre et elle avait bien l'intention d'écrire le deuxième avec lui !

Le soir était tombé sur Beacon Hill. En traversant la rue pour rejoindre la station de métro, Lilly croisa une vieille Bostonienne très collet monté qui traversait le passage clouté avec son yorkshire sous le bras.

Elle était si heureuse qu'elle ne put s'empêcher de lui crier son bonheur.

— *La Fille de papier*, c'est moi ! hurla-t-elle en lui montrant la couverture.

★

La librairie Des Fantômes et des Anges
est heureuse de vous inviter
à rencontrer l'écrivain Tom Boyd
mardi 12 juin de 15 à 18 heures
pour une séance de dédicace de son nouveau roman :
La Fille de papier

★

Los Angeles

Il était presque 19 heures. La file de mes lecteurs s'amenuisait et la séance de dédicace touchait à sa fin.

Milo était resté avec moi tout l'après-midi, discutant avec les clients et pimentant ses interventions de plaisanteries. Son contact facile et sa bonne humeur rendaient l'attente des gens moins fastidieuse.

— Je n'avais pas vu l'heure ! s'exclama-t-il en regardant sa montre. Bon, je vais te laisser terminer tout seul, mon vieux. J'ai un biberon à donner, moi !

Sa fille était née trois mois plus tôt et, comme c'était à prévoir, il en était devenu complètement gaga.

— Ça fait plus d'une heure que je te dis de partir ! lui fis-je remarquer.

Il enfila sa veste, salua les employés du magasin et se dépêcha de rejoindre sa famille.

— Ah ! Je t'ai commandé un taxi, me prévint-il sur le pas de la porte. Il attendra au croisement, de l'autre côté de la rue.

— D'accord. Embrasse Carole pour moi.

Je restai encore dix minutes pour terminer mes signatures et échanger quelques mots avec la responsable du magasin.

Avec sa lumière chaude et tamisée, son plancher qui craquait et ses étagères cirées, *Des Fantômes et des Anges* était une librairie comme on n'en voit plus guère. Quelque part entre *La petite boutique au coin de la rue* et le *84 Charing Cross Road*. Bien avant que la presse ne s'en fasse l'écho, la libraire avait soutenu mon premier roman. Depuis, par fidélité, c'est dans ce lieu fétiche que je commençais chaque tournée de dédicaces.

— Vous pouvez sortir par-derrière, me dit-elle.

Elle avait commencé à descendre son rideau de fer lorsqu'on frappa à la vitre. Une lectrice retardataire agita son exemplaire, joignant ses mains en prière pour qu'on la laisse entrer.

Après m'avoir interrogé du regard, la libraire accepta de lui ouvrir. Je dévissai le capuchon de mon stylo et me remis à ma table.

— Je m'appelle Sarah ! dit la jeune femme en présentant son ouvrage.

Tandis que je dédicaçais son livre, une autre cliente profita de la porte ouverte pour pénétrer dans la librairie.

Je rendis son exemplaire à « Sarah » et, sans lever les yeux, pris le livre suivant.

— C'est pour qui ? demandai-je.

— Pour Lilly, me répondit une voix douce et posée.

Emporté par mon élan, j'allais orthographier son nom sur la première page lorsqu'elle ajouta :

— Mais si tu préfères Billie…

Je levai la tête et compris alors que l'existence venait de m'offrir une seconde chance.

★

Un quart d'heure plus tard, nous étions tous les deux sur le trottoir et cette fois, j'étais bien décidé à ne pas la laisser partir.

— Tu veux que je te ramène ? proposai-je. Il y a un taxi qui m'attend.

— Non, ma voiture est tout près, dit-elle en désignant un véhicule garé derrière moi.

Je me retournai et n'en crus pas mes yeux. C'était la vieille Fiat 500 rose bonbon qui nous avait transbahutés à travers le désert mexicain !

— Figure-toi que, moi, je m'y étais attachée à cette voiture, se justifia-t-elle.

— Comment l'as-tu retrouvée ?

— Si tu savais ! C'est toute une histoire…

— Ben, raconte !

— C'est une *longue* histoire.

— J'ai tout mon temps.

— Alors, on pourrait peut-être aller dîner quelque part.

— Volontiers !

— Mais c'est moi qui conduis, dit-elle en s'installant aux commandes de son « bolide ».

Je libérai le chauffeur de taxi après lui avoir réglé sa course et pris place aux côtés de Lilly.

— Où va-t-on ? demanda-t-elle en mettant le contact.

— Où tu veux.

Elle appuya sur l'accélérateur et le « pot de yaourt » se mit en branle, toujours aussi rudimentaire et peu confortable. Pourtant, j'étais aux anges, avec cette impression grisante de ne l'avoir jamais quittée.

— Je t'emmène manger du homard et des fruits de mer ! proposa-t-elle. Je connais un restaurant formidable sur Melrose Avenue. Enfin, si c'est toi qui m'invites parce qu'en ce moment, on ne peut pas dire que je roule sur l'or. Et cette fois, tu n'as pas intérêt à faire ta chochotte : « et je ne mange pas ci et je ne mange pas ça et les huîtres ça a l'air gluant... » Tu aimes le homard, forcément ? Moi, j'adore ça, surtout grillé et flambé au cognac. Un vrai délice ! Et le crabe ? Il y a quelques années, lorsque j'étais serveuse dans un restaurant de Long Beach, on servait du « crabe voleur » ... Il peut peser jusqu'à 15 kilos, tu te rends compte ! Il est capable de monter aux arbres pour faire tomber des noix de coco et, une fois à terre, il se sert de ses pinces pour les faire éclater avant d'en manger la chair ! C'est fou, non ? On les trouve aux Maldives et aux Seychelles. Tu connais les Seychelles, toi ? Moi, je rêve d'y aller. Les lagons, l'eau turquoise, les plages de sable blanc... Et aussi les tortues géantes sur l'île de Silhouette. Ça me fascine, les tortues géantes. Tu sais qu'elles peuvent atteindre 200 kilos et vivre plus de cent vingt ans ? C'est dingue, hein ! Et l'Inde ? Tu y es déjà allé ? Une de mes copines m'a parlé d'une superbe maison d'hôtes à Pondichéry qui...

Table des matières